Christoph Born

Das Gutenbergkomplott

Historischer Roman

BRUNNEN
VERLAG GIESSEN · BASEL

2. Auflage 2006

www.brunnen-verlag.de
Lektorat: Eva-Maria Busch
Umschlagmotiv: Rogier van der Weyden,
St. Ivo; visipix.com
Umschlaggestaltung: Ralf Simon
Satz: Die Feder GmbH, Wetzlar
Druck: GGP Media GmbH, Pößneck
ISBN (10): 3-7655-1933-2
ISBN (13): 978-3-7655-1933-8

Druckerei zur Zeit Gutenbergs

Prolog

Rom, im April 1453

Er kannte den Mann nicht, den er töten sollte.

Sebastiano saß an der Schmalseite des Tisches, seine Frau Emilia ihm gegenüber und die beiden Kinder an den Längsseiten. Enzo stopfte lustlos das Essen in sich hinein, Beata zog die Nudeln in die Länge und ließ sie auf den Teller spritzen. Sebastiano gab ihr einen Stups und drohte mit dem Zeigefinger.

»Wann kommst du zurück?«, fragte Emilia.

»Ziemlich früh.« Er musste den Auftrag erledigt haben, bevor es dunkel wurde; das war ihm recht, denn er war Frühaufsteher. Einmal hatte er nachts töten müssen, und er hatte sich nicht sicher gefühlt. Es war wichtig, dass er das Geschehen kontrollierte. »Das ist schön«, sagte sie, »wir könnten mit den Kindern zum Fluss gehen.«

»Sehr gern, Emilia, vielleicht ist der Alte da – du weißt schon, der die Fische brät!« Die Kinder freuten sich.

Vor etwa einem Monat hatte Emilia ihm gesagt, dass sie schwanger sei, und die Wohnung wurde zu klein für sechs Leute. Seine alte Mutter gehörte noch zur Familie, sie lag nebenan und wollte nicht essen. Enzo besuchte die Lateinschule, und falls das dritte Kind ein Junge würde, sollte auch er die Schule besuchen. Für Beata brauchte er eine Mitgift, wenn sie ins Heiratsalter kam, denn sie sollte eine gute Partie machen. Das hatte zwar noch viele Jahre Zeit, aber er plante weit im Voraus.

»Wo musst du heute hin?«

»Zur Herberge an der Piazza del Popolo, neben Santa Maria. Ich werde den Pilgern das Pantheon zeigen, den Lateran, Sankt Peter … Es ist noch nicht viel los, weil die Alpenpässe schlecht passierbar sind, aber ab Mai wird es besser.«

Er konnte von dem, was er als Fremdenführer verdiente, die Familie nicht ernähren. Er leerte seinen Teller und stand auf. »Ich muss los!«

Emilia begleitete ihn zur Tür. »Bis später«, sagte sie und küsste ihn.

Das Treppenhaus war alt und baufällig, die Stufen steil, und er stützte sich mit der rechten Hand an der Wand ab. Wenn alles klappte, würden sie sich eine neue Wohnung leisten können, nahe beim Tiber. Im südlichen Teil der Stadt hatte er sich letztens eine angesehen, er hatte Emilia nichts davon erzählt, es sollte eine Überraschung werden. Bis zum Sommer würde er noch warten, dann konnte er sagen, dass dieses Jahr mehr Pilger kamen, dass das Geschäft fantastisch lief und dass er heimlich Geld zur Seite gelegt habe. Sein Einkommen wuchs tatsächlich von Jahr zu Jahr, wenn auch bescheiden; denn seit Nikolaus V. Papst war, kamen mehr Pilger, angelockt von den ehrgeizigen Bauprojekten und vom Ablass, für den seine Legaten überall in Europa warben. Nikolaus hatte viel in Bewegung gebracht, aber mittlerweile war er krank und gebrechlich. Ob Sebastiano jemals als Fremdenführer genug verdienen würde, um seine Familie durchzubringen?

Es war sein größter und bisher schwierigster Auftrag.

Er trat auf die Straße und schaute gewohnheitsmäßig zum tiefblauen Himmel, über den zerrissene, weißgraue Wolken jagten. Vielleicht würde es ein paar Schauer geben, nicht der Rede wert; die Luft war angenehm mild und frühlingshaft. Seit er fünfzehn war und sein Vater starb, trug er Verantwortung. Seine Kinder wussten nicht, wie gut sie es hatten! Aber sie waren noch jung, Enzo sieben und Beata erst fünf. Seit er fünfzehn war, versorgte er seine Mutter und auch seine fünf Geschwister, bis sie alt genug waren, um auf eigenen Füßen zu stehen. Sein Vater hätte ihm das nie zugetraut, der Junge ist zu weich, sagte er, schaut euch nur seine zarten Finger an, das sind die Hände einer Frau. Klein und zierlich war er, zugegeben, aber er besaß Energie und konnte sich durchsetzen. Jetzt hatte er seine eigene Familie.

Hatte er trotzdem alles falsch gemacht?

Es war nicht der Zeitpunkt, solche Fragen zu stellen, das lag am Frühling und an der Luft, die wehmütig machte. Heute durfte nichts schief gehen. In Gedanken hatte er jeden Schritt mehrfach durchgespielt, bis er sogar davon träumte.

Ich tue es für meine Familie, sagte er sich, für meine Frau und meine Kinder.

Er grüßte die Nachbarin, die mit einem Korb voll Gemüse vom Markt kam; die drei Alten, die wie immer auf einer wackligen Bank vor der Haustür saßen, schon Wein tranken und gestikulierten; den Bäcker, der ihm aus seinem Laden zuwinkte; die Mutter, die ihre Tochter an der Hand führte; den Wasserträger; den Karmeliterpater …

Sebastiano ging die Straßen entlang Richtung Pantheon, seine Stadt gefiel ihm zu dieser Jahreszeit am besten, wenn es alle in die Gassen zog, wenn man aus jeder Ecke Baulärm hörte und die Flüche und Schreie der Fuhrwerker. Als er die Kuppel des Pantheons sah, bog er ab in eine Seitengasse, die menschenleer war. Er öffnete die Tür eines zweistöckigen Gebäudes und warf einen kurzen Blick auf die hölzerne Marienfigur, die in einer Nische neben dem Eingang stand, das Jesuskind auf dem Arm.

Er ging eine Treppe hinauf und öffnete eine Tür, die ebenfalls nicht verschlossen war. Sebastiano schaute sich im Raum um und war zufrieden, er fand alles so vor, wie es mit Guido Bologna abgesprochen war. Auf einem Bett lagen das Kleid und die Jacke, auf einem Tisch stand der Korb mit den Süßigkeiten, daneben das Kopftuch, und auf einem kleinen Wandschrank sah er, an die Wand gelehnt, den Metallspiegel.

Der Raum lag im Halbdunkel, die Läden waren nur einen Spalt breit geöffnet, aber die Sonne stand so, dass ein heller Lichtstreifen einfiel, in dem Staubkörner tanzten; vom Hof drang Kindergeschrei herein. Er zog sich aus und legte seine Hose, ordentlich zusammen gefaltet, auf das Bett, darauf sein Hemd, dann nahm er das Kleid und ging zum Spiegel. Er hielt es sich vor den Körper und betrachtete sich. Sein Vater hatte Recht, seinem Körperbau nach hätte man ihn leicht für eine Frau halten können, nicht nur der dünnen Arme und Beine und der feingliedrigen Finger wegen, auch seine Gesichtszüge waren feminin, sein Haar weich. Den väterlichen Pelz hatte er nicht geerbt, und seine Haut war glatt, als habe er sie mit Bimsstein abgerieben wie die adligen Frauen. Das rotbraune Kleid wirkte abgetragen und unscheinbar; man sah unzählige, die ihm ähnelten, in den Straßen.

Er trat näher zum Spiegel und betrachtete seine gründlich rasierte Gesichtshaut. Nein, er brauchte sich keine Sorgen zu machen, nicht der Schatten eines Barts war zu erkennen, beim besten Willen nicht, selbst wenn er sich so stellte, dass das Licht auf seine Wange fiel. Er hatte blonde Haare, wie sein Urgroßvater, den er nur vom Erzählen kannte. Sebastiano übte ein Lächeln, obwohl er sich unwohl fühlte. Er hatte bereits zwei Menschen getötet, aber was heute anstand, war ungleich schwieriger.

Als Kind musste er häufig wie ein Mädchen herumlaufen, erinnerte er sich, während er sich ein Brustband umlegte und es ausstopfte, sie waren arm, und er bekam die Sachen seiner um ein Jahr älteren Schwester. Das war nicht ungewöhnlich, dort wo sie lebten, und der Spott hielt sich in Grenzen.

Er streifte sich das Kleid über den Kopf. Die Sandalen passten gut, Bologna hatte an alles gedacht, und Sebastiano griff zum Kopftuch. Als er sich wieder im Spiegel betrachtete, verblüffte ihn die Wirkung, und seine Bedenken schwanden; die Wachen würden seine Verkleidung nicht durchschauen.

Er dachte an die Zehn Gebote, die man ihm und seinen Kameraden mit dem Stock eingebläut hatte. Wie lautet das erste Gebot? Du sollst keine anderen Götter haben ... Und wenn man es nicht wusste, sauste die Rute durch die Luft, und im nächsten Moment jagte ein stechender Schmerz durch die Finger. Immer auf die Finger! Das fünfte Gebot: Du sollst nicht töten! – Eine Begründung dafür hatte er nie geliefert, der dicke, grausame Priester. Aber die Welt war nun mal grausam, und wenn man nicht untergehen wollte, dann musste man sich anpassen. Bestand nicht die Kunst des Überlebens darin, sich zu verwandeln? Eine ewige Metamorphose ...

Sebastiano glaubte nicht an ein Leben nach dem Tod. Mit dem Tod war alles vorbei! Und deshalb spielte es auch keine Rolle, ob man tötete oder nicht. Man durfte sich nur nicht dabei erwischen lassen, das war in Wahrheit das erste und wichtigste Gebot. – Nur seine Familie war ihm heilig, nie wäre es ihm in den Sinn gekommen, seine Frau zu schlagen, wie er das bei anderen Männern beobachtet hatte, die er deswegen verachtete.

Er war mit seiner Maskerade zufrieden, und es blieb Zeit, den Gang zu üben. Das war wichtig, denn wenn er sich in den Kleidern natürlich und selbstbewusst bewegte, dann zweifelte niemand an seiner Echtheit. Er hatte in den letzten Tagen seine Frau und ihre Art, sich zu bewegen, aufmerksam beobachtet. Ich muss mir einfach vorstellen, ich sei Emilia, sagte er sich, das ist ein guter Trick, es gibt keinen Menschen, den ich so gut kenne wie sie, und ich werde einfach für ein paar Stunden in ihre Haut schlüpfen wie ein Schauspieler. Er wusste aus eigener Erfahrung, dass auf der Bühne Frauen Männerrollen übernahmen und umgekehrt.

Er ging ein paar Mal im Zimmer auf und ab, betrachtete sich dabei im Metallspiegel, fand das Ergebnis nicht übel und wagte Tanzschritte, weil er fand, dass es ihm noch an Leichtigkeit fehle. Spielerisch lernt man am schnellsten, das hatten ihn seine Kinder gelehrt. Er schnitt Grimassen und probte sein Mienenspiel. Dann war es genug – Zeit zu gehen. Er packte den Korb unter den Arm, verließ das Zimmer und das Haus.

Als er aus der Sackgasse und unter Menschen kam, fürchtete er jedes Augenpaar und dass alle Köpfe sich ihm zuwenden, dass man ihn verlachen würde. Bestimmt wirkte sein Gang hölzern und kantig. Aber nichts geschah! Man beachtete ihn kaum. Bei einer Taverne standen fünf Männer, und einer pfiff ihm hinterher, worauf die andern lachten. Er trieb die Sache auf die Spitze, indem er eine passende Antwort gab und die Wirkung seiner Stimme erprobte; sein Versuch kam ihm ziemlich misslungen vor, aber den Männern fiel nichts auf. Seine Schritte gewannen an Sicherheit.

Er machte ein paar Umwege, plauderte mit einem Fleischer und stellte sich vor, er sei Emilia, bis er schließlich wirklich das Gefühl hatte, in ihre Haut geschlüpft zu sein. Dann ging er zum Tiber, sang leise vor sich hin, wie sie es oft tat, und überquerte die Brücke. Hier musste er aufpassen, nicht unter die Räder zu kommen. Fuhrwerke rollten zum Vatikan, beladen mit Steinen, Balken, Fässern und Säcken, gezogen von Pferden und Ochsen, die sich gegen das Gewicht stemmten, und leere Wagen kehrten von dort zurück, mit Zugtieren, deren Schritte leicht waren.

Männer mit Hellebarden bewachten den Eingang zum Vatikan, und Sebastiano reihte sich in die Schlange der Wartenden ein. Seit dem misslungenen Attentat auf den Papst hatte man die Bewachung verschärft. Er schaute auf seinen Korb mit den Süßigkeiten und dachte an Porcari.

Stefano Porcari, der dem niederen Adel entstammte, hatte im Januar eine Verschwörung gegen den Papst angezettelt. Er war ein Populist, Sebastiano hatte ihn vor zwei Jahren reden hören, als er das Volk aufwiegelte, daraufhin schickte ihn der Papst in die Verbannung. Aber Porcari kehrte zurück, verhielt sich zunächst ruhig und warb im Untergrund für seine Sache. Er war

Republikaner, wollte Rom von der »Knechtschaft der Päpste« befreien, den Vatikan in Brand setzen, den Papst entmachten, wahrscheinlich sogar töten und sich selbst zum Tribun erheben. Pech für Porcari, dass Nikolaus von der Sache Wind bekam, er wurde zusammen mit seinem Sohn, seinem Schwager und weiteren Komplizen hingerichtet. In der Engelsburg baumelten sie am Galgen, als abschreckendes Beispiel. Hoffentlich würde es Sebastiano nicht genauso ergehen!

Eine Mauer umgab den Vatikan. Über die Schultern seines Vordermannes, durch das offene Tor, sah Sebastiano die Baugerüste an Sankt Peter, ein Steinblock bewegte sich an einer Seilwinde nach oben, angetrieben von zwei Männern, die ein riesenhaftes Rad in Gang hielten, in dem sie eingesperrt waren wie in einem Käfig. Es hatte Gerüchte gegeben, Sankt Peter solle ganz abgerissen und eine neue Kirche an derselben Stelle errichtet werden, aber dazu war es nicht gekommen.

Nicht nur der Vatikan, die ganze Stadt war eine Baustelle, und vielleicht würde Rom wieder aufblühen – hoffentlich! Was war nur aus dem einstigen *caput mundi*, der Welthauptstadt geworden! Auf dem Forum Romanum weideten Ziegen, zu Sebastianos großem Ärger. Weite Teile der Stadt lagen in Trümmern, und die Aurelianische Stadtmauer wirkte wie ein Mantel, der früher einmal gepasst hatte, aber für einen abgemagerten Körper zu weit geworden war und an den Gliedern schlotterte. Aber es ging wieder aufwärts, seit die Päpste aus dem Exil in Avignon zurückgekehrt waren, seit das Konzil von Konstanz die Einheit der Christenheit notdürftig wiederhergestellt hatte. Vor allem seit Nikolaus im Vatikan regierte, machte sich die Hoffnung breit, Rom werde seinen alten Glanz zurückgewinnen.

Ein Wagen mit Getreide passierte das Tor, nach ihm einige Cluniazenser in Ordenstracht – und dann stand Sebastiano vor einem stämmigen Wachmann mit silbrig glänzendem Helm. Er hielt gleich seinen Korb vor: »Orientalische Leckerbissen«, sagte er, »Kuchen und anderes. Ich möchte das an die Küche verkaufen.«

Der Wachmann nickte. »Der Küchenmeister war bei mir, ich weiß Bescheid. Dort hinten links.«

Sebastiano ging vorbei, und das war leichter gewesen als erwartet, denn er hatte nicht gewusst, dass man die Wachen informieren würde; wäre er darüber unterrichtet gewesen, hätte er sich die quälendsten Sorgen sparen können.

Er folgte dem Getreidelieferanten. Bauhütten lehnten an Sankt Peter, Steinmetze klopften und hämmerten, und auf dem Gerüst und dem Dach sah man Arbeiter. Sebastiano hörte Messgesang, und Geistliche strömten zum Portal. Er sah nur wenige Frauen, aber niemand schenkte ihm Beachtung, während er zum Palast ging.

Obwohl die Päpste im Ernstfall in die Engelsburg flüchteten, zeugten die hohen steinernen Mauern des Palastes von dessen wehrhaftem Charakter. Zu häufig waren Päpste überfallen, entführt und abgesetzt worden; nicht nur von auswärtigen Mächten, wie früher den Normannen oder den deutschen Königen, drohte Gefahr, auch den Römern durfte die Kurie nicht trauen, wie die Aufstände eines Cola di Rienzo und eines Porcari bewiesen.

Der Küchentrakt gehörte zum Palast und wurde täglich mit frischer Ware beliefert. Sebastiano fragte sich, wie viele Mäuler der Küchenmeister täglich zu stopfen hatte. Sicher nicht wenige – und vor allem solche mit einem gesegneten Appetit. Soweit er wusste, wurden die Waren zu ebener Erde gelagert, hinter den dicken Mauern der Südseite des Gebäudes, ungefähr dort, wo die Fuhrwerke standen, an denen sich Lastträger zu schaffen machten. Ein Mann mit einer Wachstafel verzeichnete den Wareneingang, gab Anweisungen und strahlte Autorität aus: der Küchenmeister.

Er hob die Brauen, als er Sebastiano mit seinem Korb sah. »Das Naschwerk! Endlich!«, rief er und drückte seinem Gehilfen die Tafel und den Metallgriffel in die Hand. »Mach weiter!« Und Sebastiano bedeutete er mit dem Zeigefinger, ihm zu folgen.

Durch die offen stehende Tür und drei Treppenstufen kamen sie ins Warenlager. Ein kleiner Mann mit schwarzem Lockenkopf, dem der Schweiß über die Stirn lief, warf fluchend einen Sack zu Boden, und der Küchenmeister brüllte ihn an. Steinsäulen stützten die niedrigen Decken. Sie erreichten einen Raum, in dem keine Arbeiter waren. Der Küchenmeister holte einen Schlüsselbund hervor und öffnete eine Tür. Sie kamen in den Weinkeller, hier lagerten mächtige, beschriftete Eichenfässer. »Die Kerle saufen wie die Löcher«, sagte der Küchenmeister, während er die Tür von innen verriegelte. Aber seine eigene rote Nase und die poröse Gesichtshaut deuteten an, dass auch er einem guten Tropfen nicht abgeneigt war. Er leuchtete mit einer Fackel den Weg, hier gab es kein Tageslicht.

»Ich bin über alles unterrichtet. Ich bringe dich jetzt zu einem Gang, der direkt zum geheimen Archiv und zur Bibliothek führt. Wenn du alles erledigt hast, gehst du denselben Weg zurück. Ich erwarte dich und begleite dich zurück zum Ausgang.«

Das Weinlager verteilte sich über mehrere Kellerräume, anschließend folgten sie einem Gangsystem, das zu einem anderen Teil des Palastes führen musste. Dann standen sie vor einer Tür, die der Küchenmeister entriegelte; er schob einen Wandteppich zur Seite, der den Eingang verdeckte, und drückte Sebastiano einen Schlüssel in die Hand. »Der ist für die Tür am Ende des Gangs. Vergiss auf keinen Fall, ihn mir zurückzugeben. Ich warte hier auf dich. Viel Glück!«

Sebastiano zog den Wandteppich glatt, der Diana und Actaeon zeigte, folgte dem Gang bis zum Ende und öffnete die Tür, von der der Küchenmeister gesprochen hatte. Er betrat einen Raum mit hohen Glasfenstern und verschloss die Tür wieder hinter sich. In der Mitte des Raums standen Pulte, an denen Bücher festgekettet waren. An der den Fenstern gegenüberliegenden Wand lagerten auf Holzgestellen Bücher und Schriftrollen.

Sehr wahrscheinlich würde er noch eine Weile warten müssen, so lange nämlich, bis Sonnenlicht in den Raum fiel. Der Mann, den er töten sollte, hatte schlechte Augen, und man hatte ihm gesagt, dass er die Vatikanische Bibliothek erst betrat, wenn sich die Sonne ihrem Zenit näherte.

Sebastiano konnte lesen, darauf war er stolz; er konnte sogar Latein. Ein befreundeter Mönch hatte ihm Schreiben und Lesen beigebracht, und beides war hilfreich, wenn er die Pilger durch die Stadt führte. Er trat an ein Pult und betrachtete den aufgeschlagenen, dickleibigen Band. Die Pergamentseiten waren von oben bis unten mit einer winzigen Schrift bedeckt, und am Rand fanden sich Anmerkungen zum Text – es war ein Evangeliar. Sebastiano wusste, dass Nikolaus viel für den Ausbau der alten päpstlichen Büchersammlung getan hatte, indem er Boten in alle Teile der Welt schickte, um die wichtigsten Schriften in den Vatikan zu holen. Die Gelehrten, die er um sich versammelt hatte, fanden optimale Arbeitsbedingungen vor.

Sebastiano sah den Bücherschrank, von dem Bologna gesprochen hatte, und klappte die Flügeltüren auf. Der Schrank war geräumig und leer, er trat ein und zog die Türen von innen wieder zu.

Er kannte den Mann nicht, den er töten sollte, und er wusste auch nicht, warum er sterben musste. Er wusste nur, dass der Unbekannte jeden Tag in die Bibliothek kam, um an einem Buch zu schreiben. Sebastiano hatte keine unnötigen Fragen gestellt, und er glaubte, dass es vor allem diese Eigenschaft war, die Bologna an ihm schätzte. Er konnte schweigen, er war zuverlässig.

Die Schranktür bestand unten aus einer geschlossenen Holzfläche, aber etwa auf Augenhöhe befand sich Schnitzwerk, seltsame, verschlungene Ranken, und so konnte Sebastiano sehen, was im Raum geschah, während er von außen, wie ihm Bologna versichert hatte, vom Opfer nicht entdeckt werden konnte. Er wusste nichts über den Mann, der an einem Buch schrieb; er wusste nur, dass er schlecht sah und schlecht hörte.

Sebastiano wollte nicht an seine Familie denken, weil es ihn ablenkte, aber Emilia kam ihm in den Sinn und die Kinder. Sie würden heute Abend an den Tiber gehen und Fisch essen. Er freute sich darauf. Morgen Vormittag musste er eine Gruppe französischer Pilger durch die Stadt führen, aber nachmittags hatte er Zeit, und er konnte Ausschau halten nach einer neuen Wohnung. Bald würde es ihnen besser gehen. Bologna zahlte pünktlich, da musste er sich keine Sorgen machen; ansonsten ein eigenartiger Mensch, irgendwie undurchschaubar. Sebastiano handelte in seinem Auftrag, aber er glaubte, dass in Wahrheit ein anderer dahintersteckte, jemand, der noch höher stand. Nein, er stellte keine Fragen. Es war egal. Die Geschäfte dieser Menschen interessierten ihn nicht, das war eine andere Sphäre, da ging es um Ehrgeiz, Ansehen, Macht; abstrakte Begriffe für einen Mann wie ihn, der Geld brauchte für seine Familie.

Er hörte Schritte im Gang und verdrängte alle Gedanken *bis auf den einen*. Der Schlüssel drehte sich im Schloss, jemand öffnete die Tür. Sebastiano presste sein Gesicht gegen das Holz und spähte durch die Ranken. Der Mann, der die Bibliothek betrat, war alt, hatte einen grauen Bart und ging gebeugt. Das gefiel ihm nicht. Aber was machte es für einen Unterschied? Er tötete für Geld. Durfte man da wählerisch sein? Der Mann trug Purpur, ein Kardinal, davon war nicht die Rede gewesen; deshalb also hatte Bologna sich nicht lumpen lassen. Wahrscheinlich hätte Sebastiano noch mehr verlangen können!

Jetzt erinnerte er sich daran, dass es in beiden vorherigen Fällen einen ähnlichen Moment gegeben hatte, als er seine Opfer zum ersten Mal sah. Wahrscheinlich war das ganz normal, und nur jemand ohne Gefühl konnte davon frei sein. Aber es war für Emilia, für die Kinder und für seine alte Mutter; es spielte keine

Rolle, ob *er* den Mord beging oder ein anderer. Denn das war der springende Punkt: Der alte Mann da, der auf ein Pult zuging und Papiere ausbreitete, musste sowieso sterben – und Sebastianos Familie brauchte das Geld dringender als irgendein Kerl, der es versoff und mit Huren durchbrachte.

Der alte Mann hatte ein Tintenhorn mitgebracht, das er am Pult befestigte. Dann blätterte er in dem Band, der dort angekettet war. Sebastiano beobachtete ihn eine Weile, wie er den Kopf nach vorn beugte und mit seinen kurzsichtigen Augen einen Text las, während seine Finger dem Verlauf der Zeilen folgten. Warum sollte er die Angelegenheit länger hinauszögern? Es war besser, es hinter sich zu bringen. Er schob die Schranktür auf und ging mit seinem Korb, der die ganze Zeit neben ihm gestanden hatte, auf den Alten zu. Die Tür quietschte in den Angeln, aber das konnte ihm egal sein. Er war sich seiner Sache mittlerweile so sicher, dass er kaum darauf achtete. Was sollte schief gehen? Der Mann war wehrlos.

Der Alte hob den Kopf, runzelte die Stirn und blickte ungläubig. Sebastiano konnte sich vorstellen, was gerade in ihm vorging. Er glaubte sich allein in der Vatikanbibliothek, und plötzlich kam ihm eine Gestalt entgegen, eine Frau ... an einem Ort, wo Frauen nichts zu suchen hatten, der wahrscheinlich noch nie von einer Frau betreten worden war, und sie trug einen Korb bei sich. Das musste ihm völlig absurd vorkommen und unwirklich, wie eine Vision vielleicht ...

Die Verkleidung war seine Idee gewesen, und Guido Bologna hatte zugestimmt. Das sei so ausgefallen, sagte Bologna, darauf komme niemand. Die grauen, trüben Augen des alten Mannes weiteten sich. »Wer bist du?«, fragte er. »Was ist in dem Korb?«

»Süßigkeiten aus dem Morgenland!« Sebastiano hielt ihm den Korb hin und der Kardinal betrachtete verwirrt die mit Honig voll gesogenen, mit Mandelsplittern bedeckten Kuchen, die auf einem Tuch lagen. Sebastiano griff unter das Tuch, zog sein Messer hervor und stieß es dem Alten in die Brust. Er gab fast keinen Laut von sich, und nach einem Moment sackte er in sich zusammen. Sebastiano griff ihm unter die Arme und ließ ihn sachte zu Boden gleiten. Der Kardinal lag auf dem Rücken und das Purpur seines Mantels färbte sich an der Brust dunkel. Er atmete nicht mehr.

Sebastiano trat zum Pult, auf dem die Papiere des Alten verstreut lagen. Er hob sie auf, und dabei fiel die Feder zu Boden. Auf dem obersten Blatt stand in großen Buchstaben: DE SUPERBIA

San Giovanni in Laterano, zwei Stunden später

Noch immer betrat Guido Bologna die Lateransbasilika mit Ehrfurcht, was von seinem ersten Besuch vor vielen Jahren herrührte. Dieser Ort zählte zu den heiligen Stätten der Christenheit; hier hatten Päpste residiert, ehe das Exil sie nach Avignon zwang. Nach der Rückkehr aus Südfrankreich wechselte der päpstliche Palast in den Vatikan, auf die andere Tiberseite – aber San Giovanni in Laterano blieb in Bolognas Augen die *eigentliche* Kirche der Stadt, die Kirche des Papstes als Bischof von Rom.

Der Tag war grell und fast schon sommerlich warm, aber sobald Bologna das Portal durchschritt, schwand die Hektik und Betriebsamkeit des römischen Alltags. Der dunkle Stein dämpfte das durch hohe Fenster schräg einfallende Licht, und außer vereinzelt widerhallenden Schritten und dunklem Gemurmel, das von überall und nirgendwo zu kommen schien, hörte man nichts. Sein Herzschlag beschleunigte sich, während er an leeren Bänken vorbei eine verlassene Seitenkapelle ansteuerte. Hier zeigte ein Altargemälde den heiligen Johannes auf Patmos, der – eine Schreibfeder in der Hand, den Kopf schief gelegt, als lausche er – seine Offenbarung empfing: die Apokalypse. Bologna kannte viele Textpassagen auswendig.

Er zögerte einen Moment, ehe er zum Beichtstuhl ging, dessen Holz fast schwarz war vom Alter und vom Ruß der Kerzen, die ewig in seiner Nähe brannten. Schließlich betrat er den Beichtstuhl, kniete nieder und zog den Vorhang zu. Er wartete. Bald hörte er Schritte. Jemand kam zum Beichtstuhl, trat ein und zog auf der anderen, durch Holzgitter abgetrennten Seite ebenfalls den Vorhang zu.

Bologna und sein Gegenüber sprachen leise, im Flüsterton. Nach einer kurzen, formellen Begrüßung bekannte Bologna dem Beichtvater, dass eine schlimme, eine schreckliche Tat sein Gewissen belaste.

»Berichte!«, sagte der Beichtvater, und in seiner Stimme schien unruhige Erwartung mitzuschwingen. Es war die vertraute Stimme Kardinal Angelinis. Bologna hatte den Kopf gesenkt und sah vom Beichtvater nicht einmal einen Umriss oder undeutlichen Schatten, aber er erkannte ihn auch am Geruch, einem dezenten Parfüm: Rosenwasser.

»Heute Mittag starb im Vatikan ein Mann. Erst vor wenigen Augenblicken entdeckte man seinen Leichnam«, sagte Bologna.

»Wer ist dieser Mann?«

»Kardinal Martini.«

»Er ist tot?«, fragte Angelini.

»Ja.«

»Daran besteht kein Zweifel?«

»Nicht der geringste!«

»Er war alt und sein Tod absehbar. Weiß man, woran er starb?«

»Er wurde erstochen.«

»Hast du ihn getötet, Bologna? Kommst du deshalb zur Beichte?« Kardinal Angelinis Stimme klang streng und abweisend und verunsicherte Bologna.

»Ein Fremder hat ihn getötet. Ein Mann, der nie zuvor im Vatikan war. Ein Mann, der über seine Tat schweigen wird.«

»Weshalb beging er die Tat?«

»Er wurde dafür bezahlt.«

»Hast du ihn bezahlt, Bologna?«

»Ich habe ihn bezahlt.«

Was bezweckte Angelini mit seinen Fragen? Wollte sein Mentor ihn im Regen stehen lassen? Zuzutrauen war es dem Fuchs, denn bei ihm durfte man sich seiner Sache nie sicher sein. Bologna kam sich vor wie bei einem Examen. Letztlich stammte die Idee zum Mord von Angelini selbst, aber er hatte die Sache so geschickt eingefädelt, dass er nicht zu belangen war. Er hatte nie direkt gesagt: Bologna, bring ihn um! So plump war Angelini nicht; er äußerte sich statt dessen in allgemeinen Sätzen über das Papsttum; er erwähnte die eigenen Chancen, gewählt zu werden, wenn da nicht die Gegner wären, wenn da nicht besonders Kardinal Martini wäre, dessen Streitschrift DE SUPERBIA im Grunde nichts anderes sei als Wahlkampf. Er deutete vage an, welche Aufstiegsmöglichkeiten sich für Bologna (den er schätze und jeder Förderung würdig erachte) ergeben *könnten*, wenn er selbst an die Macht komme; traumhafte, Schwindel erregende Möglichkeiten – kam dann aber wieder auf Martini zu sprechen, der das bestimmt alles zu verhindern wisse ... und schloss mit einem *Wunsch,* mit ein paar Worten, mehr zu sich selbst gesprochen ... Im Zweifelsfall hatte Kardinal Angelini nichts gesagt und konnte alles ableugnen.

»Wie ich hörte, arbeitete der Kardinal an einer Streitschrift«, sagte Angelini.

Bolognas Verwirrung wuchs. Warum stellte Angelini sich dumm? Niemand war besser als er über die Schrift informiert; alles, was Bologna darüber wusste, stammte vom Kardinal. Er sah keine andere Möglichkeit, als auf das seltsame Spiel seines Beichtvaters einzugehen. »Das ist richtig, Vater. Sie sollte vom Hochmut handeln. Das war jedenfalls der Titel. Der Mord geschah in der Bibliothek, und die Aufzeichnungen des Kardinals sind verschwunden.«

»Befinden sie sich in deinem Besitz, Bologna?«

»Ich trage sie bei mir.«

»Wie rechtfertigst du dein Handeln?«

Bologna fuhr sich mit dem Handrücken über die Stirn, auf der sich Schweißperlen bildeten, sich in den Brauen verfingen, als Tropfen den Nasenrücken entlangliefen und in Bächen über die Wangen rannen. »Ich wollte Schaden abwenden vom Heiligen Stuhl«, sagte er und fühlte sich wie ein Stück Wild, das man bei der Jagd in die Enge treibt. »Die Kirche hat viele Feinde. Sie hat äußere Feinde wie den Revolutionär Porcari, der seine gerechte Strafe fand. Und sie hat Feinde im Inneren, von denen noch größere Gefahr ausgeht. Diese gefährden die Existenz der Ecclesia. Wir müssen gegen sie vorgehen.«

»Wir? Sprechen wir zunächst von dir, Guido Bologna! Was wirfst du Kardinal Martini vor?«

Bologna bemerkte, dass sein Augenlid unkontrollierbar zu zucken begann. »Er wollte das Papsttum schwächen und arbeitete auf ein neues Schisma hin. Er war alt und verknöchert, ein Mann, der Traditionen ...«

»Traditionen müssen nichts Schlechtes sein.«

Angelini war im Begriff, ihn fallen zu lassen, Bologna zweifelte nicht länger daran. Er musste seine Haut retten und wusste nicht, wie er es anstellen sollte. Es kam ihm vor, als rede er sich um Kopf und Kragen, als verstricke er sich immer tiefer in der Falle. Aber es gab kein Zurück mehr. »Ich weiß, Vater, aber er war rückwärts gewandt und konnte nicht akzeptieren, dass eine neue Zeit anbricht. Mit Nikolaus begann eine neue Epoche. Er hat Gelehrte an den Hof geholt und fördert die Künste und die Wissenschaften. Die Antike wird wiederentdeckt, wir lernen von den Alten. Rom soll wieder aufblühen und seinen Glanz und seine Macht zurückgewinnen. Nikolaus aber wird bald sterben, wer weiß, ob er den nächsten Winter überlebt? Und er hat Feinde innerhalb der Kurie, die seine Politik ablehnen. Sie wollen das Rad der Zeit anhalten. Sie verachten die Schriften der Griechen und Römer als heidnische Machwerke.

Den Ausbau der Peterskirche halten sie für Hochmut. Sie lassen nur die Kirchenväter gelten und den Status quo. Vieles spricht dafür, dass bald ein neuer Papst gewählt wird. Was geschieht, wenn die Ewiggestrigen wieder ans Ruder kommen? Es hätte fürchterliche Folgen für den Heiligen Stuhl und die Stadt Rom, aber auch für Italien und das ganze Abendland. Der Mann, der heute starb, war das Sprachrohr einer mächtigen Gruppe, die Fortschritt und Neuerung ablehnt. Man hätte ihn vielleicht zum Papst gewählt – und wenn nicht ihn selbst, dann einen seiner Trabanten. Ich habe Schuld auf mich geladen, Vater, aber es geschah in bester Absicht und um das Schlimmste zu verhüten. Deine Gegner sind geschwächt.«

»Du sprichst von Papstwahl. Wer sollte nach deiner Meinung auf dem Stuhl Petri sitzen?«

»Ich habe den Weg geebnet, Vater Angelini, und ich hoffe, *dass du bald Papst sein wirst.*«

Nach einer langen Pause sagte Angelini: »Wenn es so ist, Bologna, spreche ich dich im Namen Gottes von allen Sünden frei.«

Bologna atmete durch, aber seine Befürchtungen wollten sich noch nicht verflüchtigen.

»Du hast mir einen guten Dienst erwiesen«, fuhr Angelini fort, »und ich werde das nicht vergessen. Ich schätze deine Ergebenheit, deine Zuverlässigkeit und deinen Verstand.«

Weshalb hatte er ihn dann so in die Enge getrieben? Was wollte Angelini mit diesem Spiel bezwecken? Bolognas Augenlid zuckte immer noch, und er fuhr sich mit beiden Händen über das schweißnasse Gesicht. Eines hatten ihn die Jahre in Rom gelehrt: Sei dir einer Sache nie sicher! Vertraue niemandem!

Aber Bologna war noch nicht fertig, das Wichtigste kam erst noch. Es fiel ihm allerdings schwer, sich auf sein Anliegen zu konzentrieren, denn das unerwartete Verhör hatte ihn aus dem Konzept gebracht. Er besaß seit einiger Zeit einen Trumpf (so nannte er das für sich), und er hielt den richtigen Augenblick für gekommen, ihn auszuspielen. Er wusste, dass er nicht der Einzige war, der mit Hilfe von Angelini sein Glück machen wollte. Die Traditionalisten standen seit heute ohne ihren wichtigsten Repräsentanten da. Der Mörder war unerkannt entkommen, und man würde ihn auch nicht fassen, zu gut war die Verkleidung, da hatte Bologna keine Bedenken. Die Gruppe der Fortschrittlichen wurde von Angelini angeführt. Viele hofierten ihn, denn er konnte der nächste Papst sein. Bologna musste Angelini deutlich machen, wie wichtig und nützlich er langfristig sein konnte. Er wollte nicht als Mann gelten, der gut war für zweifelhafte Aufträge, der aber übersehen wurde, wenn es um die Vergabe wichtiger Ämter ging. Er wollte ein Band zwischen sich und Angelini knüpfen, das ihm eine bevorzugte Stellung verschaffte.

Er kannte Angelinis Intelligenz, und manchmal fürchtete er sie. Man brauchte sehr gute Argumente, um den immer skeptischen und misstrauischen Kardinal zu überzeugen. Bologna hatte manches Mal die Blitzartigkeit bewundert, mit der Angelini erkannte, ob eine Sache für ihn vorteilhaft war oder nicht. Denn das war bei ihm der entscheidende, der alleinige Punkt, auf den es ankam. Selbst komplexe Zusammenhänge durchschaute er sofort und durchleuchtete sie auf den Nutzen hin, den sie brachten oder nicht brachten. Aber Bologna vertraute darauf, dass der Kardinal ein Mann war, der über den Tag hinaus dachte. Was er ihm zu bieten hatte, war Macht, große Macht, und hoffentlich war Angelini auch in diesem Fall intelligent genug, die große Chance zu erkennen, die sich ihm auftat.

»Ich könnte dir einen Dienst erweisen, Vater, der alles, was ich bisher für dich getan habe, übertrifft.«

»Wie das, lieber Bologna?«

»Entsende mich über die Alpen! Entsende mich an den Rhein, nach Moguntiacum.«

Schweigen zunächst, und Bologna glaubte die Überraschung

des Kardinals zu spüren. Er sah im Geist dessen zusammengezogene Augenbrauen vor sich und den für Angelini so typischen, angespannten Gesichtsausdruck. »Ich verstehe nicht. Worauf willst du hinaus?«

»Diese Stadt birgt einen Schatz, mein Vater, den ich für dich bergen will.«

»Soll das ein Scherz sein? Mainz war Hauptstadt einer römischen Provinz und ist heute Erzbistum. Aber die Stadt ist verarmt und heruntergekommen. Was hoffst du dort zu finden?«

»Etwas, das Rom seine alte Macht zurückgeben kann …«, sagte Bologna.

1.

Mainz, im Februar 1454

Bevor der Richter seine neue Stelle antrat, musste er sich beim Mainzer Kurfürsten vorstellen, einem der mächtigsten Männer im Reich. Im Extremfall würde Thomas Berger über Leben und Tod entscheiden. Die Stelle verdankte er Steininger, einem Freund seines Vaters. Wichtige Posten wurden fast immer aufgrund von Beziehungen vergeben. Er war jung und die Chance einmalig.

In der Vorhalle zum Audienzsaal warteten bewaffnete Ritter, Geistliche in Ordenstracht, Kaufleute und zwei Frauen in kostbaren Gewändern; die Stimmen klangen gedämpft. Gegen die Fenster prasselte heftiger Regen. Obwohl es noch nicht Mittag war, schien Dämmerung zu herrschen, denn die Wintersonne fand keinen Weg durch die Wolkendecke. Ein Mann ging auf und ab, und seine Schritte hallten von den Wänden wider.

Steininger, der wichtigste Mitarbeiter des Kurfürsten, hatte Thomas zum Palast begleitet. »Vielleicht hätten wir besser einen anderen Zeitpunkt gewählt«, sagte er, während sie warteten. Thomas warf einen unruhigen Blick auf Steininger, der alt geworden war; sie hatten sich lange nicht gesehen. Thomas kam der Gedanke, dass die Audienz möglicherweise keine reine Formsache sei, wie sein Begleiter behauptete.

Schon öffnete sich die eiserne Flügeltür zum Saal, und fünf Männer traten heraus: Zunftherren, Mitglieder des Stadtrats. Ihre Gesichter wirkten blass. Sie sprachen kein Wort, während sie die Treppe hinuntergingen.

Der Türsteher in seiner blauen und roten Uniform kam mit eiligen Schritten auf Steininger zu. »Er erwartet euch«, sagte er und fügte mit gesenkter Stimme hinzu: »Vorsicht! Das Gespräch war unerfreulich. Er ist gereizt.«

Als sie auf den glatten, schlammbedeckten Steinplatten fast die Tür erreicht hatten, neigte Steininger den Kopf zu Thomas: »Antworte nur, wenn er dich anspricht. Ansonsten überlass das Reden mir!«

Sie betraten den großen, eher niedrigen Saal, der von drei Säulen getragen wurde. Die Wände waren mit Teppichen geschmückt, auf denen Jagdszenen und Wappen zu sehen waren. An einer Seite des Raums befanden sich fünf Fenster mit bunten Scheiben. Eines zeigte das Mainzer Wappen, zwei weiße Räder vor rotem Hintergrund; andere bildeten Bischöfe ab. Aber weil es draußen dunkel war, wollten die Farben nicht leuchten; Regenbäche liefen über das Glas. Nahe bei einem gelb und rötlich flackernden Kamin, die linke Gesichtshälfte vom Feuer beschienen, saß auf einem Thron Dietrich von Erbach. Er war Erzbischof von Mainz und oberster Kurfürst im Heiligen Römischen Reich. An einem Tisch neben Erbach rollte ein älterer Mann eine Pergamenturkunde zusammen, an der rote Siegel hingen; er führte bei wichtigen Verhandlungen Protokoll. Zwei Geistliche standen beim Bischof und diskutierten mit ihm. Steininger und Thomas blieben in gebührendem Abstand stehen, denn der Bischof schien sie nicht zu bemerken.

Erbach hatte einen Wutanfall gehabt, sie hatten sein Geschrei vorhin trotz der geschlossenen Tür gehört, und sein Kopf sah aus, als habe er ein halbes Fass Wein geleert. Thomas hörte Wortfetzen wie »Zünfte«, »Verbrecherbande« und »an den Galgen«. Endlich blickte der Bischof herüber und winkte Steininger zu sich, ohne Thomas zu beachten.

»Steininger! Hast du gehört, was der Stadtrat ausgebrütet hat?«

Der Kurfürst war ein kleiner, feister Mann. Er trug über einem weißen Gewand einen prächtigen Mantel mit Goldbesatz und einen Bischofshut, der viel zu groß für seinen fast kahlen Kopf wirkte. Sein Bischofsstab, der am oberen Ende zu einem

P geformt und mit Edelsteinen geschmückt war, lehnte seitlich am Thron. Der Kurfürst rutschte unruhig hin und her. Ohne Steiningers Antwort abzuwarten, fuhr er fort: »Wir sollen Weinsteuer zahlen!«

»Eine bodenlose Frechheit!« Steininger schüttelte den Kopf. »Erst haben sie die Stadt ruiniert – und jetzt sollen *wir* für die Schulden aufkommen ...«

Thomas kannte die Hintergründe nicht, aber offenbar gab es für Erbach und Steininger keine schlimmere Vorstellung, als Weinsteuer zu zahlen. Der Untergang der Welt hätte kaum größeres Entsetzen ausgelöst.

»Was wollen die noch alles?!«, rief Dietrich von Erbach. »Die Stadträte überschätzen ihre Macht. Sie wollen sich an den König wenden. Sie behaupten, Mainz habe den Status einer freien Reichsstadt, die nur ihm untersteht ...« Er lachte gekünstelt. »Sie übersehen nur eins: Der König will von ihnen nichts wissen. Sie stehen nämlich bis zum Hals bei den Frankfurtern in der Kreide.« Der Fürst legte seinen Kopf schief und hob die Brauen. »Wen hast du da mitgebracht, Steininger?«

»Das ist unser neuer Richter!«

Erbach wandte sich Thomas zu, der abseits stand. Keiner sprach. Thomas sah, wie die hellen, sehr wachen Augen seines neuen Arbeitgebers ihn musterten. Thomas war groß gewachsen, hatte schwarze, lockige Haare, die ein rötliches Barett bedeckte, und dunkle Haut.

»Unser Richter ...« Dietrich von Erbach streckte die Hand aus. Thomas kniete nieder und küsste den bischöflichen Ring.

»Steininger hat Euch eingestellt ...« Dietrich zog die Stirn in Falten. »Wie war gleich Euer Name?«

»Thomas Berger.«

Der Bischof kniff die Lippen zusammen. »Ihr verdankt Eure Stelle Steininger. Er war mein Stellvertreter während meiner Romreise. Ich habe ihn beauftragt, wichtige Entscheidungen zu treffen, auch Personalentscheidungen. Das Richteramt ist außerordentlich wichtig.« Der Bischof schaute Thomas herausfordernd an. »Steininger sagte, Ihr stammt aus Italien.«

»Ich bin in Palermo geboren.«

»Eure Eltern sind Italiener?«

»Nur meine Mutter.«

»Was macht Euer Vater?«

»Er ist Kaufmann.«

»Und sein Sohn wollte nicht in seine Fußstapfen treten?!«

»Ich möchte meinen eigenen Weg gehen«, sagte Thomas.

Er hatte keine Erfahrung darin, bei Hof zu erscheinen. Zu Hause in Köln waren die Umgangsformen leger. Zum ersten Mal in seinem Leben stand er vor einem Fürsten. Er hatte das Gefühl, dass Erbach ihn nicht mochte.

»Weshalb möchtet Ihr Richter werden?«, fragte Erbach.

»Mein Vater hat den größten Teil seines Lebens auf Reisen verbracht«, sagte Thomas. »Er ist einige Male nur knapp mit dem Leben davongekommen. Ein solcher Beruf liegt mir nicht.«

Erbachs Kopf hatte die Farbe gewechselt. Das ist rosa, dachte Thomas, der in seiner freien Zeit gern malte. Ein ganz eigenartiges Rosa.

»Kein Grund, Jurist zu werden«, sagte Erbach. »Das Amt bringt Verantwortung mit sich und extreme Belastungen!«

Die Aussicht, in Italien zu studieren, war für Thomas' Berufswahl ausschlaggebend gewesen. Aber das würde den Kurfürsten nicht interessieren. »Ich habe viele Jahre studiert und freue mich darauf, Verantwortung zu übernehmen«, log Thomas.

Der Fürst wandte sich an seinen Schreiber, der ihm wortlos einen Pergamentbogen reichte. Erbach kniff die Augen zusammen und überflog das Dokument. »In Bologna studiert«, murmelte er. »Man sagt, dies sei die bedeutendste Rechtsschule im Abendland. Ich persönlich halte wenig vom römischen Recht. Wir haben unsere eigenen Traditionen, und die wollen wir pflegen.«

Etwas Ähnliches hatte Thomas befürchtet. So langsam kam der Bischof zur Sache.

»Vergesst die graue Theorie«, fuhr Erbach fort, »die man Euch in Italien eingetrichtert hat. Was in Büchern steht und was im tatsächlichen Leben geschieht, sind zwei Paar Schuhe. Im Alltag ist Härte gefragt und Strenge!«

Thomas wurde klar, dass der Bischof selbst ihn nie eingestellt hätte. Thomas schaute zur Seite, wo der Freund seines Vaters stand. Steininger konnte mit dem Verlauf des Gesprächs nicht zufrieden sein. Wenn Thomas scheiterte, würde das auch seinem Ansehen beim Bischof schaden.

»Euer Vorgänger war ein exzellenter Mann«, nahm Dietrich den Faden wieder auf. »Zwischen uns bestand Einigkeit in allen Grundsatzfragen. Ich möchte gern mehr über Euer Rechtsverständnis erfahren. Nach welchen Grundsätzen wollt Ihr das Amt ausüben?«

Nachdem der Kurfürst gesagt hatte, was er vom römischen Recht hielt, war die Frage mehr als heikel. Zwischen Thomas' Rechtsvorstellungen und denen des Kurfürsten gab es wenig Gemeinsamkeit. Steininger hatte ihn schlecht vorbereitet. Er ist alt geworden, dachte Thomas. Er hat so viele Falten bekommen. Thomas spürte ein flaues Gefühl in der Magengegend. Er bemühte sich, die Frage des Kurfürsten diplomatisch zu beantworten. »Wenn die bisherigen Rechtsbräuche vernünftig sind«, sagte er, »werde ich sie fortführen.«

»Die Situation ist angespannt«, erwiderte Erbach, »und erlaubt keine Experimente. Sicher hat Euch Steininger über alles informiert.«

Hatte er nicht! Thomas' Verärgerung wuchs. Steininger ergriff das Wort, um die Situation zu retten. »Er sollte auch aus Eurem Mund hören, was ihn erwartet!«

Der Schreiber hatte den Kopf gehoben und musterte Thomas kritisch, der sich fragte, in was für eine Geschichte er hineingeraten war. Und woran erinnerte ihn dieses Rosa?

»In Mainz findet zurzeit ein Kampf statt zwischen dem Stadtrat und mir. Er will Rechte an sich reißen, die mir gehören.« Der Bischof sprach jetzt ruhig und überlegt. »Im Stadtrat herrschen die Zunftmeister. In einem blutigen Kampf haben sie das Patriziat besiegt. Aber sie haben durch Arroganz und Misswirtschaft die Finanzen der Stadt ruiniert. Die Zinszahlungen fressen die Steuereinnahmen. Ich habe die Situation genutzt und die bischöfliche Macht gestärkt. Auch Eure Stelle war umkämpft.«

Das klang nach einem schleichenden Krieg zwischen zwei Lagern, die sich nicht versöhnen würden. Thomas wusste aus Köln, dass das Verhältnis zwischen dem Erzbischof und den Bürgern oft problematisch war. Aber was er nun hörte, hatte eine andere Dimension, und er war fremd hier, kannte die Strukturen und Verhältnisse nicht. Lief es darauf hinaus, dass er zwischen die Fronten geriet?

»Das strenge Gericht beziehungsweise die Blutgerichtsbarkeit liegt in meinen Händen«, erklärte Erbach. »Eure Stelle untersteht mir, nicht dem Stadtrat. Die Kompetenzen der städtischen Richter beschränken sich auf Bagatellfälle. Als es galt, Eure Stelle neu zu besetzen, wollte sich der Stadtrat einmischen und die Blutgerichtsbarkeit an sich ziehen. Steininger hat schnell gehandelt, indem er Euch die Stelle gab und damit den Stadtrat düpiert!«

Davon hatte Steininger kein Wort erwähnt. Das flaue Gefühl in Thomas' Magengrube verwandelte sich zunehmend in ein Stechen. Ihm wurde plötzlich die überstürzte Eile klar, mit der er die Stelle antreten musste, und er verstand nun Steiningers Schweigen. Der Freund seines Vaters hatte ihm einen Bärendienst erwiesen. Nicht nur, dass Konflikte mit dem Bischof absehbar waren: Thomas würde den gesamten Stadtrat gegen sich haben. Das heißt, er hatte ihn schon gegen sich, obwohl sie ihn noch gar nicht kannten.

»Es war bisher üblich«, setzte der Kurfürst seine kleine Rede fort, »dass mich der oberste Gewaltrichter bei allen Fällen, die von Belang sind, konsultiert. Ihr braucht nicht wegen Kleinkram zu kommen. Aber wenn etwas auf dem Spiel steht«, und hierbei schaute er Thomas wieder eindringlich an, »denkt an den obersten Rechtssatz dieser Stadt: *Das Gesetz bin ich!«* Dabei tippte er sich mit dem Zeigefinger der rechten Hand gegen die Brust.

Thomas' spontaner Impuls war, sich auf den Rückweg nach Köln zu machen. Seine Assistentenstelle am dortigen Gericht war noch nicht neu besetzt. Wie sollte er mit einem Mann zusammenarbeiten, der so redete, wie Thomas sich einen selbstherrlichen römischen Imperator vorstellte? Der nächste Gedanke galt seiner Karriere. Wenn er kampflos das Feld räumte, war er erledigt. Nur ein Wahnsinniger konnte eine Mainzer Richterstelle ablehnen. Auch in Köln, bei seinen alten Kollegen, würde er kein Verständnis finden, und noch weniger bei seinem Vater. Aber selbst wenn er die Meinung anderer Leute außer Acht ließ und nur auf sich hörte, wäre es ihm wie Feigheit oder Flucht vorgekommen, den Rückzug anzutreten.

Thomas nahm nur am Rande wahr, wie Steininger väterlich den Arm um seine Schulter legte. »Wenn du seinen Rat befolgst, steht dir eine glänzende Zukunft bevor!«

Thomas traute seinen Ohren nicht: Von was für einer glänzenden Zukunft redete dieser Mann? Er saß auf einem Pulverfass! Es war nur eine Frage der Zeit, wann es in die Luft flog …

2.

»Jetzt stellen wir dich dem Kommandanten der Stadtwache vor«, sagte Steininger. »Das ist ein wichtiger Mann, aber kein einfacher Charakter. Du arbeitest häufig mit ihm zusammen.«

Es regnete immer noch in Strömen, als Thomas und Steininger den Bischofssitz verließen. Die roten Sandsteinquader, aus denen er errichtet war, schienen die Feuchtigkeit aufzusaugen wie ein Schwamm. Sie befanden sich im Zentrum von Mainz, nur einen Steinwurf vom Dom entfernt. Das fürstliche Palais und das Gerichtsgebäude, Thomas' neuer Arbeitsplatz, grenzten an die Kathedrale und lagen vor einem offenen Platz, der im Volksmund das »Höfchen« hieß. Der Wind vom Fluss blies ihnen eisige Kälte ins Gesicht. Thomas schaute zum Himmel, wo sich hinter unzähligen grauen und schwarzen Wolken ein geheimnisvolles Leuchten verbarg. Sie zogen ihre Kapuzen über den Kopf. Bei jedem Schritt sanken Thomas' Stiefel in den aufgeweichten Boden, und mehrmals glitt er aus.

Sie überquerten den Marktplatz direkt vor dem Dom, wo Handel getrieben wurde. Die Bauern aus der Umgebung und die Mainzer Händler schützten ihre Stände mit Brettern und Planen und rückten dicht zusammen. Das sah von fern aus, als habe der Martinsdom über die Menschen einen Flügel ausgebreitet. Verglichen mit den umliegenden Gebäuden wirkte die Kathedrale gewaltig, als wolle sie in den Himmel ragen. Ihren Turm zum Höfchen hin umgab ein Gerüst; dem Wetter zum Trotz arbeiteten dort zwei Bauleute an einem Wasserspeier. Etwas abseits vom Markt standen Karren, Pferde und Ochsen.

»Das dort drüben«, sagte Steininger und deutete nach links auf die gegenüberliegende Seite, »ist die Münze.« Thomas sah durch die hohen Fenster Männer, die mit Hämmern auf Prägestöcke schlugen. Vielleicht stellten sie gerade Gulden her.

Der Marktplatz verengte sich. In Richtung zum Rhein hin schloss eine weitere Kirche direkt an den Dom an. »Sankt Maria ad gradus«, erläuterte Steininger, »auch Liebfrauenkirche genannt. Und gegenüber: Das ist die Herberge zum Spiegel.« Dort betraten ein Mann und eine Frau gerade die Gaststube, aus der Stimmengewirr schlug. Die Leute saßen an schweren Holztischen beim Essen und tranken Bier.

Sie näherten sich der Stadtmauer, beim Hafen gelegen. Der Wehrturm, auf den sie zusteuerten, hieß laut Steininger die »Fischpforte«. Thomas erinnerte sich an seinen ersten Eindruck von Mainz, den er vom Fluss aus bekommen hatte: die unzähligen Türme. Sie unterbrachen in kurzen Abständen die Stadtmauer; und der Stadtkern wirkte vom Rhein aus wie eine einzige Ansammlung von Kirchen und Klöstern mit Türmen jeder Größe. Sie bogen nach links ab und folgten einer Gasse parallel zur Befestigung.

»Das Heilig-Geist-Spital«, sagte Steininger, auf einen Steinbau mit imposantem Giebel weisend. »Darauf sind wir besonders stolz. Hier werden die Kranken und Siechen gepflegt. Wir überlassen sie nicht ihrem Schicksal, wie das in anderen Städten geschieht.«

Im Schutz der Mauer war der Wind erträglicher und auch der Regen prasselte nicht so ungeschützt auf sie ein. Bald darauf erreichten sie ihr Ziel, den »Eisenturm«, in dem die Wache untergebracht war. Über einem weit geschwungenen Torbogen zählte Thomas fünf Geschosse. Man hatte die Außenwände weiß gestrichen, nur die Umrandungen der Fenster und die Ecken der Wände rot. Steininger öffnete die Tür zur Wache. Der mit einer gewölbten Decke versehene Innenraum war ebenfalls weiß getüncht. An einer Wand sah Thomas einen überlebensgroßen Ritter in voller Rüstung mit Helmbusch, Schwert und Schild abgebildet, neben ihm das Mainzer Wappen.

Sie hatten den Raum kaum betreten, als sich Thomas und seinem Begleiter ein überraschender Anblick bot: Ein Mann in Uniform ging drohend auf einen kleineren Mann zu, den Kopf angriffslustig nach vorne geschoben wie ein Kampfhahn.

»Ihr habt sie laufen lassen. Ich sehe es deinem Gesicht an!«, schrie der Uniformierte. Sein Kopf war so rot wie der des Fürsten vorhin im Audienzsaal.

Der kleine Mann, der offenbar zur Wachmannschaft gehörte, wurde blass und wich zurück. »Wir hatten keine Chance«, stotterte er. »Sie waren längst weg. Jemand muss sie gewarnt haben.«

»Erzähl mir keine Märchen. Wer soll sie gewarnt haben? Wie viele Gelegenheiten wollt ihr euch noch entgehen lassen?«

Der Wachmann schrumpfte weiter zusammen. »Das Feuer war noch nicht kalt. Eine Stunde früher, und wir hätten sie erwischt. Es war Pech!«

»Pech?!« Der Kommandant blickte seinem Untergebenen aus kürzester Entfernung in die Augen. »Dummheit war das!« Nachdem er die letzten Sätze leiser gesprochen hatte, fing er wieder an zu schreien. »Das sind höchstens fünf Leute, die seit Wochen die Gegend terrorisieren, und ich habe euch zu zehnt losgeschickt. Ihr seid unfähig! Selbst mit meinem kaputten Bein wäre ich schneller gewesen!«

Steininger klopfte an die bereits geöffnete Tür, und der Kommandant blickte zur Seite. Er ließ von seinem Wachmann ab, dem die Unterbrechung sehr gelegen kam.

»Steininger«, sagte er. »Ich habe es nur mit Idioten zu tun. Sie haben die Bande laufen lassen. Ich möchte ihnen allen den Hals umdrehen.«

»Der Bischof tobt wegen der Geschichte«, sagte Steininger, »weil sie seine Autorität untergräbt. – Aber ich möchte Euch einen Mann vorstellen, mit dem Ihr in Zukunft viel zu tun haben werdet.« Steininger zeigte auf Thomas. »Das ist unser neuer Richter: Thomas Berger.«

Der Kommandant blickte Thomas mit seinen großen, hellblauen Augen an und sagte eine Weile nichts. Schließlich streckte er zögerlich die Hand aus. »Ich heiße Busch. Busch wie Baum.«

Thomas liebte solche Sprüche. Sie gaben sich die Hand.

»Ist das Eure erste Richterstelle?«, fragte Busch.

»Ich habe längere Zeit in Köln am Gericht gearbeitet …«

»Als oberster Richter?«

Thomas kopierte Buschs Lächeln. »Als sein engster Mitarbeiter.«

Er machte sich keine Illusionen. Es war die gleiche Reaktion wie vorhin beim Kurfürsten. Man traute ihm nichts zu. Es war ungerecht, er spürte Wut in sich aufsteigen. Aber er musste schlau sein, behutsam vorgehen und mit Menschen wie Busch auskommen.

»Busch!«, sagte Steininger und hielt dem Kommandanten seinen Zeigefinger vors Gesicht. »Ich möchte, dass Ihr und Berger gut zusammenarbeitet. Er hat in Bologna studiert. Helft ihm, wo Ihr könnt. Gerade in den ersten Wochen wird Eure Erfahrung für ihn wertvoll sein.«

Thomas hatte sich also nicht getäuscht, und Steininger hatte Buschs Reaktion ganz ähnlich gedeutet wie er selbst.

»In Bologna? Das ist natürlich was Besonderes. Und von Adel, nicht wahr?«

Es schien Thomas, als könne er Buschs Gedanken lesen. Er stand einem *viel zu jungen* Mann gegenüber, der *studiert* hatte – einer von diesen Burschen, die alles besser wussten.

»Mein Vater ist Kaufmann«, sagte Thomas.

»Wisst Ihr«, sagte Busch, »bei uns in Mainz geht es rau zu, aber herzlich. Ich möchte dem Studenten der Rechte aus Bologna etwas zeigen …«

»Er ist kein Student, sondern unser Richter!«, sagte Steininger.

»Ich weiß. Trotzdem möchte ich, dass er einen Blick ins Nebenzimmer wirft.«

Der Kommandant öffnete eine Tür, sie betraten den angrenzenden Raum, und er machte eine ausladende Handbewegung. »Unsere gute Stube!«

Der Raum war groß, lag größtenteils im Dunkeln und enthielt seltsame Instrumente, die Thomas nicht gleich zuordnen konnte. Busch stieß die Tür weit auf. »Hereinspaziert!«, rief er. »Nur nicht so schüchtern! Hier soll sich jeder wohl fühlen.«

Er ging in die Mitte des Raums, und die beiden Besucher folgten ihm. Ihre Augen gewöhnten sich an die Dunkelheit. Busch blieb bei einem Holzblock stehen, in dessen schwarzem Holz am seitlichen Rand eine Axt steckte. »Unsere alten Rechtsbräuche sind nicht die schlechtesten«, sagte Busch. »Ich möchte, dass der junge Mann sieht, wie wir ausgestattet sind. Wenn man ein Haus betritt, das man noch nicht kennt, schaut man sich nach den Möbeln um und will den Geschmack des Hausherrn erforschen. Der Student der Rechte möge einen Blick auf diesen einfachen, wirkungsvollen Richtblock werfen, über den so mancher Kopf rollte.« Er fuhr mit der Hand liebevoll über eine Vertiefung im Richtblock. »Die ist für das Kinn«, erklärte er und nickte Thomas zu.

»Nett!«, sagte Thomas. Er sah eine Streckbank, und an den Wänden hingen Fesseln, Peitschen, Zangen und andere Foltergeräte.

»Wie gefällt Euch das?«, fragte Busch. »Zugegeben, manche Sachen werden nicht mehr benutzt, aber ich bringe es einfach nicht übers Herz, sie wegzuwerfen. Man könnte sie ja noch mal brauchen. Zum Beispiel das Rad dort drüben an der Wand ist alt und verrostet, hat uns früher aber gute Dienste getan. Unsere Säge dagegen ist noch gut in Schuss und auch dieser Rahmen aus bestem Eichenholz: Kopfüber werden die Übeltäter hier eingespannt, damit sie nicht so viel Blut verlieren, wenn wir sie vom Schritt aus durchsägen. Nichts für zarte Gemüter, aber *abschreckend.*«

»Hübsch!«, sagte Thomas.

»Mit diesem hochwertigen Gerät werden Frauen die Brüste zerrissen; das kann man mit kaltem oder glühendem Metall machen. Direkt daneben, das ist eine Schädelquetsche, sie arbeitet im Prinzip ganz ähnlich wie eine Kelter. Der Kopf wird in den Metallrahmen gespannt und mit einem glockenförmigen Gebilde immer größerem Druck ausgesetzt.«

»Nicht übel«, sagte Thomas spottend. »Aber die Kölner sind besser ausgestattet.«

»Köln, Köln«, brummte Busch. »Wir sind hier in Mainz.« Sein Gesicht verfinsterte sich. Er wurde einsilbig.

Schließlich verabschiedeten sich Thomas und Steininger und traten wieder ins Freie, wo der Regen nachließ. Sie überquerten erneut den Marktplatz, diesmal in entgegengesetzter Richtung. Einige Bauern aus der Umgebung bauten ihre Stände ab. Es roch nach fauligem Gemüse.

Steiningers Stimme klang besorgt. »Thomas, du bist unvorsichtig. Du solltest Busch nicht verärgern. Er ist einflussreich. Du bist auf ihn angewiesen.«

»Ich war doch freundlich zu ihm.«

»Er und der alte Richter verstanden sich blendend. Die beiden vertraten die gleiche Philosophie.«

»Ich hätte in Busch keinen Denker vermutet«, erwiderte Thomas.

3.

Zum Schluss wie immer das lateinische Sprichwort.«

Zehn Jungen und zwei Mädchen, die auf niedrigen Holzbänken saßen, starrten die Lehrerin an, und die Gesichter verrieten ihr, dass ihre Ankündigung auf wenig Gegenliebe stieß. Katharina Roth, an solche Reaktionen gewöhnt, ließ sich nicht aus der Ruhe bringen.

»Matthias!«, rief sie einen Jungen auf, der in der Nase bohrte und aus dem Fenster schaute. »Welchen Spruch haben wir auswendig gelernt?«

»Können wir keine deutschen Sprüche lernen?« Matthias hielt den Blick jetzt auf seine Hand gerichtet und bewegte Daumen und Zeigefinger hin und her.

»Die deutschen Sprüche kennt jeder, die lernt ihr auf der Straße. Die lateinischen lernt ihr nur bei mir.«

»Mein Vater sagt, Latein ist Quatsch!«

Die Lehrerin trat hinter ihrem Pult hervor und stemmte die Fäuste in die Hüften. Sie war klein und warf ihre rotblonden Haare in den Nacken. Ihre Augen funkelten. »Wilfried, sag du den Spruch!«

»Quod licet Iovi non licet bovi.«

»Was heißt das?«

»Was Jupiter erlaubt ist, ist einem Ochsen noch lange nicht erlaubt.«

»Den Spruch kannst du deinem Vater aufsagen, Matthias. Und damit genug für heute.«

Die Schüler klemmten ihre Wachstafeln unter den Arm und eilten aus dem Raum. Katharina Roth blieb allein zurück und verstaute ein lateinisches Grammatikbuch und verschiedene Schreibgriffel in ihrem Lederbeutel. Sie wusste, dass ihr Temperament wieder einmal mit ihr durchgegangen war. Sie musste lernen, sich klüger zu verhalten. Matthias hatte die Anspielung verstanden und würde seinem Vater Bericht erstatten. Damit stand Ärger ins Haus. Wenn sie es sich mit den Eltern verdarb, stand sie bald ohne Arbeit da.

Sie verließ das ›Zur Isenburg‹ genannte Zunfthaus der Krämer, in dem der Unterricht stattfand. Zunächst überquerte sie eine schmale Gasse, dann den freien Platz vor dem Kaufhaus am Brand, dessen mächtiger Steinfassade mit Statuen der sieben Kurfürsten sie keine Beachtung schenkte. Der Regen beschleunigte ihre Schritte. Ihr Vater leitete das Kaufhaus, in dem es zuging wie in einem Taubenschlag. Menschen kamen und gingen. Sie sah den alten Franz, der seit vielen Jahren dort arbeitete, beim Eingang stehen und mit einem Händler ein Schwätzchen halten.

Katharina ging Richtung Dom, in dessen Eingang sie Frauen und Mönche verschwinden sah. Als sie ein zweistöckiges, am Marktplatz schräg neben der Münze gelegenes Fachwerkhaus betrat, spürte sie einen seltsamen Druck auf der Brust.

»Katharina, du kommst zu spät! Wir sind bei Tisch.« Die Stimme ihrer Mutter. Katharina legte den durchnässten Mantel ab. Ihr Vater, ihre Mutter, zwei Schwestern und ein Bruder saßen bereits in der Küche am Mittagstisch. Katharina hatte den ungeliebten Brei und das Dörrobst schon gerochen, bevor sie den Raum betrat. Die Fünf löffelten schweigend.

Sie setzte sich neben die Mutter und füllte ihren Teller aus einem in der Mitte stehenden Topf. Auf dem Tisch lagen Brotstücke. Aus den Augenwinkeln betrachtete sie ihren Vater. Seine Laune schien nicht die beste zu sein.

»Was hat dich diesmal aufgehalten?«, fragte er.

»Ein kluger Spruch.«

Katharinas Vater hatte mit Tuchen gehandelt und Verbindungen in ganz Europa unterhalten, bevor er die Leitung des Kaufhauses übernahm. Er hatte gehofft, dass einer der Söhne ins Geschäft einstieg, aber sie ergriffen andere Berufe.

»Es wird Zeit, dass du heiratest«, sagte er unvermittelt. Das war sein Lieblingsthema. Einleitender Worte bedurfte es schon lange nicht mehr.

Katharina erwiderte: »Ich denke nicht daran.«

»Man macht sich schon lustig über mich«, sagte er. Immerhin hatte er sie bisher nicht gezwungen. »Das sind Dummköpfe!«, sagte Katharina.

»Bilde dir nur nichts darauf ein, dass du Lehrerin bist.«

»Was soll das heißen?«

»Es gibt erfolgreiche Menschen, die weder lesen noch schreiben können.«

»Erfolg und Dummheit schließen sich nicht aus.«

Katharina war schlecht gelaunt und in der Stimmung, einen Streit vom Zaun zu brechen. Erst letzte Woche hatte sie polternd das Haus verlassen. Aber schließlich blieb ihr nichts anderes übrig, als wieder dorthin zurückzukehren.

»Ich will mein Leben nicht in der Küche verbringen«, sagte sie.

»Warum redest du immer von der Küche?« Es war ihre jüngste Schwester, die sich einmischte. »Du kochst doch nie!«

»Wie stellst du dir dein zukünftiges Leben vor?«, fragte ihr Vater.

Katharina warf ihm einen flüchtigen Blick zu. Einen Moment erwog sie, seine Frage offen zu beantworten. Aber sie hätte ihm sagen müssen, dass sie in der Enge ihres Elternhauses zu ersticken glaubte. Dabei hätte ein Außenstehender sie für glücklich halten müssen. Aber sie wollte nicht heiraten, sondern einem Beruf nachgehen. Als der alte Lehrer starb, hatte sie sich den Eltern der Kinder als Übergangslösung angeboten. Das lag ein Jahr zurück und sie hatte die Stelle noch immer.

Katharina vermied einen Streit. Nach dem Essen ging sie in ihre Kammer, in der früher das Dienstmädchen geschlafen hatte. Ein kleines Fenster schaute auf den Hof, und außer einem Bett und einer Truhe befanden sich in dem Raum keine Möbelstücke.

Der Konflikt mit ihrem Vater erinnerte sie an ihre Schwester

Klara. Früher hatte man sie häufig miteinander verwechselt. Klara lebte heute außerhalb der Stadtmauer, in einem ehemaligen Köhlerhaus. Köhler galten als »unehrliche Leute«. Katharina war die Einzige aus der Familie, die sich gelegentlich mit Klara traf. Sie hatte ihre Schwester seit mehr als einer Woche nicht gesehen.

Die Kinder hatten heute fasziniert von der Räuberbande gesprochen, die Buschs Leuten entwischt war. Katharina beschloss, Klara in ihrem Haus vor der Stadt zu besuchen. Sie machte sich auf den Weg, ohne jemandem Bescheid zu sagen. Ihr Vater war sicher schon wieder im Kaufhaus. Katharina erinnerte sich an Gesprächsfetzen, die sie in den letzten Tagen aufgeschnappt hatte. Reisende waren in der Nähe von Mainz überfallen und ausgeraubt worden. Sicher wäre es klüger gewesen, zu Hause zu bleiben, aber die Sorge um Klara überwog.

Nachdem Katharina das Fischtor passierte hatte, ging sie am Hafen entlang, wo im Winter wenig Betrieb herrschte. Die Fläche zwischen der Stadtmauer und den Kais war gepflastert. Der Fluss führte weder Eis noch Hochwasser, so dass immerhin fünf Schiffe an den Kaimauern lagen, an denen Ladearbeiten stattfanden. Die übrigen würden erst wieder im Frühjahr zum Einsatz kommen. Lastenträger mit durchnässten Mänteln schleppten Ballen, Kisten und Fässer auf die Schiffe oder an Land. Pferde- und Ochsenkarren pendelten zwischen den Stadttoren und den Kais. Auch auf der Schiffsmühle wurde gearbeitet. Das schnell drehende Mühlrad war zwischen zwei fest verankerten und vertäuten Kähnen angebracht. Eine Frau trug einen prall gefüllten Sack unter Deck.

Auf den Hafen folgte ein Treidelpfad, der im Sommer festgetreten, jetzt aber matschig war. Ihn säumten in unregelmäßigen Abständen Pappeln und Weiden. Der Rhein floss breit und dunkel. Katharina liebte den Fluss. Sie war in Mainz geboren und kannte ihn schon, bevor sie denken konnte. Sie warf einen Blick aufs andere Ufer, wo der Main mündete. Dort gab es im

Sommer hohes Gras, in dem sie manchmal lag und den Wolken nachschaute.

Katharina bog nach links; ein schmaler Pfad führte durch die Rheinauen auf den Wald zu. Ihre Schwester würde überrascht sein. Meistens trafen sie sich auf dem Markt. Klara verkaufte dort Kräuter, weshalb manche sie für eine Hexe hielten. Katharina betrat den kleinen, nicht weit vom Fluss gelegenen Wald.

Die Bäume waren kahl, ihre nackten Äste und Zweige bildeten ein verworrenes, schwarzes Muster vor dem verregneten Himmel. Katharina zog ihren Mantel enger um die Schultern. Sie roch das faulige Laub vom vorigen Jahr, das den Waldboden und den Weg bedeckte. Es war hier so still, dass sie nur ihre Schritte hörte und das Schreien einer Krähe.

Zwischen Bäumen sah sie das Haus ihrer Schwester; eigentlich mehr eine Hütte. Etwas irritierte sie. Sie wusste jedoch nicht zu sagen, was genau es war. Dass kein Rauch aus dem Schornstein stieg? Die Stille? Nein. Jetzt fiel es ihr auf: Der Fensterladen der Frontseite war geschlossen! Bei Tag stand er immer offen! Beunruhigt ging sie weiter.

In diesem Moment lenkte sie ein Geräusch ab, das hinter einem Gebüsch junger Buchen hervorkam. Sie blieb stehen, lauschte und atmete schneller. Sie hörte ein Scharren, dann verschiedene Laute, die sich überlagerten und nicht voneinander zu trennen waren! Sie ging im Schutz von Baumstämmen geräuschlos auf das Gestrüpp zu. Eine Männerstimme sagte: »Verdammt! Weg da!«

Sie hörte ein Pochen, wie wenn jemand mit einem Stock auf Holz schlägt. Katharina konnte noch immer nichts sehen. Das Herz schlug ihr bis zum Hals. Sie näherte sich vorsichtig dem Geräusch und atmete erleichtert auf. Dort wühlten etwa zwanzig Schweine im Laub, bewacht von einem Hirten, der sie beisammen hielt. Die Tiere hatten den Waldboden durchfurcht und fraßen, was sie an Eicheln und Bucheckern vom letzten Herbst finden konnten.

Der Schweinehirte schaute überrascht auf, als er Katharina sah, winkte ihr dann aber mit seinem Stab zu. Er trug einen dicken Wintermantel, über den sein mächtiger Bart hervorragte. Katharina winkte flüchtig zurück, drehte sich – zur Enttäuschung des Hirten – abrupt um und ging zurück zum Weg, den sie verlassen hatte. Sie war sich fast sicher, dass ihrer Schwester etwas zugestoßen sein musste. Hoffentlich täuschte sie sich; hoffentlich war ihre Sorge nichts weiter als die Ausgeburt einer überspannten Fantasie! Erneut kam das niedrige Haus in ihr Blickfeld. Sie blieb in einiger Entfernung stehen und wagte nicht, weiterzugehen. Warum war der Fensterladen geschlossen? Ihre Schwester verließ die Hütte nie für länger als ein paar Stunden. Und wenn sie in die Stadt auf den Markt ging, dann schloss sie nicht die Läden, das wusste Katharina. Ihre Schwester hatte feste Gewohnheiten, von denen sie nicht abwich.

Katharina gab sich einen Ruck und ging zögernd auf das Haus zu. Dabei achtete sie auf Geräusche, aber außer dem Scharren im Laub war alles still. Katharina stand nur wenige Meter vom Haus entfernt. Vielleicht wollte ihre Schwester jemanden besuchen und über Nacht wegbleiben. Aber sie wollte nicht wirklich an diese Möglichkeit glauben. Oder war Klara krank? Instinktiv spürte Katharina, dass keine dieser Möglichkeiten zutraf.

Sie fasste die Tür ins Auge. Erst jetzt, aus kurzer Distanz, erkannte sie, dass sie offen stand. Ein winziger Spalt. Katharina schaute zum Himmel: Es war erst Nachmittag und schien doch schon Nacht zu werden. Sie nahm ihren Mut zusammen und trat vor die Tür. Sie streckte die Hand aus und drückte gegen das Holz. Die Tür quietschte in den Angeln und gab ein Stück nach. Katharina schaute nach drinnen, sah aber nichts als Dunkelheit.

Sie stieß mit einem entschiedenen Ruck die Tür weit auf. Sie trat auf die Schwelle. Ihre Augen mussten sich erst an die Finsternis gewöhnen. Die Hütte bestand aus einem einzigen Raum, der zugleich als Wohn-, Ess- und Schlafzimmer diente. Schemen zeichneten sich ab: das Bett, der Tisch. Zwei Stühle waren umgefallen und lagen auf dem Boden. Sie betrat den Raum und wandte sich nach rechts. Sie tastete sich an der Wand entlang bis zum Fenster, schob den Riegel zurück und öffnete den Laden. Katharina schaute sich um. Küchengeschirr lag zerbrochen am Boden. Der Raum wirkte verwüstet. Ihr Blick fiel wieder auf die umgefallenen Stühle. Dann schaute sie nach rechts. Sie machte zwei Schritte, blieb abrupt stehen und presste beide Hände gegen den Mund …

4.

Steininger war zum Kurfürsten gerufen worden, der in seinem Arbeitszimmer neben einem massiven Eichentisch saß, die Schuhe ausgezogen und die Beine auf einen Schemel gelegt hatte. Ein ockerfarbener Kachelofen wärmte den gemauerten Raum. Teppiche und Wappenmalereien schmückten die Wände. Durch zwei Fenster schaute man über die Dächer von Mainz. Die Kirchen und Klöster beherrschten das Stadtpanorama; daneben gab es einige wenige aus Stein errichtete Häuser, die alten Familien und mächtigen Zunftherren gehörten. Wohlhabende Handwerker wohnten in mehrgeschossigen, bunt bemalten Fachwerkgebäuden. Zum Stadtrand hin wurden die Behausungen ärmlicher und farbloser.

Dietrich von Erbach hielt eine Schreibfeder zwischen Daumen und Zeigefinger und ließ sie wie die Arme einer Waage auf und ab pendeln.

»Dieser neue Richter …« Der Kurfürst schaute Steininger

nicht an, der mit hinter dem Rücken verschränkten Armen bei der Tür stand. »Wie bist du eigentlich ausgerechnet auf ihn gekommen?«

»Er wird sich bewähren«, erwiderte Steininger.

»Ein Mann mit so wenig Erfahrung für eine derart heikle Aufgabe – ich habe da Zweifel.«

»Gib ihm eine Chance!«

»Das werde ich tun – wenn es die Situation zulässt.« Der Bischof hielt die Feder mit beiden Händen und bog sie so stark, dass sie zu brechen drohte. »Allerdings darf ich mir dem Stadtrat gegenüber keine Blöße geben. Im Moment ist vieles in der Schwebe; die Entscheidungen, die jetzt fallen, werden für Jahrzehnte Bestand haben. Deswegen ist es wichtig, Flagge zu zeigen. Sobald sie bei mir die kleinste Schwäche entdecken, eine verwundbare Stelle, werden sie auf mich einhacken wie Raubvögel. – Wie soll dieser unerfahrene Bursche gegenüber dem Stadtrat bestehen? Sie sind alle gegen ihn!«

»Wir sollten ihn nicht unterschätzen«, sagte Steininger. »Seine Jugend kann für dich ein Vorteil sein, denn er wird auf dich hören! Er ist zu jung, um widerspenstig zu sein. Ein Mann von vierzig oder fünfzig Jahren ist dagegen ein alter Stamm, den man schwer beugt; der hat seine eigenen Ansichten und macht Probleme.«

»Weshalb hast du an ihm einen Narren gefressen?«

Steininger machte einen Schritt auf den Kurfürsten zu, der die Feder neben sich auf den Tisch warf. Erbachs Arbeitszimmer lag im Dämmerlicht. Eine Skulptur des heiligen Martin sah Steininger nur als Schattenriss.

»Ich kenne seinen Vater gut. Die Familie hat lange in Italien gelebt, wo Thomas geboren ist und die ersten Jahre seines Lebens verbracht hat. Er war ein Kind mit außerordentlichen Begabungen; er hat gezeichnet und mit fünfzehn Jahren seltsame Maschinen konstruiert, kleine Wunderwerke. Beim Studium gehörte er zu den besten seines Jahrgangs. Er ist fleißig und hat Ausdauer. Er ist keiner, der sein Ziel aus den Augen verliert.«

»Mag ja alles sein!« Der Kurfürst schlug mit der Hand auf den Tisch. »Aber hier wird er ins kalte Wasser geworfen. Und wenn er nicht schwimmt, wird er absaufen. Er ist ein Schöngeist. Wir brauchen einen Mann, der hart durchgreift!«

Steininger kam noch einen Schritt näher. Sein Blick fiel auf Sankt Martins Schwert, das den Mantel des Heiligen in zwei Hälften trennte. »Das wird sich ändern.«

»Du setzt dich sehr für ihn ein. Also gut, er soll seine Chance haben. Vielleicht täusche ich mich. Ich erwarte von dir, Steininger, dass du ihm auf die Finger siehst. Man wird versuchen, ihn über den Tisch zu ziehen. Wenn er sich nicht durchsetzt, muss ich handeln.«

Thomas saß in seiner neuen Amtsstube und dachte an Italien. Das Gerichtsgebäude war vollständig aus Stein gemauert, ebenso wie der angrenzende Bischofssitz. Der Raum war nicht geheizt und die Fenster halb blind. Sein Zimmer lag zum Höfchen hin, aber nur wenn er nahe an die Glasscheiben herantrat, konnte er erkennen, was dort vor sich ging. Am Höfchen gab es eine Metzgerei, einen Bäcker, eine Wechselstube und andere Läden. Schausteller, Bettler und fahrendes Volk gingen dort bei besserem Wetter ihren Geschäften nach. Auch den Markt und die Münze konnte Thomas verschwommen sehen.

Er dachte an früher. Die ersten Jahre seiner Kindheit hatte er auf Sizilien verbracht. Sein Vater handelte mit orientalischen Gewürzen. Zu seinen frühesten Erinnerungen zählten das weiß getünchte Haus mit den blauen Fensterläden, das sie bewohnten, und der Blick auf den Hafen. Wenn die Sonne auf die Wände fiel, musste man die Augen zusammenkneifen. Häufig war er mit seinem Vater beim Hafen gewesen. Die Gewürze, der Wind vom Meer, der die Lippen salzig schmecken ließ, die Innereien der Fische, die im Wasser schwammen. Später zog die

Familie nach Köln. Am schwersten fiel der Wechsel ins nördliche Klima seiner Mutter. Von ihr glaubte er seine musische Begabung zu haben.

Auch in Köln begleitete er seinen Vater zum Anlegeplatz der Schiffe. Er ging zu den Dominikanern auf die Schule. Jahre später kehrte er nach Italien zurück. Aus nächster Nähe erlebte er die Anfänge der Renaissance; Künstler, Wissenschaftler und Architekten entdeckten das antike Erbe und schufen ein neues Bild vom Menschen. Er besuchte Florenz und sah die Kuppel des Doms von Brunelleschi und Donatellos David. Sein eigenes Interesse an der Malerei wuchs, und er verbrachte mehr Zeit mit Zeichnen als mit dem Studium der Gesetze …

Bücher und Schriftstücke füllten die Regale und Schränke an den Wänden der Amtsstube; das ganze Mobiliar bestand aus einem Tisch, einem Pult und zwei Stühlen. Leichter Schimmelgeruch hing in der Luft. Quälende Selbstzweifel plagten Thomas. Das Gespräch mit dem Kurfürsten – es belastete ihn noch immer. Er ging im Zimmer auf und ab. Bisher führte sein beruflicher Weg geradewegs nach oben. Dabei war ihm vieles in den Schoß gefallen. Nur einmal war er ernsthaft geprüft worden, und er hatte die Prüfung, nach seinem eigenen Urteil, nicht bestanden. Die Erinnerung daran wollte nicht verblassen …

Thomas war nach Abschluss seines Studiums nach Köln zurückgekehrt, wo ihm der Name seines Vaters alle Türen öffnete. Er wohnte im Haus der Eltern und erhielt eine Stelle am Gericht. Er trug keine unmittelbare Verantwortung, sondern bereitete Fälle für den Gewaltrichter vor, der ein erfahrener Mann war und mit dem er sich gut verstand. Sein Vorgesetzter Albrecht Brand verhielt sich ihm gegenüber wie ein zweiter Vater. Nach zwei Jahren stieg Thomas auf und wurde zum Stellvertreter des Richters befördert. Das brachte ihm von verschiedenen Seiten Missgunst ein, aber sein Gönner schützte ihn. Da der Stellvertreter meistens im Hintergrund blieb, trug Thomas zwar offiziell größere Verantwortung als vorher, aber sie war mehr theoretischer Natur.

Aber einmal musste Brand für drei Tage verreisen. Der Richter hatte die Zeit seiner Abwesenheit so gelegt, dass kein Prozess anstand. Thomas vertrat ihn mit der Gewissheit, keine Entscheidungen treffen zu müssen. »Und wenn etwas passiert«, sagte Brand, »dann schieb die Sache hinaus, bis ich zurückkomme.«

Genau in den drei Tagen geschah etwas, womit keiner gerechnet hatte: Man fand die Leiche einer achtzehnjährigen Frau in einer Seitenkapelle des Doms. Sie hieß Monika Dittmar und arbeitete als Bäckerin in einem kleinen Laden am Alter Markt. Die Nachricht machte innerhalb weniger Stunden die Runde und sorgte für große Aufregung.

Eine Frau hatte die Leiche am frühen Morgen vor einem dreiflügligen Altar gefunden. Thomas musste zum Tatort, wo sich eine Menschentraube gebildet hatte. Er betrachtete die Leiche. Es gab keine Tatwaffe, und es war auch kein Blut geflossen. Einzig Spuren am Hals deuteten darauf hin, dass jemand die Frau erwürgt hatte. Da der Körper kalt und die Leichenstarre eingetreten war, musste ihr Tod viele Stunden zurückliegen.

Thomas befragte die Geistlichen. Die Tat musste in einem Zeitraum stattgefunden haben, der sich ziemlich genau eingrenzen ließ. Am Vortag, kurz vor Einbruch der Dunkelheit, war ein Kaplan in der Kapelle gewesen, ohne Auffälliges zu bemerken. Da die Kathedrale nachts abgeschlossen wurde, musste der Mord nach Einbruch der Dunkelheit, aber vor dem Verriegeln der Eingänge geschehen sein.

Thomas ging zum Alter Markt, wo Monika Dittmar in der väterlichen Bäckerei gearbeitet hatte. Die Eltern hatten ihre Tochter zuletzt gegen Mittag lebend gesehen und sich über ihr Wegbleiben nicht gewundert, weil sie den Nachmittag frei hatte. Erst als sie nachts nicht kam, machten sie sich Sorgen. Thomas erfuhr, dass Monika Dittmar einen »Verehrer« hatte, wie die Mutter es nannte; er war von Beruf Fassmacher, und es schien beschlossene Sache zu sein, dass die beiden bald heiraten würden.

Thomas fand den Fassmacher in seiner Werkstatt. Er hatte die Nachricht noch nicht gehört und wurde kreidebleich. Sie führten ein langes Gespräch. Als Thomas ihn auf die geplante Heirat ansprach, wurde der Mann unsicher. Monikas Eltern seien nicht über den neuesten Stand der Dinge informiert. Ein junger Spielmann habe Monika den Kopf verdreht. Erst vor einigen Tagen sei das passiert, seitdem habe er sie kaum noch gesehen. Die Zeit vom späten Nachmittag bis kurz vor Mitternacht hatte der Fassmacher bei einem Freund verbracht, der seine Angaben bestätigte.

Die Stimmung im Volk war aufgeheizt. Nachdem sich auf unklaren Wegen Monika Dittmars Affäre mit dem Spielmann herumgesprochen hatte, hieß es bald, dieser sei der Mörder. Spielmann war ein »unehrlicher Beruf«, ähnlich wie Henker oder Köhler. Der Spielmann trat auf Märkten auf oder dort, wo viele Menschen versammelt waren; er brachte mit Scherzen und Musik sein Publikum zum Lachen.

Thomas ließ ihn zum Verhör kommen. Es erschien ein schlanker Mann mit schmalem Gesicht, der ernst und verängstigt wirkte. Thomas war bemüht, sich ein objektives Bild von ihm und der Situation zu machen, was nicht einfach war, weil das Volk seine Entscheidung schon getroffen hatte; es waren schon Stimmen laut geworden, den Spielmann sofort aufzuhängen, ohne vorangehendes Verhör oder Urteil.

Als Thomas den Spielmann auf Monika Dittmar ansprach, gab er ohne Zögern zu, sie gekannt zu haben. Thomas erinnerte sich noch genau an das Verhör, das er damals geführt hatte, und die Gedanken daran waren für ihn sehr unangenehm.

»Was heißt gekannt?«, fragte Thomas.

»Wir trafen uns. Sie wollte mit mir durchs Land ziehen.«

»Wo habt ihr euch getroffen?«

»Am Rhein, ein Stück unterhalb der Stadt bei den Weiden.«

Die Stelle war vor Blicken geschützt. Es war Sommer und heiß.

»Das ist ziemlich entlegen!«, sagte Thomas.

»Sie ist freiwillig gekommen. Niemand hat sie gezwungen.« Der Mann sprach schnell und aufgeregt, er wusste, dass es um sein Leben ging.

»Was geschah weiter?«

»Was wir da machten, hat sie bestimmt nicht umgebracht!«

Draußen, vor dem Gerichtsgebäude, hatte sich eine Menschenmenge versammelt, die die Hinrichtung des Verdächtigen forderte. Thomas überlegte, wie Brand, der alte Richter, sich an seiner Stelle verhalten hätte.

»Man kann mir einiges vorwerfen«, sagte der Spielmann. »Ich bin sicher kein Heiliger. Aber Mord? Damit habe ich nichts zu tun!«

»Wie lange war Monika Dittmar Eure Geliebte?«

»Erst seit einigen Tagen.«

»Wo habt Ihr den gestrigen Nachmittag und Abend verbracht?«

»Wir waren verabredet ...«

»Am Fluss?«

»Wie die Tage vorher.«

»Was geschah?«

»Sie kam nicht. Ich habe auf sie gewartet.«

»Und dann?«

»Bin ich dort geblieben.«

»Hat Euch jemand gesehen?«

»Nein.«

Als man die Sachen des Spielmanns durchsuchte, fand man einen Ring und Münzen, von denen er behauptete, dass Monika Dittmar sie ihm geschenkt habe. Monikas Eltern, die den Ring identifizierten, erzählten überall, der Spielmann habe ihre Tochter ausgeraubt und ermordet. Diese Version wurde vom Volk sofort übernommen.

Die Stadträte kamen zu Thomas. Sie behaupteten, die Beweislast sei erdrückend und die Wut der Bevölkerung nicht mehr unter Kontrolle zu halten. Er müsse sofort einen Gerichtstermin ansetzen und den Mann zum Tod verurteilen. Thomas wollte die Verhandlung um zwei Tage, bis zur Rückkehr Brands, hinausschieben. Aber sie setzten ihn so lange unter Druck, bis er nachgab und den Termin auf den Nachmittag des nächsten Tags legte.

Thomas verbrachte eine schlimme Nacht. Er hielt die Schuld des Spielmanns für wahrscheinlich, aber nicht gesichert. Er lief Gefahr, einen Unschuldigen zum Tode zu verurteilen – denn er zweifelte, dass er stark genug war, den Druck von außen zu ignorieren. Er hatte sich zwar bei allem, was er tat, immer gefragt, wie Brand handeln würde – aber hätte dieser sich nicht geweigert, den Termin für eine Verhandlung vorschnell und auf Druck von außen anzusetzen? War nicht »in dubio pro reo« immer Brands oberster Rechtsgrundsatz: Im Zweifel entscheide das Gericht für den Angeklagten? Thomas warf sich vor, nicht alle Umstände der Tat gründlich genug geprüft zu haben. Ihm war, als gerate er in einen Strudel hinein, der ihn nach unten zog, und er war nicht in der Lage, sich aus dem Wirbel zu befreien.

Am nächsten Morgen fand er zu seiner Überraschung Brand im Amtszimmer. Er war früher von seiner Reise zurückgekehrt. Thomas atmete erleichtert auf und erzählte ihm, was geschehen war. Brand nahm sofort alles in die Hand.

Zuerst führte er ein zweistündiges Verhör mit dem Spielmann. Danach sagte er: »Ich zweifele an seiner Schuld!«

Dann ließ er den Verlobten holen und verhörte ihn ebenfalls lange. Der Fassmacher verstrickte sich in Widersprüche. Es stellte sich heraus, dass er Monika Dittmar und den Spielmann heimlich beim Fluss beobachtet hatte. Eine Verantwortung für den Mord stritt er ab und berief sich auf sein Alibi.

Brand begann die Befragung des Zeugen, auf den sich das

Alibi stützte. Der Mann war ebenfalls Fassmacher und wirkte sehr nervös. Wie sich im Verlauf eines langen Verhörs herausstellte, war er beim Verlobten der Toten verschuldet, und das Alibi war erkauft.

Der Mordfall entpuppte sich als klassisches Eifersuchtsdrama. Den Spielmann traf keine Schuld, und der Verlobte der Ermordeten gestand schließlich die Tat. Er hatte sich mit ihr gegen Abend in der Kapelle des Doms verabredet, nicht um sie zu ermorden, sondern um eine Aussprache zu führen. Erst als sie hartnäckig blieb und ihn verlassen wollte, geriet er in Wut. Dann, so berichtete er, sei alles sehr schnell gegangen. Er könne sich an den Tathergang nicht wirklich erinnern. Es gab wenige Tage später eine Verhandlung, und beide Fassmacher wurden hingerichtet.

Niemand machte Thomas einen direkten Vorwurf, und auch Brand verpackte seine Kritik so, dass sie mehr ein wohlmeinender Rat für die Zukunft war. Thomas aber verfolgte das Geschehen bis in die Träume. Schließlich ging es um keine Lappalie, sondern um ein Menschenleben. Manchmal träumte er, der Spielmann sei durch sein Verschulden hingerichtet worden.

Es klopfte an der Tür. Ein kleinwüchsiger Mann betrat die Amtsstube, der etwa zwanzig Jahre älter als Thomas sein mochte und mit krächzender Stimme sprach: sein neuer Adlatus. Sie hatten sich bereits am Vortag kennen gelernt. Er hieß Fuchs und arbeitete seit vielen Jahren am Gericht.

»Ich bringe schlechte Nachrichten!«, sagte Fuchs.

»Was ist passiert?«, fragte Thomas.

»Eine Frau ist ermordet worden.«

»Wie heißt sie?«

»Klara Roth. Sie wohnt in einem Haus im Wald. Jemand hat sie dort erstochen.«

»Und mein Vorgänger hat in solchen Fällen die Ermittlungen geleitet?« Die Rechtsbräuche waren unterschiedlich. In manchen Städten leitete die Stadtpolizei die Untersuchungen, oft aber nahm das der Richter selbst in die Hand, unterstützt von der Stadtwache. Thomas kannte die Antwort auf seine Frage bereits, und er hatte sie nur gestellt, um Zeit zu gewinnen. Er musste sich fassen.

»Selbstverständlich!«, sagte Fuchs. »Ihr leitet die Untersuchungen und seid gegenüber Busch und der Stadtwache weisungsbefugt.«

»Dann bringt mich zum Tatort«, sagte Thomas und holte tief Luft. Als hätte er es vorausgeahnt: Wie damals in Köln …

5.

Sie passierten die Stadtmauer beim Eisenturm, gingen am menschenleeren Hafen vorbei und folgten dem Treidelpfad. Es regnete weiter in Strömen, und Böen vom Fluss her trieben den beiden Männern Tropfen ins Gesicht. Sie erreichten den Wald, der keinen Schutz vor der Witterung bot. Thomas dachte an die junge Frau, von der Fuchs ihm einiges erzählt hatte. Gleich würde er sie als Tote sehen.

In der Abenddämmerung tauchte das Haus vor ihnen auf; Tür und Läden waren geöffnet. Thomas beschleunigte seine Schritte, um endlich ins Trockene zu kommen. Das Gebäude wirkte von weitem verwahrlost; es war aus Holzbalken errichtet, hatte Lehmwände und im schilfbedeckten Dach einen Rauchabzug für die Feuerstelle. Zum Boden hin waren die Balken und Wände schwarz.

Thomas hörte Stimmen, und als er über die Schwelle trat, sah er fünf Leute im Raum: eine Frau und vier Männer – davon zwei bewaffnet.

»Da ist ja unser *Richter*«, sagte Busch mit kurzem Blick auf Thomas.

Thomas schaute zu der Frau, die sich Tränen aus dem Gesicht wischte. Ihre Haare waren rötlich und trotz der Dunkelheit irgendwie schimmernd. Sie beachtete ihn nicht. Der Kommandant und der vierte Mann, der seiner Kleidung nach wohlhabend sein musste, standen zusammen und besprachen etwas.

Das Haus bestand aus einem einzigen Raum, der einen rechteckigen Grundriss hatte. Die Tür und ein mit Tierhaut bespanntes Fenster waren in einer Längsseite untergebracht, die Wand gegenüber hatte zwei Fenster. An der Schmalseite links der Tür befand sich die Feuerstelle, neben der Küchengeräte lagen. Im von der Tür entlegensten Winkel des Raums stand das Bett. Es passte nicht zur Umgebung, weil es prunkvoll wirkte; es war hoch und aus Holz gearbeitet, sogar mit Schnitzereien verziert und von einem Baldachin überwölbt. Ein dunkelgrüner Vorhang, der zum Baldachin gehörte, lag auf dem Boden. Der Raum, in dem eisige Kälte herrschte, bot einen chaotischen Anblick.

Eine Truhe neben dem Bett stand offen, ihr Inhalt lag über den Boden verteilt: Kleider, teilweise zerrissen. Nahe bei der Tür Tonscherben und zerbrochene Löffel und Holzschüsseln. Der Tisch und zwei Stühle, die ursprünglich wohl in der Raummitte standen, hatte man umgestoßen.

Die Tote lag mit dem Bauch nach unten auf dem kalten, strohbedeckten Lehmboden neben ihrem Bett. Thomas ging auf sie zu und sah das Messer in ihrem Rücken, das ihm riesenhaft vorkam.

»Ich bin der Vater«, sagte in diesem Moment der Mann, der bei Busch stand. »Da gibt es wohl keinen Zweifel!«

Thomas drehte sich um. »Keinen Zweifel woran?«

»Sie machen seit Wochen die Gegend unsicher. Ich rede von dieser Bande. Sie überfallen Kaufleute und Reisende. So ein abgelegenes Haus ist für sie ein gefundenes Fressen.«

Thomas zog die Brauen zusammen und wandte sich an Busch. »Habt Ihr und Eure Leute den Raum untersucht?«

»Untersucht?«, fragte Busch. »Was gibt es da zu untersuchen? Der Fall ist klar! Ihr habt es gerade gehört. Wir jagen sie seit Monaten. Aber immer entkommen sie uns im letzten Moment.«

»Ihr habt also nicht nach Spuren gesucht?«

»Wir sind hier fertig. Meine Männer werden die Tote mitnehmen.«

Thomas dachte an Köln und an sein Scheitern. Damals hatte er einfach nachgegeben und sich das Heft aus der Hand nehmen lassen. Sein Fehler hätte fast einen Unschuldigen das Leben gekostet. Das sollte kein zweites Mal geschehen. Gleichzeitig dachte Thomas an den Rat von Steininger, den Kommandanten nicht zu verärgern. Er bemühte sich, freundlich zu bleiben. »Ist irgendetwas hier im Raum verändert worden, seit Ihr gekommen seid?«

»Nein.«

»Bitte lasst die Tote noch liegen und auch sonst alles, wie es ist.«

»Wozu soll das gut sein?«, schaltete sich der Vater ein. »Wie lange soll sie noch hier liegen?«

Thomas hätte gewünscht, den Raum bei Tageslicht zu sehen. Jeder Täter hinterlässt Spuren, hatte Brand gesagt, kein Verbrechen geschieht, ohne dass Zeichen am Tatort zurückbleiben. Thomas hatte vor allem deshalb zu Brand aufgeschaut, weil er ein fortschrittlicher Mensch war, der nichts von Aberglauben und Vorurteilen hielt, sondern lieber seinen Verstand gebrauchte. Er ähnelte darin den italienischen Gelehrten, denen es nicht genügte, etwas zu glauben, zu vermuten, zu erahnen, sondern sie verfolgten die Dinge zurück zu ihren Ursprüngen, begaben sich auf Spurensuche, sammelten Belege, trugen Material zusammen, stellten Vergleiche an.

Aber noch etwas hatte Brand ihn gelehrt: Alles braucht seine

Zeit. »Es ist nur eine Frage von zwei oder drei Stunden«, sagte Thomas. Er wollte keinen Streit provozieren.

»Was wollt Ihr tun?«, fragte der Vater.

»Es gibt hier einige offene Fragen, mit denen sich niemand befasst hat«, sagte Thomas.

»Zum Beispiel?«

»Wenn das wirklich eine Bande von Räubern war: Warum lassen sie dann die Kleider zurück?«

»Vielleicht haben sie sich nur für Geld interessiert«, sagte Busch.

»Hat Eure Tochter hier Geld aufbewahrt?«, fragte Thomas.

»Woher soll ich das wissen?«, erwiderte der Vater.

»Ihr spracht nicht über solche Dinge?«

»Wir sprachen überhaupt nicht miteinander.«

Er sagte das, als sei es selbstverständlich. Überhaupt zeigte er sich vom Tod seiner Tochter wenig beeindruckt. Seine ganze Haltung schien auszudrücken: Ich habe es schon immer gewusst!

»Sie besaß Geld, aber nicht viel«, sagte die Frau, die abseits stand.

»Ihr seid die Schwester?«

»Ja. Ich bin Katharina Roth.«

»Wo hat sie das Geld aufbewahrt?«

»Das weiß ich nicht. Aber sie hat manchmal von Ersparnissen gesprochen.«

»Eine größere Summe?«

»Möglich.«

»Wer hat die Tote gefunden?«

»Ich habe sie gefunden«, sagte sie.

Sie berichtete kurz darüber, wie sie die Leiche entdeckt hatte.

»Waren andere Leute in der Nähe?«

»Ein Hirte.«

»Geht der Sache morgen nach«, sagte Thomas zu Fuchs, der bei ihm stand. »Ich möchte wissen, ob der Mann etwas bemerkt hat!« Und zu Katharina. »Wann habt Ihr Eure Schwester zuletzt lebend gesehen?«

»Vielleicht vor einer Woche.«

»Hatte sie Feinde?«

Katharina wog ihre Worte genau ab. »Mir gegenüber hat sie nichts dergleichen erwähnt. Und ich möchte keine Spekulationen in die Welt setzen.«

»Eure Schwester lebte ganz allein in diesem Haus?«

»Ja.«

»Seit wann?«

»Seit etwa drei Jahren.«

»Wo hat sie vorher gewohnt?«

»Bei uns zu Hause.«

Thomas wandte sich an den Vater. »Wann hattet Ihr zuletzt Kontakt mit Eurer Tochter?«

»Kurz nachdem sie ausgezogen ist, war ich zweimal hier, um sie zur Vernunft zu bringen. Aber es war zwecklos!«

»Was ist zwischen Euch vorgefallen?«

»Das geht Euch nichts an.«

Thomas gab sich Mühe, seine Verärgerung nicht zu zeigen. »Wie ist Eure Tochter an das Haus gekommen?«

»Das würde mich auch interessieren.«

»Und wer hat vorher hier gewohnt?«

»Ein Köhler. Er war alt und konnte seinen Beruf nicht mehr ausüben. Falls er noch lebt, wohnt er bei seinem Sohn, irgendwo in der Gegend von Speyer.«

»Hat Eure Tochter ihm das Haus abgekauft?«

»Ich sagte bereits: Ich weiß es nicht!«

Thomas presste die Lippen aufeinander. Er ließ Busch und Roth stehen und ging in die Ecke des Raums, wo die Tote neben ihrem Bett lag. Sie hatte den rechten Arm von sich gestreckt, während der linke am Körper anlag. Mitten aus ihrem Rücken, etwas unterhalb der Schulterblätter, ragte der Schaft des Messers hervor. Die Klinge steckte vollständig im Körper. Thomas hatte seit dem Morgen fast nichts gegessen, der Regen hatte seine Kleidung durchnässt, und er spürte, wie ihm übel wurde. Er hatte in seinem bisherigen Leben keine Erfahrungen mit dem Tod gemacht.

Klara Roth trug ein dünnes Kleid, auf dem sich rund um die Wunde ein dunkler Fleck abzeichnete. Thomas blieb reglos stehen, bis er sich etwas besser fühlte. Wahrscheinlich war er kreidebleich. Seine Beine fühlten sich zittrig an. Warum gab er Busch und dem Vater nicht einfach nach? Warum ließ er nicht zu, dass die beiden Wachmänner, die immer noch beim Fenster standen, die Leiche wegtransportierten? Warum ging er nicht in die Stadt zurück, besorgte sich etwas zu essen und legte sich ins Bett? Niemand hätte ihm einen Vorwurf gemacht. Am nächsten Tag könnte er Steininger Bericht erstatten und behaupten, es handele sich um einen Raubüberfall. Er hatte schon ein Händchen dafür, von einem Fettnäpfchen ins nächste zu treten und sich das Leben unnötig schwer zu machen!

Thomas kniete neben der Toten nieder, um in der Dunkelheit besser sehen zu können. Aus den Augenwinkeln bemerkte er, dass Katharina Roth zu ihm kam. Die Männer im Raum beobachteten ihn wortlos. Obwohl er ihnen den Rücken zukehrte, glaubte er ihre missbilligenden Blicke zu spüren.

Er berührte die linke Hand der Toten, und sie fühlte sich kalt an. Er hatte in Bologna einen Kurs besucht, der sich mit dem menschlichen Körper beschäftigte. Er wusste, dass die Leichenstarre sich zeitlich nicht genau festlegen ließ, sie konnte nach vier Stunden eintreten, aber in anderen Fällen erst nach elf oder zwölf Stunden – und sie verschwand wieder mit Einsetzen der Fäulnis; das konnte bereits nach einem Tag geschehen oder auch erst nach fünf bis sechs Tagen. So hatte er es gelernt.

Klara Roths Körper war starr. Thomas berührte mit Daumen und Zeigefinger den Stoff nahe der Wunde, dort wo er sich dunkel gefärbt hatte. Er fühlte sich hart und verkrustet an.

Sein Blick fiel auf den Schaft des Messers, auf dem sich filigrane Schnitzereien abzeichneten; doch es war zu dunkel, als dass er Genaueres hätte erkennen können.

»Wir brauchen Licht.« Thomas hob den Kopf und schaute Katharina Roth an, die neben ihm stand. Er wunderte sich, dass er »wir« gesagt hatte.

Was war mit der Feuerstelle? Er erinnerte sich, beim Hereinkommen einen Haufen Asche bemerkt zu haben, die erkaltet wirkte. Oder verbarg sich darin noch Glut? Ein solches Detail konnte helfen, die Tatzeit einzugrenzen.

»Wir können hier nicht ewig stehen bleiben!«, sagte Busch und trat von einem Bein auf das andere. »Ich schlage vor, dass meine Männer die Tote jetzt mit in die Stadt nehmen.«

»Ich will Euch und Eure Leute und auch Herrn Roth nicht aufhalten. Aber die Tote lasst bitte hier. Ich habe meine Untersuchung gerade erst begonnen. Ihr hört dann von mir!« Thomas sagte das höflich, aber bestimmt. Solange die Besserwisser hier herumstanden, kam er auf keinen grünen Zweig.

Busch tauschte mit dem Vater viel sagende Blicke aus.

»Bis später!«, sagte Thomas.

Der Kaufmann schien noch etwas sagen zu wollen, aber Thomas kniete wieder neben der Toten und beachtete die beiden nicht. Der Kommandant machte seinen Männern ein Zeichen, und sie gingen zur Tür.

»Fuchs, Ihr könnt auch gehen«, sagte Thomas. Und zu Katharina: »*Euch* möchte ich bitten, noch zu bleiben.«

»Was soll das?«, fragte der Vater.

»Ich möchte ihr noch ein paar Fragen stellen.« Sie war die Einzige, von der er sich erhoffte, dass sie ihm weiterhalf.

Der Kaufmann schüttelte den Kopf, verließ aber mit den andern das Haus. Nur Katharina blieb zurück. Thomas war unzufrieden. Er hatte Busch und Roth verärgert. Gerade das hatte er vermeiden wollen! Würden sie sich über ihn beschweren? Offiziell stand er in der Hierarchie höher als Busch und war weisungsbefugt. Aber das entsprach nicht den tatsächlichen

Machtverhältnissen. Und Roth unterhielt gute Kontakte zum Kurfürsten, wie Fuchs ihm erzählt hatte.

Katharina Roth schien Ähnliches zu denken. »Mein Vater kann sehr unangenehm werden«, sagte sie. »Ihr solltet vorsichtig sein!«

»Solange vier Leute im Raum stehen«, erwiderte Thomas, »die wissen, wer der Täter war, komme ich keinen Schritt weiter. – Wir brauchen Licht.« Thomas ging zur Feuerstelle, griff nach einem Stock und stocherte in der Asche. Dann fasste er mit der Hand hinein: Sie war vollständig kalt.

Von einem Brett an der Wand nahm Katharina einen Stein, ein Feuereisen, eine Kerze und Stücke von getrocknetem Baumpilz. Dann schlug sie mit dem Feuereisen an der Kante des Steins entlang, bis Funken auf den Pilz fielen, so dass er zu glühen anfing. »Bei der Tür liegt etwas Stroh«, sagte Katharina. Er holte es, und sie legte das Stroh auf den Zunderschwamm. Thomas beugte den Kopf nach vorn und pustete vorsichtig in die Glut, bis sich das Stroh entzündete. Kurze Zeit später brannte die Kerze, und sie brachten an der Herdstelle ein Feuer in Gang.

»Wir müssen uns das Messer genauer anschauen«, sagte Thomas.

Er nahm die Kerze, und sie gingen zur Toten. Sie betrachteten die Schnitzereien auf dem Schaft des Messers. »Das ist Elfenbein!«, sagte Katharina.

Thomas näherte die Flamme dem Schaft, den ein metallbeschlagener Knauf abschloss. In beide Flachseiten des Griffs waren Elfenbeinplatten eingelegt. Eine davon war vollständig mit keltischen Ornamenten bedeckt, die andere zeigte ähnliche Verzierungen, doch war in der Mitte eine ovale Fläche freigelassen mit der Darstellung einer Figur.

Thomas zeigte mit dem Finger darauf. »Was ist das?«

Katharina betrachtete die winzige, als Relief hervorgehobene Abbildung. »Sieht aus wie eine Heilige.«

Thomas warf ihr einen kurzen Blick zu und versuchte im

Kerzenlicht die Farbe ihrer Augen zu bestimmen, die in mehreren Farben gleichzeitig zu schimmern schienen: blau, grün und grau. Dann konzentrierte er sich auf das Messer. Er sah eine schlanke Figur mit einer Krone auf dem Kopf; dass es sich um eine Frau handelte, verrieten die langen Haare, die vom schräg geneigten Kopf bis zur Hüfte herabfielen. Sie hielt etwas in der Hand, ein Heiligenattribut offenbar. Er konnte den Gegenstand nicht identifizieren.

»Komisches Ding«, sagte Thomas. »Unten zylindrisch und oben kegelförmig.«

Katharina hörte nicht zu. »Schaut nur, ihre Hand.«

Sie sprach von der Toten, die den rechten Arm von sich gestreckt hatte.

»Was ist damit?«

»Der Zeigefinger! Es ist, als wolle sie auf etwas deuten!«

Thomas schaute auf die rechte Hand. »Das ist Zufall.«

Katharina stand auf, und Thomas hielt die Kerze mit der unruhigen Flamme in die Höhe. Klara Roths Körper lag parallel zum Bett, und wenn man die Linie ihres Arms verlängerte, wies er auf die hintere Wand des ehemaligen Köhlerhauses.

Dort stand bei der Wand ein Schemel, auf dem ein aufgeschlagenes Buch lag. Thomas musste nur einen kurzen Blick auf die Holzschnitte werfen, um zu erkennen, worum es sich handelte. »Das ist ein Totentanz!«, sagte er.

6.

Thomas und Katharina standen in der Nähe des Feuers, das endlich wärmte. Thomas überblickte den Raum, den sie gerade durchsucht hatten. Viele Details waren ihnen aufgefallen, aber eine überzeugende Spur hatte sich nicht ergeben.

»Ich glaube nicht an einen Raubmord!«, sagte Thomas.

»Weshalb nicht?«

Etwas an der Art, wie sie fragte, irritierte ihn. »Wegen der Sachen, die man zurückgelassen hat. Auch wegen des Messers! Es ist wertvoll.«

Katharina gab keine Antwort. Der Griff war auffällig ... Sie schien zu überlegen, ob sie das Messer oder ein ähnliches schon einmal irgendwo gesehen hatte.

»Könnte das Messer Eurer Schwester gehört haben?«, fragte Thomas.

»Kann ich mir nicht vorstellen. Jedenfalls habe ich es nie bei ihr gesehen.«

Im Grunde hatte die Sucherei nicht viel gebracht, und das ärgerte Thomas. Sie hatten die Kleidung der Toten und ihre Küchengeräte untersucht, ohne weiterzukommen. Die Tatwaffe blieb die wichtigste Spur, und der Mörder hatte sie mit fast schon provokativer Offenheit zurückgelassen. Vielleicht kannte jemand aus der Stadt das Messer? Man musste die Leute fragen! Und was war mit dem Buch, in dem Klara Roth zuletzt gelesen hatte? Konnte es einen Hinweis auf den Täter liefern?

»Wir wissen nicht einmal«, sagte Thomas, »ob wir es mit *einem* Täter zu tun haben oder mit *mehreren*. Und warum diese Verwüstung? Welchem Zweck dient es, hier alles kurz und klein zu schlagen?«

»Der nächstliegende Gedanke ist Wut!«, sagte Katharina. »Jemand kommt zu meiner Schwester, und sie kennt diese Person, lässt sie herein. Die Tür wurde jedenfalls nicht aufgebrochen. Nehmen wir an, zwischen Klara und dem Mörder ist es zu einem Streit gekommen. Er verliert die Nerven und tötet sie.«

»Welches Motiv kommt in Frage?«

»Vielleicht«, erwiderte Katharina, »ging es dem Täter nicht um Schmuck und Geld. Er kann etwas ganz anderes gesucht haben! Aber was?«

Es gefiel Thomas, dass sie keine vorgefasste Meinung hatte.

»Aber wenn ich etwas suche«, fuhr er fort, »zerreiße ich dann Kleider und schlage Schüsseln zu Bruch?«

»Möglicherweise aus Ärger, das Gesuchte nicht zu finden ...«

»Oder der Mörder will uns auf eine falsche Spur lenken. Er verarbeitet alles zu Kleinholz, um uns zu täuschen und von dem tatsächlichen Motiv abzulenken.«

»Mir lässt dieses Buch keine Ruhe«, sagte Katharina.

»Dann schauen wir es uns noch mal an.«

Thomas stellte den umgeworfenen Tisch auf, während Katharina das Buch holte und auf die Holzplatte legte. Sie hatten vorhin schon darin geblättert, ohne etwas zu finden, was sie weitergebracht hätte.

»Etwas an diesem Buch kommt mir merkwürdig vor, aber ich kann nicht genau sagen, was es ist?«

»Der Text und die Bilder wurden gedruckt«, sagte Thomas. Das war ihm schon vorhin aufgefallen, aber er hatte der Tatsache kein Gewicht beigemessen.

»Was heißt das?«

»Das ist eine besondere Methode, ein Buch herzustellen. Stellt Euch vor, jemand hat die Umrisse eines Heiligen auf ein Blatt Papier oder Pergament gemalt. Jetzt geht er hin und überträgt seine Darstellung seitenverkehrt auf eine ebene Holzplatte.«

»Weshalb seitenverkehrt?«

»Er nimmt sich ein Schnitzmesser und entfernt alles, bis auf die Linien, aus denen das Bild besteht: Sagen wir also, man sieht die Umrisse des Heiligen. Unser unbekannter Künstler bestreicht die Linien, die erhöht aus der Holzplatte hervortreten, mit schwarzer Farbe und presst die Platte auf ein Stück Papier. Dort erscheint ein Abdruck des Bildes: nicht seitenverkehrt, sondern so, wie es auf der Vorlage aussah. Und auf diese Art kann man vom Heiligen Christopherus, vom Heiligen Martin oder der Jungfrau Maria in kürzester Zeit mehr Bilder produzieren als zehn Maler das von Hand in der gleichen Zeit tun könnten. Kein schlechtes Geschäft übrigens!«

»Ich habe von diesen Büchern gehört«, sagte Katharina, »aber noch nie eins gesehen.«

»Die Technik gibt es schon länger«, sagte Thomas. »Man kann auf diese Art viele, fast identische Exemplare eines Buches herstellen. Man trägt so lange neue Farbe auf und stellt Abzüge her, bis der Holzstock bricht oder die Buchstaben nicht mehr leserlich sind. Leider nutzt sich Holz schnell ab.«

Er merkte, dass das Thema sie interessierte. »Es gibt also irgendwo Bücher«, sagte Katharina, »die diesem hier gleichen wie ein Ei dem andern? Und bei all diesen Büchern sehen die Illustrationen, die Initialen, die Buchstaben sich zum Verwechseln ähnlich? Eine verrückte Vorstellung, fast ein wenig beängstigend! Für mich war ein Buch immer etwas Einmaliges, Besonderes. Ich weiß, dass man Münzen mit Hilfe von Prägestempeln vervielfältigen kann. Und im Tuchgewerbe, in Flandern und England, soll es große Hallen geben mit Webstühlen, wo Frauen wie Sklaven arbeiten und Kleidungsstücke herstellen, die alle gleich aussehen. Aber ein Buch so herzustellen, dass es zum Massenartikel wird – der Gedanke erschreckt mich!«

So ähnlich war es Thomas gegangen, als er zum ersten Mal von der neuen Methode gehört hatte. »Andererseits ist die Idee faszinierend«, sagte er. »Man muss sich doch nur einmal in den großen Städten umschauen: Der Bedarf an Büchern wird mit jedem Jahr größer, und es gibt nicht genug Schreiber, ihn zu decken.«

Katharina blätterte in dem Totentanz. »Ich frage mich nur, was an diesen Totentänzen so schön sein soll. Mich stoßen sie eher ab.« Sie betrachtete eine Illustration: Ein Skelett vollführte mit den Beinen Tanzbewegungen und hielt eine Flöte an die bleckenden Zähne des Totenschädels. Galt die Melodie, die das lebensfrohe Skelett spielte, einer jungen Frau am rechten Bildrand? Sie hatte eine üppige Figur, war ansehnlich, nach Art wohlhabender Bürgerstöchter gekleidet und wirkte wie das pralle Leben selbst.

»Man will uns erinnern«, sagte Thomas. »dass der Tod unser heimlicher Begleiter ist – wenn wir am wenigsten mit ihm rechnen, steht er bereit und kann uns rufen!«

»Eine unerträgliche Vorstellung!« Katharina blätterte weiter. Das Skelett war musikalisch und wechselte das Instrument, war mal mit einem Dudelsack zu sehen, mal mit einer Geige, dann wieder mit einer Trompete; ebenso wechselten die Figuren am rechten Bildrand, ein reicher Kaufmann war zu sehen, ein Bettler, ein König, eine Nonne: Die Melodie galt allen!

Der Text, in deutscher Sprache gereimt, sprach davon, dass der Tod ohne Ansehen der Person oder des Standes seine Ernte hielt.

»Ich wusste gar nicht, dass sich meine Schwester mit so was beschäftigte«, sagte Katharina. »Sie war immer so … voller Leben!« Dann stutzte sie: »Das ist aber von Hand geschrieben!« Sie zeigte auf ein paar Worte am Rand einer Seite. Neben dem tanzenden Skelett zeigte die Abbildung einen Schreiber, er stand am Pult und kopierte ein Buch, den Kopf nach vorn gebeugt, eine Feder in der Hand; neben dem Buch, in das er schrieb, befand sich ein Tintenhorn, rechts von der Abbildung standen zwei Worte.

Katharina versuchte sie zu entziffern. »Schwarze Kunst!«, buchstabierte sie unsicher. Dann schaute sie überrascht auf.

»Ist das die Schrift Eurer Schwester?«, fragte Thomas.

»Ganz ohne Zweifel.«

Sie schauten wie gebannt auf die beiden Worte. »Die Sache wird rätselhaft«, sagte Thomas. »Mit dem Begriff ›Schwarze Kunst‹ würde ich Magie und Teufelskram verbinden. Nicht weil ich selbst daran glaube – aber die meisten Menschen, die ich kenne, sind abergläubisch.« Er verkniff sich die Bemerkung, dass die Kirche manchmal ein Interesse daran hatte, den Aberglauben zu schüren. »Hat Eure Schwester sich mit Magie und ähnlichen Dingen beschäftigt?«

Katharina blätterte weiter im Buch und betrachtete die Skelette und ihre Musikkünste: »Viele Leute haben sie für eine Hexe gehalten. Natürlich konnte sie genauso wenig zaubern wie Ihr oder ich. Aber sie hat was von Kräutern verstanden und ihre Wirkungen studiert. Sie kannte die Schriften der Hildegard von Bingen, und es ging ihr darum, Kranken zu helfen, sie von ihren Gebrechen zu heilen. Die meisten Leute setzen Naturkenntnis mit Hexerei gleich ...«

Während Katharina sprach, schaute Thomas hinüber zur Leiche. Er nahm die Kerze vom Tisch, trug sie hinüber zur Toten und kniete neben ihr auf den Boden. Er hatte die Tatwaffe inspiziert und die Gegenstände im Wohnraum, aber noch nicht die Leiche selbst. Klara Roth trug ein dünnes, gelblichweißes Kleid aus Leinen, auf dem sich ein großer Blutfleck abzeichnete. Er zerriss das Kleidungsstück und suchte nach Spuren von Misshandlung. Das Gesicht der Toten wirkte, als schlafe sie. Er konnte nichts entdecken und drehte sie auf die Seite. Da sah er zwei blaue Flecken unterhalb der rechten Brust: Vermutlich hatte sie dorthin Schläge bekommen. Thomas fiel die eigenartige Haltung des Kopfes und Nackens auf. Er betastete die Halswirbelsäule und schaute zu Katharina auf. »Ihr Genick ist gebrochen«, sagte er. »Ich kann mir nicht vorstellen, dass das vom Sturz gekommen ist.«

Katharina kam zögerlich näher. »Was soll das heißen?«

Er untersuchte den Hals und entdeckte eine blutunterlaufene Stelle. »Ich glaube, hier hat sie einen Schlag hinbekommen.«

Er blickte sich im Zimmer um, konnte aber nichts entdecken, was dafür in Frage kam. »Ich kann es nicht beweisen, aber ich halte es für möglich, dass sie an diesem Schlag gestorben ist.«

»Aber das würde bedeuten, dass sie schon tot war, bevor man sie erstach! Warum soll man eine Tote erstechen?«

»Es macht nur dann Sinn, wenn meine Vermutung von vorhin zutrifft, dass der Täter uns irreführen will.« Thomas stand auf. »Nehmen wir an, der Mörder stammt aus der Stadt und weiß von den Gerüchten um die Räuberbande. Er nutzt das aus und täuscht einen Raubmord vor. Vielleicht kennt er Busch und weiß, dass der sich nicht die Mühe machen wird, die Leiche zu untersuchen, weil seine Meinung sowieso schon feststeht. Busch denkt nicht daran, seine eigene Meinung zu hinterfragen.«

Es war im Moment aber noch zu früh, Schlussfolgerungen zu ziehen. Thomas dachte an seinen Mentor in Köln, der ihn gelehrt hatte, dass es wichtig ist, sich von den Lebensumständen eines Mordopfers ein detailliertes Bild zu machen. »Sammele Fakten, so viel du kannst!«, hatte er immer gesagt. »Halte nichts für unbrauchbar! Der Teufel versteckt sich in den kleinen Dingen.«

Thomas legte eine Decke über die Leiche, und sie gingen zurück zum Feuer. »Erzählt mir von Eurer Familie!«, bat er Katharina.

»Was wollt Ihr wissen?«, fragte sie.

Er spürte, dass es ihr unangenehm war, darüber zu sprechen. »Mich interessiert vor allem, warum Eure Schwester das Elternhaus verlassen hat, um hier allein zu wohnen. Das ist sehr ungewöhnlich für eine junge Frau!«

Katharina zuckte mit den Schultern und zögerte, ehe sie auf seine Frage einging. »Klara war sehr eigen, schon als Kind, und mit den Jahren wurde sie immer aufsässiger. Sie konnte sich nie mit der Aufgabe abfinden, die einer Frau gewöhnlich zugedacht wird. Sie hätte es als schrecklich empfunden, ihr Leben als

Hausfrau und Mutter zu verbringen. Sie sei nicht bereit, sich einem Mann zu unterwerfen, hat sie einmal gesagt, als wir über das Thema sprachen.«

»Habt Ihr häufiger darüber gesprochen?«

Katharina lächelte. »In dem Punkt ähnelten wir uns, und das verband uns auch am stärksten. Sie konnte sich zum Beispiel furchtbar über Predigten aufregen, die wir zu dem Thema hörten. ›Das Weib sei dem Mann untertan‹ und so weiter.«

Das war ein Lieblingsthema der Priester, und Thomas hatte Ähnliches von der Kanzel oft genug selbst gehört. »Gab es darüber Streit mit dem Vater?«, fragte er.

»Nicht zu knapp!«, erwiderte Katharina. »Für meinen Vater hat die Welt eine fest gefügte, gottgewollte Ordnung. Er wäre beinahe Theologe geworden und nimmt die Bibel wortwörtlich: Für ihn wurde die Welt in sechs Tagen erschaffen, und Eva entstammt Adams Rippe. Klara wurde verrückt, wenn sie das hörte …«

»War sie Atheistin?«

»Das will ich nicht sagen, aber die kirchliche Lehrmeinung verachtete sie. Vater verehrt den Apostel Paulus, der behauptet, der Mann sei das Haupt der Frau. An diese Formulierung kann ich mich gut erinnern. Klara hat sich maßlos geärgert, weil Vater ähnlich denkt.«

»Seid Ihr und Eure Schwester besonders streng erzogen worden?«

»Ich glaube nicht, dass er strenger zu uns war, als andere Väter zu ihren Töchtern. Vater hat immer das letzte Wort und duldet keine Kritik. Andererseits ist er nachsichtiger als viele Väter. Aber Klara begehrte auf – und irgendwie steckte sie mich damit an.«

»Wie ist sie an dieses Haus gekommen?«

»Das weiß ich nicht.«

»Gab es Menschen, die ihr besonders nahe standen? Eine gute Freundin?«

»Ich glaube nicht.«

»Hatte sie einen Liebhaber?«

Katharina zuckte verlegen mit den Schultern.

»Es ist wichtig!«

»Ich weiß darüber nichts«, sagte sie schließlich, aber Thomas hatte das Gefühl, dass sie etwas verschwieg. Er beschloss, sie bei einer passenden Gelegenheit nochmals danach zu fragen.

»Ich glaube«, sagte er, »wir sollten uns auf den Rückweg machen. Hier gibt es vorläufig nichts mehr zu tun.«

Sie zogen ihre Mäntel an und löschten das Feuer. Thomas klemmte sich das Buch unter den Arm, warf einen letzten Blick in den Raum und öffnete die Tür; sofort trieb ihm der Wind den unermüdlichen Regen ins Gesicht. Er schloss die Tür, und sie machten sich auf den Rückweg; es war mittlerweile so dunkel, dass sie die Hand vor Augen kaum sahen. Er würde veranlassen, dass man die Tote unverzüglich in die Stadt brachte.

7.

Thomas saß in seinem Arbeitszimmer und schäumte vor Wut; zum einen kam er überhaupt nicht dazu, sich in sein Aufgabengebiet einzuarbeiten, zum andern lag ein unerfreuliches Gespräch mit Steininger hinter ihm, der ihm gründlich den Kopf gewaschen hatte. Die Ermittlungen im Mordfall kämen nicht voran, Thomas habe keine Ergebnisse vorzuweisen, und er habe Busch verärgert. Außerdem sei Karl Roth bei Steininger gewesen und habe sich über Thomas beschwert. Er habe damit gedroht, zum Kurfürsten zu gehen.

Thomas beharrte auf seinem Standpunkt. Er brauche Zeit, denn er wollte seine Sache besser machen als damals in Köln.

Er betrachtete missmutig einige Schriftstücke auf dem Tisch, als es an der Tür klopfte und Katharina hereinkam. »Vielleicht habe ich herausbekommen, wem das Messer gehört«, sagte sie, kaum dass sie den Raum betrat.

»Erzähl!«

Am Vorabend, auf dem Weg zurück in die Stadt, hatte sie darüber gesprochen, was der Tod ihrer Schwester für sie bedeutete, und als sie weinen musste, drückte sie ihren Kopf kurz gegen seine Schulter. Seitdem duzten sie sich.

»Zunächst habe ich meine Verwandten gefragt und einige Bekannte«, sagte Katharina, während sie sich setzte. »Dann bin ich zum Markt und habe mich dort umgehört. Eine Marktfrau will das Messer früher einmal gesehen haben.«

»Bei welcher Gelegenheit?«

»Im Haus von Friedrich Metz, dem Dombaumeister. Die Marktfrau war früher mit seiner Frau befreundet. Irgendwann gab es Streit. Es kam mir vor, als mache es ihr Freude, der Familie eins auszuwischen.«

»Dann ist fraglich, ob sie die Wahrheit sagt!« Thomas stand auf und ging hin und her. »Trotzdem würde die Sache Sinn machen, denn ich habe mittlerweile herausbekommen, wer auf dem Elfenbeinrelief abgebildet ist: die heilige Barbara, die Schutzheilige der Bauleute. Was sie in der Hand hält, ist ein Turm, ihr Attribut. – Was weißt du über diesen Metz?«

Sie breitete die Arme aus. »So gut wie nichts. Er ist verheiratet und hat drei Kinder. Ein schweigsamer, verschlossener Mann. Er hat im Stadtrat und beim Kurfürsten einen guten Ruf, und es heißt, dass er in seinem Beruf zu den Besten zählt.«

»Wo wohnt er?«

»Nicht weit von seinem Arbeitsplatz.«

»Kannst du mir das genau beschreiben? Ich will der Sache gleich nachgehen.«

Katharina stand auf. »Wenn du willst, bringe ich dich hin. Ich muss zur Schule, und das ist nur ein kleiner Umweg.«

Thomas zog seinen pelzbesetzten Wintermantel über. Auf dem Gang begegnete ihnen Fuchs. Er berichtete, dass er mit dem Hirten gesprochen habe, aber das habe nichts ergeben. Ein städtischer Richter ging grußlos an ihnen vorbei. Als Fuchs Thomas am Vortag den städtischen Richtern vorgestellt hatte, hatten diese sich keine Mühe gegeben, ihre Abneigung zu verbergen. Außerdem hatten sie ansehnliche, teilweise beheizte Arbeitsräume. Das Gerichtsgebäude bestand aus zwei Stockwerken und eine breite Steintreppe führte ins Erdgeschoss. Während die Vorderfront mit dem Haupteingang zum Höfchen hin lag, schaute der rückwärtige Teil auf den Ostturm des Doms und auf St. Johann, die älteste Kirche der Stadt. Sie verließen das Gericht über einen unscheinbaren Hintereingang.

Schräg fallender Regen trieb durch die Gasse. Da sie direkt beim Dom lag, war sie gepflastert. Die Stadt kam Thomas vollkommen fremd vor. Auch in seiner neuen Wohnung, die er gerade bezogen hatte, fühlte er sich wie ein vorübergehender Gast. Sie gingen an der Johanneskirche vorbei, deutlich kleiner als die gegenüberliegende Kathedrale, und überquerten den Leichhof. Dann folgten sie einer engen Gasse, die nicht gepflastert und entsprechend matschig war. Ein Mann ging von Haus zu Haus und sammelte Lumpen. Zwei Mägde mit Körben verschwanden in einer noch schmaleren Seitengasse.

Katharina deutete auf ein größtenteils aus Stein gemauertes Haus. In einer Rinne davor lagen Küchenabfälle, an denen eine Katze schnupperte. Rundum Fachwerkgebäude; in einem war eine Seilerwerkstätte untergebracht, in einem anderen ein Schusterladen.

»Das Haus des Baumeisters«, sagte Katharina, bevor sie sich verabschiedete.

Thomas stand eine Weile unschlüssig im Regen. Wahrscheinlich war Metz nicht zu Hause. Er klopfte an die Tür und wartete, ohne dass etwas geschah. Die Tür war nicht verriegelt, und er betrat einen geräumigen Hausflur.

Auf sein Rufen hin erschien ein etwa zehnjähriges, rothaariges Kind. Er fragte es nach seiner Mutter. Kurze Zeit später tauchte eine Frau auf, die ihre Hände an einer Schürze abwischte, die sie um breite Hüften trug.

»Wer seid Ihr?«

Thomas stellte sich vor und fragte, ob sie die Frau des Baumeisters sei? Sie nickte kurz.

Ob der Baumeister zu Hause sei?

»Zu Hause?!« Als sie sah, wie er stutzte, fügte sie hinzu: »Um diese Zeit arbeitet er.«

»Ich muss mit ihm sprechen«, sagte Thomas.

»Was wollt Ihr von ihm? Unsere Familie ist noch nie mit dem Gesetz in Konflikt gekommen!«

»Davon bin ich überzeugt«, erwiderte er, »aber vielleicht könnt Ihr mir weiterhelfen ...«

»Das kann ich mir nicht vorstellen!«

Thomas beschloss, gleich zur Sache zu kommen. »Besaß Euer Mann ein Messer, auf dem die heilige Barbara abgebildet ist?«

»Weiß ich nicht.«

»Es ist ein sehr wertvolles Messer. Mit einem Griff aus Elfenbein. Nie gesehen?«

»Der hat so viel Werkzeuge und Kram. Ich wühle nicht in den Sachen meines Mannes.«

Thomas wechselte das Thema. »Kanntet Ihr Klara Roth?«

Kaum hatte er die Frage formuliert, bemerkte er in ihrem Gesicht eine Veränderung. »Die hat man doch umgebracht, nicht?«, fragte sie leise.

»Man hat sie erstochen!«

»Und weshalb kommt Ihr damit zu uns? Ihr glaubt doch nicht, dass mein Mann ... Fragt Ihr deshalb nach dem Messer?« Ihre Augen wanderten unruhig hin und her.

»Euer Mann und Klara Roth – kannten sie sich gut?«

Unwillkürlich vollführte sie eine ruckartige Bewegung mit dem Kopf. »Was soll das heißen?«

Thomas spürte, dass ihre abweisende Art nur ein Schutzschild war, hinter dem sie etwas verbarg. »Verbringt Euer Mann die Abende im Kreis der Familie?«

»Eure Fragen werden unverschämt!«

»Wenn es Euch lieber ist, lasse ich Euch vor Gericht laden und stelle Euch meine Fragen dort.«

Sie sprach nun wieder leise. »Er arbeitet lange, und wenn er nach Hause kommt, ist er müde; geht bald zu Bett. Falls Ihr ihm unterstellen wollt, er habe was mit dieser Frau gehabt, seid Ihr auf dem Holzweg.«

Er glaubte, dass sie seine Vermutung *nicht* für abwegig hielt. Wahrscheinlich würde Metz nichts zu lachen haben, wenn er heute nach Hause kam.

»Wo ist Euer Mann zurzeit?«

»Beim Dom, nehme ich an, in einer der Bauhütten. Im Winter finden kaum Außenarbeiten statt. Redet mit ihm. Er hat nichts zu verbergen.«

»Das werde ich tun«, sagte Thomas. »Eine letzte Frage: Wo war Euer Mann vorgestern Abend?« Sie standen immer noch im Eingangsbereich des Hauses. Thomas schaute sich um. Hier wohnte eine wohlhabende Familie: Die Tür zur guten Stube stand offen. Sie war mit Holz vertäfelt. Er sah einen Kamin, ein Spinnrad, einen großen Tisch, auf dem ein Kartenspiel ausgebreitet lag, und ein kleines Kind saß auf dem Boden und spielte mit einem Reif. Aus der Küche, deren Tür angelehnt war, drang der Geruch von Gemüse und gekochtem Fleisch.

»Er war zu Hause«, erwiderte sie knapp.

»Wann ist er nach Hause gekommen?«

»Es war schon dunkel.«

»Etwas genauer wisst Ihr das nicht?«

»Nein.«

»Was hat er gemacht, als er nach Hause kam?«

»Wir haben zusammen gegessen.«

»Er hat das Haus nicht mehr verlassen?«

»Nein. Er war müde und wir sind früh zu Bett. – Und jetzt würde ich mich gern um meine Arbeit kümmern! Ihr habt keine Vorstellung davon, wie viel Dreck sich in einem Haus ansammelt.«

Thomas verabschiedete sich und trat vor die Tür, die hinter ihm ziemlich heftig ins Schloss fiel. Der Besuch war aufschlussreich gewesen. Er hatte sie überrascht, und die Fragen waren für sie unvorbereitet gekommen. Er hatte ihr Gesicht genau beobachtet, und er glaubte, dass sie das Messer kannte. Die Frage nach Klara Roth hatte sie verunsichert, und sie hatte nur mit Mühe die Fassung gewahrt.

Schräg gegenüber vom Haus des Baumeisters befand sich der Schusterladen mit einem metallenen Schild an der Hauswand, das einen Stiefel darstellte. Einer Eingebung folgend, überquerte Thomas die schmale Gasse, öffnete die Tür und betrat die winzige Werkstatt. Durch eine mit Eisblumen übersäte Glasscheibe fiel spärliches Licht. Eine kleine, offene Feuerstelle heizte den Raum notdürftig. Beim Fenster befand sich ein Arbeitstisch, an dem auf einem Schemel ein Mann mit weißen Haaren saß, einen Schusterhammer in der Hand; als Thomas den Laden betrat, schaute er kurz auf und fuhr dann fort, ein Stück Leder auf eine Holzleiste zu heften.

»Ich brauche Stiefel«, sagte Thomas.

»Setzt Euch!« Sie besprachen Details, ehe Thomas sein eigentliches Anliegen vorbrachte: »Ihr habt von dem Mord gehört?«

»Die Leute reden von nichts anderem.« Der alte Mann kniete vor Thomas und übertrug mit einem Kohlestück die Umrisse des Fußes auf einen verschlissenen Pergamentstreifen. »Ihr seid der neue Richter, nicht wahr?«

»Sicher habt Ihr gehört, dass Klara Roth erstochen wurde – und zwar mit einem ganz besonderen Messer, das einen Griff aus Elfenbein hat und auf dem die heilige Barbara abgebildet ist.«

»Was Ihr nicht sagt!«

»Ich muss herausfinden, wer der Besitzer war.«

»Darüber weiß ich gar nichts. Hat Metz was mit der Sache zu tun?«

»Ich wollte mit ihm reden.«

»Dann müsst Ihr zum Dom. Dort arbeitet er.«

»Kennt Ihr Metz schon lange?«

»Seit er nach Mainz kam. Früher hat er in Speyer und in Worms gearbeitet, ebenfalls am Dom.«

»Er hat eine bemerkenswerte Frau.«

Der Schuster zwinkerte ihm zu. »Ihr Vater war Offizier.«

»Streiten die beiden häufig?«

»Oh nein, Friedrich gibt immer klein bei.«

»Wie gut kennt Ihr Metz?«

Der alte Mann stand mühsam auf. »Wir sind Nachbarn.«

»Und Ihr wohnt hier im Haus?«

»Es gehört mir. – Ihr könnt Euch das Leder selbst aussuchen.« Er zeigte Thomas verschiedene Stücke, die er prüfend in die Hand nahm. Ein Werkzeugkasten an der Wand enthielt Hämmer, Zangen, Ahlen, Messer und andere Gerätschaften, und über den Raum verstreut lagen Leisten, Lederstücke, Sohlen. Ein Schild neben der Tür zeigte das Wappen der Schuhmacherzunft.

»Wisst Ihr, ob er eine Geliebte hatte?«, fragte Thomas.

»Das geht mich doch nichts an.«

»Ich ermittele in einem Mordfall.«

»Aber was hat denn Friedrich mit der Geschichte zu tun?«

»Verbrachte er seine Abende zu Hause bei der Familie?«

»Das weiß ich nicht.« Der Alte ließ seinen Blick Hilfe suchend durch die Werkstatt schweifen.

»Wenn Ihr hier im Haus wohnt, wie Ihr mir gerade erzählt habt, dann können Euch die Gewohnheiten Eurer Nachbarn nicht entgehen. Ihr wisst von jedem, wann er kommt und geht!«

»Ich mische mich nicht in fremde Angelegenheiten!«

»Wenn Ihr mir etwas verheimlicht, werde ich Euch eine Menge Ärger machen. Dann bekommt Ihr eine Vorladung.« Der Schuster schaute ihn ängstlich an, und Thomas kam sich schäbig vor; aber er rannte überall gegen eine Mauer und verlor die Geduld.

»Ich glaube, dass er oft erst spät nach Hause kommt.« Er flüsterte fast.

»Was heißt: Ihr glaubt?«

»In meinem Alter schläft man nicht mehr so gut. Ich liege oft wach, und dann höre ich Geräusche; Schritte, das Knarren einer Tür …«

»Weiter!«, sagte Thomas.

»Manchmal höre ich jemanden spät durch die Gasse kommen. Dann wird in der Nähe eine Tür auf- und wieder zugemacht.«

»Ihr glaubt, dass es der Baumeister ist?«

»Einmal bin ich aufgestanden und habe einen Blick nach draußen geworfen.«

»Da kam er die Straße lang?«

»Der Friedrich, ja!«

»War es sehr spät?«

»Schon gegen Morgen.«

»Was glaubt Ihr, woher er kam?«

»Das weiß ich nun beim besten Willen nicht.«

»Aber vielleicht habt Ihr eine Vermutung?«

»Er war nüchtern, hat nicht geschwankt.«

»War er bei einer Frau?«

»Und wenn schon! Er ist doch nur ein Mensch …«

»Hatte er ein Verhältnis mit Klara Roth?«

»Woher soll ich das wissen!« Die Art, wie der Alte sprach, machte Thomas stutzig. Er war in Köln oft bei Verhören dabei gewesen und hatte ein Gespür dafür entwickelt, wann jemand die Wahrheit sagte und wann er etwas verschwieg. Thomas war überzeugt, dass der Schuster mehr wusste, als er preisgab.

»Ihr sagt mir jetzt, was Ihr wisst, oder ich lade Euch ans Gericht!«

Der Schuster hielt abwehrend die knochigen, wie mit Leder überzogenen Hände vor sich. »Was habe *ich* mit der ganzen Sache zu tun? Er hat irgendeine Weibergeschichte, das ist schon richtig. Er hat ein paar Andeutungen gemacht, so unter Männern; weil er weiß, dass ich früher kein Engel war. Nichts Konkretes. Wahrscheinlich hat er eine Geliebte. Ob das die Klara war oder nicht: keine Ahnung!«

»Was für Andeutungen hat er gemacht?«

»Wir machten ein paar belanglose Scherze, das ist alles. Ich solle froh sein, dass ich nicht in seiner Haut stecke, hat er gesagt, oft genug gehe er mit wackligen Knien zur Arbeit und wisse nicht, wie er den Tag überstehen soll! ›Nimmt deine Alte dich so zur Brust?‹, habe ich gefragt. Da hat er gelacht und gesagt: ›Die Frau, von der ich rede, hat den Teufel im Leib.‹ Da könnt Ihr Euch nun selber einen Reim drauf machen, denn das ist wirklich alles, was ich weiß. Und ich wäre Euch dankbar, wenn Ihr mich endlich in Ruhe lasst.«

»Ihr wisst noch mehr«, sagte Thomas. »Ich weiß doch, wie das läuft! Eure Neugierde war geweckt, Ihr habt ihn scharf beobachtet, auf jedes Detail geachtet. Was ist Euch aufgefallen? Verschweigt nichts! Ich kann sehr unangenehm werden!« Es war ein Versuch. Thomas war sich seiner Sache nicht sicher.

»In meinem Beruf schaut man den Leuten immer auf die Füße«, erwiderte der Alte nach einer Weile widerstrebend.

»Was habt Ihr also bemerkt?«

»Dass Friedrichs Schuhe oft verdreckt sind. Selbst wenn hier in der Stadt die Gassen und Plätze trocken waren, klebte oft Schlamm an seinen Schuhen, als sei er vor den Toren gewesen; in einer Ecke, wo sich die Feuchtigkeit länger gehalten hat.«

»Zum Beispiel im Wald?«

»Ich sage Euch nur, was ich beobachtet habe.«

»Was habt Ihr noch beobachtet?«

»Das ist nun wirklich alles.«

Thomas hatte mehr erfahren als erhofft. »Wann sind sie fertig?«, fragte er.

»Was?«

»Die neuen Stiefel ...«

8.

Es war Zeit, mit dem Baumeister zu reden, und Thomas ging zurück zum Dom, der nicht weit entfernt lag. An die Kathedrale schlossen sich der Kreuzgang, Kapellen und das Domkapitel an. Auch der bischöfliche Palast und das Gerichtsgebäude standen so dicht beim Dom, als gehörten sie dazu.

Nach kurzem Suchen stieß Thomas auf die Hütten der Bauarbeiter; einfache, an die Wände der Kathedrale gelehnte Holzverschläge, aus denen Klopfen und Hämmern drang. Im Steingarten neben den Hütten lagerten Blöcke mit Ornamenten; aus manchen begannen sich halbfertige Figuren herauszuschälen. Thomas öffnete die Tür einer Hütte, aus der Rauch aufstieg, der vom Schornstein seitlich über das Dach wehte und sich im Regen verlor. Innen saßen drei Arbeiter mit Hammer und Meißel vor Steinblöcken und verliehen ihnen die Form von Quadern. Auf die Frage nach dem Meister schickte man ihn zu einer Hütte nahe beim Kreuzgang, die größer war als die anderen.

Thomas klopfte an die Tür dieser Baracke, und da er kein »Herein« hörte, trat er einfach ein. Zwei Männer, die ihn nicht beachteten, standen bei einem mit Plänen bedeckten Tisch, und Thomas erkannte an den Gesten gleich den Meister, der auf einen Plan deutete und seinem Assistenten etwas erläuterte. Sie waren so in ihr Projekt vertieft, dass Thomas sich räuspern musste, ehe sie aufblickten. Der Meister, ein hoch gewachsener Mann mit ernstem Gesicht und blonden, nach hinten gekämmten Haaren, die sich an den Schläfen zu lichten begannen, blickte Thomas fragend und irritiert an.

Offenbar hatte er die beiden bei einer wichtigen Besprechung gestört. »Ich möchte mit Friedrich Metz sprechen«, sagte Thomas.

»Das bin ich«, erwiderte der Meister.

»Können wir unter vier Augen reden?«

»Weshalb?« Sein Gesicht zeigte Verärgerung.

»Eine persönliche Angelegenheit.«

»Wer seid Ihr?«

»Der neue Richter.«

»Ich habe von Euch gehört.« Metz senkte den Kopf und sagte zu seinem Mitarbeiter: »Geh rüber zu Franz und schau nach, wie er mit dem Wasserspeier zurechtkommt. Achte darauf, dass der Rachen groß genug ist für ein Regenrohr.« Und nachdem der junge Assistent die Hütte verlassen hatte, fragte er: »Was wollt Ihr von mir?«

Er stand noch immer bei seinen Plänen, und Thomas ging auf ihn zu, bis er ihm auf der andern Seite des Tisches gegenüberstand. Interessiert warf er einen Blick auf die Zeichnungen: »Ich möchte Euch etwas zeigen!«

»Ihr habt Euch einen schlechten Moment ausgesucht.«

»Dann will ich Euch nicht unnötig aufhalten.« Thomas zog unter seinem durchnässten Umhang das Messer mit dem Elfenbeingriff hervor. »Kennt Ihr das?«

Ein kurzer Blick genügte Metz. »Wo habt Ihr das her?«

»Es gehört Euch?«

»Natürlich! Ich hab's überall gesucht.« Er schüttelte den Kopf. »Dieses Messer habe ich vor ein paar Wochen verloren.« Er streckte die Hand danach aus, und Thomas reichte ihm das Messer. Der Baumeister betrachtete es von allen Seiten. »Kein

Zweifel«, murmelte er, »das ist es.« Er ging um den Tisch herum zu Thomas und deutete auf das Elfenbeinrelief. »Die heilige Barbara, die uns beschützt und zu der wir beten. Ich habe das Messer aus Straßburg, damals war ich auf Wanderschaft.«

Metz zog die Brauen zusammen. »Was sind das für Flecken?«

»Mit diesem Messer wurde Klara Roth getötet!«

Der Mann ließ das Messer so plötzlich auf seine Pläne fallen, als berühre glühendes Metall seine Finger.

»Seit wann vermisst Ihr es?«

Die Stirn des Baumeisters überzog sich mit Falten. »Das war irgendwann im Spätsommer.«

»Wo bewahrtet Ihr es normalerweise auf?«

»Zu Hause, in einer Kiste. Dort lag es seit Jahren. Es gehört zu den Dingen, die man irgendwann im Leben aufsammelt, weil man sie schön findet, und dann liegen sie unbeachtet in einer Ecke. Von daher weiß ich auch nicht, seit wann es wirklich weg war. Aufgefallen ist es mir, als ich in der Kiste, wo es immer lag, nach etwas anderem suchte.«

Thomas schaute zu einem zweiten Tisch in einer Ecke des Raums, auf dem ein aus Holz gearbeitetes Modell des Doms stand, dem Original verblüffend ähnlich; jemand hatte sich sogar die Mühe gemacht, es rot anzumalen. Bewegliche Holzbausteine stellten die verschiedenen Kapellen, den Kreuzgang und weitere Gebäude dar, die zum Umfeld der Kathedrale gehörten.

»Wer wusste, dass die Tatwaffe Euch gehört?«, fragte Thomas.

»Die Tatwaffe …«, wiederholte Metz. »Sehr wenige. Ich habe es nur selten bei mir getragen.«

»Als Euch im Sommer auffiel, dass das Messer weg war: Habt Ihr mit jemandem darüber gesprochen?«

Die Schultern des Baumeisters strafften sich, als ihm bewusst wurde, worauf die Frage hinauslief. »Ich habe meine Frau gefragt, ob sie das Messer verlegt hat.«

»Ich habe vor wenigen Augenblicken mit Eurer Frau gesprochen. Sie behauptet, das Messer nicht zu kennen.«

Metz schüttelte den Kopf. »Das ist unmöglich. Dann kann sie sich nicht erinnern. Ich weiß genau, wie ich das ganze Haus durchsucht und sie mehrmals darauf angesprochen habe. Aber sie hat mit den Kindern viel Arbeit. Wie soll ihr da jede Kleinigkeit im Gedächtnis bleiben?«

»Ich würde das nicht als Kleinigkeit bezeichnen.« Thomas zeigte auf das Messer. Es lag auf dem Plan eines Deckengewölbes, und die Spitze zeigte dorthin, wo auf der Zeichnung der Schlussstein abgebildet war.

»Mir ist klar«, sagte Metz, »dass Ihr mich verdächtigt.« Er ging hinüber zum Tisch in der Ecke und zeigte mit beiden Händen auf den Miniaturdom. »Das ist ein maßstabgetreues Modell der Kathedrale. Es hilft mir bei meinen Planungen. Mein Beruf verlangt von mir Weitsicht, ich kann es mir nicht leisten, ein Projekt in Angriff zu nehmen, das nicht bis ins Detail durchdacht ist. Und dort die Pläne ...« Er kam wieder zurück zum Tisch, wo Thomas noch stand, und hielt abwechselnd verschiedene Papierbögen mit Zeichnungen in die Höhe. »Was glaubt Ihr, warum ich mir diese Arbeit mache? Es ist fast fünfhundert Jahre her, dass Bischof Willigis hier eine Kathedrale errichten ließ. Sie brannte ab, sie wurde wieder aufgebaut. Was ist dagegen die Spanne eines Menschenlebens? Mein Beruf verlangt von mir, dass ich an künftige Generationen denke, dass ich vorausschaue und Visionen entwickle. Denkt Ihr wirklich ...«, und während er das sagte, trat Metz näher zu Thomas heran, »ein Mann wie ich würde, wenn er einen Mord ausführen will, so stümperhaft vorgehen, dass der Verdacht sofort auf ihn fällt? Das Messer gehört mir, ja, aber das habe ich sofort zugegeben. Ich spiele Euch nichts vor! Glaubt Ihr im Ernst, wenn ich etwas mit der Tat zu tun hätte, dann würde ich das Messer zurücklassen? Im Gegenteil: Ich würde vor dem Mord einen Plan machen – einen detaillierten Plan – und nichts dem Zufall überlassen. Würde ich jemals so eine Tat begehen, wäre ich der Allerletzte, auf den der Verdacht fällt, das könnt Ihr mir glauben!«

Thomas musste sich eingestehen, dass ihn die kleine Verteidigungsrede des Baumeisters überzeugte. »Trotzdem«, sagte er, »muss ich Euch fragen, wo Ihr den vorgestrigen Abend und die vorgestrige Nacht verbracht habt.«

»Zu Hause, bei meiner Familie. Meine Frau kann das bestätigen!«

»Das hat sie bereits getan. Wie war Euer Verhältnis zu Klara Roth?«

»Wenn wir uns auf der Straße begegneten, grüßten wir uns.«

»Ihr habt sie nie in ihrem Haus besucht?«

»Ich bin zu beschäftigt, um in der Gegend herumzulaufen.«

Thomas streckte die Hand aus. »Das Messer muss ich behalten. Ihr hört von mir …«

9.

Es klopfte an der Tür, und ein Mann, dessen Gesicht sich zum größten Teil hinter einem struppigen Vollbart versteckte, trat in Guido Bolognas Stube in Mainz. Bologna wohnte im Franziskanerkloster. Der Gästeraum grenzte an das Dormitorium. Eine Säule in der Mitte des Raums trug die vierteilige Gewölbedecke. Auf zwei Wandregalen seitlich eines schmalen Fensters lagen dickleibige, ledergebundene Bücher. Ein Bett mit Baldachin und ein prasselndes Kaminfeuer sorgten für eine behagliche Atmosphäre. Niemand erwartete von einem Legaten aus Rom, dass er das franziskanische Gebot der Armut wörtlich nahm. Bologna stand hinter einem Pult und schrieb an einem Brief. Er legte seine Brille zur Seite.

Der Besucher war klein, hatte einen Kugelbauch und war seiner Kleidung nach ein Arbeiter oder Tagelöhner. Er gehörte zu den zehn Männern, die Bologna aus Italien mitgebracht hatte. Der Mann stammte aber aus Konstanz. In einer Handelsstadt wie Mainz fielen Fremde kaum auf.

Bologna schaute auf die Schuhe seines Mitarbeiters, an denen dicker Schlamm klebte; ein Brocken war schon auf die kostbaren Bodenfliesen gefallen. Er machte ein Zeichen mit der Hand und bedeutete ihm, stehen zu bleiben, wo er war.

»Was gibt es Neues?«

Der kleine Mann holte tief Luft. »Was für ein Sauwetter, es ist wirklich kein Vergnügen ...«

»Wenn die Arbeit, die ich dir auftrage, ein Vergnügen wäre«, unterbrach ihn Bologna, »würde nicht *ich* zahlen, sondern ich würde von *dir* Geld verlangen! Und jetzt erzähl!«

»Schon gut, schon gut«, meinte der Mann und schaute mit nachdenklichem Gesicht auf seine Schuhe, weil er Bolognas anhaltenden Blick spürte. »Er scheint eine bestimmte Spur zu verfolgen, und sie hat irgendwas mit dem Dombaumeister zu tun.«

»Irgendwas«, ahmte Bologna den brummigen Tonfall des andern nach. »Habe ich dir nicht gesagt, dass ich präzise Auskünfte will?!«

»Ich kann nicht durch Wände hindurchsehen. Ich weiß nur folgendes: Er war erst bei der Frau des Baumeisters, anschließend im Schusterladen gegenüber und dann bei Metz selbst.«

Bologna stützte die Ellbogen auf das Pult und legte die Fingerspitzen aneinander. »Worüber haben sie gesprochen?«

»Ich konnte nicht lauschen, das wäre zu gefährlich gewesen – aber ich habe unter einem Vorwand mit dem Schuster gesprochen.«

»Was sagt er?«

Der Informant breitete die Arme aus. »Der Richter vermutet offenbar, dass Metz ein Verhältnis mit Klara Roth hatte.«

»Wie kommt er darauf?«

»Weiß ich nicht, aber das Messer, mit dem sie ermordet wurde, spielt wohl eine Rolle.«

»Was hat der Richter danach gemacht?«

»Er ging zurück in die Amtsstube. Dort ist er momentan.«

Bologna nickte. »Einer von euch soll sich dem Baumeister an die Fersen heften. Ich will alles wissen: Was er macht, wohin er geht, mit wem er sich trifft! Du kümmerst dich weiter um den Richter. Wechselt euch ab, damit er keinen Verdacht schöpft.«

»In Ordnung!«

»Und jetzt verschwinde!« Bologna warf ihm ein Geldstück zu, und der Mann mit den schmutzigen Schuhen fing es geschickt auf, ehe er kehrt machte und mit unbeholfenen Schritten das Zimmer verließ. Kopfschüttelnd betrachtete Bologna den verdreckten Kachelboden.

Er war Anfang vierzig, und manchmal warf er sich vor, im Leben nichts erreicht zu haben. Geboren in einem kleinen Ort in den Abruzzen, hatte er beide Eltern verloren, als er noch ein Kind war. Sein Onkel brachte ihn bei den Franziskanern unter. Er erhielt eine solide Ausbildung und wechselte mit sechzehn in ein großes Kloster nach Bologna. Aus dieser Zeit stammte sein Name, denn er hatte als Mönch eine neue Identität angenommen. Er studierte die *Septem Artes Liberales,* die sieben freien Künste, danach Theologie und Jura. Seine schnelle Auffassungsgabe brachte ihn rasch voran, und sein Talent blieb den Ordensoberen nicht verborgen.

Bald wurde Rom auf ihn aufmerksam, man beorderte ihn zur Kurie. Bologna machte sich einen Namen als Mann, den man mit Sonderaufgaben betrauen konnte. Theologisch und kirchenrechtlich versiert, konnte er geschickt verhandeln und war zäh und ausdauernd. Auch sagte man ihm nach, dass er in der Wahl seiner Mittel nicht zimperlich sei und dass er schweigen könne.

Bologna dachte an die Ermordung Kardinal Martinis und an das Risiko, das er eingegangen war. So viel hätte dabei schief gehen und ihm das Genick brechen können! Er dachte an die schlaflosen Nächte und die Suche nach dem perfekten Plan, bis er einsah, dass es den perfekten Plan nicht gibt, weil alles von dem Mann abhängt, der den Mord ausführt. Es war eine Gratwanderung gewesen, den Richtigen zu finden, sich umzuhören, ohne an den Falschen zu geraten, Gespräche zu führen, immer in der Angst, jemand könne es publik machen! So war er an Sebastiano geraten, einen jungen Familienvater. Er dachte an das konkrete Planen der Tat, immer überschattet von Zweifeln, und an den entscheidenden Tag, das bange Warten, die Angst danach, es könne doch noch alles ans Tageslicht kommen.

Und schließlich erinnerte er sich, wie er im Beichtstuhl saß und Kardinal Angelini – für dessen Gunst er alles riskiert hatte – ihn quälte, wie ihm der Schweiß übers Gesicht lief und sein Beichtvater die Situation auskostete, wahrscheinlich nur, um ihm eine Lektion zu erteilen darin, bei wem die Macht lag.

Dann die beschwerliche und gefahrvolle Reise über die Alpen und den Rhein entlang, bis er schließlich Mainz erreichte. Er war bereits zuvor mehrmals im Ausland gewesen, meistens in Deutschland; jedes Mal hatte er sich bewährt. Aber noch immer verweigerte man ihm ein Amt, das mit einer einträglichen Pfründe dotiert war.

In Mainz hielt er sich nicht zum ersten Mal auf und wohnte wie üblich im Franziskanerkloster. Er hatte es vermieden, den Abt in seine Mission einzuweihen. Dem Mainzer Kurfürsten hatte er einen kurzen Höflichkeitsbesuch abgestattet. Das Verhältnis der deutschen Bischöfe zu Rom war alles andere als herzlich.

Bologna beendete den Brief, an dem er gerade gearbeitet hatte. Er berichtete Angelini über den aktuellen Stand der Dinge, deutete Schwierigkeiten an, ohne den Mord an Klara Roth zu erwähnen und warb um Geduld und Vertrauen. Er versiegelte den Brief und adressierte ihn an den Kardinal. Der Papst war über die Hintergründe der Mission nicht informiert.

Bologna trat ans Fenster und schaute in den Klosterhof. Der

Garten lag brach, und eine Gruppe junger Männer in Ordenstracht lief auf die Küche zu. Er beschloss, seinen wichtigsten Mitarbeiter aufzusuchen, bevor es dunkel wurde. Es gab keinen Grund, diesen Kontakt geheim zu halten.

Bologna verließ das Klostergelände und ging Richtung Rhein. Hinter dem Franziskanerkloster bog er nach links, vorbei an St. Quintin und an der Synogoge, bei der drei gelb gekleidete Juden mit spitzen Hüten im Gespräch standen. In diesem Stadtteil fand man vorwiegend kleine Läden und Handwerksbetriebe. Trotz des miserablen Wetters waren die engen Gassen belebt, und mehrmals musste er Ochsen- und Pferdekarren ausweichen, die Waren transportierten. Die wenigen Stunden, an denen dämmriges Licht durch die geschlossene Wolkendecke fiel, wurden für Geschäfte aller Art genutzt. Es nieselte. Eine alte Frau trug ein Reisigbündel auf ihren Schultern, und einer der Äste streifte Bolognas Wange. Er fluchte auf Italienisch.

Bologna schwenkte nach rechts, ging an St. Christoph vorbei und näherte sich der Karmeliterkirche. Zwischen einer Schreinerei und dem Atelier eines Wandmalers lag Gunther Hennings Goldschmiede-Werkstatt. Das Fachwerkgebäude wirkte baufällig. Eine an der Decke befestigte Glocke bimmelte hell, als Bologna den Laden betrat. Der Meister und sein Lehrling schauten von ihrer Arbeit auf.

Kaum hatte Henning den Besucher erkannt, als er den Kopf nach hinten wandte und zu dem blassen, groß gewachsenen Jungen sagte: »Schluss für heute, mach Feierabend!«

Dem Lehrling kam die Mitteilung recht: Innerhalb weniger Augenblicke hatte er seine Zange und ein Stück Silberdraht zur Seite gelegt, seine blaue Arbeitsschürze ausgezogen und eilte, dem Meister und Bologna kurz zunickend, aus dem Raum. Die Holztreppe knarrte, als er ins obere Stockwerk ging.

Bologna zog einen Stuhl heran und setzte sich an den Arbeitstisch des Goldschmieds; so konnten sie sich leise unterhalten. Henning war damit beschäftigt, in einen goldenen Buchdeckel einen Rubin einzulegen.

»Für wen ist das?«, fragte Bologna.

»Das haben unsere Domherren in Auftrag gegeben, ein Messbuch für die hohen Festtage. Ich bin froh, dass ich überhaupt noch Arbeit bekomme, die Lage war noch nie so angespannt. Selbst den Adligen und dem Klerus sitzt das Geld nicht so locker wie früher. Die Teuerung macht allen zu schaffen.«

»Wem sagst du das?!« Bologna betrachtete den Edelstein, dessen rötlicher Glanz ihn im Schein einer Kerze an Taubenblut erinnerte. »Der Stein scheint recht wertvoll zu sein.«

Henning nickte. »Was meinst du, was ich früher zu tun hatte. In dieser Werkstatt«, und er machte eine vage, ausladende Armbewegung, »haben früher einmal außer mir drei Gesellen und zwei Lehrlinge gearbeitet. Jetzt kann ich es mir kaum leisten, den einen Lehrling, der mir geblieben ist, durchzufüttern.«

Bologna betrachtete nachdenklich den Raum, der für zwei Leute tatsächlich zu groß war. Auf den Werkbänken, an denen früher Hennings Mitarbeiter saßen, lagerte Staub, und sie dienten als Ablagefläche für Kisten und Arbeitsgeräte. Bologna wusste, dass Hennings Geschäfte geblüht hatten, ehe die schlechten Zeiten kamen, und momentan stand seinem wichtigsten Informanten und Partner das Wasser bis zum Hals.

Die beiden Männer waren äußerlich sehr verschieden. Bologna, klein, schmal, fast zierlich, hatte schwarze, kurz geschnittene Haare und dunkle Augen. Henning dagegen war einen Kopf größer, ein stämmiger, breitschultriger Mann, dessen wuchtiger Schädel ohne Hals direkt auf dem Rumpf zu sitzen schien. Er war älter als Bologna, Mitte fünfzig vielleicht, und seine Locken, spärlich an manchen Stellen, hatten eine graue Färbung angenommen. Henning trug auf Oberlippe und Kinn einen gepflegten Bart.

»Ich habe Nachricht erhalten«, sagte Bologna, »dass der

Richter nicht an einen Raubmord glaubt. Offenbar gibt es eine Spur, die zum Dombaumeister führt.«

»Dann hatte Metz vermutlich ein Verhältnis mit Klara.«

»Wir haben die gute Frau unterschätzt – zumindest ihren Kundenkreis.«

Der Goldschmied rieb mit Daumen und Zeigefinger an seinem Kehlkopf. »Der Mord macht mir Angst«, sagte er.

»Glaubst du, mir kommt das gelegen.«

Musste Bologna sich wegen Henning Sorgen machen? Er war über die Lebensgeschichte des Goldschmieds gut unterrichtet. Henning stammte aus ärmlichen Verhältnissen. Er wurde als Sohn eines Tagelöhners und einer Magd geboren. Aber er wollte nicht von der Hand in den Mund leben wie seine Eltern. Der erste Schritt, dem vorgezeichneten Weg der Armut zu entkommen, war die Lehrstelle als Goldschmied gewesen, die er sich hart erkämpfen musste. Henning bestand die Gesellenprüfung, ging auf Wanderschaft, und einige Jahre später führte er selbst den Meistertitel. Er heiratete die Tochter eines Augsburger Patriziers und eröffnete eine Werkstatt in Straßburg, die nach anfänglichen Schwierigkeiten etwas Gewinn abwarf. In der Hoffnung auf bessere Geschäfte übersiedelte er nach Mainz. Mittlerweile konnte er seine achtköpfige Familie aber kaum noch ernähren und brauchte dringend Bolognas Geld.

»Hast du mit Busch geredet?«, fragte Bologna. Busch und Henning waren alte Freunde.

Der Goldschmied hatte mittlerweile den Rubin, der den Schnittpunkt eines Kreuzes bildete, im Buchdeckel befestigt; gewohnheitsmäßig klemmte er seine Zunge während der Arbeit in den linken Mundwinkel. »Ich war heute früh bei ihm. Er ist sehr aufgebracht. Er hält vom neuen Richter überhaupt nichts. Der Mann pfusche ihm ins Handwerk, sagt er.«

»Das sind persönliche Empfindlichkeiten, weil ihre Kompetenzen sich überschneiden«, erwiderte Bologna. »Es steht nämlich nirgendwo geschrieben, wer in einem Mordfall ermittelt, das basiert auf Gewohnheitsrecht. Euer Rechtssystem ist veraltet. Aber mich interessiert etwas anderes: Ist Busch weitergekommen?«

»Ich glaube nicht. Willst du meine Meinung hören? Die tappen alle im Dunkeln. Der Richter tappt im Dunkeln, weil er hier fremd ist und sich nicht auskennt. Und Busch – der ist zwar bekannt wie ein bunter Hund, aber ich sage dir ganz offen, dass er in meinen Augen kein besonders heller Kopf ist. Sympathisch – ja! Auch tüchtig und in praktischen Angelegenheiten eine Hilfe! Aber hier haben wir es mit einem komplizierten Fall zu tun, und das übersteigt seine Fähigkeiten. Er glaubt an eine Räuberbande, die die junge Roth überfallen haben soll. Wenn du ihn aber nach seinen Beweisen fragst, dann merkst du gleich, was für dünne Bretter er bohrt.«

Bologna verzog den Mund. »Es ist ein schwacher Trost«, sagte er, »dass die andern genauso wenig wissen wie wir. Zwei Fragen beschäftigen mich vor allem. Hat der Mord damit zu tun, dass Klara für uns arbeitete? Und wo sind die Pläne und Klaras Aufzeichnungen?«

Henning hatte seine Arbeit abgeschlossen und legte das Messbuch auf ein schräg stehendes Pult, um das Ergebnis besser begutachten zu können. »Und *ich* möchte wissen«, sagte Henning, »ob hier jemand bewusst eingegriffen hat, um uns zu schaden und möglicherweise zuvorzukommen – oder hat das Verbrechen damit nichts zu tun? Es wäre für uns am besten, wenn kein Zusammenhang bestünde und es sich um einen puren Zufall handelte!«

Bologna stand nun ebenfalls auf. »Dein Auftraggeber wird zufrieden sein. Darf ich mir den Codex ansehen?« Der Goldschmied trat zur Seite, und Bologna schlug langsam und mit einer gewissen Ehrfurcht das Buch auf und betrachtete die einleitende Initiale. »Hoffen wir, dass es sich um einen bloßen Zufall handelt«, sagte er, »aber ich mag nicht recht daran glauben.

Ich fürchte, zwischen der Tat und dem Geheimnis, dem wir auf der Spur sind, besteht ein Zusammenhang. Wir dürfen uns nicht auf die andern verlassen und müssen selbst an der Aufklärung des Mordes arbeiten. Rede du von Zeit zu Zeit mit Busch, damit wir auf dem Laufenden bleiben! Den Richter lasse ich von mehreren Leuten abwechselnd beschatten.« Bologna blätterte weiter.

»Es ist zum Verrücktwerden«, sagte Henning. »Heute wollte sie mir die Pläne geben. Wir standen so kurz vorm Ziel.«

Eine in Rot und Blau gehaltene und mit Blattgold hinterlegte Miniatur zeigte den Traum des Pharaos; fette und magere Kühe gruppierten sich um den im Bett liegenden Herrscher Ägyptens. Bologna hatte den Kopf nach vorn gebeugt, um die Details besser erkennen zu können. »Jammern bringt uns nicht weiter. Wir dürfen jetzt keinen Fehler begehen. Wenn der Richter etwas weiß, müssen wir herausbekommen, was es ist. Er könnte uns helfen, ohne es zu wollen. Gleichzeitig müssen wir vor ihm auf der Hut sein. Wenn er von uns erfährt, ist das ganze Vorhaben gefährdet.«

»Was willst du tun, falls er etwas herausfindet?«, fragte Henning.

Bologna schien die Frage nicht zu beachten und blätterte weiter. »Hast du nicht gesagt, dass du Gewalt verabscheust?«, fuhr Henning fort. »Weißt du eigentlich, was für eine Stimmung in der Stadt herrscht? Die Leute reden von nichts anderem als dem Mord! Immerhin handelt es sich um Karl Roths Tochter, auch wenn er sie verstoßen hatte. Die Leute sind besorgt und nervös.«

»Ich weiß das, mein Lieber«, unterbrach ihn der Italiener. »Ich wollte dir nur klar machen, dass uns von *verschiedenen* Seiten Gefahr droht.«

»Hältst du es für möglich, dass der Richter die Pläne gefunden hat?«

»Wenn er sie hat, gehören sie bald uns.«

»Vergiss nicht, dass er ein hohes Tier ist. Falls ihm etwas geschicht, haben wir in kürzester Zeit die gesamte Obrigkeit gegen uns.«

»Vielleicht sind die Pläne auch im Besitz des Mörders.«

»Oder Klara hat sie irgendwo versteckt!«, sagte Henning. »Es wäre am klügsten, wenn wir uns eine Weile ruhig verhalten und gar nichts unternehmen.«

»Hast du nicht begriffen, wie sehr die Zeit drängt? Hier findet ein Wettlauf statt, wir können nicht untätig zusehen.« Bologna hielt inne und zeigte auf eine Initiale. »Schau nur, wie herrlich!«

»Was ist das?«, fragte Henning abwesend.

»Die Kundschafter mit der Riesentraube. Moses hatte sie ausgesandt, um das Land Kanaan zu erkunden, und sie kehren mit einer Traube zurück, die so schwer ist, dass Josua und Kaleb sie auf einem Stock tragen müssen. Die Traube ist ein Symbol, mein Freund, so wie alle Erzählungen der Bibel einen mehrfachen Schriftsinn enthalten.« Bologna schaute dem Goldschmied in die Augen. »Die Traube bedeutet Überfluss, sie kündet von künftigem Reichtum.« Und damit klappte er das Buch zu ...

10.

Thomas war froh, in seiner neuen Wohnung zu sein, und er hatte es sich nach einem anstrengenden Tag bequem gemacht. Steininger hatte ihn – vorübergehend, wie er sagte – in einem der Türme untergebracht, die den westlichen Teil der Stadtmauer zum Fluss hin überragten. Es gab an dieser Stelle kein großes Tor für Lastkarren, sondern nur einen kleinen

Durchlass neben dem Turm in der Mauer. Sein Vorgänger hatte in einem Haus am Markt gewohnt. Der Turm hatte sechs Geschosse, in denen teilweise Waffen der Stadtwache und der Bürgerwehr lagerten, und im lang gezogenen, steilen Dach zusätzlich vier Fenster. Vier Erker in der Form von Miniaturtürmen flankierten das Dach. Zwei boten Blick auf den Hafen, den Fluss und das weitgehend flache Umland mit vereinzelten Ortschaften; die anderen beiden lagen zur Stadt hin.

Im Erdgeschoss befand sich der Wohnraum mit Kamin. Auf einem Tisch in der Mitte des Raums stand ein Krug mit Wein, ein Laib Brot lag dort und Käse und ein Beutelbuch, wie man es auf Reisen bei sich trug. Thomas saß auf einem Schemel, hatte die Stiefel ausgezogen und streckte seine verfrorenen Füße dem Feuer entgegen. Aber es gelang ihm nicht, sich zu entspannen, denn der Mordfall beschäftigte ihn weiter, und er dachte an den Baumeister und seine Frau. Konnte man Metz einen Mord zutrauen? Oder war – falls seine Frau von einem Verhältnis mit Klara Roth wusste – ein Verbrechen aus Eifersucht denkbar? Aber warum hätten sie das Messer am Tatort zurücklassen sollen?

Es klopfte, und Thomas, der mit keinem Besuch mehr rechnete, schaute missmutig zur verriegelten Tür; auch die Fensterläden waren geschlossen. Er ging zum Eingang und legte die Hand an das Schloss: »Wer ist dort?«

»Ich bin's, Katharina!«

Thomas machte auf, und sie stand in einem langen, dunkelroten Mantel vor ihm; um den Kopf hatte sie ein Tuch gebunden, das im eisigen Wind flatterte. Er trat zur Seite und ließ sie herein. Die Flammen im Kamin sorgten auf ihrem geröteten Gesicht für ein eigenartiges Licht-und-Schatten-Spiel. Sie löste das Tuch und warf es achtlos auf eine Truhe. Thomas schaute die Gasse hinauf und hinunter, ehe er die Tür zumachte. Katharina Roth hatte bei ihm um diese Zeit nichts zu suchen. Seine Position in der Stadt stand ohnehin auf wackligen Füßen. Andererseits hasste er Konventionen, und er hatte oft das Gefühl, in der falschen Zeit zu leben.

»Ich muss mit dir sprechen«, sagte sie.

»Hat das nicht Zeit bis morgen?«

»Ich habe meinen Eltern gesagt, dass ich in die Messe gehe.«

»Und falls sie herausfinden, dass du nicht dort warst?«

»Dann sage ich, ich hätte eine Freundin getroffen.«

Er wies auf den Tisch. »Ich wollte gerade essen.«

»Gib mir Wein!«

Sie setzten sich, und er füllte zwei Becher. Sie fragte ihn, wie er den Tag verbracht habe, und er berichtete ihr über die Gespräche vom Nachmittag. »Den Mord traue ich Metz nicht zu«, sagte Thomas, »aber er verschweigt etwas. Ich vermute, dass er ein Verhältnis mit Klara hatte. Aber wie soll ich das beweisen?«

»Auch ich habe dir etwas verschwiegen«, sagte Katharina. »Deshalb bin ich hier.«

Er erwiderte nichts, und sie fuhr fort: »Du hast mich gefragt, ob Klara einen Liebhaber hatte. Ich konnte damals nicht darüber reden. Sie hatte nicht nur einen Liebhaber, sie hatte viele! Wenn ihr ein Mann gefiel, dann ließ sie sich mit ihm ein. Sie hat darüber – ohne Namen zu nennen – offen gesprochen. Auf diese Weise ist sie auch an das Köhlerhaus gekommen. Sie hatte ein Verhältnis mit dem alten Köhler, und bevor er vor einigen Jahren wegzog, hat er es ihr hinterlassen.«

»Ihre Liebhaber besuchten sie dort?«

»Das abgelegene Haus war ideal.« Etwas an der Art, wie sie das sagte, ließ ihn aufhorchen.

»Ich möchte mehr über diese Männer wissen«, sagte er. »Auch wenn du keine Namen weißt! Aber vielleicht hat sie andere Dinge erwähnt, Details, die uns weiterbringen, scheinbare Nebensächlichkeiten …«

Katharina trank vom Wein und lächelte. »Sie sagte nur einmal, dass einer von ihnen ein Geistlicher sei und dass sie mit ihm ›den Teufel austreiben‹ spiele.«

Thomas kannte die Novelle im Decamerone, aus der das Wortspiel stammte. »Gehört er einem Orden an?«, fragte er.

»Keine Ahnung.«

»Sie nahm von den Männern Geschenke und Geld?«

»Vermutlich schon.«

Katharina reichte ihm den Becher, und er füllte nach; auch sich selbst goss er ein. »Sie war schon immer so«, sagte Katharina. »Sie hat als Jugendliche Dinge getan, die sonst niemand gewagt hätte. Ich jedenfalls nicht.«

»Erzähl mir von ihr! Ich möchte ein Bild von ihrem Leben und ihrer Person bekommen.«

Obwohl sie sich noch nicht lange kannten, empfand Thomas etwas wie Vertrautheit ihr gegenüber. Er spürte, wie lebhaft sie sein konnte, wenn sie sprach und ihre Worte mit eindringlichen Gesten begleitete. Wenn sie den Kopf nach vorne beugte, verschwand der größte Teil des Gesichts zwischen ihren rötlichen, lockigen Haaren.

»Einmal im Sommer besuchten Klara und ich Verwandte auf dem Land. Sie war verschwunden, und ich suchte sie überall. Dann sah ich sie in der Ferne über eine Wiese laufen, aber jemand war bei ihr, ein Mann. Die beiden liefen so schnell, dass ich ihnen kaum folgen konnte. Sie verschwanden in einer Scheune. Ich wartete eine Weile, aber Klara und der Mann kamen nicht wieder raus. Ich ging auf die Scheune zu und zum Tor, das nur angelehnt war. Ich schaute hinein und konnte nichts sehen. Als meine Augen sich an das Dunkel gewöhnt hatten, sah ich eine Leiter, die zum Heuboden führte. Klara und der Mann mussten dort oben sein.«

Katharina machte eine Pause und ließ sich den Becher füllen. »Ich war zwölf oder dreizehn … und Klara drei Jahre älter. Ich hörte ein eigenartiges Geräusch, das ich kannte. Jetzt konnte ich der Versuchung nicht länger widerstehen und schob sachte das Tor weiter auf. Es quietschte leise. Ich zwängte mich durch den schmalen Spalt ins Innere der Scheune. Sünde! Das Wort schoss mir durch den Kopf. Schon unreine Gedanken sind Sünde, hatte am Sonntag der Prediger behauptet. Es gab einen zweiten Heuboden, und ich ging zu der Leiter, die hinaufführte. Ich stieg hoch, und als ich oben war, konnte ich die beiden noch immer nicht sehen, nur hören. Statt den Blick abzuwenden und das Laster zu fliehen, folgte ich ihm neugierig, um endlich zu sehen, wovon immer nur in Andeutungen gesprochen wurde. Meine Augen hatten sich ans Dunkel gewöhnt, und ich konnte nun meine Schwester und den Mann auf dem gegenüberliegenden Boden beobachten. Ich kannte ihn, er war Zimmermann und Vater von zwei Kindern. Die beiden haben mich nicht entdeckt.«

Katharina fuhr sich mit den Händen über die Augen. »Hast du dir schon mal Gedanken darüber gemacht, was Sünde ist?«, fragte sie Thomas und fasste ihn bei der Hand.

Er wollte etwas sagen, aber sie legte ihren Zeigefinger auf seinen Mund. Dann beugte sie sich zu ihm herüber und küsste ihn. Es war seit seiner Zeit in Italien das erste Mal, dass eine Frau ihn küsste. Er sah ihr Gesicht so nah wie noch nie und entdeckte feinste Härchen auf ihrer Haut; sie hatte die Augen geschlossen. Ein Gedanke schoss ihm durch den Kopf. Hatte sie noch andere Liebhaber? Wie ihre Schwester? Plötzlich wirkte sie auf ihn wie eine Frau mit Erfahrung.

Sie schlang ihre Arme um seinen Hals, wobei der Mantel, den sie anbehalten hatte, zu Boden glitt. Sie trug ein langes weißes Kleid, an der Taille mit Bändern verschnürt; von den Hüften fiel es in Falten zu Boden, oben aber war das Kleid weit ausgeschnitten, bis zum Ansatz ihres Busens. Er legte seine Hände unsicher an ihre Schultern, aber sie zog seinen Kopf zu sich herüber. Der nächste Kuss war länger.

»Das«, sagte sie, »ist der wahre Grund, weshalb ich komme.«

Seine linke Hand glitt ihren Rücken entlang, und er fühlte unter dem dünnen Stoff Katharinas warmen Körper. Als er den Nacken berührte, kitzelten ihre Haare auf seinem Handrücken.

Während er mit seinen Fingern in ihrem Haar spielte, küsste sie ihn am Hals. Sie ergreift gern die Initiative, dachte er, und es steigerte seine Erregung. Seine freie Hand wanderte unter ihr Kleid, und behutsam ertastete er den Ansatz ihrer Brust. Auch sie wurde mutiger und sein Kopf schien sich zu drehen. Plötzlich löste sie sich von ihm, schob ihn mit beiden Armen weg. Sie stand auf und ging um den Tisch herum zum Kamin, wo die gelbroten Flammen am trockenen Buchenholz züngelten. Sie zog ihre Schuhe aus und stellte sich mit dem Rücken zum Feuer. Sie schaute ihm in die Augen, während sie die Schnüre ihres Kleids löste und es langsam über die Schultern streifte. Er sah es über ihre Brust gleiten. Das Kleid fiel zu Boden: Mit einer nur angedeuteten Geste des Kopfes bedeutete sie ihm, zu ihr zu kommen, und er gehorchte. Sie befreite ihn von sämtlichen Kleidungsstücken, bis er ebenfalls nackt war.

Sie legten sich auf ein Fell vor dem Kamin. Was ist, wenn sie ein Kind bekommt, dachte er? Ihr Gesicht war ernst. Eine Weile schauten sie sich in die Augen. Das zerstreute seine Bedenken. Sie streichelte seine Wange. Er wünschte sich, sie zu kennen, ihre Gedanken zu lesen. Die Flammen erzeugten ein prickelndes Gefühl auf dem Rücken, den er dem Feuer zugewandt hatte.

Er fand, er habe nie etwas so Schönes gesehen wie ihren Körper. Sie war schlank, hatte helle Haut, und die Brüste waren sehr klein. Ihre Gestalt hatte etwas Jungenhaftes. Er berührte ihre Schenkel, seine Hand folgte der Linie ihrer Hüften, und er küsste ihre Brüste – die Augen, ihre Stirn, sogar ihr Ohr. Sie schmiegten sich aneinander, bis es schmerzte und sich auf der Haut rote Flecken abzeichneten.

Thomas legte sich auf den Rücken, und sie kitzelte mit ihren Haaren seine Brust. Er empfand Lust an ihrer Neugierde, an den forschenden Blicken.

In diesem Moment klopfte es an der Tür.

11.

Konnte das Katharinas Vater sein? Dann würde sie wahrscheinlich im Kloster landen, und er konnte seine Karriere in den Wind schreiben. Thomas warf einen Blick zur Tür: Sie war nicht verriegelt. Er war so durcheinander gewesen, als Katharina hereinkam, dass er es schlicht vergessen hatte. Auch ihre Augen klebten an der Tür, und wahrscheinlich dachte sie das Gleiche.

Wieder klopfte es, diesmal heftiger. Thomas kam es vor, als habe ihm jemand Eisklumpen in den Nacken gelegt. Er sah die Gänsehaut auf ihrer Brust.

Sie hörten eine Stimme: »Aufmachen!« Es waren nur wenige Schritte bis zu einer Tür, die in einen Lagerraum führte. Thomas zeigte darauf, und Katharina sprang auf, griff nach Kleid und Mantel, eilte in den Raum und zog die Tür hinter sich zu. Thomas zwängte sich in seine Hosen und sein Hemd. »Aufmachen!«, wiederholte die Männerstimme, die ihm bekannt vorkam.

»Ich bin's, Friedrich Metz. Ich muss mit ihnen reden.«

»Augenblick!«, rief Thomas. »Ich mache gleich auf.« Er stopfte das Hemd in seine Hosen und bemerkte, dass zwei Becher auf dem Tisch standen; er versteckte einen hinter dem Feuerholz beim Kamin.

»Es ist dringend!«

Und ein toller Zeitpunkt, besser geht's nicht, ergänzte Thomas in Gedanken. Er hob seine Jacke vom Boden auf und streifte sie über. Er ging zur Tür, machte ein wenig Lärm mit dem Riegel und öffnete.

Der Baumeister trat ein, ohne eine Aufforderung abzuwarten; genau das hatte Thomas vermeiden wollen. Sie blieben in der Nähe der Tür stehen. Thomas bemerkte Katharinas Kopftuch auf der Truhe, das er übersehen hatte.

»Mein Gott, was für eine Hitze hier drin«, sagte Metz und zog seinen Mantel ohne Einladung aus, warf ihn über einen Hocker und setzte sich an den Tisch. Thomas fügte sich in sein Schicksal und setzte sich dem Baumeister gegenüber an den Tisch.

»Ist Euch nicht gut? Ihr habt einen hochroten Kopf«, sagte Metz.

»Alles in Ordnung«, erwiderte Thomas. »Was wollt Ihr?«

»Mein Gewissen plagt mich ...«, sagte der Baumeister. Er schien nach den rechten Worten zu suchen, und Thomas wartete ungeduldig, dass er weitersprach. Metz zog die Augenbrauen zusammen. »Ich habe Euch angelogen«, fuhr er schließlich fort und machte eine entschuldigende Geste mit seinen breiten Händen. »Ich will mein Leben nicht in Sünde verbringen.«

»Sünde?«, murmelte Thomas, und ihm lag eine Bemerkung auf der Zunge. Aber er fragte nur: »Wo drückt der Schuh?«

Die hellen Augen des Meisters suchten in den seinen nach Verständnis. »Wahrscheinlich ist meine Mutter schuld«, sagte er. »Und die Pfaffen. Mein Leben lang habe ich Geschichten gehört, wie die Sünder bestraft werden im Fegefeuer. Ihr kennt das! Mich verfolgen die Bilder, ich stelle sie mir so wirklich vor. – Aber zur Sache ...«, ermahnte er sich. Doch statt zur Sache zu kommen, schwieg er. Thomas konnte nicht umhin, ihn tatsächlich ins Fegefeuer zu wünschen.

»In welchem Punkt habt Ihr nicht die Wahrheit gesagt?«, fragte er.

»Klara Roth war meine Geliebte!«, stieß er hervor.

Plötzlich empfand Thomas Sympathie für Metz. »Und das Messer?«, fragte er.

»Ich habe es natürlich nicht verloren. Sie hat es gesehen, als ich es einmal bei mir hatte. Es gefiel ihr so gut, dass ich es ihr schenkte ...«

»Sie hat es also in ihrer Wohnung aufbewahrt?«

Der Baumeister nickte.

»Lag es offen herum?«

Metz dachte nach, und seine Stirn legte sich in Falten. »Jedenfalls nicht, wenn ich bei ihr war. Ich wollte das nicht. Es ist schließlich ein auffälliges Messer, und es gibt Leute, die wissen, dass es mir gehört hat!«

»Habt Ihr ihr häufiger Geschenke gemacht?«

Metz bemühte sich um ein Lächeln, das ihm jedoch gründlich misslang. »Ich war nicht kleinlich.«

»Wusstet Ihr, dass Eure Geliebte häufiger Besuch bekam – nicht nur von Euch?«

»Natürlich, das war kein Geheimnis. Sie sprach ja offen darüber.«

»Sie hat kein Theater gespielt, Euch nichts von großer Liebe vorgegaukelt?«

»Von Liebe war nie die Rede zwischen uns, nur von Sympathie und gegenseitigem Verständnis.«

Ein Bild von Klaras Leben begann sich abzuzeichnen. Musste ein Mann wie Metz, der vom Alter her ihr Vater hätte sein können, nicht ein Stück Sicherheit bedeuten?

»Hört!«, sagte Thomas. »Ich glaube Euch, dass Ihr mit dem Mord nichts zu tun habt. Aber ich erwarte von Euch Offenheit. Wer hatte außer Euch noch ein Verhältnis mit Klara?«

Metz verzog das Gesicht. »Eine delikate Angelegenheit!«

Es fiel Thomas schwer, ruhig zu bleiben. »Jemand hat Euer Messer als Tatwaffe benutzt«, sagte er. »Wahrscheinlich wollte der Betreffende den Verdacht auf Euch lenken?! Ich weiß nicht, ob es angebracht ist, so feinfühlig zu reagieren.«

Aber Metz schwieg. Thomas suchte nach einem neuen Ansatzpunkt. »Wie oft wart Ihr bei ihr?«

»Einmal die Woche.«

»Zu einem festen Termin?«

»Immer mittwochs.«

»Warum ausgerechnet am Mittwoch?«

»Sie hatte sonst keine Zeit, und das passte mir ganz gut. Mittwochs haben wir oft Ratssitzungen, und ich hatte eine Ausrede, länger wegzubleiben.«

»Auch bis in die frühen Morgenstunden?«

»Wer sagt das?«, fragte Metz irritiert.

»Also stimmt es. Was hat Eure Frau dazu gesagt?«

»Wir schlafen seit einiger Zeit getrennt.«

»Aber sie weiß, dass Ihr eine Affäre hattet?«

»Sie wird es sich denken.«

»Wusste Eure Frau, *wohin* Ihr gingt?«

»Das glaube ich nicht. Woher sollte sie es wissen?«

»Was war mit den anderen Tagen. Habt Ihr nie versucht, Euch am Dienstag mit ihr zu verabreden oder am Freitag?«

»Anfangs schon. Aber sie hatte an diesen Tagen keine Zeit.«

»Da kamen andere Männer. Ich muss die Namen wissen!«

»Das waren verschiedene.«

»Wie viele?«

»Außer mir mindestens zwei.«

»Hat sie keine Namen genannt?«

»Nein.«

»Aber Ihr kennt sie trotzdem?«

Friedrich Metz fuhr mit beiden Händen durch seine Haare, bis er sie vollständig verstrubbelt hatte. »Nur von einem«, sagte er schließlich. »Aber das kann nicht der Mörder sein?«

»Ihr kennt ihn gut?«

»Wir sind nicht befreundet, aber ich hatte mit ihm zu tun. Er ist ein Ehrenmann!«

»Ein Geistlicher, nicht wahr?«

Der Baumeister nickte widerstrebend.

»Wie heißt er?«

»Er ist Abt.«

»In Mainz?«

»Ja!«

»Welchem Kloster steht er vor?«

Metz ließ sich lange Zeit, bis er schließlich antwortete: »Den Karmelitern. Aber Ihr müsst mir versprechen, dass Ihr meinen Namen ihm gegenüber nie erwähnt.«

Die Information, die Thomas gerade bekommen hatte, war brisant. Er war zwar erst wenige Tage in Mainz, wusste aber, dass das Karmeliterkloster zu den wichtigsten Institutionen der Stadt gehörte und sein Vorsteher ein einflussreicher Mann war. Gehörte er nicht sogar dem geistlichen Gericht an? In gewisser Weise also ein Kollege. Thomas lief Gefahr, in ein Wespennest zu stechen. Er stellte sich Katharina hinter der Tür vor, wie sie große Augen machte.

»Und der Abt kam ebenfalls einmal die Woche?«

»Montags.«

»Woher wisst Ihr das?«

»Ich habe ihm aufgelauert und ihn an seinem Gang erkannt, der auffällig ist.«

»Wen habt Ihr noch beobachtet?«, fragte Thomas.

»Nur ihn.«

Thomas schaute ihm ins Gesicht. »Wann begannen Eure Besuche?«

»Vor etwa zwei Jahren.«

Es war höchste Zeit, den Baumeister loszuwerden und Katharina aus der Kammer befreien. »Ihr habt mir sehr geholfen.«

»Vielleicht ist es einfach nur Angst.«

Thomas stand auf. »Wenn ich noch was wissen möchte, melde ich mich bei Euch.«

Auch Metz stand auf. »Euer Kopf ist immer noch rot. Macht kalte Umschläge!«

Thomas begleitete Metz zur Tür. Sie gaben sich zum Abschied die Hand. Thomas schloss die Tür hinter dem Baumeister und legte den Riegel vor. Er schüttelte den Kopf über seine Leichtsinnigkeit.

Als er sich umdrehte, stand die Tür zur Kammer offen, und Katharina kam auf ihn zu. Sie trug ihr Kleid, und ihre Haare waren zerzaust. Erst in diesem Moment war ihm klar, dass der Abend ruiniert war. Sie zuckte mit den Schultern.

»Ich gehe dann besser.«

Es war zwecklos, sie aufhalten zu wollen. »Sehen wir uns morgen?«, fragte er.

Sie schüttelte den Kopf. »Wir müssen verrückt sein.«

Er reichte ihr das blaue Tuch, und sie band es sich um den Kopf. Einen Moment wirkte sie unschlüssig. Dann ging sie zur Tür, öffnete sie und schlüpfte hinaus. Er schaute ihr nach, wie sie im Regen verschwand.

12.

Friedrich Metz ging nicht nach Hause, denn er wollte einige Schritte laufen, mochte es regnen, so viel es wollte; er fühlte sich unruhig. Er verließ das Haus des Richters und folgte dem Verlauf der Stadtmauer, die parallel zum Rhein verlief.

Er merkte nicht, dass er verfolgt wurde.

Mainz hatte zu seiner Blütezeit fast zwanzigtausend Einwohner gezählt. Die Pest, die in mehreren Schüben die Stadt heimsuchte, und die Fehden zwischen Patriziat und Zünften hatten die Bevölkerung dezimiert. Gegenwärtig mochten sechstausend Menschen innerhalb der Stadtmauern leben. Im Zentrum drängten sich die Häuser dicht an dicht, aber an den Rändern, dort wo Friedrich Metz gerade entlanglief, gab es freie Flächen; Häuser standen teilweise sogar leer und verfielen. Metz wollte seine Gedanken ordnen, aber es gelang ihm nicht.

Er fühlte sich schuldig, trotz des Gesprächs. Schuldgefühle kannte er, seit er ein Kind war. Seine Mutter hatte seine Vorstellung von richtig und falsch, gerecht und ungerecht geprägt. Völlig in seine Gedanken und Erinnerungen vertieft, lief der Baumeister durch die Gegend, ohne darauf zu achten, wohin er ging.

Über körperliche Liebe war im Elternhaus nicht gesprochen worden. Der Körper galt nur als Werkzeug der Sünde. Metz hatte gehofft, als Erwachsener weniger unter der Last des Gewissens zu leiden, aber das Gegenteil war der Fall.

Diese und ähnliche Gedanken schwirrten ihm im Kopf herum, während er durch den Schlamm stapfte. Er hatte die Zeit mit Klara nie wirklich genießen können, seine Freude war immer getrübt gewesen von der inneren Stimme, die ihm sagte, sein Handeln sei schlecht, und er werde dafür bestraft – irgendwann. Er war so ins Grübeln versunken, dass er die Tropfen nicht spürte, die ihm ins Gesicht schlugen.

Die Stadtmauer endete mit einer Art Einbuchtung am Rhein. Metz ging aber nicht zurück Richtung Dom, in dessen Nähe sein Haus lag. Er hatte das Bedürfnis, allein zu sein. Er blieb bei der Stadtmauer, die sich vom Rhein weg und einen Hügel hinaufzog. Von hier war es nicht weit zur Stephanskirche. In dieser Gegend gab es nur wenige Häuser. Er blieb einen Moment stehen, holte tief Luft und schloss die Augen. Er legte sogar den Kopf zurück, damit ihm der Regen ins Gesicht fiel. Vielleicht hoffte er, aus einem bösen Traum zu erwachen.

Zuerst hörte er nur ein Knacken und maß ihm keine Bedeutung bei. Ein streunender Hund, der einen Ast umgeknickt hatte, oder eine Katze? Er schaute flüchtig in die Richtung, aus der das Geräusch gekommen war, sah aber nur einen Haselnussstrauch.

Metz setzte seinen Weg fort. Der nächste Befestigungsturm lag weiter oben auf dem Hügel und war noch nicht zu sehen, weil zum Regen feiner Nebel hinzugekommen war, der nach zwanzig oder dreißig Schritten alles verschluckte. War heute Vollmond? Jedenfalls war das Mondlicht so stark, dass Metz die

Nebelschwaden dicht über den Boden ziehen sah. Vom umgebenden Dunkel hoben sie sich durch einen eigenartigen grauen Glanz ab. Er folgte einem Pfad, der über ein freies Stück Land führte; linker Hand die Befestigungsanlage; rechts, nur schemenhaft zu sehen, ein paar vereinzelte, baufällige Hütten. Die Menschen, die hier wohnten, waren arm.

Ein weiteres Knacken registrierte Metz zwar, warf aber nicht einmal einen Blick zurück. Er machte sich Gedanken darüber, wie es nun weitergehen sollte. Klara war tot! Er selbst zählte zum Kreis der Verdächtigen. Würde die Sache öffentlich werden und seinen Ruf ruinieren? Seine Ehe lag ohnehin in Scherben. Die Stimmung zwischen seiner Frau und ihm wurde mit jedem Tag kälter, worunter auch die Kinder litten.

Konnte das Geräusch von einem Tier stammen? Wie ein gelegentliches Scharren klang es, als würden die nassen Blätter, die der Herbst von den Bäumen geweht hatte und die überall herumlagen, aufgewirbelt. Er blieb stehen, aber in dem Moment verstummte das Geräusch. Erst als er weiterging, war es wieder zu hören, hinter ihm. Es beunruhigte ihn nicht. Er war stark und seine Arme muskulös. Er hatte viel erlebt, und er konnte sich wehren. Nur sein Gewissen machte ihm zu schaffen.

Er ging weiter. Ein Knirschen! Ein Stein, der über Fels rollte! Schritte! Folgte ihm jemand? Unsinn. Er dachte wieder an Klara. Sie war tot, aber er beschäftigte sich nur mit sich selbst. So ist der Mensch, dachte er, ihn beschäftigt immer nur, was ihn unmittelbar betrifft.

Doch, jemand folgte ihm! Die Schritte waren näher gekommen, er hörte sie deutlicher, lauter als zuvor. Er blieb erneut stehen. Sofort war es still! Dann ging er weiter, und wieder setzten die Schritte ein. Wie ein Spiel.

Metz überlegte, ob er kehrtmachen und auf das Geräusch zugehen sollte. Er ging stattdessen langsam weiter und warf gelegentlich kurze Blicke zurück. Er beschloss, abzuwarten und – falls man ihn angriff – kurzen Prozess zu machen. Er war kein

Schläger, hatte Prügeleien immer gemieden. Aber wenn man ihn angriff, dann konnte er sich wehren! Vor dem Baumeister lag ein kleines Wäldchen, wenige Bäume nur, die sich selbst angepflanzt und das Gelände einer ehemaligen Ziegelei überwuchert hatten. Die Ziegelei, deren Dach eingefallen und deren Wände zur Hälfte abgetragen waren, konnte er wegen des Nebels nicht sehen. War es gefährlich, den Weg zwischen den Bäumen fortzusetzen?

Ach was, dachte er. Da wird irgendwo ein Ast herumliegen, und dann gnade Gott jedem, der etwas im Schilde führt. Er setzte seinen Weg fort. Hier war der Boden, auch der Weg, dick mit Blättern bedeckt. Er ging zwischen den nackten Baumstämmen hindurch, die er nur undeutlich sah. Wenn er ganz nah an den Bäumen vorbeiging, wirkten sie wie schwarze Säulen. Trotzdem kam er nicht vom Weg ab, den er gut kannte. Eigenartig nur, dass die Schritte hinter ihm nicht mehr zu hören waren. Hatte sein Verfolger den Mut verloren? Besser für ihn! Der Regen prasselte leise auf das Laub. Ein Geräusch, das er unter anderen Umständen immer gemocht hatte.

Trotzdem hatte er ein komisches Gefühl. Nein! Der Unbekannte hatte nicht aufgegeben! Er war irgendwo dort, vor ihm, hinter ihm … Auch wenn er keinen Laut von sich gab, auch wenn er nicht zu sehen war. Da war irgendwo ein Augenpaar, das die Dunkelheit durchdrang, das mehr sah als er.

Er brauchte etwas, womit er sich wehren konnte. Und zwar schnell. Metz blieb stehen und fuhr mit den Händen durch das Laub. Es war zum Verrücktwerden! Und mit einem Mal vernahm er ein Keuchen. Es kam aus nächster Nähe. Es kam auf ihn zu!

Dann sah er eine Gestalt, die ihm riesig vorkam – aber das mochte täuschen und mit seinem Schrecken zusammenhängen. Sie schien mehr ein Ungeheuer zu sein als ein Mensch! Völlig lautlos musste es sich angeschlichen haben. Metz war so überrascht, dass er, als er sich aufrichten wollte, auf dem glatten

Laub ausrutschte und auf den Rücken fiel. Sein Blick aber blieb auf den Angreifer geheftet. Er sah ihn deutlicher als zuvor. Er erkannte einen in die Höhe gereckten Arm. Es ist vorbei, fuhr es ihm durch den Kopf. Er spürte Panik, und das löste seine Erstarrung. Er rollte sich zur Seite und verlor die Orientierung. Ein stechender Schmerz an den Rippen brachte ihn wieder zur Besinnung. Er begriff, dass er gegen einen Baumstamm geschlagen war. Über ihm wirres Geäst, schwarze Adern vor tiefdunklem Grau. Wo war der andere? Metz richtete sich hastig auf und rannte blindlings los. Er schlug in vollem Lauf gegen einen Baum. Plötzlich sah er gelbe und grüne Blitze. Er hatte Angst zu fallen, hielt sich aber auf den Beinen. Er fasste mit seiner Hand an die Stirn, und Blut rann über seine Finger. Ihm blieb keine Zeit, sich darüber Sorgen zu machen. Er stolperte weiter, etwas vorsichtiger. Und nun hörte er wieder das Keuchen. Nur nicht so nah wie vorhin. Sein Knie schlug gegen etwas Hartes, und ein stechender Schmerz schoss ihm ins Bein. Er fiel vornüber, fing sich aber mit den Händen, die sich ins weiche Erdreich gruben, ab, rappelte sich auf und rannte weiter. Das Keuchen wurde lauter, es kam näher.

Irgendein Gestrüpp riss ihm an den Knöcheln die Haut auf. Vielleicht Brombeeren? Ruckartig hatte sich sein rechter Fuß in diesem unsichtbaren Zeug verhakt und verfangen. Er stürzte zu Boden, und diesmal ging es zu schnell, als dass er den Sturz hätte abfangen können. Er schlug mit dem Gesicht in die Dornen. Er drehte den Kopf zur Seite und sah erneut den Unbekannten als mächtigen Schatten auf sich zukommen.

13.

Katharina hatte eine Vermutung. Die Idee war ihr in der Nacht gekommen. Sie verließ den Schulraum, ging ins Freie und zum Kaufhaus. Mehrere Pferdekarren mit Waren standen vor dem Portal, das ein hoher Spitzbogen umrahmte. Links vom Eingang lehnten sich zwei kleine Gebäude ans Kaufhaus; in einem davon wohnte der alte Franz mit seiner Familie. Die Skulpturen der Kurfürsten standen nebeneinander aufgereiht am unteren Rand des sehr breiten Giebeldaches. Obwohl es nicht regnete, hatten die meisten Arbeiter ihre Kapuzen übergezogen, denn der Nebel war so dicht, dass er sich in der Kleidung festsetzte und sie nach einiger Zeit durchdrang.

In der weiten, mit Ständen gefüllten Halle fand man alles, womit sich Handel treiben und Geld verdienen ließ. Ein Getreidehändler, der zwischen mehreren bis zum Rand mit Korn gefüllten Holzbottichen stand, verhandelte gestikulierend mit zwei Handwerkern. Sie hatten Säcke mitgebracht, die zu ihren Füßen lagen, und der Händler hielt in der linken Hand einen Maßeimer. Katharina sah ihren Vater im hinteren Teil des Raums; er unterhielt sich mit dem Prior des Franziskanerklosters und bemerkte sie nicht. Sie hielt Abstand und wartete, bis die beiden ihr Gespräch beendet hatten und der Vater sich vom Stand entfernte. Erst dann ging sie auf ihn zu. Die Überraschung stand ihm ins Gesicht geschrieben, als er sie sah.

Sie fragte ihn, ob er einen Moment Zeit habe, und er bat sie, mitzukommen. Im hinteren Teil des Kaufhauses befand sich ein durch Bretterwände abgeteilter Raum für die Verwaltung; außer ihrem Vater arbeiteten hier noch zwei Kaufmannsgehilfen. Nur einer der beiden war da; vor ihm auf einem Tisch lagen Silbergulden, die er zu Säulen aufschichtete, und in gewissen Abständen schrieb er etwas in sein Geschäftsbuch, während sich seine Lippen bewegten. Er nickte Katharina flüchtig zu, unterbrach die Abrechnung aber nicht.

»Dass du dich auch mal blicken lässt!«, sagte ihr Vater. »Was gibt's denn?«

»Es geht um das Bett!«

»Was für ein Bett?«

»Klaras Bett.«

Karl Roth machte ein verständnisloses Gesicht. Er ging um den Tisch herum, auf dem Geschäftsbücher und Papiere lagen; dann setzte er sich auf einen Lehnstuhl.

»Hast du dir schon Gedanken gemacht, was damit passieren soll?«, fragte Katharina.

»Ich muss das Begräbnis vorbereiten. Und hier stapelt sich die Arbeit.« Er machte eine vage Handbewegung über den Tisch. »Ich habe an das Bett keinen Gedanken verschwendet.«

Katharina schaute zum Gehilfen, der einen Münzstapel bildete, fast so hoch wie die Madonna auf dem Tisch ihres Vaters. »Wir können es nicht da draußen stehen lassen«, sagte sie. »Es ist wertvoll. Kann ich es haben? Für mein Zimmer.«

»Warum nicht?«, sagte er. »Deine Geschwister werden neidisch sein. Aber wer zuerst kommt ...«

»Es muss abgeschlagen und von zwei Männern transportiert werden. Glaubst du, dass deine Schreiner das machen können?« Damit meinte sie die beim Kaufhaus angestellten Handwerker.

»Sie bauen gerade einen Stand um. Danach kannst du sie haben. Ich rede mit ihnen.«

»Danke!« Sie ging um den Tisch und gab ihm einen Kuss. Sie wusste, dass er das mochte. Wenn sie es geschickt anstellte, konnte sie von ihm bekommen, was sie wollte. Sie ging im Kaufhaus herum und wartete, bis die beiden Schreiner mit ihrer Arbeit fertig waren. Dann machten sie sich zu dritt auf den Weg zum Hafen.

Der Pegel des völlig im Nebel untergegangenen Flusses war angestiegen und hatte den alten Treidelpfad überschwemmt. An

Schifffahrt war nicht zu denken. Sie liefen über die holprige Rheinaue. Schließlich erreichten sie den Wald und kamen zu Klaras Haus. Es wirkte auf Katharina noch verlassener als sonst. Sie betraten den Raum, in dem es kalt war und nach feuchten Wänden roch. Die beiden Schreiner gingen zum Bett und betrachteten es von allen Seiten. Sie hatten Werkzeug mitgebracht und begannen mit ihrer Arbeit.

Einer der beiden, ein schmaler, fast verhungert wirkender Mann, schlug mit seinem Hammer vorsichtig gegen einen der Bettpfosten und stutzte. »Hör mal!«, sagte er zu seinem Kollegen. »Das klingt hohl.«

»Und wenn schon!«, meinte der andere, rothaarig und einen Kopf kleiner. »Mach vorwärts, damit wir nach Hause kommen.«

Der seltsame Klang fiel ihnen bei allen Pfosten auf. Sie zerlegten das Bett in seine Einzelteile, damit es durch die Tür passte und transportfähig war. Klara hatte das Bett damals, als sie das Haus vom Köhler übernahm, für teures Geld anfertigen lassen. Der einzige Luxus, den ich mir je im Leben erlaubt habe, sagte sie. Die beiden Schreiner hatten einen Karren mitgebracht, auf den sie es luden und den sie zu zweit zogen, während Katharina aufpasste, dass nichts herunterfiel. Trotzdem fluchten die beiden über das Gewicht und den holprigen Untergrund, während sie Richtung Stadt liefen.

Sie passierten das Fischtor. Der Marktplatz war fast menschenleer. Man konnte kaum von einer Seite zur anderen schauen. Der Nebel verschluckte die Türme des Doms, dessen gewaltige, eiserne Eingangspforte nicht so weit offen stand wie sonst. Die Schreiner stellten den Karren vor Katharinas Elternhaus ab, und sie zeigte ihnen den Weg zu ihrem Zimmer. Das Bett wieder aufzubauen, dauerte länger als das Abschlagen, und der Rothaarige wurde ungeduldig. Endlich waren sie fertig, und die beiden eilten davon.

Zum Glück waren Katharinas Geschwister nicht im Haus.

Sie würden ärgerlich sein, das hatte der Vater richtig vorausgesehen. Katharina war mit dem eigenen Zimmer ohnehin privilegiert. Sie schloss die Tür, ging zum Fenster und betrachtete das breite Bett, das kaum ins Zimmer passte. Sie klopfte gegen den linken Pfosten des Fußendes, der ihr am nächsten war. Hier und bei den drei anderen Pfosten derselbe Klang. Ein kugelförmiger Knauf saß auf den Pfosten. Er ließ sich nicht bewegen. Katharina ging in den Keller, wo ihr Vater sein Werkzeug aufbewahrte. Sie fand einen Hammer und eine flache Eisenstange, etwas verrostet schon, und nahm beides mit nach oben. Sie klemmte das Eisen unter den Knauf und schlug mit dem Hammer dagegen. Nun benutzte sie das Eisen wie einen Hebel, und die Holzkugel gab nach. Sie nahm den Knauf in beide Hände, und mit einem Ruck löste sie ihn vom Bettgestell. Sie legte die Kugel zur Seite und untersuchte den Pfosten. Innen war er hohl. Die Aushöhlung hatte die Form eines Zylinders, und darin befand sich etwas Zusammengerolltes. Sie griff danach. Aber ihre Hand, obwohl schmal, passte nicht hinein, und ihre Finger waren zu kurz. Sie versuchte, nur mit Zeige- und Mittelfinger hineinzufassen, aber auch das nützte nichts. Sie dachte daran, die Eisenstange zu benutzten, hatte aber Angst, dann das Papier, oder was immer sich dort befand, zu beschädigen. Sie entschied sich schließlich für einen schmalen Holzstab, den sie manchmal im Unterricht als Zeigestock benutzte. Es gelang ihr, die Rolle ein wenig anzuheben, sodass sie eine Ecke mit den Fingern zu fassen bekam, und zog sie vorsichtig heraus. Zum Vorschein kam ein gerolltes, mit Fäden zusammengebundenes Papier. Sie hielt es eine Weile in Händen. Es war gutes Papier, sie erkannte es am Aussehen und daran, wie es sich anfühlte. Sie hatte vor Jahren mit ihrem Vater eine Papiermühle im Süddeutschen besucht und sich gewundert, dass das beste Papier (so genanntes Hadernpapier) aus alten Lumpen hergestellt wurde. An manchen Stellen schimmerte Schrift durch.

Katharina löste vorsichtig die Fäden und entrollte den

Bogen, der großformatig war. Sie hatte sich nicht getäuscht: Schriftzeichen bedeckten das Papier, hauptsächlich aber eine große Zeichnung, die etwa die Hälfte der Fläche einnahm; darunter noch zwei kleinere Skizzen. Sie erkannte, dass es sich immer um den gleichen Gegenstand handelte, den sie oben in Vorderansicht sah, unten aber in Seitenansicht.

Was war das für ein Gerät? Wuchtige Teile bildeten einen rechteckigen Rahmen, ähnlich wie bei einer Tür. Aus dem oberen Teil schaute etwas hervor, das eine Stange oder Spindel sein mochte und am unteren Ende von einer Platte abgeschlossen wurde. Das Bild löste eine Assoziation bei ihr aus, einen Anklang an etwas Bekanntes, Alltägliches. Wurden beim Keltern von Wein und beim Pressen von Wäsche nicht ähnliche Geräte verwendet?

Katharina legte den Plan aufs Bett, wobei er sich von selbst wieder zusammenrollte. Dann machte sie sich an die langwierige und schwierige Arbeit, die anderen Holzkugeln zu entfernen. Sie entdeckte drei weitere Verstecke, ebenfalls mit Papierrollen darin.

14.

Der Ort, an dem er auf die Frau wartete, lag nicht weit von der Stelle, an der man Friedrich Metz überfallen hatte. Das Haus war klein und verfallen und gehörte zur ehemaligen Ziegelei; im Dach klaffte ein Loch und die beiden Öffnungen, die als Fenster gedient hatten, starrten wie Augenhöhlen. Er stand im Erdgeschoss und schaute nach draußen. Er musste nicht lange warten. Die Frau kam langsam, ein wenig ängstlich, aus dem Nebel auf das Haus zu. Er taxierte sie von weitem. Das könnte die Richtige sein, dachte er. Sie hat eine gute Figur, sie wird ihm gefallen.

Bologna jedenfalls gefiel sie, obwohl er in der Dunkelheit nicht gar zu viel sah. Er war seit langem mit keiner Frau zusammen gewesen. Jene, zu denen er ging und die schweigen konnten, musste er teuer bezahlen. Oft verfluchte er das Zölibat. Ihre Kleidung taugte nichts, aber sie würde von ihm neue bekommen. Was Hübsches, eng Anliegendes, überlegte er, mit weitem Ausschnitt. Dann würde der Richter nicht Nein sagen. Sie stand direkt vor dem ehemaligen Fenster, und er sah in dem wenigen Mondschein, der den Nebel durchdrang, dass sie einen üppigen Busen hatte und jung war. Genau darauf kam es ihm an. Er musste sie nur richtig instruieren, dann würde es schon klappen.

Sie war nur noch wenige Schritte vom Haus entfernt und blieb stehen. »Ist da jemand?«, fragte sie leise.

»Komm rein!«, antwortete Bologna. Vor allem neue Kleidung, dachte er. Und die Frisur. Ich muss nur aufpassen, dass ich es nicht übertreibe, denn sonst schöpft er Verdacht. Es muss innerhalb der Grenzen ihres Standes bleiben, um glaubwürdig zu sein. Aber das zerschlissene, alte Zeug, das sie trägt, geht auf keinen Fall.

Eine Tür gab es nicht, und die Frau betrat das Gebäude. Sie befanden sich in einem Raum, der früher als Küche gedient hatte. Das Mobiliar und die einstige Feuerstelle waren geplündert worden. Die junge Frau stand im Eingang, ihre Figur zeichnete sich als Silhouette ab, und sie schaute hin und her, weil sie nichts sah. »Komm hierher!«, sagte er. Sie ging auf ihn zu und blieb in kurzer Entfernung von ihm stehen.

»Ich habe gehört, dass du Arbeit suchst. Bei wem bist du zurzeit beschäftigt?«

»Ich habe für einen Arzt gearbeitet, habe den Haushalt geführt. Aber er ist mit seiner Familie weggezogen. Sie brauchten mich nicht mehr.«

»Was hat dir der Arzt gezahlt?«

»Nichts. Ich hatte Unterkunft und Verpflegung frei.«

»Du kannst bei mir viel Geld verdienen. Du kannst sogar einen doppelten Verdienst haben.«

»Was heißt das?«

»Ich möchte, dass du eine Stelle antrittst beim neuen Richter! Er lebt allein und hatte bisher keine Zeit, sich um eine Hilfe für den Haushalt zu kümmern. Biete ihm deine Dienste an. Sag ihm, dass du für ihn kochen wirst, wenn er abends nach Hause kommt. Zähle ihm alle Vorteile auf: Wäsche waschen, Wohnung putzen, Einkäufe erledigen. Und vielleicht ist er noch an anderen Dingen interessiert. – Stimmt es, dass du schreiben und lesen kannst?«

»Ja.«

»Du bekommst von mir neue Kleidung. Ich möchte, dass du ihm gefällst. Zeig dich von deiner besten Seite!«

»Nehmen wir an, er stellt mich ein …«

»Dann hast du die größte Hürde schon genommen«, sagte Bologna.

»Und was habt *Ihr* davon?«

»Es ist wichtig, dass du nicht nur bei ihm arbeitest, sondern auch bei ihm wohnst. Wo bist du momentan?«

»Ich habe eine Dachkammer bei einem Schmied.«

»Mach dem Richter klar, dass du bei ihm wohnen möchtest. Das ist üblich. Dann berichtest du mir über das, was du siehst und hörst. Am besten fängst du ein Verhältnis mit ihm an. So erfährst du mehr; Dinge, die er sonst für sich behält.«

»Er hat mir nichts getan.«

Bologna zog einen Beutel hervor und kramte nach Geldmünzen. »Das ist mehr, als du je in Fingern hattest.« Er wusste, dass es für sie ein Vermögen war und dass ihr Herz pochen würde, nachher, wenn sie die Münzen bei Licht betrachtete.

»Trotzdem!«, beharrte sie. »Ich bin nicht geübt darin, Leute zu betrügen.«

Bologna verschlug es für einen Moment die Sprache.

»Was soll mit ihm passieren?«, fragte sie. »Ich will wissen, um was es geht!«

Er schüttelte den Kopf. »Ihm geschieht kein Leid.«

»Die Sache gefällt mir nicht.«

Bologna ärgerte sich maßlos. Was hatte Henning ihm für einen Unsinn erzählt? Sie ist die ideale Person dafür, hatte er gesagt. Bologna war unvorsichtig gewesen. Er hatte die Katze gleich aus dem Sack gelassen. Nun gab es kein Zurück mehr; sie wusste bereits zu viel. Er hatte sich verhalten wie ein dummer Anfänger.

»Wohnen deine Eltern hier?«, fragte er.

»Sie leben in einem Dorf im Westerwald.«

»Wie bist du nach Mainz gekommen?«

»Der Hof war zu klein für acht Kinder.«

»Und deine Familie war froh, dich los zu sein.«

Sie schwieg, und Bologna vermutete, dass er den Nagel auf den Kopf getroffen hatte. »Was ist das für ein Leben?«, fragte er. »Willst du ewig so weitermachen?«

Sie gab immer noch keine Antwort. »Du gehörst doch zu den Betrogenen«, sagte er und fasste sie am Arm. »Was steht dir denn bevor? Im günstigsten Fall findest du wieder eine Anstellung bei einer Familie. Du kannst bei ihnen wohnen, du bekommst was zu essen, aber kein Geld. Du wirst von morgens bis abends den Buckel krumm machen! Du wirst die Erste im Haus sein, die aufsteht und Feuer macht. Beim Frühstück und den Mahlzeiten bist du diejenige, die die schlechtesten Brocken abbekommt. Wer putzt das Haus? Wer schleppt die schweren Körbe vom Markt nach Hause? Muss ich dir von den Waschtagen erzählen? Und du bist nicht nur ihr Arbeitstier, du musst auch noch als Hure herhalten! Wenn es nicht der Hausherr ist, dann sind es seine Söhne. Was aber, wenn du ein Kind bekommst? Dann jagen sie dich zum Teufel. – Sind das nicht herrliche Aussichten?«

Bologna schaute sie herausfordernd an. Er hatte, während er sprach, ihr im Dunkel liegendes Gesicht eindringlich beobachtet. Das Zucken um ihre Mundwinkel war ihm nicht entgangen.

»Wie heißt du?«, fragte er.

»Gerlinde.«

»Wie alt bist du?«

»Einundzwanzig.«

»Eine Chance, wie ich sie dir biete, kommt nicht wieder!«

»Gut!«, sagte sie. »Aber ich tue es nicht gern ...«

15.

Thomas saß in seinem Arbeitszimmer. Der Kurfürst hatte ihn zu sich bestellt, und er wusste nicht, worum es ging. Bis dahin war allerdings noch Zeit. Deshalb dachte er über die Spur nach, auf die ihn der Baumeister (nach dem man immer noch erfolglos suchte) gebracht hatte. Der Abt des Karmeliterordens hatte ein Verhältnis mit Klara Roth gehabt. Der Orden war angesehen, und der Mann an seiner Spitze besaß Macht. Da Thomas sich bereits hinreichend unbeliebt gemacht hatte, wollte er behutsam vorgehen. Der Abt gehörte dem geistlichen Gericht an, mit dem er in Zukunft zusammenarbeiten musste, und so beschloss er, unter dem Vorwand eines Antrittsbesuchs das Gespräch mit ihm zu suchen.

Thomas machte sich spontan auf den Weg zum Kloster, denn er war sehr ungeduldig. Es war fraglich, ob der Abt Zeit für ihn hatte. Das Mainzer Karmeliterkloster war von einer Mauer umgeben. Durch das geöffnete Tor betrat Thomas das Klostergelände. Die Wirtschaftsgebäude und die Kirche waren in einem guten Zustand. Thomas begab sich ins Kapitelhaus und fragte einen Mönch, wo der Abt zu finden sei. Er erklärte ihm, weshalb er gekommen sei, und der Mann bat ihn, im Kapitelsaal zu warten.

Thomas hatte kaum Zeit, den großen, von Säulen getragenen Raum zu betrachten, als ein weiterer Mönch erschien und ihn aufforderte, ihm zu folgen. Sie traten ins Freie, und Thomas sah von weitem den Abt aus der Richtung des Kreuzgangs auf sie zukommen.

Der Abt begrüßte Thomas mit festem Händedruck und führte ihn zu einem kleinen Haus, das neben dem Kapitelgebäude lag. Hier wohnte der Abt, und ein Raum diente dem Empfang von Gästen. Thomas ließ sich zu einem Becher Wein überreden. Ein Novize brachte einen Krug, zwei Becher und etwas Brot – ein Ritual, mit dem in den meisten Klöstern ein wichtiger Gast empfangen wurde. Sie machten sich miteinander bekannt. Der Abt hieß Siegmund, und Thomas schätzte ihn auf Mitte fünfzig. Er hatte einen wuchtigen Schädel, und die Stirn war von einer tiefen Furche durchzogen.

»Bisher bin ich leider kaum dazu gekommen, mich in meine Aufgaben einzuarbeiten«, sagte Thomas. »Sicher habt Ihr von dem Mordfall gehört?«

Thomas hatte sich bei Fuchs erkundigt, bevor er sich auf den Weg machte. Siegmund stammte aus Bacharach am Rhein. Sein Vater hatte ein Vermögen im Holzhandel verdient, und Siegmund als jüngster Sohn war von Geburt an für die geistliche Laufbahn bestimmt gewesen. Mit Schenkungen verhalf der Holzhändler seinem Sohn zu raschem Aufstieg. Auch als Siegmund Abt wurde, habe sein Vater tief in die Tasche greifen müssen. Siegmund galt als entscheidungsfreudig, geschickt im Verhandeln und findig darin, die Interessen des Ordens zu vertreten.

Die ohnehin beachtliche Furche vertiefte sich, als Siegmund die Augenbrauen zusammenzog. »Ihr meint Klara Roth?«

»Die Suche nach dem Täter nimmt meine ganze Zeit in Anspruch.«

»Ich wünschte, ich könnte Euch helfen«, sagte der Abt.

Sie setzten sich, und der Abt stellte Thomas ein paar belanglose Fragen über seine Herkunft und seinen bisherigen Werdegang. Thomas mochte den Mann, der vom Alter her sein Vater hätte sein können und sicher über große Erfahrung verfügte. Er schien keine Vorurteile ihm gegenüber zu haben.

»Kanntet Ihr die Tote?«, fragte Thomas.

Falls die Frage dem Abt unangenehm war, so ließ er sich nichts anmerken. »Selbstverständlich. Ihr Vater steht dem Kaufhaus vor, ich habe häufig mit ihm zu tun. Das Kloster ist ein Wirtschaftsbetrieb, wir bieten unsere Waren im Kaufhaus an, und wir erhalten viele Lieferungen von dort. Karl Roth ist ein zuverlässiger Geschäftspartner, ich schätze ihn sehr. Seine Tochter kannte ich schon, da war sie noch so groß …« Der Abt hielt seine Hand in Höhe des Tisches über den Boden.

»Ich bin für jeden Hinweis dankbar, der mir weiterhilft«, sagte Thomas.

»Ihr Tod geht mir nahe«, sagte Siegmund. »Außerdem habe ich gehört, dass der Baumeister vermisst wird. Besteht zwischen den beiden Fällen ein Zusammenhang?«

»Vielleicht. Die beiden hatten ein Verhältnis miteinander.«

Der Abt schaute überrascht auf.

»Offenbar hatte Klara Roth mehrere Männerbekanntschaften dieser Art«, fügte Thomas hinzu.

Zunächst erwiderte Siegmund nichts. Seine Augen waren nun noch wacher, während sie in denen von Thomas forschten.

»Wäre es nicht für die Lösung des Falls wichtig, zu wissen, wer die andern Bekanntschaften waren?«, fragte er.

»Das ist richtig!«

»Kennt Ihr die Namen?«

»Ich kenne sie zum Teil«, sagte Thomas und machte eine vage Geste mit der Hand. Siegmund zeigte zunächst keine Reaktion. Dann stand er auf, verschränkte die Hände auf dem Rücken und ging etwas steif im Raum auf und ab.

»Ich will offen reden«, sagte er. »Obwohl ich mir nicht sicher bin, wie weit Eure eigene Offenheit geht. Ich weiß nicht, was Ihr wisst – und was Ihr erst noch herausbekommen wollt. Es spielt aber keine Rolle. Denn was ich Euch sage, geschieht unter vier Augen. Es gibt keine Zeugen.«

Thomas nickte.

»Ich war einer von Klaras Liebhabern«, sagte der Abt und beobachtete ihn scharf. »Ich dachte mir, dass Ihr es wisst«, fuhr er fort, als eine Reaktion ausblieb. »Und deshalb ist es mir lieber, wenn wir mit offenen Karten spielen. Ich kann Euch vielleicht helfen. Aber ich erwarte eine Gegenleistung. Nämlich, dass Ihr Stillschweigen wahrt. Oder weiß noch jemand Bescheid?«

»Nein«, sagte Thomas.

»Ich bin kein Heiliger und hatte nie die Absicht, einer zu werden. Ich ging nicht freiwillig ins Kloster. Die ersten Jahre waren hart, aber je höher man steigt, desto bequemer lebt man. Mein Vater war Geschäftsmann, und das bin ich im Grunde auch: Ich stehe einer florierenden Gemeinschaft vor, die ihren Wohlstand zu einem erheblichen Teil mir verdankt. Auch halte ich wenig vom Zölibat. Was soll an der Ehe schlecht sein? Waren nicht die Apostel fast alle verheiratet? Ich kenne keine Bibelstelle, die das Zölibat rechtfertigt. Aber ich bin gezwungen, meinen Mund zu halten. Stellt Euch vor, es gäbe ein Gesetz, das es Richtern verbietet, zu heiraten. Was macht Ihr, wenn Ihr Euren Beruf liebt? Zwingt man Euch nicht zur Heimlichtuerei?«

»Ich kann schweigen«, sagte Thomas.

»Dann will ich zur Sache kommen. Ich hoffe, dass der Mörder gefunden wird, und ich habe eine Vermutung. Sie basiert auf einem Gespräch zwischen Klara und mir. Für gewöhnlich war sie zurückhaltend, gab wenig von sich preis. Aber einmal hatten wir beide getrunken, und sie machte Anspielungen.«

Der Abt schien in seinem Gedächtnis zu kramen oder eine treffende Formulierung zu suchen.

»Was waren das für Anspielungen?«, fragte Thomas.

»Ich solle die Stunden genießen, sagte sie mir und wörtlich: ›Wer weiß, was kommt! Ich spiele mit dem Gedanken, wegzugehen.‹ Die Treffen mit ihr waren mir ans Herz gewachsen, trotz der Risiken. – Es ist schließlich keine Kleinigkeit, sich einmal die Woche nachts aus dem Kloster zu schleichen. – Sie lächelte, als sie meine Furcht bemerkte. Es amüsierte sie wohl, dass wir Dinge taten, die in jeder Predigt verurteilt werden. Sie sagte: ›Ich träume davon, nach Straßburg zu ziehen, wo mich niemand kennt, und mir dort ein kleines Haus zu kaufen. Ich werde innerhalb der Stadtmauern leben, verstehst du. Erst dann habe ich mich von Mainz und meiner Familie gelöst.‹ ›Und woher nimmst du das Geld?‹, fragte ich; denn das, was sie von mir bekam, war dafür zu wenig. Sie antwortete: ›Mit etwas Glück werde ich bald reich sein. Ich habe einen dicken Fisch an der Angel. Ich besitze ein Geheimnis, das viel Geld wert ist.‹ ›Was für ein Geheimnis?‹. ›Wenn ich es dir sage, ist es kein Geheimnis.‹ ›Hast du den Stein der Weisen gefunden?‹ Und sie erwiderte im gleichen Ton: ›Vielleicht nicht gerade den Stein der Weisen, aber immerhin das Geheimnis der Schwarzen Kunst.‹ Und dann lachte sie, als habe sie einen guten Witz gemacht. Ich verstand kein Wort. ›Das macht der Wein‹, sagte sie. ›Vergiss alles, ich rede Unsinn.‹ Ich spürte aber, dass ein Funke Wahrheit in dem war, was sie erzählte.«

Thomas dachte an die beiden Worte im Totentanz. Er hatte die kleine Randnotiz nicht vergessen, sie beschäftigte ihn immer wieder. Er erinnerte sich auch an ein Gespräch, das er mit Katharina darüber geführt hatte, auf dem Weg zurück in die Stadt. Ihnen war aufgefallen, dass Klara an verschiedenen Stellen Bemerkungen an den Rand notiert hatte. Sie gehörte offenbar zu den Menschen, die einem Text gern ihre eigenen Gedanken beifügten. Fand sie es interessant, nach längerer Zeit die Randnotizen zu lesen?

»Natürlich war ich neugierig geworden«, fuhr der Abt fort,

»ich goss ihr Wein nach, aber es nützte nichts. Mehr war aus ihr nicht rauszubekommen. Auch bei den folgenden Treffen nicht. Ich habe hin und her überlegt. Dann fiel mir dieses Kräuterweib ein, diese Frau, mit der sie sich häufiger traf.«

»Wer ist das?«

»Eine alte Frau. Klara erwähnte einmal, dass sie in einem kleinen Dorf Richtung Oppenheim wohnt.«

»Wie heißt das Dorf?«

»Neuhof.«

»Und die Frau?«

»Falls sie ihren Namen erwähnt hat, so habe ich ihn vergessen.«

»Was wollte Klara bei ihr?«

»Unterricht nehmen. Sie wollte bei ihr lernen, welche Kräfte bestimmte Kräuter haben. Und jetzt zählt mal eins und eins zusammen. Mir gegenüber spricht sie von Schwarzer Kunst und davon, dass sie ein Geheimnis kennt, das sie verkaufen will. Und gleichzeitig geht sie zu der Frau und lässt sich in ihre Kunst einweisen. Meiner Meinung nach ist die Alte eine Hexe. Und der Mord hat mit Magie zu tun und Hexerei.«

Thomas konnte ein Lächeln nicht unterdrücken. »Ist das Euer Ernst?«

Das Gesicht des Abtes wirkte plötzlich verändert, und Thomas fragte sich, ob er ihn beleidigt habe. »Mir ist nicht nach Scherzen zumute«, sagte er kühl.

16.

Er kam gerade vom Kurfürsten. Eigentlich hätte Thomas eingeschüchtert sein müssen, aber er kochte vor Wut. Sie verdrängte alle anderen Empfindungen.

Er ging über den Marktplatz, und es war bereits dunkel. Zu dem Nebel kam jetzt wieder Regen, der manchmal in Schneeregen überging. Thomas verfluchte den Schlamm und das Wetter. Vor allem aber verfluchte er den Kurfürsten. Er war so aufgebracht, dass er kaum wahrnahm, was um ihn her vorging. Eine alte Frau, die seinen Weg kreuzte, bemerkte er nicht. Er hatte sich auch nicht die Mühe gemacht, die Kapuze seines Mantels überzuziehen, und Tropfen liefen ihm über das Gesicht. Das brachte ihn wieder zu sich. Fragmente des gerade zurückliegenden Gesprächs kehrten als Erinnerung zurück. Dass ihm jemand folgte, dass er beobachtet wurde – es fiel ihm in seiner Erregung nicht auf.

Mit der Frage: »Wie lange seid Ihr jetzt in Mainz?«, hatte ihn der Fürst begrüßt.

»Es müssen wohl vier Tage sein.«

»In dieser Zeit ist in meiner Stadt ein Mord verübt worden, und ein Mann ist verschwunden. Was habt Ihr unternommen?«

»Die Suche nach dem Baumeister läuft noch …«

»Mit welchem Ergebnis?«

»Wir haben ihn bisher nicht gefunden.«

»Außerdem ist eine junge Frau ermordet worden. Ihr habt es nicht für nötig gehalten, mich über den Stand der Dinge zu informieren.«

»Ich wusste nicht …«

»Glaubt Ihr, so was passiert hier jeden Tag? Es geht um die Sicherheit meiner Bürger! Als ginge mich das nichts an!«

»Ich hatte …«

»Keine Ausreden!«

Sie führten das Gespräch unter vier Augen im Arbeitszimmer des Fürsten. Darüber war Thomas froh, ersparte es ihm doch eine öffentliche Demütigung. Noch nie hatte ihn ein Vorgesetzter so behandelt. Und der Kurfürst hatte, zumindest offiziell, nach dem Kaiser das zweithöchste Amt im Reich inne. Er war Reichskanzler und präsidierte bei der Königswahl. War es nicht auch Steiningers Schuld? Der hätte ihm sagen müssen, wie wichtig es war, den Kurfürsten auf dem Laufenden zu halten, er hätte vermitteln müssen. Aber Thomas hatte Steininger seit dem ersten Treffen mit Erbach nur noch einmal gesehen.

Im Arbeitszimmer des Fürsten bedeckten mehrfarbige Fliesen – größtenteils unter einem Teppich verborgen – den Boden, und ein Schrank mit Schnitzwerk dominierte den Raum. Der Tisch, hinter dem Erbach saß, war breit und ausladend, einige Bücher lagen darauf, in Leder gebunden, darunter ein Codex Justianus, wie Thomas am Buchrücken mit Goldprägung erkannte. Daneben lag eine zerbrochene Gänsekielfeder.

Der Bischof legte die Spitzen der Finger aneinander und blickte Thomas herausfordernd ins Gesicht. Er trug diesmal kein bischöfliches Ornat, sondern war wie ein Adliger gekleidet, nach der neuesten Mode. »Meine Autorität steht auf dem Spiel«, sagte er.

Thomas erwiderte nichts, er war eingeschüchtert und ärgerte sich über sich selbst. Ihm geschah Unrecht, aber er verteidigte sich nicht gut.

»Wer ist für den Mord an Klara Roth verantwortlich?«

»Das weiß ich nicht.«

»Es ist Eure Aufgabe, in Zusammenarbeit mit Busch den Schuldigen zu finden …«

»Ich verfolge jede Spur.« Thomas fand seine Antwort erbärmlich.

»… und hinzurichten!«, ergänzte Erbach. »Wer steht unter Verdacht?«

»Bis jetzt noch niemand. Ich …«

»Das ist unmöglich. Ich erwarte, dass Ihr Eure Aufgabe ernst nehmt!«

»Ich versichere Euch ...«

»Ihr solltet mich ausreden lassen. Ich bin mit Eurer Arbeit unzufrieden. Ihr habt nichts unternommen.«

»Das stimmt nicht«, sagte Thomas eine Spur zu laut. »Ich kann keinen Mörder aus dem Hut zaubern.«

»Werdet nicht unverschämt! Wenn ein Mord geschieht, muss spätestens zwei Tage später jemand am Galgen hängen – *sonst denken die, sie können mir auf der Nase 'rumtanzen!* Ich muss gegenüber dem Stadtrat Stärke zeigen ...«

»Und falls der Betreffende unschuldig ist?«

»Zumindest haben wir dann ein Exempel statuiert. Abschreckung nenne ich das.«

»Aber das Gesetz ...«

Der Kurfürst machte eine verneinende Geste mit der rechten Hand. »*Ich* bestimme, was Gesetz ist – und *Ihr* habt versagt!«

Thomas saß Erbach gegenüber auf einem niedrigen Stuhl und wäre am liebsten aufgesprungen. Er fühlte sich hilflos. Er war einem Mann ausgeliefert, der wahrscheinlich deshalb Bischof von Mainz war, weil er aus einer adligen Familie stammte, die für das Amt zahlen konnte. Außerdem lenkte ihn ein Detail davon ab, sich wirklich auf das Gespräch zu konzentrieren. Der Bischof hatte sich nach dem Essen den Mund nicht richtig abgewischt, um die Lippen glänzte Fett, und er musste Wein getrunken haben, denn vom rechten Mundwinkel zog sich ein roter Streifen hinunter zum Kinn; auch auf dem weißen Obergewand waren Rotweinspritzer zu sehen.

»Ich glaube, Ihr habt mich immer noch nicht verstanden«, fuhr Erbach fort. »Ich sehe es an Eurem Blick. Verabschiedet Eure Ideale! Von wegen Gerechtigkeit! Ich bin lange genug Bischof und weiß, wie man das Volk regiert. Wenn ein Verbrechen geschieht, muss die Reaktion auf dem Fuß folgen! Da darf es kein Zaudern geben und kein Zögern! Kann man den Täter fassen: an den Galgen mit ihm! Wenn nicht, greift man sich irgendeinen Landstreicher und knüpft ihn auf! Danach kräht kein Hahn, und es trifft nie den Falschen. Sobald er baumelt, sind die Leute zufrieden, und man verschafft sich Respekt.«

Thomas hatte, bevor er nach Mainz kam, viel von Erbach gehört. Er war Bischof einer der ältesten und bedeutendsten Diözesen nördlich von Rom. Erbach galt als besonnen, als ein Mann der schlichten und vermitteln konnte, wenn es zwischen geistlichen und weltlichen Fürsten zu Konflikten kam. Es hieß, dass er als Mediator manchen unnötigen Rechtsstreit und sogar Krieg verhindert habe. Seine Verwaltung galt als vorbildlich organisiert. Er hatte nach seinem Amtsantritt die Kanzlei neu geordnet, und in einem Archiv, das im deutschsprachigen Raum seinesgleichen suchte, waren wichtige Schriftstücke und Urkunden jederzeit abrufbar. Menschen, deren Urteil Thomas traute, hatten so von Erbach gesprochen.

»Niemals!«, rief Erbach. Niemals was? Thomas hatte den Faden verloren. Er musste sich verteidigen und rechtfertigen!

»Ich lasse nicht zu, dass man mich zum Narren hält!«, tobte der Fürst, dessen Kopf rot angelaufen war. »Wie wollt Ihr jetzt vorgehen?«

»Ich bin dem Mörder auf den Fersen«, sagte Thomas. »Auch wenn ich ihn noch nicht gefunden habe, kommen die Ermittlungen gut voran. Ich habe den Tatort und die Leiche untersucht, und vieles deutet darauf hin, dass es sich nicht um einen Raubmord handelt. Es ist eine alte Erfahrung, dass die meisten Verbrechen mit Eifersucht, Neid oder Hass zu tun haben und sich aufklären lassen, wenn man das Umfeld des Opfers erforscht. Ich habe herausbekommen, dass Klara Roth Affären mit verschiedenen Männern hatte.«

Der Kurfürst zog die Brauen hoch. »Mit wem hatte sie Affären?«

»Mit Bewohnern von Mainz«, antwortete Thomas ausweichend.

Der Bischof klopfte mit der Hand auf die Lehne seines Stuhls. »Namen!«

»Eine Spur führt zu einem Mitglied des Stadtrats, eine andere ins geistliche Milieu …«

»Stadtrat jederzeit gerne«, sagte Erbach. »Aber die Geistlichkeit bleibt aus dem Spiel.«

Thomas begriff endgültig, worum es dem Bischof ging. »Ich werde behutsam vorgehen, und es dringt nichts an die Öffentlichkeit. Aber ich brauche Zeit. Ich bitte Euch …«

Der Bischof schüttelte den Kopf. »Ihr habt es immer noch nicht begriffen. Wir müssen schnell handeln!«

»Was nützt es denn«, fragte Thomas, »wenn wir einen Bettler aufhängen, und der Mörder läuft frei herum und sucht sein nächstes Opfer?«

»Der Blick zum Galgen wird ihn eines Besseren belehren!«

»Darauf können wir uns nicht verlassen!«

»Ihr seid jung, und trotzdem wisst Ihr alles besser. Ich habe das Gerede satt. Hört mir sehr gut zu! Ich werde Euch jetzt sagen, was Ihr zu tun habt, und Ihr richtet Euch danach! Andernfalls verliert Ihr Euer Amt. – Und ich hoffe, Ihr wisst, was das bedeutet? Wenn ich den Daumen nach unten halte, seid Ihr erledigt. Auf der anderen Seite kann diese Stelle für Euch ein Sprungbrett sein. Ein Empfehlungsschreiben von mir öffnet alle Türen; vor allem für einen Mann in Eurem Alter.«

»Gebt mir vier Wochen«, sagte Thomas. »Wenn ich bis dahin den Täter nicht habe, gehe ich freiwillig.«

»Nein.«

»Drei Wochen!?«

»Nicht mal eine.«

»Aber das ist Wahnsinn.«

»Noch so eine Bemerkung, und Ihr könnt Eure Sachen packen.«

Die waren noch nicht mal ausgepackt.

»Und hier ist meine Anordnung: In drei Tagen wird eine

groß inszenierte, öffentliche Hinrichtung stattfinden. Oder Ihr seid Eure Stelle los!«

Thomas verließ den Marktplatz und wählte den kürzesten Weg zu seiner Wohnung. Ihm fiel ein, dass er gelegentlich beim Schuster vorbeischauen musste. Er hatte bisher kaum Zeit gehabt, sich ein Brot zu kaufen. Thomas erreichte den Turm. Die Häuser gegenüber der Stadtmauer wirkten ärmlich. Außer einem Mann, der mit einem Stock zwei Ochsen vor sich hertrieb, war die Gasse leer. Hier und da sah man etwas Lichtschein hinter den geschlossenen Fensterläden. In einer Rinne sammelten sich Exkremente. Thomas öffnete die Tür zu seiner Wohnung.

Innen war es fast so kalt wie draußen. Selbst der Nebel schien seinen Weg durch die Ritzen gefunden zu haben. Thomas streifte seine nassen Stiefel von den Füßen und setzte ein Feuer in Gang; aber es dauerte lange, bis die Flammen Kraft gewannen. Thomas setzte sich vor den Kamin und legte die Stiefel neben das Feuer.

Wie sollte er innerhalb von drei Tagen den Mörder finden? Da musste ihm schon ein gewaltiger Zufall zu Hilfe kommen. Er würde bald als Versager dastehen. Wen interessierten schon die Hintergründe einer Entlassung?

Es klopfte an der Tür. Sein Herz schlug schneller bei dem Gedanken, dass es Katharina sein könnte. Wenn er seine Stelle verlor, konnte er eine gemeinsame Zukunft mit ihr in den Wind schreiben.

Er ging zur Tür. »Wer ist da?«

Eine Frauenstimme antwortete. Er schob den Riegel zurück. Vor ihm stand eine junge Frau, die er nicht kannte.

»Ich heiße Gerlinde«, sagte sie. »Ich suche Arbeit und möchte mich Euch vorstellen.«

»Du hast einen schlechten Moment gewählt.«

»Darf ich hereinkommen? Nur kurz! Bitte!«

Thomas dachte daran, dass er in drei Tagen möglicherweise selbst ohne Arbeit dastand. »Unter anderen Umständen gerne. Aber momentan …«

»Müssen wir uns zwischen Tür und Angel unterhalten?« Sie zog fröstelnd einen blauen Mantel enger um die Schultern und machte einen Schritt auf ihn zu. Er zögerte, aber sie tat ihm Leid, und so ließ er sie herein. Er half ihr aus dem Mantel, und sie setzten sich an den Tisch. Sie trug ein bräunliches Leinenkleid mit tiefem Ausschnitt, das ihre schlanke Figur betonte. Ihr helles Haar trug sie offen.

»Ich wohne erst ein paar Tage hier«, sagte Thomas und zeigte auf eine Kiste.

»Ich kann einen Haushalt führen, und das ist der Grund, weshalb ich zu Euch komme.«

»Leider hättest du kaum einen schlechteren Zeitpunkt wählen können.« Eine Hilfe hätte er brauchen können. Aber machte es Sinn, sie anzustellen, falls er nächste Woche nicht mehr im Amt war? »Wer hat dir gesagt, dass du bei mir Arbeit bekommst?«

»Niemand. Wenn man keine Arbeit hat, kommt man von selbst auf solche Ideen«, sagte sie. »Ihr könnt Erkundigungen über mich einziehen. Ich habe für die Familie eines Arztes gearbeitet. Früher war ich in Frankfurt. Man war überall zufrieden mit mir.«

»Das ist nicht das Problem.«

»Niemand kauft die Katze im Sack, ist es das? Aber nehmt mich ein paar Tage zur Probe.«

Normalerweise ein vernünftiger Vorschlag, wie er fand. »Ich will dir keine falschen Hoffnungen machen …«

»Ihr geht kein Risiko ein«, beharrte sie. »Ich arbeite eine Woche zur Probe für Euch. Danach trefft Ihr eine Entscheidung. Das ist üblich. Das war bei meinen bisherigen Anstellungen nicht anders. Wenn Ihr Nein sagt, werde ich das ohne Murren akzeptieren. Euch entsteht nicht der geringste Nachteil. – Wenn das kein gutes Angebot ist!«

Thomas zögerte immer noch mit der Antwort, während er unwillkürlich einen Blick auf ihren Ausschnitt warf.

»Ärgert es Euch nicht, wenn Ihr nach Hause kommt, und die Wohnung ist kalt? Feuer machen ist mühselig, keine Arbeit für einen Richter.« Sie spürte, dass ihre Argumentation zu wirken begann. »Ich werde Euch auch morgens ein Feuer machen, bevor Ihr aufsteht.«

»Das wäre schon eine Hilfe.«

»Ich mache Euch Frühstück, und wenn Ihr nach Hause kommt, wird ein Essen auf Euch warten.«

»Also gut«, sagte Thomas, »versuchen wir's.«

»Ich kümmere mich um alles, was im Haushalt anfällt. So könnt Ihr Euch auf Eure Arbeit konzentrieren!«

»Einverstanden. Aber ich kann dir nichts versprechen.«

»Das ist nicht nötig.«

Er fand sie sympathisch und attraktiv. »Wann willst du anfangen?«

»Gerne sofort.«

»Sagen wir also morgen.«

Er fragte sie ein paar Dinge. Sie gab bereitwillig Auskunft und machte einen guten Eindruck auf ihn.

»Da ist noch etwas«, sagte sie. »Ich wohne in einer kleinen Dachkammer, muss aber dort bald raus. Falls Ihr mich nehmt, könnte ich dann bei Euch wohnen?«

»Darüber reden wir morgen. Ich bin nachmittags am Gericht. Dann besprechen wir alles weitere.«

»Bis morgen also.« Sie stand auf, und er brachte sie zur Tür. Sie verabschiedete sich mit einem Lächeln, in dem er eine Spur von Trauer zu entdecken glaubte.

17.

Am frühen Morgen passierte Thomas das südliche Stadttor. Er hatte sich von der Stadtwache ein Pferd geliehen. Es regnete ausnahmsweise nicht, und ein kräftiger Wind hatte über Nacht den Nebel und die Wolken weggefegt. Mit jedem Huftritt flogen Brocken des leicht gefrorenen Bodens auf. Er kannte die Gegend nicht, hatte sich aber den Weg, den er nehmen musste, genau beschreiben lassen. Rechts und links flogen Felder vorbei. Die meisten Äcker waren im letzten Herbst gepflügt worden, und dicke Schollen reihten sich aneinander. Ein paar Krähen zogen durch die Luft und stießen Schreie aus, sonst war es still.

Thomas kam an einen Punkt, von dem aus er die Stadt und ihre Umgebung überschaute. Der Rhein, über dem zarte Dunstschleier hingen, ließ ihn an eine silberne Schlange denken. Die aufgehende Sonne verlieh der Stadt einen besonderen Glanz. Er überschaute die Mauer mit ihren Türmen und die Kirchen, Klöster und Adelshöfe. Der rötliche Dom überragte alle Gebäude. Obwohl Mainz die größte Ansiedlung dort unten in der Ebene war, wirkte die Stadt klein und beschaulich – verglichen mit italienischen Städten, die er kannte; verglichen auch mit Köln.

Thomas konnte weit in die Ferne blicken. Das mussten die Hügel des Taunus sein, die sich dort abzeichneten, und der Anfang des Rheingaus. In der anderen Richtung lag eine weitere Hügelkette, wahrscheinlich der Odenwald. Und wenn er sich noch ein Stück umwandte, sah er weit gestrecktes Land, flacher und sanfter; in dieser Richtung herrschte Wald vor, ein paar vereinzelte Rebflächen gab es und kleine Dörfer.

Etwa eine Stunde später, nachdem er einige Weiler durchquert hatte, erreichte Thomas ein Dorf in einer Talsenke. Kaum mehr als zehn Bauernhöfe gruppierten sich halbkreisförmig um einen Teich. Ein niedriger Flechtzaun umgab die wenigen Gebäude. Dahinter lagen Wiesen und Felder, gelegentlich kleine Baumgruppen; in der Ferne ein Dorf mit Kirchturm. Thomas war froh, den richtigen Weg gefunden zu haben, denn etwas abseits sah er das kleine Haus; er erkannte es an dem verlassenen Storchennest. Genau so hatte man es ihm beschrieben.

Aus dem Schornstein stieg Rauch auf. Langsam ritt er darauf zu. Er musste an ein Märchen denken, das ihm früher seine Großmutter erzählt hatte und in dem ein Hexenhaus eine Rolle spielte – denn wie ein solches wirkte es auf ihn. Neben der Tür befanden sich zwei winzige Fenster, und Holzschindeln bedeckten das niedrige Giebeldach. Er band sein Pferd an ein Weidengebüsch nahe eines Baches. Während er auf das Haus zuging, hatte er das Gefühl, von drinnen beobachtet zu werden.

Die Läden waren verschlossen. »Hallo«, rief er, »ist jemand zu Hause?« Niemand antwortete. Er klopfte an die Eingangstür, die aus rohen Brettern gefertigt war.

»Wer ist da?« Thomas stutzte, denn es klang, als ob ein junges Mädchen mit ihm spreche.

»Ein Freund von Klara Roth.«

»Was wollt Ihr?«

»Mit Euch reden.«

»Über Klara?«

»Ja.«

»Klara ist tot«, sagte die Mädchenstimme.

»Deswegen bin ich hier.«

»Ich habe mit der Sache nichts zu tun.«

»Macht schon auf! Es geschieht Euch nichts.«

Die Tür öffnete sich einen Spalt. Er sah ein Auge, das an ihm auf- und abwanderte.

»Schau an, schau an! Ein hübscher junger Kerl, und er will mich besuchen.«

»Lasst mich rein!«

Die Tür öffnete sich, und vor Thomas stand eine sehr alte

Frau mit unzähligen Falten im Gesicht. Die Wangenknochen traten hervor, und auffallend war die leicht gebogene Nase. Ihre braunen Augen blickten wach. Sie trug ein weißes Tuch auf dem Kopf, war klein, stand jedoch aufrecht vor ihm und hielt die Hände in die Hüften gestemmt. Sie musste über achtzig sein.

Die Frau machte eine Geste mit dem Zeigefinger der rechten Hand. »Ihr habt in letzter Zeit zu wenig geschlafen, junger Freund!«

»So fühle ich mich auch.«

»Die Jugend hält ihre Kräfte für unerschöpflich!« Sie trat zur Seite und ließ ihn herein. Es gab nur einen einzigen Raum. Da draußen die Sonne schien, war der Kontrast zur Dunkelheit im Haus stark, und Thomas erkannte zunächst recht wenig. Von Balken hingen Büschel mit Kräutern, an Schnüren aufgereihte Zwiebeln und Knoblauchknollen. Über einem Feuer stand auf einem Dreifuß ein Kupferkessel, von dem fremdartige Gerüche ausgingen. Auf einer Stange im hinteren Teil des Raums saß eine Krähe.

Sie klopfte ihm auf die Schulter. »Junger Mann, Ihr wisst nicht, wie wichtig gesunder Schlaf ist.«

Thomas zeigte auf einen schwarzen Hund, der in der Nähe des Feuers zusammengerollt lag. Seine Schnauze ruhte auf den Vorderpfoten, und er hob träge die Augendeckel, um sie gleich wieder fallen zu lassen. »Der hat damit kein Problem!«, sagte er.

»Isidor, begrüß unseren Gast!« Der Hund zeigte keine Reaktion.

Der Schein des Kaminfeuers verlieh den Gegenständen wechselndes Aussehen. In der Nähe des Feuers blieb Thomas stehen, und die Frau betrachtete sein Gesicht. »Ihr habt schwarze Ringe unter den Augen, und die Farbe Eurer Haut gefällt mir nicht. Was habt Ihr gefrühstückt?«

»Etwas Brot und Käse.«

»Esst zum Frühstück Honig, und trinkt ein Glas frische Milch dazu! Mittags häufiger Fleisch und Kohl. Trinkt Ihr Wein?«

»Selten.«

»Jeden Abend ein Glas! Das stärkt die Konstitution. – Wie sieht's mit Frauen aus?«

»Ich lebe wie ein Mönch.«

»Ist für einen Mann in Eurem Alter nicht gut. Schlägt aufs Gemüt und macht melancholisch.«

Die Alte trat näher heran und blickte ihm in die Augen. »Aber alles in allem seid Ihr gesund. – Was ist nun mit Klara?«

»Erzählt mir alles, was Ihr über sie wisst.«

»Stellt mir Fragen!«

Sie schien über den Mord informiert zu sein. »Kam Klara oft hierher?«, fragte Thomas.

»Etwa einmal in der Woche, manchmal häufiger.«

»Weshalb?«

»Ich war ihre Lehrerin.«

»Worin?«

»Kräuterkunde. Schaut Euch nur um! Sie war eine gute Schülerin. Sehr interessiert. Sehr aufmerksam.«

»Viele hielten Klara für eine Hexe.«

»Dann ging es ihr wie mir.« Sie lachte.

»Stört Euch das nicht?«

»Gegen Dummheit ist kein Kraut gewachsen. Mit den Jahren gewöhnt man sich an alles.«

»Und Klara?«

»Sie regte sich darüber auf. Mach dir nichts draus, hab ich immer gesagt, das gibt sich.«

»Wer kommt sonst noch zu Euch?«

»Jeder, der meine Hilfe braucht, kann kommen.«

»Ihr behandelt Krankheiten?«

»Ausschließlich! – Schöne Augen habt Ihr.«

»Was für Krankheiten?«

»Atembeschwerden, Verdauungsschwierigkeiten, Schmerzen … was sich mit Kräutern heilen oder lindern lässt.«

»Kommen auch Leute, die Zaubermittel verlangen?«

Sie lachte erneut wie ein Kind. »Die schicke ich wieder weg.«

»Ihr glaubt nicht an übernatürliche Kräfte?«

»Im Gegenteil. Ich glaube an die Kräfte, die *in* der Natur liegen.«

Unvermittelt fasste sie an seine Haare. »Mein Liebster hatte solche Locken.«

Thomas verbarg seine Irritation. »Klara wollte in Eure Fußstapfen treten?«

»Man muss sich über Wasser halten.«

»Was habt Ihr ihr beigebracht?«

»Alles. Ich werde nicht mehr lange leben. Ich wollte ihr mein gesamtes Wissen weitergeben.« Sie fuhr kurz mit ihrer Hand, die sich rau anfühlte, über seine Wange.

»Soweit ich weiß, hat Klara auf dem Mainzer Markt Kräuter verkauft?«

»Auch Salben und Rezepte. Sie stand erst am Anfang. Die Geschäfte liefen nicht schlecht. Schlimm, dass sie sterben musste.«

»Wie habt Ihr von ihrem Tod erfahren?«

»Von einem Bauern. Er hat's auf dem Markt gehört. So was spricht sich rum.«

»Hat Klara mit Euch über ihr Privatleben gesprochen?«

»Sie hatte keine Geheimnisse vor mir.«

»Gar keine?«

»Fast keine«, sagte die Alte leichthin.

»Sie sprach auch mit Euch über die Männer, die zu ihr kamen?«

»Ich habe sie beraten. Sie hat meine Erfahrung und mein Wissen geschätzt. – Wir müssen uns nicht im Stehen unterhalten. In meinem Alter strengt das an.«

Sie nahmen an einem Tisch Platz. Die Krähe beäugte Thomas argwöhnisch. »Wenn Klara über alles mit Euch gesprochen hat: Kennt Ihr dann auch die Namen der Männer, die zu ihr kamen?«

»Das waren drei.«

»Nur drei?«

»Reicht doch, oder?«

»Hat sie von den Männern Geld bekommen?«

»Nicht nur Geld. Ein kluger Mensch ist auch an Naturalien interessiert und an Dienstleistungen.«

»Das habt Ihr ihr geraten?«

»Mit den Jahren lernt man, Vor- und Nachteile einer Sache realistisch einzuschätzen.«

»Klara hörte auf Euch?«

»Sie hat bei verschiedenen Gelegenheiten gemerkt, wie wertvoll meine Empfehlungen sind. Sie hat sich auf mich verlassen – und ist gut damit gefahren.«

»Was sprang für *Euch* dabei heraus?«

Sie lächelte. »Doch, Ihr seht blass aus. Ich werde Euch jetzt was zur Stärkung bringen.«

»Nicht nötig. Um noch mal auf die Liebhaber zu kommen ...«

»Ich bestehe darauf.« Sie stand auf und füllte einen Holzbecher aus einem Krug, der in der Nähe des Feuers stand. Sie stellte den Becher vor Thomas auf den Tisch. »Trinkt!«

Die Flüssigkeit roch seltsam nach irgendwelchen Gewürzen, die er nicht kannte. Er wollte nicht unhöflich sein und nahm einen Schluck. Es schmeckte süß und scharf gleichzeitig.

»Was ist das?«

»Kräfte aus der Natur, die Euren Organismus stärken. Nicht so zögerlich! Trinkt!«

Er nahm noch einen Schluck. »Drei Liebhaber, sagtet Ihr? Könnt Ihr mir die Namen nennen?«

»Ich dachte mir, dass Euch das interessiert.«

»Bitte spannt mich nicht auf die Folter.«

»Ihr seid jung und ungestüm. Warum habt Ihr es so eilig?«

Die Krähe visierte ihn immer noch mit feindseligem Blick. Sie hatte den Kopf ein wenig eingezogen. Er nahm einen weiteren Schluck von der dunklen, etwas zähen Flüssigkeit.

»Wollt Ihr mir nicht helfen, den Mörder zu finden?«

»Ich weiß doch nicht einmal, wer Ihr seid!«

»Ich bin Richter in Mainz.«

Sie entblößte einen zahnlosen Mund. »Richter also … und sehr in Eile.«

Seine Ungeduld wuchs. Er hatte bis Mittag wieder in der Stadt sein wollen. Gleichzeitig spürte er, dass sie ihm entscheidende Informationen liefern konnte.

»Und wozu die Eile?«, fragte sie spöttisch.

»Wenn ich nicht innerhalb von drei Tagen Klaras Mörder finde, verliere ich meine Stelle.«

»Wer sagt das?«

»Der Kurfürst.«

Sie schob das Kinn nach vorne und nickte. »Der alte Dietrich. Er wird sich nicht mehr ändern. – Wenn Ihr zum Essen bleibt, will ich Euch ein bisschen was erzählen.«

Thomas resignierte. »Ich bleibe gern.«

»Im Kessel brodelt ein Eintopf. Und trinkt endlich Euren Becher leer.«

Er gehorchte, obwohl sich sein Kopf bereits zu drehen begann. Sobald er den Becher leer hatte, goss sie nach. Außerdem füllte sie zwei Tonschalen mit Eintopf und stellte sie auf den Tisch. Sie reichte ihm einen Holzlöffel. »Kostet!«

Er begann zu löffeln, und es schmeckte ihm gut.

»Was habt Ihr bisher über Klaras Liebhaber herausgefunden?«, fragte die Alte.

»Von zweien habe ich den Namen rausbekommen und mit ihnen gesprochen. Einer wird seitdem vermisst.«

»Der Baumeister. Ich habe davon gehört.«

»Der zweite war hilfsbereit und unterstützt mich, sofern ich diskret bleibe.«

»Das muss der Abt sein«, sagte sie.

»Er ist ein sympathischer Mann. Ihr habt von drei Liebhabern gesprochen. Über den dritten weiß ich bis jetzt nichts.«

»Was habt Ihr noch herausgefunden?«

»Dass Klara offensichtlich einem Geheimnis auf der Spur war.«

»Welchem Geheimnis?«

»Es war von Schwarzer Kunst die Rede …«

»Und da dachtet Ihr natürlich gleich an Hexerei. Seid Ihr deshalb bei mir? Wer hat Euch das erzählt?«

»Der Abt.«

»Sie hat ihm also von mir berichtet. Das war unklug. Mit schwarzer Kunst verbindet der gemeine Mensch Hexenkünste, geheime Machenschaften, Teufelskram. Ist es nicht so?«

»Ich glaube nicht an solche Dinge«, sagte Thomas.

»Aber Sprache ist lebendig und vieldeutig. Oft drückt ein Begriff ganz verschiedene Dinge aus.«

»Was wollt Ihr damit sagen?«

»Dass die Spur in eine andere Richtung weist.«

»In welche?«

»Langsam, langsam. Ihr fallt immer mit der Tür ins Haus. Ich bin eine alte Frau. Ich hetze nicht gern. Und man ist einsam im Alter. Die Freunde sterben weg. Selten sieht man ein junges Gesicht. – Wie schmeckt es Euch?«

»Gut! Wenn Ihr etwas wisst: Sagt es mir bitte! Was ist Schwarze Kunst? Und wer ist der dritte Liebhaber?«

»So viele Fragen auf einmal? Ich will Euch die erste beantworten. Schwarze Kunst ist etwas ganz Neues. Eine Revolution!«

»Worum geht es dabei?«, fragte Thomas.

»Kunst kommt von Können. Ich spreche von einer Erfindung. Von ein paar Menschen, die etwas können, wovon andere nicht zu träumen wagen.«

»Aber warum wird diese Kunst, wenn sie nichts mit Hexerei zu tun hat, die Schwarze genannt?«

»Weil in diesem Fall Schwarz ganz wörtlich zu nehmen ist.«

»Es geht um die Farbe?«

»Unter anderem.«

Es war klar, dass sie seinen Aufenthalt in die Länge zog. Sie blickte ihn eigenartig an. Sah er wirklich einem Mann, den sie früher geliebt hatte, ähnlich?

»Eine neue Methode, Farbe herzustellen?«, spekulierte er. »Geht es darum, Stoffe zu färben?«

»Es geht um eine Maschine.«

Er fühlte sich betrunken, und sein Mund stand vor Staunen weit offen. Sie lachte amüsiert, und der Hund bellte. Daraufhin sagten sie eine Weile nichts und aßen schweigend.

»Als Richter könnt Ihr natürlich schreiben und lesen«, fing sie auf einmal von selbst wieder an.

»Im Moment würde es mir schwer fallen.«

»Und Ihr habt studiert. Sicher waren die Lehrbücher sehr teuer?«

»Das könnt Ihr laut sagen.« Thomas hatte Mühe, seine Worte klar zu artikulieren.

»Müssen ja von Hand geschrieben werden. Eine furchtbar mühselige Arbeit. Früher«, sagte sie, »gab es Schreibstuben ausschließlich in Klöstern. Wenn man alt ist, kommt man nicht mehr viel rum. Aber ich habe mir sagen lassen, dass es mittlerweile kleine, gewerbliche Betriebe gibt, die sich auf das Vervielfältigen von Schriften spezialisiert haben …«

»Das ist richtig. Zum Beispiel im Elsass gibt es eine bekannte Schreibstube. Ich besitze einen Katalog der Bücher, die man dort kaufen kann.«

»Dort sind sicher viele Schreiber angestellt, die sich den ganzen Tag die Finger wund schreiben?«

»Allerdings. Weil der Bedarf riesig ist. Das fängt schon in der Lateinschule an. Jeder braucht eine Grammatik.«

»Den Donat, selbstverständlich«, sagte sie, und er schaute verblüfft auf, weil sie den Namen des Lehrbuchs kannte. Sie war mit seiner Reaktion sichtlich zufrieden. »Die Zahl derjenigen, die schreiben und lesen können, wächst rapide an. Wenn ich an meine Jugend zurückdenke! Da war das noch eine Seltenheit.«

»Weil es immer mehr Schulen gibt«, sagte Thomas. »Und Universitäten. Und weil unser Wissen über die Welt wächst. Die Entwicklung ist unglaublich. Früher gab es nur die Theologie. Nun entstehen völlig neue Wissenschaften. Auch die Vergangenheit wird erforscht. Wir entdecken das Wissen der Antike neu und gehen darüber hinaus.«

Er leerte den Becher zur Hälfte. Etwas hatte seine Zunge gelöst. Vor lauter Reden vergaß er das Essen. »Die Alten haben viel gewusst«, lallte er. »Sie sind Riesen, aber wir stehen auf ihren Schultern. Herrliche Skulpturen habe ich gesehen und Tempelruinen. Die Alten hatten ein Bild vom Menschen, das uns verloren gegangen war. Aber man gräbt alte Schriften aus, teilweise nur in Arabisch erhalten. Man übersetzt sie ins Lateinische und sogar in die Volkssprachen.«

»Es wäre also ein Segen für die Menschheit, Bücher in beliebiger Zahl vervielfältigen zu können?«, fragte die Alte.

»Keine Frage!«

»Und genau darum geht es bei der Schwarzen Kunst.«

Wieder starrte er sie mit offenem Mund an. Die Krähe stieß Schreie aus.

»Wie funktioniert das?«, fragte Thomas.

»Mit Hilfe einer Maschine. Wenn man sie zu bedienen weiß, kann man in kurzer Zeit mehr als hundert Exemplare einer Schrift anfertigen, die alle gleich aussehen. – So jedenfalls hat Klara mir das beschrieben.«

Thomas versuchte sich auszumalen, was das bedeutete. Wenn sie die Wahrheit sagte, würde es die Welt verändern.

»Woher wusste Klara das alles?«

»Die Frage stelle ich mir auch.«

Und das in dieser kleinen, am Rhein gelegenen Stadt? Die früher einmal bedeutend gewesen war, heute aber vom Ruhm der Vergangenheit zehrte? Ausgerechnet hier, dachte er, soll sich in aller Stille eine der größten Umwälzungen in der Geschichte der Menschheit vollziehen?

»Wer steht hinter der Erfindung.«

»Ein Mann, der Johannes Gensfleisch heißt, aber man nennt ihn Gutenberg. Ich kann über ihn nicht mehr sagen, als jeder andere in der Stadt. Hört Euch ein wenig um!«

»Ist er Klaras dritter Liebhaber?«

»Ihr fragtet mich vorhin, ob Klara keine Geheimnisse vor mir hatte, und ich antwortete: ›Fast keine.‹ Denn was den dritten Liebhaber betrifft, hat sie hartnäckig geschwiegen. Ich frage mich, weshalb.«

18.

Am frühen Nachmittag kehrte Thomas nach Mainz zurück. Er fühlte sich immer noch betrunken und wäre zweimal beinahe vom Pferd gefallen. Die frische Luft nützte nicht viel, und vom Auf und Ab im Sattel war das Drehen im Kopf eher schlimmer geworden.

Er gab das Pferd bei der Stadtwache ab. Sprach er anders als sonst? Seine Zunge fühlte sich schwer und träge an. Er arbeitete sich durch den tiefen Boden zum Gerichtsgebäude und bemühte sich um aufrechte Haltung.

Thomas hatte sein Arbeitszimmer noch nicht erreicht, als einer der Schöffen auf ihn zueilte. Man habe die Leiche des Baumeisters gefunden. Kinder hätten sie beim Spielen in einem Wäldchen nicht weit von der Stephanskirche entdeckt. Er sei erstochen worden. Thomas ließ sich die Stelle genau beschreiben.

»Ist leicht zu finden«, sagte der Schöffe. »Und sicher hört Ihr schon von Weitem die Schaulustigen.« Es hatte sich also bereits herumgesprochen.

»Wann haben die Kinder die Leiche gefunden?«, fragte Thomas.

»Vor etwa zwei Stunden. Jemand hatte den Körper vergraben und die Stelle mit Blättern bedeckt.«

Thomas brach sofort auf, ohne vorher in sein Zimmer zu gehen. Die Stephanskirche lag auf einem niedrigen Hügel; von dort fand er den Weg zu der vom Schöffen erwähnten Baumgruppe, nahe beim südwestlichen Teil der Stadtmauer. Schon von weitem schlug ihm aufgeregtes Stimmengewirr entgegen.

Er kämpfte sich durch eine Menschentraube und sah gerade noch, wie man die Leiche des Baumeisters, die in ein Tuch gewickelt war, in einen Brettersarg legte. Busch beaufsichtigte die Aktion.

»Wo wart Ihr?«, fragte Busch, als Thomas zu ihm kam. »Ich habe nach Euch schicken lassen.«

»Habt Ihr die Leiche untersucht?«, fragte Thomas.

»Er ist erstochen worden.«

»Gibt es eine Tatwaffe?«

»Nein. Er hat mehrere Stiche in die Brust bekommen und einen in den Hals. Es muss ein Blutbad gewesen sein. Kein schöner Anblick!«

Vier Männer hoben die Holzkiste an.

»Wo bringen sie ihn hin?«, fragte Thomas.

»Erst mal zum Schreiner. Dann werden wir mit seiner Frau reden, ob sie ihn zu Hause aufbahren und Totenwache halten will.«

»Gibt es irgendwelche Spuren, die uns weiterhelfen?«

»Absolut nichts.«

Thomas schaute sich um. Der Boden war von der Menschenmenge zerwühlt. Er kam zu spät, um Spuren zu sichern. Eigenartigerweise nahm er Buschs Verhalten gelassen und ruhig auf. Es mochte an diesem Gefühl von Trunkenheit liegen …

»Wo sind die Kinder, die ihn gefunden haben?«

Busch deutete mit dem Finger auf sie. »Die drei da drüben.«

Thomas ging zu ihnen und stellte ihnen einige Fragen. Viel kam nicht dabei heraus. Den drei Jungen war beim Räuberspielen das aufgewühlte Laub aufgefallen. Als sie darunter lockeres, frisches Erdreich entdeckten, wuchs ihre Neugierde, und sie begannen zu graben. Statt des erhofften Schatzes fanden sie den Baumeister.

»Habt ihr in der Nähe etwas gefunden? Irgendeinen Gegenstand?«, fragte Thomas.

»Nein.«

Etwa vierzig bis fünfzig Leute standen herum und wollten nichts verpassen. Davon würden sie noch ihren Enkeln erzählen können. Plötzlich sah er Katharina in der Menge. Sie hielt sich abseits, und er ging zu ihr.

»Es gibt Neuigkeiten«, sagte er. »Ich muss mit dir allein reden.«

Sie gingen zum Gericht. Auf dem Weg dorthin redeten sie kein Wort. Sie betraten das Gebäude und sein Zimmer.

Katharina setzte sich auf einen Stuhl. »Was für Neuigkeiten?«, fragte sie.

»Ich habe heute eine alte Frau besucht. Ich weiß nicht, ob du sie kennst. Sie weiß viel über Kräuter.« Sein Kopf schwirrte noch immer.

»Klara erzählte mir von ihr. Ich kenne sie nicht persönlich.«

»Sie war Klaras engste Vertraute, und sie brachte mich auf eine neue Spur. Es geht um den Begriff ›Schwarze Kunst‹, den wir in Klaras Totentanz fanden, neben dem Bild eines Schreibers an seinem Pult. Mit ›Schwarzer Kunst‹ ist keine Hexerei gemeint, sondern eine neue Erfindung. Es geht dabei um die Kunst, Bücher mit Hilfe einer Presse zu vervielfältigen.«

»Du redest von Gutenberg?«

»Du hast also von ihm gehört?«

»Jeder in Mainz kennt ihn. Er stammt aus einer alten Patrizierfamilie. Ich weiß, dass er an einer Erfindung arbeitet und dass sie etwas mit Büchern zu tun haben soll.«

»Warum hast du mir das nicht früher erzählt?«

»Es gibt viele Leute, die ihn nicht ernst nehmen, er hat einen eher zweifelhaften Ruf. Und woher hätte ich wissen sollen, dass ein Zusammenhang mit dem Mord besteht? Es ist das erste Mal, dass ich den Begriff ›Schwarze Kunst‹ in Verbindung mit Gutenberg höre.«

»Erzähl mir von ihm.«

»Ich kenne ihn kaum persönlich. Er war lange in Straßburg.«

»Was hat er dort gemacht?«

»Das weiß ich nicht.«

»Und dann kam er von Straßburg zurück nach Mainz?«

»Vor ein paar Jahren. Seitdem arbeitet er an seiner Erfindung.«

»Was sagt man über ihn?«

»Verschiedenes. Zum Teil natürlich Unsinniges. Aber es gibt auch ein paar verlässliche Informationen. Er hat einen hohen Kredit aufgenommen bei einem Mann namens Fust; wohl mehr als tausend Gulden.«

Die Höhe des Kredits überraschte Thomas; das war ein Vermögen.

»Mein Vater«, fuhr Katharina fort, »hat erzählt, dass es um eine neue Methode geht, Bücher herzustellen. Worin aber die Methode besteht, weiß keiner so recht. Einige Pfaffen sind alarmiert, weil sie ihre Privilegien in Gefahr sehen.«

»Wie verhält sich der Kurfürst? Es muss ihm doch zu Ohren gekommen sein.«

»Abwartend. Vielleicht erhofft er sich Vorteile.«

»Was ist Gutenberg für ein Mensch?«

»Von der äußeren Erscheinung her eher unauffällig; mittelgroß, robust, er trägt einen Bart. Man sagt ihm nach, dass er sehr energisch ist – und auch streitbar.«

»Hat er Mitarbeiter?«

»Bestimmt mehr als zehn.«

»Wo ist seine Werkstatt?«

»Er bewohnt einen ehemaligen Patrizierhof, die Wohngebäude und die Werkstatt bilden einen zusammengehörigen Komplex. In die Werkstatt lässt er aber niemanden rein. Jedenfalls hat man mir das gesagt.«

»Was denken die Leute über ihn?«

»Die meisten halten ihn für einen Sonderling. Wenige können sich vorstellen, dass er mit seinen Ideen Erfolg haben wird.«

»Hatte Klara mit ihm zu tun?«

»Sie hat nie von ihm gesprochen. Mit keiner Silbe. Jedenfalls nicht mir gegenüber.«

»Hatte sie Kontakt zu seinen Mitarbeitern?«

»Ich habe Pläne gefunden«, sagte Katharina unvermittelt.

»Und das sagst du wie nebenbei!« Er konnte die Erregung in seiner Stimme kaum unterdrücken. »Was für Pläne?«

»Zeichnungen. Sie haben mit der Erfindung zu tun. – Klara kannte offenbar das Geheimnis, das Gutenberg so sorgfältig hütet.«

»Zeichnungen!?« Fast war er ein wenig wütend. Spielte sie mit ihm? Er sprang von seinem Stuhl auf, weil ihn Nervosität packte. »Ich muss sie sofort sehen!«

»Heute geht das nicht mehr«, sagte sie. »Ich bringe sie dir morgen vorbei, bevor der Unterricht anfängt.«

»Das ist zu spät.«

Sie schaute ihn ganz eigenartig an. Er hatte sich im Ton vergriffen. Schließlich konnte er froh sein, dass sie die Sachen entdeckt hatte und ihm davon erzählte. »Es würde mir wirklich helfen, wenn ich sie heute schon sehen könnte.«

»Die Pläne sind bei mir im Zimmer«, sagte Katharina. »Ich muss jetzt nach Hause, weil wir Besuch bekommen, und mein Vater erwartet, dass ich mich um unsere Gäste kümmere. – Morgen früh also.«

Thomas bemühte sich, seine Verärgerung nicht zu zeigen. Sie

wusste schließlich nichts vom Ultimatum des Bischofs, und er zögerte, ihr davon zu erzählen. »Kennst du die Männer, die für Gutenberg arbeiten?«, fragte er, um das Thema zu wechseln.

»Soweit ich weiß, stammt nur einer aus Mainz«, erwiderte sie. »Die anderen hat er von außerhalb geholt.«

»Ist Gutenberg verheiratet?«

»Nein, aber man sagt ihm das eine oder andere Verhältnis nach.«

»Seine Eltern, sagtest du, stammen aus Mainz?«

»Sie waren Patrizier. Sie mussten, wie fast alle adligen Familien, vor einigen Jahrzehnten aus der Stadt fliehen. Es gab Streit zwischen den Patriziern und den Zünften. Das alte Lied. Streitpunkt war, soweit ich weiß, die Besetzung eines Bürgermeisterpostens. Später kamen viele dieser Familien zurück. Seine Eltern leben nicht mehr, und er selbst dürfte über fünfzig sein.«

»Ich werde zu ihm gehen und mit ihm reden«, sagte Thomas.

»Und ich versuche, so viel wie möglich über seine Mitarbeiter herauszubekommen.«

19.

Es war schon dunkel, als Thomas sich auf den Weg zu seiner Wohnung machte. Gerlinde hatte nachmittags am Gericht den Schlüssel geholt und versprochen, ihm ein warmes Essen zu kochen, worauf er sich freute. Seine Ermittlungen kamen schrittweise voran, aber der Tag war schnell verflogen, und er fürchtete, dass die verbleibende Zeit nicht ausreichte. Mehrmals stand er kurz davor, aufzugeben, aber er spürte, wie sehr ihm der Fall am Herzen lag. Er würde das Rätsel lösen, davon war er überzeugt, wenn er Klara Roths dritten Liebhaber fand.

Bestand zwischen dem Mord an Klara und dem Mord am Baumeister ein Zusammenhang? Jagte er *einen* Täter oder *mehrere*? Solange er keine weiteren Informationen besaß, ließen sich die vielen Fragen, die ihm durch den Kopf schossen, nicht beantworten. Er musste für alles offen sein.

Thomas watete langsam durch den Schlamm. Falls Gutenberg Klara Roths Liebhaber war und ihr zu viel verraten hatte, dann könnte er die Tat begangen haben, um seine Erfindung zu schützen. Wie aber sollte damit der zweite Mord in Verbindung stehen? Thomas wollte Katharinas Besuch am nächsten Morgen abwarten, ehe er Gutenberg verhörte.

Klara hatte geplant, die Pläne zu verkaufen. Ich gehe einmal davon aus, dass ein Auftraggeber existiert, dachte Thomas. Könnte er Klara ermordet haben, um sie nicht bezahlen zu müssen oder um sie zum Schweigen zu bringen? Aber das hätte er erst dann getan, wenn er im Besitz der Pläne war.

Auch Gutenbergs Mitarbeiter kamen als Täter in Frage; sie kannten das Geheimnis seiner Kunst. Thomas begann der Kopf zu schwirren, je länger er über die verschiedenen Möglichkeiten nachdachte.

Er erreichte seine Wohnung und fand die Tür offen. Im Kamin brannte ein Feuer, es war angenehm warm. Die Tür zur Küche stand ebenfalls offen, und von dort duftete es nach Fleisch und Gemüse.

Gerlinde schaute ums Eck. Sie lächelte, und er spürte, wie ihre Anwesenheit seine Laune aufhellte. »Ich war auf dem Markt«, sagte sie, »und habe erst mal eingekauft. Ihr hattet ja überhaupt nichts im Haus.«

»Keine Zeit«, erwiderte er. »Das riecht gut.«

»Ich bin gleich fertig. Wo möchtet Ihr essen?«

»Wir essen in der Küche.«

»Zusammen?«

»Ja.«

Er zog seine Schuhe aus und ging die Treppe hinauf in sein Schlafzimmer, um sich umzuziehen. Als er wieder nach unten kam, hatte sie in der Küche den Tisch gedeckt. Sie füllte zwei irdene Teller, und sie setzten sich.

»Wie gefällt dir die Arbeit?«, fragte Thomas.

»Die Wohnung ist nicht groß«, sagte sie. »Morgen werde ich die Zimmer putzen.«

Hoffentlich würde er seine Stellung behalten, dann konnte sie bei ihm bleiben. Das Essen schmeckte ihm gut. Er sagte es ihr, und sie freute sich darüber.

»Wie lange bist du schon in Mainz?«

»Seit vier oder fünf Jahren.«

»Kennst du einen Mann namens Gutenberg?«, fragte er.

»Nur flüchtig.«

»Sag mir bitte, was du über ihn weißt.«

»Er gehört zu den besseren Leuten. Manche behaupten, dass er nicht ganz richtig im Kopf ist.«

»Aber warum?«

»Bamberger – der Arzt, bei dem ich gearbeitet habe – hielt ihn für größenwahnsinnig. Gutenberg hat eine Maschine erfunden. Fragt mich nicht, um was es geht. Hat irgendwas mit Büchern zu tun. Bamberger sagte, das kann nie im Leben funktionieren; Bücher werden seit Jahrtausenden von Hand geschrieben. Und er verstand was von der Sache, er besaß nämlich selbst Bücher. Oft stand er am Pult und las. Seine Frau sagte immer: ›Du machst dir die Augen kaputt. Hör auf damit.‹ Sie haben sich gestritten deswegen.«

Nach dem Essen räumte Gerlinde in der Küche auf, und Thomas saß am Tisch und machte Notizen.

Sie kam aus der Küche. »Ich gehe dann jetzt. Soll ich den Schlüssel behalten?«

»Behalte ihn! – Ich möchte dich noch etwas fragen. Ich muss herausfinden, mit wem Klara Roth Kontakt hatte. In einer

Stadt, wo jeder jeden kennt, wird viel geredet. Hältst du es für denkbar, dass Gutenberg ein Verhältnis mit ihr hatte? Oder ist dir sonst etwas bekannt, was die beiden verbindet?«

»Glaubt Ihr, Gutenberg hat sie umgebracht?«

»Das habe ich nicht gesagt.« Er schwieg und schaute sie fragend an.

»Ich weiß nur, dass Gutenberg nicht verheiratet ist. Und die Leute reden so allerlei über ihn.«

»Was reden sie denn?«

»Nichts Gutes.«

»Haben sie ihm ein Verhältnis mit Klara nachgesagt?«

»Davon weiß ich nichts. Aber es heißt, er habe allerlei Weibergeschichten.«

»Bis morgen dann!«

»Gute Nacht!«

Sie verließ die Wohnung und lief zu einem Haus, das im westlichen Teil der Stadt lag. Guido Bologna hatte ihr den Weg dorthin beschrieben. Es schneite jetzt wieder sehr heftig, und sie begegnete wenigen Menschen. Ein Mann rollte ein leeres Fass durch den Schlamm zu einem Kellerloch. Ein Kind verfolgte eine Katze. Das Haus lag abseits und wirkte baufällig, die Läden waren verschlossen. Es erinnerte sie an das Haus, in dem sie Bologna zum ersten Mal getroffen hatte, aber dieses hier war nicht ganz so heruntergekommen; das Dach war noch intakt, und es gab Türen und Fenster.

Sie klopfte an die Tür, und ein bärtiger Mann öffnete ihr. Sie sah zwei Männer, die sie nicht kannte, an einem Tisch sitzen und Bier trinken. Sie spielten Karten. »Guido ist oben«, sagte der Bärtige.

Sie stieg eine steile Holztreppe hinauf ins obere Stockwerk. Bologna musste sie von weitem gehört haben. »Komm rein! Ich bin hier.« Sie erkannte seine Stimme, sie kam aus einem Raum, dessen Tür halb offen stand. Sie steckte zögerlich den Kopf hinein und sah Bologna bei Kerzenlicht an einem Tisch sitzen und schreiben. Er legte die Feder beiseite und machte ihr ein Zeichen, näher zu kommen. »Schließ die Tür!«

Sie blieb neben der Tür stehen und verschränkte die Hände. Das Zimmer war bis auf den Tisch und eine Truhe unmöbliert, und an den Wänden klebte Schimmel. Aber es gab einen Ofen, und die Luft roch nach Rauch und Moder.

»Wie war der erste Tag?«, fragte Bologna. »Hast du was rausbekommen?«

»Er hat mich ausgefragt«, sagte sie.

»Worüber denn?«

»Über Gutenberg.«

Er hob interessiert den Kopf. »Willst du ewig bei der Tür stehen bleiben?« Sie ging ein paar Schritte auf ihn zu. »Was wollte er wissen?«

»Er hat mich gefragt, ob ich Gutenberg persönlich kenne.«

»Und was hast du geantwortet?«

»Dass ich nicht viel über ihn weiß. Das ist die Wahrheit: Man sieht ihn nicht häufig in der Stadt und hat immer den Eindruck, er sei mit den Gedanken ganz woanders. Dann wollte er wissen, ob Gutenberg ein Verhältnis mit Klara Roth hatte. Aber da konnte ich ihm nicht weiterhelfen.«

»Was hat er noch gefragt?«

»Nichts.«

»Hattest du Zeit, seine Wohnung zu durchsuchen?«

»Er besitzt viele Bücher.«

Er stellte ihr Fragen, aber ihre Antworten halfen ihm nicht weiter, und schließlich holte er aus einem Beutel zwei Münzen heraus und gab sie ihr. »Für den Anfang.«

Seine Gedanken schweiften ab. Der Richter war ihm auf den Fersen. Es stand außer Frage, dass er mittlerweile eine Gefahr darstellte. Er versuchte einzuschätzen, wie groß sie war. Sollte er ihn töten lassen? Es war noch zu früh für einen so radikalen Schritt. Aber er musste den Richter noch schärfer im Auge behalten. Er wusste von seinen Informanten, dass der Richter beim Kurfürsten schlecht angesehen war. Gab es eine Möglichkeit, sich das zunutze zu machen? Es wäre am besten, er würde seine Stellung verlieren, bevor er weiteren Schaden anrichtete.

Das Mädchen nickte kurz zum Abschied und verließ das Zimmer. Er hatte das Gefühl, im Leben viel versäumt zu haben – vielleicht das Wichtigste. Er war wieder allein und eine eigenartige Traurigkeit packte ihn. Der Preis für das, was er erreicht hatte, war hoch. Es schien ihm besser, nicht darüber nachzudenken; und deshalb schrieb er weiter an dem Brief, der am nächsten Tag nach Rom abgehen würde. Bald glitt die Gänsekielfeder, die er von Zeit zu Zeit in Tinte tauchte, flüssig über das Papier.

Er wurde erneut unterbrochen, als es an der Tür klopfte und Henning den Raum betrat. Er griff sich einen Stuhl und setzte sich Bologna gegenüber an den Tisch.

»Was hat sie erzählt?«, fragte er.

»Der Richter hat etwas herausbekommen«, erwiderte Bologna und schrieb den begonnenen Satz zu Ende. »Ich weiß nur nicht, wie viel.«

»Drück dich bitte etwas klarer aus!«

»Er hat ihr Fragen nach Gutenberg gestellt.«

Henning saß auf der Stuhlkante und beugte sich nach vorn. »Das habe ich die ganze Zeit befürchtet. Wer hat ihn auf diese Spur gebracht?«

»Er hat heute früh die Stadt zu Pferd verlassen«, sagte Bologna. »Wir wissen nicht, wo er war. Am frühen Nachmittag kam er zurück. Dann war er mit Katharina Roth zusammen. Und heute Abend fragt er das Mädchen über Gutenberg aus.«

»Hat er unsere Namen erwähnt?«

»Nein. Ich glaube, soweit ist er noch nicht.«

»Er wird zur Gefahr«, sagte Henning. »Wir müssen etwas unternehmen.«

»Ich fürchte, dass nicht nur der Richter uns gefährlich werden kann, sondern auch Katharina Roth. Die beiden stecken unter einer Decke. Ich gehe davon aus, dass sie ein Verhältnis miteinander haben.«

»Treffen sie sich heimlich?«

»Sie war spät abends bei ihm«, sagte Bologna.

»Was sollen wir tun?«

»Wir haben leider schon zuviel Wirbel verursacht. Und er ist Richter! Sein Tod würde riesiges Aufsehen verursachen. Wenn ich daran denke, dass wir eigentlich in aller Stille arbeiten wollten!«

»Die Geschichte wächst uns über den Kopf!«, sagte Henning. »Wir haben da etwas in Gang gebracht, das uns überrollt. Wir brauchen uns nichts vorzumachen, Guido: Es ist eine ganze Menge schief gelaufen, vor allem die Sache mit Klara ...«

»Natürlich hat der Mord unsere Pläne über den Haufen geworfen. Wir haben eine veränderte Situation, und der müssen wir uns anpassen. Ich hatte gehofft, dass uns der Richter, ohne es zu wollen, Informationen liefert. Ich dachte, möglicherweise bringt er uns auf die Spur des Täters. Stattdessen müssen wir befürchten, dass er etwas entdeckt hat, das ihn zu uns führt. – Er stellt Fragen nach Gutenberg! Es gibt weder zwischen Klara Roth und Gutenberg noch zwischen Metz und Gutenberg eine direkte Verbindung. Diese Menschen hatten nichts miteinander zu tun. Ich weiß dafür nur eine Erklärung: Er muss in den Besitz der Pläne gelangt sein!«

»Glaubst du das wirklich?«

»Ich halte es für wahrscheinlich!«

Henning stand auf und ging im Zimmer hin und her. »Und nun?«

»Wir müssen an die Pläne kommen, notfalls mit Gewalt. Aber sie muss der letzte Ausweg sein.«

»Wie willst du vorgehen?«

»Wir müssen zwei Ziele gleichzeitig verfolgen. Zum einen müssen wir herausfinden, ob der Richter die Pläne wirklich hat;

wenn das der Fall ist, werden wir handeln. Dabei zähle ich auf das Mädchen. Sie hat den Schlüssel zu seinem Haus. Er kann die Pläne allerdings auch im Amt aufbewahren. In dem Fall müssen wir sein Zimmer dort durchsuchen.«

»Und wenn Katharina Roth sie hat?«, warf Henning ein. »Den Gedanken finde ich nicht abwegig. Sie ist immerhin die Schwester. Sie hat das Haus von Klara durchsucht, und vielleicht hat sie sie gefunden, während sie uns entgangen sind.«

»Auch damit sollten wir rechnen. Wenn einer von beiden die Pläne hat, werden wir sie bekommen. Gleichzeitig müssen wir den Richter loswerden. Sobald man uns und Gutenberg in einen Zusammenhang bringt, haben wir schlechte Karten.«

»Willst du ihn töten?«, fragte Henning. Der Goldschmied rieb sich mit den Händen übers Gesicht. »Davon halte ich nicht viel.«

»Du hängst in der Sache genauso drin wie ich«, sagte Bologna. »Ohne dich hätte ich nie von der Erfindung erfahren. Du hast doch förmlich darum gebettelt, dass ich komme.«

»Weißt du, wie das ist, wenn du deine Frau und deine Kinder nicht mehr ernähren kannst?«

»Spiel nicht das Unschuldslamm. Wir werden gemeinsam Erfolg haben oder gemeinsam scheitern. Aber wenn ich merke, dass du kalte Füße bekommst, lernst du mich von einer anderen Seite kennen.«

Der Goldschmied machte eine beschwichtigende Geste. »Reg dich nicht auf! Aber überleg doch mal, was es bedeutet, wenn der Richter und Katharina Roth die Hintergründe aufdecken!«

»Darüber denke ich die ganze Zeit nach. Wir müssen kühlen Kopf bewahren. Übrigens steht der Richter mächtig unter Druck! Der Bischof hat ihm eine Frist von drei Tagen gesetzt. Wenn er bis dahin im Dunkeln tappt, verliert er seine Stelle.«

»In drei Tagen kann eine Menge geschehen.«

»Es sind nur noch zwei. Dann sind wir den Richter los. Wir

versuchen, die Sache ohne Blutvergießen zu regeln. Sollte sich rausstellen, dass das nicht geht – erst dann werden wir handeln.«

»Der gute Mann ist nicht zu beneiden«, meinte Henning. »Im einen Fall verliert er seine Stelle – im andern Fall das Leben!«

20.

Katharina stand neben ihrem Bett und packte die Pläne in einen Ledersack. Kurze Zeit später machte sie sich auf den Weg zum Gericht, ging dort einen Gang entlang zum Zimmer von Thomas. Er stand beim Fenster, als sie eintrat. Sie hatte ihn bisher immer allein angetroffen, und es kam ihr so vor, als sei er innerhalb des Amts völlig isoliert. Sie sprach ihn darauf an.

»Die haben mich schon abgeschrieben«, sagte Thomas. »Man geht mir aus dem Weg. Natürlich haben alle mitbekommen, was läuft, sie wissen, dass der Kurfürst mich vom ersten Tag an nicht wollte und mich loswerden möchte. Was mich aber am meisten enttäuscht, ist das Verhalten von Steininger. Seit er weiß, was Erbach von mir hält, geht auch er mir aus dem Weg.«

Katharina ging an ihm vorbei und legte den Lederbeutel auf einen mit Papieren übersäten Tisch.

»Das sind die Pläne«, sagte sie. Sie löste eine Schnur und breitete mehrere Papierrollen auf dem Tisch aus. Thomas war sehr ungeduldig, er entrollte eines der Papiere, das mit einer kleinen, gleichmäßigen Schrift bedeckt war und eine Zeichnung im Text enthielt.

»Ist das die Schrift deiner Schwester?«, fragte er.

»Ja, daran besteht kein Zweifel.«

Thomas trat ans Fenster, damit mehr Licht auf das Blatt fiel und las laut: »Die Presse ist das größte und imposanteste Gerät. Wer sie bedient, muss Kraft haben. Sie ist nach dem Vorbild der Weinpressen gebaut. Es ist für einen geschickten Schreiner kein Problem, eine Presse herzustellen, wenn man ihm eine gute Zeichnung liefert. Vor allem die Holzkonstruktion dürfte kaum Schwierigkeiten bereiten. Viel schwieriger ist es, die Metallteile herzustellen; den Wagen, den Schlitten, den Rahmen. Hierfür braucht man einen fähigen Metallwerker, der sich in mechanischen Fragen auskennt. Trotzdem war dieser Teil der Erfindung nicht der schwierigste.«

An dieser Stelle kam die Zeichnung, auf die Thomas zuvor nur einen flüchtigen Blick geworfen hatte; sie zeigte die Presse. Er las weiter: »An der Presse arbeiten in der Regel zwei Mann. Einer ist für die Knochenarbeit zuständig und bedient den Hebel. Der andere schwärzt die Lettern mit einem Ballen, legt die Papierbogen ein, beziehungsweise nimmt sie nach dem Druckvorgang heraus und hängt sie an der Leine zum Trocknen auf. Bisher wurde nur mit schwarzer Farbe gedruckt, aber auch Zweifarbendruck ist möglich. Es stellt sich jedoch die Frage, ob sich das aufwendige Verfahren lohnt oder ob nachträgliches Rubrizieren von Hand nicht billiger wäre.« Er runzelte die Stirn.

»Die Sache ist ziemlich kompliziert«, sagte Katharina. »Du liest momentan den Teil, der noch am einfachsten zu verstehen ist.«

Thomas legte das Blatt auf den Tisch zurück und nahm ein anderes auf. Es war überschrieben mit: *Die Lettern.* Er las: »Das eigentlich geniale an der Erfindung sind die beweglichen Metalllettern. Vorstufen des Druckens mit Holztafeln gab es schon länger, auch Druckstempel sind nichts Neues, es gibt sie sowohl aus Holz als auch aus Metall gefertigt. Aber noch keinem ist es gelungen, einen Text mit kleinen Metallbuchstaben zu drucken. In der technischen Umsetzung dieser Idee besteht die eigentliche Revolution.«

Katharina trat zu Thomas und schaute ihm über die Schulter. Wenn sie so nahe bei ihm stand, fiel es ihm schwer, sich auf den Text zu konzentrieren.

»Lies weiter!« Sie tippte auf den Text.

Er fuhr fort: »Die Buchstaben sind winzig. Sie werden aus flüssigem Metall gegossen. Hierbei kommt es auf die richtige Mischung an. Das Metall darf nicht zu hart sein, denn sonst bricht es. Aber es darf auch nicht zu weich sein, weil sonst die Konturen der Buchstaben unscharf werden. Die ideale Mischung bei der Herstellung des Metalls beschreibe ich an einer anderen Stelle.«

Thomas hielt inne, dann sagte er: »Ich muss mit Gutenberg reden.«

»Nur wird er dir nicht viel erzählen«, erwiderte Katharina. »Jedenfalls nicht in Bezug auf seine Erfindung.«

»Wir werden sehen.«

Katharina trug denselben Mantel wie an dem Abend, als sie bei ihm gewesen war. Sie hatte ihn nicht abgelegt, weil es in der Amtsstube kalt war. In ihren Locken hingen Regentropfen. Thomas ging auf sie zu und fasste sie bei den Schultern. Aber sie entzog sich mit einer geschickten Bewegung und ging zur Tür.

»Geduld!«, sagte sie.

Am Nachmittag ging Thomas zu einem der Schöffen, einem jungen Mann, der zu den wenigen gehörte, die ihn noch grüßten. Er war mit zwei Kollegen in einem Raum und stand an einem Schreibpult. Offenbar fertigte er gerade die Kopie einer Urkunde an.

»Wo hat Gutenberg seine Werkstatt?«, fragte Thomas. Er durfte den Besuch nicht länger hinausschieben.

»Ich kann Euch hinbringen«, erwiderte der Schöffe.

Sie verließen kurze Zeit später das Gerichtsgebäude durch

einen Nebeneingang, der zu einer engen Gasse führte. Aus einer Schmiede drangen metallische Klänge, Thomas sah Feuerschein aufleuchten. Es war zu seiner Überraschung jedoch kein Mann, der dort ein Eisen schmiedete, sondern eine Frau in einem roten Kleid mit weißer Schürze hieb mit dem Hammer auf den Amboss. Sie durchquerten mehrere kleine Gassen. Die Häuser waren dicht an dicht gebaut. Ein Karren hätte Mühe gehabt, hier durchzukommen. Die meisten Häuser schoben sich mit jedem Stockwerk weiter nach vorn, um so Platz zu gewinnen, der zu ebener Erde fehlte. Zwei Mädchen zeichneten mit einem Stock Figuren in den halbgefrorenen Matsch. Eine Magd mit braunem Kopftuch schüttete einen Eimer schwarze, stinkende Brühe vor die Tür. Im Badehaus hörte man Schreie und schrilles Gelächter. Es dämmerte, und von vielen Dächern hingen Eiszapfen, in denen sich das diffuse Licht fing. Die Stadt machte auf Thomas immer noch einen labyrinthischen Eindruck.

Schließlich standen sie vor einem ehemaligen Adelshof. Die Fassade des Hauptgebäudes war aus Stein gemauert, es hatte drei Stockwerke und einen stufigen Giebel. Die Eingangstür war mit rotem Sandstein gefasst; an einem Wappenschild in der Mitte des Türbogens nagte der Zahn der Zeit. Eine Wandmalerei zeigte ein weiteres Wappen: Ein gebeugt am Stock gehender Mann hielt eine Schale in der ausgestreckten Hand. Ein Bettler? Zwei links und rechts an das Haupthaus angrenzende Gebäude, die ebenfalls zum Hof gehörten, hatten nur zwei Geschosse und waren nicht aus Stein errichtet. Im linken befand sich ein hohes zweiflügliges Tor. Auf der gegenüberliegenden Straßenseite standen Fachwerkhäuser.

»Hier ist es«, sagte der Schöffe. »Jedenfalls der Wohntrakt. Die Werkstatt kann man von hier aus nicht sehen. Sie befindet sich in einem eigenen Gebäude, soweit ich weiß. Man muss erst den Hof durchqueren – aber da lässt er keinen rein.«

Als er allein war, klopfte Thomas laut an die mächtige Holztür, die sich kurz darauf einen Spalt breit öffnete. Vom Gesicht einer jungen Frau, eher eines Mädchens, sah er kaum die Hälfte. Sie wirkte blass und hatte ein weißes Tuch um den Kopf gebunden. »Wer seid Ihr?«, fragte sie.

»Der neue Richter.«

»Um was geht's denn?«

»Ich will mit dem Meister reden.«

»Der hat keine Zeit. Er sagt, niemand darf ihn stören.«

»Was ich mit ihm zu besprechen habe, duldet keinen Aufschub. Sag ihm das!«, beharrte Thomas.

»Er wird mich ausschimpfen.«

»Er wird erst recht verärgert sein, wenn ich ihm eine Vorladung ans Gericht schicke!«

Sie schloss die Tür, und Thomas betrachtete missmutig die Hauswand. Seine Laune näherte sich einem Tiefpunkt. Es dauerte lange, bis sich die Tür wieder öffnete und das Mädchen ihn schweigend in einen Raum führte, dem man ansah, dass er nur selten genutzt wurde: die »gute Stube«. Sie verließ das Zimmer, und er musste erneut warten.

Thomas schaute sich um. Der Raum mochte etwa acht Schritte lang und sechs Schritte breit sein. Durch die milchigen Fensterscheiben drang spärlich Licht. Alle Wände und die Decke waren mit Eichenholz verkleidet, das eine dunkle Färbung angenommen hatte. In einem hohen Kamin, am oberen Rand rot bemalt, lagen halb verkohlte Scheite. Die Asche barg noch einen Rest Glut und verbreitete etwas Wärme. Neben dem Kamin stand eine Holzbank mit weißen Kissen. Den Fußboden bedeckten abwechselnd schwarze und gelbe Kacheln. Auf Regalen sah man angestaubte Bücher. Die dem Kamin gegenüberliegende Wand beherrschte ein mit Schnitzwerk verzierter Schrank, und in der Mitte des Raums befand sich ein Tisch, der mühelos zehn und mehr Gästen Platz bot.

Schließlich hörte Thomas polternde Schritte. Dann erschien Gutenberg in der Tür. Er hatte es nicht für nötig befunden, seine graue, mit schwarzen Flecken bedeckte Schürze und eine flache Ledermütze abzulegen. Katharina hatte ihn treffend beschrieben. Er wirkte vom ersten Eindruck her eher unscheinbar. Aber etwas hatte sie nicht erwähnt: seine über dem grauen Bart hervorleuchtenden Augen. Thomas hatte das Gefühl, als würden sie ihn durchdringen bis in versteckte Winkel. Ein forschender, fast starrer Blick, wie er ihn einmal in Italien bei einem Maler erlebt hatte. Die zusammengezogenen Brauen verhießen allerdings wenig Gutes.

»Ihr seid der neue Richter?«

»Thomas Berger.«

»Maria sagt, Ihr hättet Euch grob und drohend verhalten.« Seine Stimme war dunkel, und trotz seiner Verärgerung sprach er langsam und beherrscht.

»Sie übertreibt. Ich muss mit Euch sprechen.«

»In welcher Angelegenheit? Und weshalb so dringend?«

»Es betrifft die beiden Mordfälle, von denen Ihr gehört habt. Besonders den an Klara Roth.«

»Was habe ich damit zu tun?« Er wirkte überrascht, und falls er sich verstellte, so war er sehr geschickt darin.

»Kanntet Ihr Klara Roth?«

»Flüchtig.«

»Was heißt ›flüchtig‹?«

»Viele Mainzer kenne ich vom Sehen, weiß ihren Namen, habe aber weiter nichts mit ihnen zu tun.«

»Was wisst Ihr über die Tote? Ich sammle Informationen. Jeder Hinweis kann für mich wichtig sein!«

»Fragt Ihr das jeden in der Stadt? Es hat doch einen Grund, dass Ihr ausgerechnet zu mir kommt.«

»Darüber sprechen wir gleich. Bitte antwortet erst auf meine Fragen!«

Gutenbergs Augenbrauen rückten noch ein Stück näher zusammen. »Was ich über Klara Roth weiß? Sie stammt aus einer angesehenen Familie, ihr Vater ist Karl Roth, ein reicher Kaufmann – aber das kann Euch jeder erzählen. Klara Roth hatte in der Stadt einen schlechten Ruf. An den Markttagen verkaufte sie Kräuter und Salben. Abergläubische Menschen hielten sie für eine Hexe. – Das wisst Ihr doch alles schon!«

»Hatte sie Feinde? Fällt Euch jemand ein, der einen Grund hatte, sie zu töten?«

»Nein. Dazu kann ich nicht mal eine Vermutung äußern. Ich kannte die Roth ja kaum.«

»Habt Ihr irgendwann in letzter Zeit mit ihr gesprochen?«

»Nein, ich kann mich nicht erinnern. Wenn wir uns auf der Straße begegneten, grüßten wir uns; das war alles.«

»Kanntet Ihr Klara Roths Haus?«

»Ich weiß vom Hörensagen, dass sie irgendwo vor der Stadt, in einem alten Köhlerhaus wohnte. – Aber warum stellt Ihr *mir* diese Fragen?«

»Ich habe herausgefunden, dass Klara Roth mehrere Liebhaber hatte: Männer, die sie in ihrem Haus besuchten und von denen sie sich aushalten ließ.«

Thomas machte eine Pause und forschte in Gutenbergs Gesicht, der ungläubig den Kopf schüttelte: »Ihr glaubt doch nicht im Ernst, dass *ich* einer von diesen Männern war. Ich habe die Frau doch kaum gekannt.«

»Könnt Ihr Euch erinnern, wo Ihr die Nacht verbracht habt, als der Mord an Klara Roth geschah?«, fragte Thomas.

»Ich arbeite jeden Tag bis weit in die Nacht. Ich bin der Erste, der morgens die Werkstatt betritt und der Letzte, der sie verlässt. Ich habe keine Zeit, andere Leute umzubringen!«

»Ihr habt meine Frage nicht beantwortet«, sagte Thomas.

»Verdächtigt Ihr mich? Weshalb?«

»Antwortet bitte! Ich tue meine Arbeit und muss jedem Hinweis nachgehen.«

»Was für einem Hinweis? Ich verstehe kein Wort! Hört, ich kann mich erinnern, in welcher Nacht der Mord geschah, und es gibt auch einen Zeugen – eine Zeugin –, die bestätigen kann, dass ich das Haus nicht verlassen habe. Aber das ist eine private Sache, die Euch nichts angeht.«

»So kommen wir nicht weiter. Ich untersuche zwei Mordfälle, und Ihr tätet gut daran, mir zu helfen – in Eurem Interesse. Ich kann Dinge für mich behalten.«

»Ich habe die Nacht mit dem Mädchen verbracht, das Euch die Tür geöffnet hat.«

»Ruft sie!«

Gutenberg zögerte, verließ dann aber langsam das Zimmer. Thomas hörte, wie er mehrmals ›Maria‹ rief. Dann kam er mit dem Mädchen zurück, das eine Schürze umgebunden und die Haare zurückgesteckt hatte. Thomas konnte ihr Alter schlecht schätzen, aber sie war noch keine zwanzig. Er erklärte ihr den Sachverhalt, und sie bestätigte Gutenbergs Aussage. Sie hatten die Nacht in seinem Zimmer verbracht und waren zusammen dort eingeschlafen. Erst gegen Morgen verließ sie sein Bett, um in der Küche Feuer zu machen.

»Seid Ihr jetzt zufrieden?«, fragte Gutenberg, der sich keine Mühe mehr gab, seinen Ärger zu verbergen.

»Ich habe Euch schon vorher geglaubt«, sagte Thomas, »aber ich muss solche Fragen stellen.« Er dankte Maria, und sie verließ den Raum.

»Wollt Ihr mir jetzt endlich sagen, weshalb Ihr mich verdächtigt?«

»War einer Eurer Mitarbeiter mit Klara Roth befreundet?«

»Darüber weiß ich nichts!«

»Wie viele Männer arbeiten für Euch?«

»Insgesamt zwölf.«

»Es könnte sein, dass einer in die Fälle verwickelt ist.«

»Ausgeschlossen! Für meine Männer lege ich meine Hand ins Feuer. Ich habe sie persönlich ausgesucht und mir die Wahl nicht leicht gemacht.«

»Man glaubt Menschen zu kennen und merkt dann, dass man sich in ihnen getäuscht hat«, sagte Thomas.

»Meine Mitarbeiter sind rechtschaffen. Alle!«

»Wie ich gehört habe, arbeitet Ihr an einer Erfindung?«

»Ich betreibe eine Druckerei. Wir sind in der Lage, Texte in bisher unvorstellbarer Zahl zu vervielfältigen.«

»Das ist in Mainz allgemein bekannt?«

»Selbstverständlich! Warum sollte ich ein Geheimnis daraus machen? Alle, die lesen können, sollen es wissen!«

»Habt Ihr Schulden gemacht, um Eure Werkstatt einzurichten?«

»Auch das pfeifen die Spatzen von den Dächern.«

»Erzählt mir etwas über Eure Mitarbeiter.«

»Sie arbeiten hart. Ich schätze ihr Können und ihre Zuverlässigkeit. Nur jemand, der sie nicht kennt, kann sie verdächtigen.«

»Ein Fremder sieht aber mitunter Dinge, die sonst niemandem auffallen«, sagte Thomas.

»Oder malt den Teufel an die Wand«, erwiderte Gutenberg.

»Seid Ihr auch großzügig mit Informationen, wenn es darum geht, *wie* Ihr Eure Bücher herstellt?«

Gutenberg lachte. »Haltet Ihr mich für blöd? Ich will meine Bücher verkaufen, also sollen die Leute wissen, dass ich welche herstelle. Aber *wie* ich das mache – das werde ich keinem auf die Nase binden!«

»Wer kennt die Hintergründe? Wer kann über Arbeitsabläufe im Detail berichten?«

»Niemand. Außer mir!«

»Und Eure Mitarbeiter!«

»Die natürlich auch. Aber die halten den Mund. Keiner sägt den Ast ab, auf dem er sitzt.«

»Seid Ihr Euch dessen sicher?«

Der Erfinder kniff die Augen zusammen. Erstmals wirkte er nachdenklich und leicht verunsichert. Aber nur für einen kurzen Augenblick. »Vollkommen sicher. – Worauf gründet Ihr Euren Verdacht?«

»Wie eng ist die Zusammenarbeit?«

»Wir sind eine Familie.«

»Nehmen wir an, einer Eurer Mitarbeiter möchte sich selbstständig machen …«

»Das ist absurd.«

»Weshalb?«

»Weil keiner von ihnen über die finanziellen Mittel verfügt.«

»Dann lassen wir das Geld außer Acht und reden nur von den Fähigkeiten: von Intelligenz, technischem Verständnis, handwerklichem Geschick …«

»Das haben sie alle. Sonst würden sie nicht für mich arbeiten.«

»Ihr glaubt, jeder könnte eine eigene Druckerei betreiben, wenn er das nötige Geld hätte?«

»Die Werkstatt ist ein großer Raum, und jeder sieht, was der andere macht. Worauf laufen Eure Fragen hinaus?«

»Gibt es einen Mitarbeiter, den Ihr für besonders fähig haltet?«

»Alle sind gut. Das ist *meine Truppe*!«

»Und Ihr sprecht mit Euren Leuten auch über private Dinge?«

»Natürlich.«

»Hat einer der Männer jemals Klara Roth erwähnt?«

»Nein. Daran kann ich mich nicht erinnern.«

»Wo wohnen Eure Mitarbeiter?«

»Zwei haben privat eine Kammer gemietet, der Rest wohnt bei mir.«

»Wo genau?«

»Wir befinden uns in einem alten Adelshof, der aus mehreren Gebäudeteilen besteht. Ein weitläufiges Gebilde. Meine Zimmer sind im angrenzenden Gebäude untergebracht, im oberen Stock. Meine Männer wohnen in einem Gebäude auf der anderen Seite des Hofs und in einem Zwischenbau.«

»Das heißt, Ihr bekommt es nicht mit, wenn einer abends sein Zimmer verlässt.«

»Das ist unwahrscheinlich. Ich bin nicht ihr Kindermädchen.«

»Haben Eure Mitarbeiter Familie?«

»Sie sind Junggesellen. Darauf habe ich geachtet, denn wir arbeiten hart, bis weit in die Nacht – und auch am heiligen Sonntag, wenn Ihr es genau wissen wollt. Für Frau und Kinder bleibt da keine Zeit.«

»Es ist sehr wahrscheinlich, dass einer Eurer Männer Klara Roth die Geheimnisse der Erfindung verraten hat«, sagte Thomas.

Gutenberg schüttelte energisch den Kopf. »Ich glaube Euch kein Wort.«

»Ich kann es beweisen«, sagte Thomas.

»Darauf bin ich gespannt. Bisher höre ich nur Verleumdungen!«

»Ihr behauptet, dass nur Ihr und Eure Mitarbeiter die Arbeitsabläufe kennt ...«

»Das ist richtig.«

Thomas sagte: »Ich bin im Besitz von Aufzeichnungen und Plänen, die ich in Klara Roths Haus gefunden habe. Sie waren gut versteckt, und der Mörder hat sie nicht entdeckt. Aus den Aufzeichnungen geht klar hervor, wie Eure Werkstatt aussieht und wie sie funktioniert. Was sagt Ihr dazu, dass ich Begriffe wie ›Winkelhaken‹ oder ›Gießgerät‹ kenne?«

In Gutenbergs Gesicht bewegte sich kein Muskel, aber sein Blick wirkte noch starrer und bohrender als zuvor. »Was wollt Ihr eigentlich?«, fragte er. Thomas fiel auf, wie blass seine Lippen waren. »Mich erpressen?«

»Hat das jemand versucht?«

»Ich empfehle es keinem!«

Thomas warf einen verstohlenen Blick auf die starken Hände des Meisters. »Von wem stammen die Aufzeichnungen, die Ihr gefunden habt?«, fragte Gutenberg.

»Es ist Klara Roths Handschrift.«

»Aber das ist doch vollkommener Unsinn. Woher sollte ...?«

»Genau die Frage stelle ich mir auch«, sagte Thomas. »Woher? Oder besser: Von wem?«

»Von mir bestimmt nicht!«, sagte Gutenberg. »Was wisst Ihr noch?«

»Im Grunde fast alles. Nur dass mir die Anschauung fehlt.«

»Ihr lügt!«

»Ich möchte Euch gern klarmachen«, sagte Thomas, »dass wir ein gemeinsames Ziel haben. Wir wollen beide wissen, wer Klara Roth das Geheimnis Eurer Erfindung verraten hat. Und wir wollen verhindern, dass diese Person weiteren Schaden anrichtet.«

Thomas spürte, dass Gutenberg nicht wusste, wie er ihn einschätzen sollte. Der Erfinder zögerte, ihm Glauben zu schenken. Aber Gutenbergs Vertrauen war höchst wichtig für Thomas. Die Lösung des Falls, seine eigene Zukunft konnte davon abhängen.

»Soll ich Euch von Eurer Presse erzählen? Von dem Metallrahmen, in dem man das Papier befestigt und dann mit dem Schlitten unter die Presse schiebt? Könnt Ihr Euch erklären, woher ich weiß, dass die Ballen, mit denen Ihr Eure Lettern einfärbt, innen mit Rosshaar gefüllt sind?«

»Schweigt still!« Gutenbergs Tonfall war scharf und schneidend. Thomas konnte sich lebhaft vorstellen, dass es kein Vergnügen war, ihn zum Gegner zu haben. Mit ihm sei nicht gut Kirschen essen, hatte der Schöffe gesagt.

»Ist Euch klar, dass ich ruiniert bin, wenn meine Erfindung in fremde Hände gerät?«

»Deshalb fragte ich vorhin nach Krediten.«

»Wie sonst hätte ich meine Werkstatt finanzieren sollen: die Geräte, die Mitarbeiter, meinen gesamten Haushalt. Es wird noch mindestens zwei oder drei Jahre dauern, bis meine Schulden zurückgezahlt sind und ich Gewinne mache. – Wer außer Euch weiß Bescheid?«

»Niemand!«, sagte Thomas.

»Ihr sagt, dass Ihr mir helfen wollt, dass wir ein gemeinsames Ziel haben. Wie soll ich Euch glauben?«

»Ich will Euch noch weiter entgegenkommen!«, sagte Thomas. »Ich will Euch in alles einweihen, was geschehen ist, seit ich den Mordfall übernahm.«

Sie setzten sich an den langen Tisch, der in der Mitte des Zimmers stand. An der Wand sah Thomas ein Gemälde, das die Auferstehung Christi darstellte. Ein weiteres Ölbild zeigte Simson mit den Stadttoren von Gaza.

Thomas berichtete Gutenberg über das bisher Geschehene. Von dem Abt und Katharina erwähnte er nichts. Er sprach von Klaras Aufzeichnungen. Thomas bemerkte, wie Gutenbergs Mundwinkel nervös zuckten, je länger er fortfuhr. Auch das Ultimatum des Kurfürsten erwähnte er.

»Wir sitzen in einem Boot«, schloss Thomas. »Unsere Interessen überschneiden sich. Das Geheimnis ist bei mir in sicheren Händen. Aber wir müssen handeln, ehe es zu spät ist. Ich bin davon überzeugt, dass ich die Mordfälle erst dann lösen kann, wenn ich weiß, wer von Euren Männern Klara Roths Liebhaber war.«

»Einer von meinen Leuten?«, murmelte Gutenberg, mehr für sich. »Das muss ich verdauen. Ich brauche Zeit!«

»Wir haben keine Zeit!«

»Trotzdem muss ich nachdenken. Bitte geht jetzt. Lasst mich eine Weile allein!«

»Gut, aber ich bin in zwei Stunden wieder bei Euch.«

»Einverstanden!«

21.

Bologna und Henning saßen an einem Tisch, auf dem ein Becher stand und ein Krug mit Rotwein. Sie wussten, dass Thomas bei Gutenberg war und dass Katharina Nachforschungen über Gutenbergs Mitarbeiter angestellt hatte. Gerlinde hatte ihnen zusätzlich von Plänen berichtet, die Thomas nach Hause gebracht hatte. Sie hatte Zeichnungen gesehen und das Wort Setzkasten lesen können.

»Jetzt wissen wir endlich, woran wir sind«, sagte Bologna.

»Wir müssen an die Pläne kommen. Aber ein Überfall würde zu viel Wirbel verursachen. Er ist Richter, er vertritt das Gesetz.«

Der Goldschmied blickte ihn mit großen Augen an. »Wir wollten unauffällig arbeiten. Wie sollen wir jetzt vorgehen, Guido?«

»Wir wissen jetzt, dass es die Pläne gibt! Bisher waren wir auf Vermutungen angewiesen. Wir wissen sogar, wer sie hat und wo sie sich momentan befinden. Das Mädchen hat den Schlüssel zur Wohnung. Wir sollten auf diese Lösung setzen. Sie wird uns die Pläne besorgen. Mit einem Überfall lösen wir eine Hysterie aus. Schon jetzt patrouillieren ständig Bewaffnete durch die Gassen!«

»Vielleicht gibt der Richter Gutenberg die Pläne und der vernichtet sie.«

»Die Pläne werden beim Richter bleiben, denn er ermittelt in zwei Mordfällen, und es handelt sich um Beweismaterial.«

»Aber er kann Gutenberg davon erzählen.«

»Selbst wenn Gutenberg gewarnt ist – was nützt ihm das? Glaubst du, er wird deshalb seine Werkstatt aufgeben oder die Flucht ergreifen?«

»Aber er wird nach dem Verräter suchen«, sagte Henning aufgebracht.

»Und der wird sich nicht ohne weiteres zu erkennen geben! Da kommen mehrere Leute in Betracht. Von uns kann er Gutenberg nichts erzählen, weil er von uns nichts weiß.«

»Langsam verstehe ich, warum du so gelassen bleibst! Denn von dir weiß tatsächlich keiner was. *Ich* habe ja die Verhandlungen mit Klara geführt!«

»Darum geht es nicht.«

»Doch! Genau darum geht es. Aber ich sage dir nur eins, Guido: Glaub nicht, dass ich den Sündenbock spiele.«

»Dein Name wird nie fallen.«

»Und wenn du dich irrst?«

»Dann mach dich für ein paar Tage aus dem Staub.«

»Und mein Anteil?«

»Ändert sich nicht!«

»Ich mag deine römischen Methoden nicht.«

»Morgen haben wir die Pläne. Dann zerstreuen sich deine Bedenken – und der eigentliche Tanz kann beginnen …«

Thomas machte sich zeitig auf den Weg. Dicke Schneeflocken fielen vom dunklen Himmel. Sie tauchten aus dem Nichts auf, ehe der Wind sie gegen seinen Mantel wehte. Schließlich stand er vor dem Haus des Erfinders und klopfte an die Tür. Diesmal musste er nicht lange warten, und es war Gutenberg selbst, der ihm öffnete. Sie gingen in die Stube, die Thomas vom ersten Besuch kannte. Gutenberg entzündete eine Kerze. Sie setzten sich in die Nähe des Kamins, in dem ein Feuer flackerte. Thomas streckte seine nassen Stiefel der Wärme entgegen und rieb sich die rote Nase.

»Ich habe nachgedacht«, sagte Gutenberg. »Einer meiner Männer hat mich verraten. Wir werden zusammenarbeiten.«

Thomas fühlte sich erleichtert, aber er wollte sich nicht zu früh freuen – noch hatte er nichts erreicht, und die Zeit lief ihm davon.

»Mich beschäftigt vor allem eine Frage«, sagte Gutenberg.

»Keiner meiner Mitarbeiter ist reich, und der Aufbau einer Werkstatt kostet viel Geld. Der Verrat macht nur dann Sinn, wenn wir davon ausgehen, dass ein Geldgeber im Hintergrund steht.«

»Habt Ihr einen Verdacht?«, fragte Thomas.

»Es gibt Leute, die mich nicht mögen. Aber keiner ist reich genug, um eine Werkstatt zu finanzieren. Es muss jemand sein, der über sehr viel Geld verfügt! Ich habe Schulden aufgenommen in Höhe von etwa eintausendvierhundert Gulden.«

Thomas überschlug, dass sein Vater, der ein erfolgreicher Geschäftsmann war, wahrscheinlich nicht einmal ein Viertel davon aufbringen konnte.

»Zunächst müssen wir den Verräter finden«, sagte Gutenberg.

»Wir haben einen Kreis von zwölf Männern, der in Frage kommt«, sagte Thomas. »Einer von ihnen hatte ein Verhältnis mit Klara Roth. Übrigens: Jeder in der Stadt weiß, dass Ihr an einer Erfindung arbeitet. Nehmen wir an, jemand aus Mainz will hinter Euer Geheimnis kommen und benutzte Klara Roth für seine Zwecke. Sie verführte im Auftrag dieses Unbekannten einen Eurer Männer und entlockte ihm sein Wissen. Dann hat der Verräter eventuell keinen Kontakt zu jenem oder jenen, die im Hintergrund die Fäden ziehen.«

»Gut möglich«, sagte Gutenberg. »Diese Aufzeichnungen, von denen Ihr gesprochen habt … Ich würde sie gern sehen. Ich bin mit der Materie vertraut. Vielleicht kann ich aus den Angaben etwas herauslesen.«

Thomas hatte die Pläne zwischenzeitlich im Gericht deponiert. »Das ist ein guter Gedanke. Ich bringe sie morgen vorbei.«

Katharina lag noch im Schlaf, als sie ein Schellen hörte. Woher kam das? Sie erkannte die Stimme des städtischen Ausrufers. Katharina versuchte weiterzuträumen, aber sie merkte gleich, dass es nicht gelingen würde. Etwas Besonderes musste geschehen sein. Sie schaute auf die geschlossenen Läden und bemerkte, dass es nicht mehr so früh war, wie sie gedacht hatte. Fahles Licht sickerte durch die Ritzen. Sie stand auf, öffnete den Laden ihrer Kammer und legte sich wieder hin. Kalte Luft drang ins Zimmer. Sie konnte den Rufer zwar nicht sehen, aber gut hören. Es dauerte noch eine Weile, bis er zur Sache kam. Durch das offene Fenster sog Katharina die ersten Gerüche des Morgens ein. Etwas Verbranntes, wahrscheinlich Milch. Sie hörte Stimmen aus den angrenzenden und gegenüberliegenden Häusern. Ihr Fenster lag zum Innenhof, den jemand mit eiligen Schritten Richtung Marktplatz durchquerte.

Der Ausrufer wartete, bis sich genügend Zuhörer versammelt hatten. »Der Kurfürst gibt bekannt«, rief er schließlich, »dass die Verbrecher, die unsere Stadt in Atem gehalten haben, gefasst sind. Zwei Morde gehen auf ihr Gewissen.« An dieser Stelle musste er warten, denn das Gemurmel der Stimmen wurde zu stark. Katharina, auf dem Bett liegend, mit geschlossenen Augen, stellte sich vor, wie sie auf dem Platz die Köpfe zusammensteckten, und jeder dem andern ins Wort fiel. Der Ausrufer schellte, und schließlich wurde es wieder ruhiger.

Erst mit Verzögerung wurde Katharina klar, was sie gerade gehört hatte. Sollte Thomas über Nacht Erfolg gehabt haben? Oder die Stadtwache? Die Mörder meiner Schwester, schoss es ihr durch den Kopf.

»Die Soldaten unseres Fürsten«, fuhr der Rufer fort, »haben die drei Räuber gejagt und aufgegriffen. Sie liegen in Ketten und warten auf ihr Schicksal.«

»An den Galgen!«, forderte man.

Katharina richtete sich im Bett auf. Sie zog sich hastig an und eilte nach unten in den großen Wohnraum, wo sich das Familienleben abspielte. Er lag im ersten Stock, und man sah von dort auf den Marktplatz.

Die Fenster waren geöffnet, vor dem einen standen ihre beiden Schwestern, vor dem andern ihr Vater und ihre Mutter. Sie ging zu ihren Schwestern, die sie nicht weiter beachteten, und stellte sich auf die Zehenspitzen. Die Fenster der Häuser, die den Marktplatz säumten, waren fast alle geöffnet und Köpfe schauten hervor. An einigen verschlafenen Gesichtern und wirren Haaren erkannte Katharina, dass sie nicht die Einzige war, die der Ausrufer aus dem Bett geworfen hatte.

Eine Menschentraube umringte den Ausrufer. »Sie sind Schwerverbrecher«, fuhr er fort. Er trug ein blaues Wams mit kurfürstlichem Wappen, und aus dem Hut bog sich eine sichelförmige Feder. Nach zahllosen Dienstjahren wirkte seine Kleidung verblichen und fadenscheinig.

»Der Bischof hat über sie Rat gehalten und persönlich das Urteil gefällt. Sie sind des zweifachen Mordes schuldig!« Wenn der Ausrufer den Kopf zurückwarf, schwankte die Feder, und er mochte sich elegant und wie ein Edelmann vorkommen.

»Hängt sie! Hängt sie!«

Der Ausrufer wartete, bis Ruhe einkehrte. »Sie haben die Freiheit, die Sicherheit, den Ruf unserer Stadt gefährdet. Dafür müssen sie büßen. Deshalb wird die Höchststrafe über sie verhängt.«

Ein paar verhaltene Hochrufe auf Dietrich von Erbach waren zu hören.

»Sie werden hängen! Aber nicht auf dem Galgenhügel, sondern wegen der Schwere des Verbrechens und um ein Exempel zu statuieren hier auf dem Marktplatz. Ihr seid aufgefordert, alle gegen Mittag zu erscheinen. Sagt euren Nachbarn und allen, die es nicht wissen, Bescheid. Jeder soll sehen, was mit denen geschieht, die unsere Gesetze brechen.«

Er klemmte seine Schelle unter den Gürtel und wollte sich einen Weg durch die Menge bahnen, aber sofort umzingelten ihn Neugierige und überschütteten ihn mit Fragen.

Die Roths schauten einander überrascht an. »Jetzt haben sie Klaras Mörder«, sagte eine der Schwestern.

»Augenwischerei!«, verkündete Karl Roth mit väterlicher Bestimmtheit.

»Wie meinst du das?«, fragte seine Frau.

»Die Leute, die man hängt, haben mit Klaras Tod nichts zu tun.«

»Aber warum hängt man sie dann?«

»Weil Erbach ein paar Sündenböcke braucht.«

»Das kann er doch nicht machen«, sagte die jüngste Schwester.

»Ich habe das gerüchteweise schon gestern gehört, wollte es aber nicht glauben. Der Fürst hat drei Landstreicher festnehmen lassen, nach denen kein Hahn kräht, und lässt sie hängen, um die Volksseele zu beruhigen.«

Katharina ging wieder auf ihr Zimmer. Sie fragte sich, ob Thomas etwas mit der Verhaftung zu tun hatte. Bald darauf hörte sie ein Klopfen. Es kam vom Markt. Hammerschläge schallten durcheinander, überlagerten sich, dann gab es kurze Momente der Stille, ehe einer wieder anfing und die anderen folgten, vielstimmig, wie ein Orchester. Früher hatte sie gern Zimmerleuten bei der Arbeit zugesehen, wenn sie Balken aneinander fügten und mit kraftvollen Schlägen die Nägel ins Holz trieben.

22.

Thomas saß am Küchentisch, als er draußen laute Stimmen hörte und das Stampfen von Schritten. Er öffnete die Tür und schaute hinaus. Zwei Jungen liefen an ihm vorbei, und der eine rief dem andern zu: »Sie bauen schon den Galgen.«

Er ließ sein Frühstück stehen und zog die Stiefel an und seinen Mantel. Viele Menschen strömten zum Marktplatz. In der Gasse hing Nebel, der vom Fluss kam. Thomas verriegelte die Tür des Wohnturms und folgte ihnen. In kleinen Gruppen standen die Leute zusammen und schauten etwa zwanzig Zimmerleuten zu, die unter höchstem Zeitdruck arbeiteten.

Drei Podeste für Galgen entstanden. Thomas drängte sich zwischen den Gruppen hindurch. Er hatte das Gefühl, dass die Leute ihn spöttisch ansahen, wenn er an ihnen vorbei ging, dass sie hinter seinem Rücken tuschelten. Mit weit ausholenden Schritten lief er zum Gericht, das an den Marktplatz grenzte. Ein Gerichtsdiener ignorierte ihn. Thomas ging zu dem Raum, in dem sich die Schöffen aufhielten. Nur einer war da, wahrscheinlich standen die andern irgendwo am Fenster und schauten zu, wie die Galgen gebaut wurden.

»Was geht da draußen vor sich?«, fragte Thomas.

Der Schöffe, ein kleiner Mann mit rötlichem Backenbart, der gerade ein Brot aß, blickte auf. »Eine kleine Hinrichtung.«

»Wer wird gehängt?« Thomas kam sich wie ein Dummkopf vor. *Er war der Richter*, es wäre *seine* Aufgabe gewesen, das Urteil zu fällen.

»Die Mörder, die wir gesucht haben«, sagte der Schöffe und kaute auf dem Bissen herum, der knochenhart sein musste. »Drei Landstreicher.«

»Wer hat sie festgenommen?«, fragte Thomas.

»Busch!«

»Und wer hat das Urteil gefällt?«

Der Schöffe lächelte. »Unser großer Herr und Meister persönlich.«

»Der Kurfürst?«

»Ihro Gnaden. Ganz recht.«

»Wann sollen sie hingerichtet werden?«

»Gegen Mittag. Hoffentlich brechen die Galgen nicht. Der Tag ist ideal, endlich mal kein Regen: Die Leute werden zufrieden sein.«

Thomas ging ohne weiteren Kommentar auf sein Zimmer, von wo aus er den Marktplatz sehen konnte. Die Hammerschläge drangen mit einer Deutlichkeit herein, als kämen sie aus dem Nebenraum. Er hätte gern mit Steininger gesprochen, aber er wollte nicht hinübergehen ins Nachbargebäude. Er lief in seinem Zimmer auf und ab und schaute manchmal auf den Platz. Die drei Galgen nahmen Gestalt an. Sie waren miteinander verbunden, was ihnen mehr Stabilität gab.

Es klopfte, und Steininger kam zur Tür herein.

Thomas betrachtete das Gesicht des alten Mannes, dessen Lippen so schmal wirkten, als habe er Essig geschluckt.

»Es sieht nicht gut aus«, sagte Steininger statt einer Begrüßung.

»Was zum Teufel soll das?« Thomas wies wütend mit der Hand Richtung Fenster.

Steininger zuckte mit den Schultern. »Erbachs Anordnung. Er hat die Geduld verloren.«

Thomas ging auf den Besucher zu, der immer noch bei der Tür stand. »Erzähl mir bitte nicht, dass die drei armen Schweine, die da gehängt werden sollen, die Mörder sind!«

»Habe ich das behauptet?«

Thomas spürte, dass er seinen Ärger kaum noch unter Kontrolle hatte. »Ich nehme an, es ist dir auch egal.«

»Was heißt egal?« Steininger streckte ihm seine knochigen Hände entgegen, die Innenflächen nach oben gekehrt. »Man kann sich auch über das Wetter aufregen oder darüber, dass man alt und krank wird. Es bringt nur nichts. Das ist höhere Gewalt.«

»Hier werden drei Unschuldige hingerichtet!«

»Ich bin nicht dafür verantwortlich. Erbach hat das Urteil gefällt.«

»Das ist gegen die Abmachung!«

Steininger zog die Brauen hoch. »Was für eine Abmachung?«

»Der Bischof hat mir eine Frist von drei Tagen gesetzt. Der dritte Tag ist noch nicht um.«

»Willst du dich vielleicht bei ihm darüber beschweren?« Steiningers Stimme wurde eine Nuance schärfer.

»Das werde ich tun«, sagte Thomas. »Er hat mich nicht über seinen Alleingang informiert!«

»Das ist es, weswegen ich hier bin.«

Mit einem Mal begriff er den Grund für Steiningers Kommen. »Bin ich entlassen?«, fragte er leise.

Steininger nickte wortlos. Thomas fuhr sich mit der Hand über die Stirn.

»Ich würde an deiner Stelle nach Köln zurückkehren«, sagte Steininger. »Ich werde deinem Vater schreiben und ihm alles erklären.«

»Ich möchte jetzt allein sein.«

»Da ist noch etwas, Thomas.«

»Reicht das nicht?«

»Ich verstehe, dass du wütend bist, mein Junge ...«

»Ich bin nicht dein Junge!«

»Auch der Fürst war aufgebracht.«

»Soll ich dir sagen, was er mich kann, dein Fürst?«

»Er möchte ... es wäre ratsam ...«

»Komm zur Sache!«

»Du musst noch heute deine Sachen packen. Du darfst das Gebäude ab morgen nicht mehr betreten. – Ich konnte ihn nicht davon abbringen.«

Thomas wollte laut lachen, brachte aber nur einen gequälten Laut hervor. »Hast du noch eine Überraschung parat?«

»Ich wollte dir einen Rat geben.«

»Ich habe es gewusst.«

»Ich empfehle dir, die Stadt zu verlassen.«

»Du empfiehlst mir *was*?«, fragte Thomas.

»Du hast richtig gehört!«

»Ist das auf *deinem* Mist gewachsen?«

»Der Bischof.« Steininger räusperte sich. »Und in dem Fall ist es besser ...«

»Ich bin ein freier Bürger.«

»Nicht hier in Mainz.« Steininger senkte den Kopf. »Ich gehe dann«, sagte er. »Eine Gruppe von Kaufleuten reist morgen nach Köln. Du könntest sie begleiten.«

»Wie fürsorglich!« Thomas schaute ihm in die Augen.

Steininger drehte sich um; und wie er den Raum ohne Gruß betreten hatte, so verließ er ihn ohne ein Wort des Abschieds.

23.

Einige Stunden später hatte Thomas seine persönlichen Sachen zusammengesucht. Auch die Pläne waren darunter, die er in einem Leinenbeutel unterbrachte. Er zog aus, ohne eingezogen zu sein. Die Erlebnisse der letzten Tage hatten etwas Irreales an sich. Einen Moment fragte er sich, ob jemand vielleicht die Morde inszeniert hatte, um ihn so schnell wie möglich loszuwerden.

Es war Nachmittag. Er verließ das Gebäude und trat auf die Straße. Etwas hielt ihn zurück, die Stadt sofort zu verlassen. Er dachte an die Hinrichtung. Er hatte sie nach Steiningers Besuch vom Fenster aus verfolgt ...

Schaulustige drängten sich dicht an dicht. Mühsam machte die Stadtwache einen Weg für drei Ochsenkarren frei, die unter den Galgen anhielten. Dabei kam Bewegung in die Menge. Als drei gefesselte Männer, umgeben von Bewaffneten, zum Richtplatz geführt wurden, begannen die Schmährufe. Es dauerte lange, bis sich die Wachmänner durchgearbeitet hatten und jeder der Verurteilten neben einem der Karren stand. Erst dann trat der Henker auf. Die Schaulustigen wichen vor ihm zurück und drängten sich an die Gefesselten heran, beschimpften und bespuckten sie. Thomas kamen die Kreuzigungsszenen in den Sinn, wie sie auf Altarbildern zu sehen waren.

Schließlich stieg der Kommandant der Stadtwache auf ein kleines Podest, so dass er über die Köpfe hinausragte. Er hob beide Arme, um die Leute zum Schweigen zu bringen. Busch trug eine andere Uniform als sonst, er wirkte festlich gekleidet. Als er endlich zu Wort kam, zählte er das Sündenregister der drei Landstreicher auf, das nicht nur die beiden Morde umfasste.

Busch beschrieb ausführlich, wie man die drei gefangen genommen hatte. Diese Aktion schien von höchster Dramatik gewesen zu sein und konnte nur aufgrund der Verdienste einer Person (Busch selbst) so vorzüglich gelingen. Danach pries er die Verdienste des Bischofs, dessen unerbittliche Haltung Sicherheit und Recht für die Bürger garantierten. Thomas beobachtete die drei Männer, die neben den Karren standen. Man hatte ihnen die Arme auf den Rücken gebunden. Zwei hielten die Köpfe gesenkt. Nur einer blickte um sich und schien nicht bereit, sich in sein Schicksal zu fügen.

Als Busch fertig war, hielt sich die Begeisterung in Grenzen, zustimmendes Gemurmel, ein paar Rufe. Die Leute waren nicht gekommen, um Reden zu hören. Drei Landstreicher, dachte Thomas. Das war nicht ungeschickt, denn die drei hatten keine Angehörigen, niemand würde sie verteidigen und niemand vermissen.

Als sie auf den Karren stiegen, wurde es laut. Man warf Steine und schlug mit Stöcken nach ihnen. Die Wachleute mussten eingreifen.

Thomas hielt nach Katharina Ausschau, konnte sie aber nirgendwo sehen. Der Henker ließ sich Zeit, damit das Volk auf seine Kosten kam. Er war schwarz gekleidet und hatte das Gesicht eines Mannes, der gern und reichlich isst. Er stieg auf den ersten Wagen und legte einem der drei eine Schlinge um den

Hals und band ihm ein Tuch vor die Augen. Der Henker stieg vom Wagen. Er ging nach vorn und nahm einen Stock. Seine Bewegungen wirkten routiniert, würdevoll, als zelebriere er ein Hochamt. Er schlug dem Ochsen mit dem Stock in die Seite.

Unwillig setzte sich das Tier in Bewegung. Der Wagen machte einen Ruck, die Räder rollten an, entzogen dem Gefesselten den Boden, auf dem er stand, er fiel, zappelte mit den Beinen, schrie auf, dann fasste das Seil sein Genick, und er baumelte in der Luft. Der Galgen wackelte kurze Zeit beängstigend, aber er hielt.

Es gab beim Hängen, wie Thomas wusste, zwei Todesarten. Jenen, die Glück hatten, brach gleich das Genick, und sie hatten einen schnellen, vergleichsweise schmerzlosen Tod. In manchen Fällen aber brach das Genick nicht, und dann war der Tod lang und qualvoll. Das Opfer erstickte. Der erste Landstreicher rührte sich nicht mehr. Sein Körper schwang noch ein wenig hin und her, aber das kam von der Fallbewegung.

Von dem Karren ganz links ging der Henker zum rechten Karren und wiederholte die Prozedur. Das Volk war stiller geworden. Bald baumelte ein zweiter Körper in der Luft. Auch diesmal verlief alles problemlos.

Jetzt ging der Henker zum Galgen in der Mitte. Dort stand jener, der von den dreien der größte war. Er hatte lange Haare, die wild in alle Richtungen standen. Er wollte sich nicht die Schlinge über den Kopf ziehen lassen. Er schrie den Henker an und wollte vom Karren springen. Gleich waren zwei Wachleute bei ihm und hielten ihn fest, während der Henker den Strick in die gewünschte Position brachte. Es gelang ihnen nicht, dem Mann ein Tuch um die Augen zu binden. Dann stiegen der Henker und die Wachen vom Wagen.

»Ich bin unschuldig!«, schrie der Mann.

Der Henker versetzte dem Ochsen einen kräftigen Schlag. »Ich verfluche den Bischof. Ich verfluche alle seine Helfer!«, schrie der Landstreicher.

Er verlor den Boden unter den Füßen und fiel. Aber der Ruck mit dem Seil war nicht kräftig genug. Der Mann zappelte in der Luft und sein Kopf lief rot an, seine Gesichtsmuskeln arbeiteten. Kein Laut war mehr zu hören, nicht mal ein Räuspern. Es dauerte eine Ewigkeit, bis er sich nicht mehr bewegte ...

Als Thomas seine Wohnung erreichte und die Tür aufschließen wollte, hörte er von drinnen Gerlindes Stimme. Er hatte das Mädchen ganz vergessen. Sie legte Holz aufs Feuer, als er ins Zimmer trat. Gerlinde richtete sich auf und lächelte ihm zu.

»Ich bin entlassen«, sagte Thomas und warf den Beutel auf den Tisch.

Sie schaute ihn verständnislos an.

»Ich bin nicht mehr Richter«, sagte er. »Genau genommen war ich es nie. Der Kurfürst hat mich aufgefordert, die Stadt zu verlassen.«

»Und ich?«, fragte sie leise.

»Das tut mir sehr Leid.«

»Ich hab immer Pech.« Sie hielt die linke Hand an den Rücken, als habe sie dort Schmerzen, mit der anderen fuhr sie sich über die Stirn; ein dunkelgrauer Aschenfleck blieb dort zurück.

»Du erhältst deinen Lohn«, sagte Thomas, »und eine Entschädigung. – Ich hätte dich gern behalten.«

»Also stehe ich wieder ohne Arbeit da.«

»Ich bin sicher, dass du etwas Neues findest.« Wahrscheinlich musste ihr das wie eine Floskel erscheinen, so wie es ihm vorhin bei Steiningers Worten gegangen war. Er schnürte den Beutel auf und verteilte seinen Inhalt auf dem Tisch. Auch die Pläne waren darunter. Aus den Augenwinkeln verfolgte Gerlinde jede seiner Bewegungen.

Sie ging einige Schritte auf ihn zu, bis sie unmittelbar vor ihm stand. Sie blickte ihm aus nächster Nähe in die Augen. »Das sagt sich so leicht. Und wenn ich noch ein paar Tage bleibe? Ihr reist sicher nicht gleich ab?«

»Ich muss allein sein. Du bekommst dein Geld und noch etwas dazu.«

Er legte den Mantel ab, zog seinen Geldbeutel hervor und gab ihr einige Münzen. Er war nicht kleinlich. Dann bat er sie, ihn allein zu lassen. Sie fragte, ob sie nicht wenigstens am nächsten Tag noch mal kommen solle, aber er lehnte es ab. Gerlinde zog ihren Mantel an. Thomas begleitete sie zum Eingang, aber sie zögerte. Sie schien den Abschied aufschieben zu wollen, blickte verstohlen zum Tisch und ging schließlich doch. Als sie die Wohnung verlassen hatte, verriegelte er die Tür.

Ihm fiel kurz darauf ein, dass er vergessen hatte, sie nach dem Schlüssel zu fragen. Auch sie hatte – wahrscheinlich wegen der Aufregung – nicht daran gedacht. Es spielte keine Rolle, sie würde ihn sicher morgen vorbeibringen. Ihn beschäftigte Wichtigeres.

War seine Laufbahn ruiniert? Er ärgerte sich über die Ungerechtigkeit, als deren Opfer er sich fühlte. Auch war der Fall für ihn nicht abgeschlossen. Er konnte nicht einfach nach Köln zurückkehren. Wie sollte er seinen Eltern gegenübertreten und allen, die ihn kannten? Er versuchte, sich das vorzustellen, und die Bilder, die er vor sich sah, quälten ihn. Man würde *ihm* die Schuld geben. Er konnte sich die Gedankengänge seines Vaters gut ausmalen. Vielleicht würde er versuchen, ihn ins Geschäft einzubinden. Aber wenn Thomas es genauer bedachte, lehnte er sogar den Gedanken ab, in eine andere Stadt zu reisen. Er würde bleiben! Das war eine Frage der Selbstachtung. Er wollte den Fall, den man ihm aus der Hand genommen hatte, auf eigene Faust erfolgreich abschließen.

Man hatte drei Unschuldige hingerichtet. Es bestand für ihn kein Zweifel, dass die drei Männer mit den Morden nichts zu tun hatten. Sie waren Sündenböcke, die man dem Volk geopfert hatte, um es zu beruhigen. Die Obrigkeit betrieb Augenwischerei, um ihre Autorität zu wahren.

Aber was war das für eine Obrigkeit, die zu solchen Mitteln

griff? Was war das überhaupt für ein maroder Staat? Ein morsches Gebälk, das in allen Ecken knarrte, das baufällig war und vom Einsturz bedroht! Weiter erkannte er, dass es nicht nur um seine Demütigung ging und den Wunsch, sich zu rehabilitieren, sondern es stand viel mehr auf dem Spiel. War Gutenbergs Erfindung nicht ähnlich wichtig wie die Erfindung des Rads, der Schifffahrt, des Pfluges? – Vorausgesetzt, er würde Erfolg haben …

Thomas erkannte: Es ging um alles, woran er glaubte!

Eine neue Situation war entstanden. Bologna, der in seiner Kammer auf und ab ging, wog die Vor- und Nachteile gegeneinander ab. Der Richter war nicht mehr im Amt! Und dann berichtete ihm vor wenigen Minuten das Mädchen, dass Thomas die Pläne aus dem Amt mit in seine Wohnung gebracht habe. Was sollte er tun, falls der entlassene Richter abreiste und sie mitnahm? Jetzt bedeutete weiteres Zögern Gefahr. Er hatte davor zurückgeschreckt, einen Mann zu überfallen, der ein hohes öffentliches Amt bekleidete. Aber die Karten waren neu gemischt!

Es war für ihn unendlich wichtig, hinter Gutenbergs Geheimnis zu kommen. Wenn er aufsteigen wollte, lag hier der Schlüssel. Denn er war mehr Politiker als Geistlicher; zumindest sah er sich selbst so. Was machte das Wesen eines Politikers aus? In seinen Augen zwei Dinge: Gestaltungswille und das Streben nach Macht!

Und wenn er sich die uralte Hierarchie, der er angehörte, als eine Leiter vorstellte, dann strebte er nach der obersten Sprosse!

Es gab Zeiten, da hatte die römische Kurie ganz Europa regiert. Ein deutscher Kaiser war im Büßerhemd vor Papst Gregor VII. erschienen, in Canossa. Da begann der Aufstieg des Papsttums zur Weltmacht. Das Schisma, das Exil in Avignon, schließlich das Konstanzer Konzil hatten Rom geschadet, und doch: War der Papst nicht immer noch der mächtigste Mann im

Abendland? Bologna glaubte daran, dass die päpstliche Macht zu altem Glanz zurückfinden konnte.

Bologna schwebte eine Restauration vor, angepasst an die Bedingungen der Gegenwart. Anstatt die neuen Entwicklungen zu bremsen – wie sie es bisher getan hatte –, musste die Kirche sich an ihre Spitze stellen, musste die Nase im Wind haben und den Gegenkräften immer einen Schritt voraus sein.

Gleich würde er mit seinen Männern reden und ihnen die nötigen Instruktionen erteilen. In Gedanken ging Guido Bologna noch einmal jeden Punkt durch. Nach menschlichem Ermessen hatte der Richter nicht den Hauch einer Chance …

24.

Thomas hätte nicht sagen können, was ihn weckte. Er öffnete die Augen. Er hatte vor dem Schlafengehen die Läden einen Spaltbreit offen gelassen, so dass noch etwas Licht hereinfiel. Er fühlte sich unruhig. Da lag ein eigenartiger Geruch in der Luft! Ein Geruch, der nicht hierher gehörte und ihn irritierte! Kam das von draußen?

Er setzte sich im Bett auf. Es war still in seiner Wohnung. Auch von draußen hörte er keine Geräusche. Durch den Spalt zwischen den Fensterläden fiel Mondlicht ins Zimmer. Er konnte die Gegenstände im Zimmer erkennen, den Holztisch, seine Truhe, die er noch nicht ausgepackt, den Stuhl, über den er seine Kleidung geworfen hatte. Es musste mitten in der Nacht sein, vielleicht zwei oder drei Uhr. Die Stille war so vollkommen, dass er ein leises Knacken hörte, das bestimmt vom Holz kam. Als Kind konnte ihn so ein Laut ängstigen, er dachte dann, etwas schliche sich heran – bis sein Vater ihm erklärte, dass Holz »arbeitet«.

Er schien mehr etwas zu ahnen als zu riechen. Jeder Nerv in seinem Körper war angespannt. Wieder so ein Knacken im Holz. Es kam von unten. Das nächste Knacken war lauter und konnte nicht vom Holz stammen. Eher ein metallischer Klang. Es folgte ein Scharren, das längere Zeit anhielt. Kam das von der Eingangstür? In diesem Moment fiel ihm Gerlinde ein. Sie hatte den Schlüssel nicht zurückgebracht.

Die Geräusche blieben unterhalb der Schwelle dessen, was ihn normalerweise aufweckte. Sein Instinkt sagte ihm, dass jemand im Haus war. Dann glaubte er leise Schritte zu hören und ihn überfiel Panik. Das waren nicht die Schritte eines einzelnen Menschen, das waren viele. Die Erinnerung an einen wiederkehrenden Kindertraum flackerte in ihm auf: ein Rudel Wölfe, das auf ihn losging.

Er fühlte sich gelähmt und gleichzeitig spürte er Todesangst. Nur das Fenster kam als Fluchtmöglichkeit in Frage! Wie hoch lag es über dem Boden? Er schob seine Beine aus dem Bett und betete, dass die Dielen nicht knarrten! Zum Fenster waren es nur wenige Schritte. Langsam setzte er einen Fuß vor den andern.

Durch den Spalt im Laden spähte er hinunter auf die Gasse und wog ab, ob er einen Sprung riskieren konnte. Er war empfindlich, was Höhen betraf. Der Abstand vom Fenster bis zur Gasse verursachte ihm Schwindel! Ein Sprung kam nicht in Frage! Er würde keinen heilen Knochen im Leib behalten. Und dann sah er sie, denn die Nacht war hell!

Auf der gegenüberliegenden Seite der Gasse, nahe bei den Häuserwänden, nahm er eine Bewegung wahr. Ein kurzes Schattenspiel, mehr nicht. Aber kurz darauf erkannte er die Gestalt eines groß gewachsenen Mannes. Wenn Thomas sich nicht täuschte, schaute der Mann hoch zu seinem Zimmerfenster. Und er sah einen zweiten Schatten.

Von unten drangen Geräusche herauf. Es klang, als sei ein Stuhl umgefallen. Jemand rief: »Idiot!« Dann knarrten die Treppenstufen! Er lief zu dem Stuhl, auf dem seine Kleider lagen und zwängte sich in die Hose. »Schnell!«, rief jemand. »Er ist wach!«

Thomas hatte kostbare Zeit verschenkt. Er rannte zum Fenster, stieß aber gegen den Tisch. Reflexartig stützte er sich mit den Händen ab. Als seine Hände die Tischplatte berührten, knisterte es. Die Pläne! Er hatte sie mit nach oben genommen und vor dem Schlafengehen hier abgelegt.

Mit einem Mal begriff er: Sie waren hinter den Plänen her! Er fuhr mit beiden Händen über den Tisch und drückte die Papierrollen gegeneinander. Eine fiel ihm zu Boden. Als er sich danach bückte, wurde die Kammertür aufgestoßen. Er wandte den Kopf zur Seite. Sie hielten Fackeln in den Händen und kamen ihm sie wie eine Masse vor, nicht voneinander zu unterscheiden.

Thomas stieß mit einem Ruck beide Fensterläden gegen die Hauswand. Er schwang sich auf den Sims. Mit dem linken Arm presste er die Pläne gegen seinen Oberkörper. Er schaute zur Tür, er schaute nach unten, stieß sich ab und fiel in die Tiefe.

Er spürte einen Schlag; plötzlich war ihm schwarz vor Augen, und dann schien er zu schweben. Noch bevor er sich bewegen konnte, begriff er, dass er bäuchlings im Schlamm lag. Einer Eingebung folgend, rollte er sich zur Seite. Er vernahm wie von fern den Aufprall eines Gegenstandes neben sich. Thomas riss die Augen auf und sah, dass jemand neben ihm stand, in gebeugter Haltung. Er zog die Beine an. Die folgenden Bewegungen liefen wie ein Reflex ab: Er ließ die angewinkelten Beine nach vorne schnellen und traf seinen Gegner. Der schrie auf, und etwas fiel zu Boden. Thomas griff danach. Es war eine Keule. Er umklammerte den Griff mit beiden Händen, nahm seinen Gegner nur als Schatten wahr, holte aus und schlug zu.

Ein seltsamer Laut, er hatte so ein Geräusch noch nie gehört. Der andere sackte in sich zusammen. In diesem Moment wurde Thomas von einem Schlag zu Boden geworfen. Er hörte ein

Keuchen direkt neben sich. Gleich würden die anderen von drinnen kommen. Thomas hatte sich halb aufgerichtet, als ihn ein erneuter Schlag an der Wange traf. Er hatte die Keule fallen lassen. Er tastete nach ihr, fand sie neben seinen Knien im Schlamm. Thomas holte aus und schlug in die Richtung, in der er seinen Gegner vermutete. Aber der wich aus.

Thomas sprang auf. Erstmals hatte er das Gefühl, sich orientieren zu können. Er sah eine kleine Gestalt. Sie starrten sich an. Thomas entschloss sich zum Angriff. Aber in diesem Moment drehte der andere sich um und lief davon.

Thomas bückte sich und tastete mit den Händen im Schlamm. Er hörte Stimmen aus seiner Wohnung, und die ersten Fackeln, die schwachen Lichtschein auf die Gasse warfen, zeigten sich in der Nähe der Tür. Genug Licht, damit er sehen konnte, wo die Papierrollen lagen, nach denen er suchte – und nach denen vor allem *sie* suchten. Er sammelte sie hastig auf und lief los.

Er rannte die Gasse entlang, die etwa parallel zur Stadtmauer verlief. Aber er kam nur langsam voran. Er hatte Schmerzen im rechten Bein und hinkte. Jedes Mal, wenn er mit dem rechten Fuß auftrat, war ihm, als müsse er wegsacken.

Er bog um die Ecke und drückte sich an eine Hauswand. Hier würden sie ihn sehen. Er hastete zum angrenzenden Gebäude.

Er tastete sich an der Wand entlang, bis er zu einem Spalt kam, der das Haus vom Nachbargebäude trennte. Er schob sich hinein und arbeitete sich voran, obwohl es so eng war, dass er mit Brust und Rücken an den beiden Wänden entlang schrubbte und ihm der Lehm und Zweige, die hervorschauten, die Haut aufrissen. Die beiden Häuserwände rückten enger zusammen, je weiter er nach hinten kam. Er war eingeklemmt und hatte Angst zu ersticken.

Er hörte die Schritte seiner Verfolger. Lichtschein verriet ihm, dass sie nicht mehr weit sein konnten. Er stemmte seine

Füße in den rutschigen Boden, um stärkeren Druck auf den Oberkörper auszuüben. Es gab einen Ruck, und er hatte sich aus der Umklammerung befreit. Mit einem Mal kam er zügiger voran, wenn auch seitwärts. Thomas erreichte das Ende des engen Durchlasses und schob sich um die Ecke. Wenige Augenblicke später leuchtete jemand mit der Fackel in den Spalt hinein. Der Lichtkegel fiel in einen Innenhof, und die beiden Hauswände, zwischen denen er sich durchgekämpft hatte, warfen Schatten. War er rechtzeitig um die Ecke gebogen, oder hatten sie ihn noch gesehen?

Er presste sich an den brüchigen, feuchten Lehm der hinteren Hauswand und hielt den Atem an. Im Fackelschein sah er im Innenhof eine Latrine, angrenzend einen Garten, der brach lag.

Das flackernde, gelbliche Licht verschwand, Thomas hörte Schritte, die leiser wurden.

Thomas trat in den Innenhof und blickte sich um, ohne viel zu erkennen. Er befand sich in einem Karree aus Häusern, an die Schuppen, Verschläge, Anbauten grenzten. Er zitterte. Er durchsuchte einen unverschlossenen Schuppen, fand aber nichts, was ihn vor der Kälte geschützt hätte.

Auf der gegenüberliegenden Seite des Innenhofs gab es einen breiten Durchgang, der zu einer Gasse führte. Thomas humpelte die Gasse entlang, auf Fackelschein und Geräusche lauernd. Er würde jetzt irgendwo anklopfen und um Hilfe bitten, auch wenn das riskant war. Gerade hatte er den Entschluss gefasst, da stand er vor einer hohen, dunklen Fläche, einem Tor vielleicht. Er drückte mit beiden Händen dagegen und hörte ein Quietschen. Seine Handflächen schienen Eis berührt zu haben. Die dunkle Fläche gab nach, und er betrat einen Raum, in dem er zunächst nichts wahrnahm als absolute Finsternis.

25.

Es roch nach Weihrauch, nach geschmolzenem Wachs, aber auch nach Moder und kaltem Stein. Er tastete sich voran und sah Lichtflecke. Sie rührten von Kerzen her, die auf einem Altar standen; sie brannten als Ewiges Licht, und Metallständer mit breitem Rand fingen das Wachs auf. Er war in eine Kapelle oder Kirche geraten.

Thomas ging auf den Altar mit den Kerzen zu, nahm einen der Ständer in die Hand und machte sich auf die Suche nach einem Gewand, einem Stück Stoff, was immer. Jeden Moment rechnete er damit, dass seine Verfolger die Tür aufstießen. Vor seinem geistigen Auge sah er ihre Fackeln und ihre Waffen. Fast wäre ihm die schmale Tür entgangen, die unscheinbar und versteckt an den Beichtstuhl grenzte. Sie war unverschlossen, und er betrat einen Raum, in dem sich Truhen befanden und Regale mit Kerzen, Weihrauchgefäßen und Altarschmuck.

Thomas klappte den schweren Holzdeckel einer Truhe auf und sah, ordentlich zusammengefaltet, graue Mönchskutten. Er zögerte keinen Moment und streifte sich eins der Gewänder über den Kopf; es fühlte sich rau an und brannte auf seiner zerkratzten Haut, aber er hätte sich trotzdem im Moment nichts Angenehmeres vorstellen können, und vor Freude vergaß er sogar seine Schmerzen. Thomas hüpfte auf und ab, ruderte mit den Armen, um wieder Wärme in den Körper zu bringen. Beim Wühlen in einer anderen Truhe fand er einen Gürtel, den er sich um den Bauch band.

Es fehlten noch Schuhe, aber er konnte keine finden. Also riss er ein Stück Stoff, von dem er nicht wusste, wozu es gut war, in Stücke und band es um seine erfrorenen Füße. Es dauerte lange, bis Leben in sie zurückkehrte.

Thomas humpelte mit der Kerze zum Chor, wo er sich auf einen der hölzernen Stühle fallen ließ und den Kopf zurücklehnte. Das Gewölbe verlor sich im Dunkel. Er musste mit Katharina sprechen und sie warnen. Ihr Leben war in Gefahr. Er war mittlerweile davon überzeugt, dass man ihn die ganze Zeit überwacht, dass der unbekannte Gegner ein Netz von Beobachtern über die Stadt verteilt hatte. Hoffentlich war ihr in der Zwischenzeit nichts zugestoßen! Wie sollte er vorgehen? Immerhin besaß er eine Verkleidung.

Er hatte nie eine Mönchskutte getragen. Im Geist schritt er als Mönch über den Mainzer Marktplatz. Geistliche gehörten zum Stadtbild.

Ein stechender Schmerz im Knie beendete seine Träumerei. Er umklammerte es mit beiden Händen, was aber keine Linderung brachte. Trotzdem fiel er irgendwann in eine Art Halbschlaf. Als sich die ersten Spuren von Helligkeit zeigten, wurde er wach. Das Knie schmerzte unerträglich. Er musste verschwinden. Seine Verkleidung war an anderen Orten wirksamer als hier.

Die Gasse vor der Kirche war immer noch menschenleer, und Thomas schaute auf seine mit Stofffetzen umwickelten Füße. Falls ihn jemand darauf ansprach, würde er das als Form der Buße ausgeben. Er musste zu Katharina! Er irrte durch Gassen, ohne jemandem zu begegnen, kam dann zum Marktplatz. Er schaute sich nach Verfolgern um, aber es war niemand zu sehen. Aus manchen Häusern stieg Rauch auf, die Stadt erwachte. Thomas sah zwei Frauen zum Dom gehen. Das brachte ihn auf eine Idee. Katharina hatte ihm erzählt, sie besuche häufig die Frühmesse. Sollte er versuchen, sie in der Kathedrale abzufangen?

Ein Trupp von fünf Männern tauchte am anderen Ende des Marktplatzes auf. Er versteckte sich hinter einer Hauswand, damit sie ihn nicht sehen konnten. Als er nach einiger Zeit um die Ecke schaute, war die Gruppe verschwunden.

Thomas mied den Marktplatz, hinkte durch Seitengassen und erreichte den Dom. Das eiserne Hauptportal stand offen.

Er betrat das Kirchenschiff, in dem sich einige Gläubige aufhielten; die Messe hatte noch nicht begonnen. Hohe Säulen trugen das Gewölbe und trennten das Hauptschiff von den Seitenschiffen. Durch die bunten Glasscheiben fiel das Licht des frühen Morgens, aber ohne Sonne leuchteten die blauen, roten, gelben und grünen Farbfelder noch nicht. Ein weißes Tuch mit Goldrand bedeckte den Altar; darauf stand ein silberner Pokal. Hauptsächlich Frauen waren gekommen, einige knieten zum Gebet, während andere in der Nähe der Säulen standen und sich unterhielten. Thomas ging zu einer Seitenkapelle nahe bei der Tür, kniete vor einer Marienstatue nieder und senkte den Kopf. Er schien andächtig die hölzerne, hübsch bemalte Maria zu betrachten, in Wahrheit aber den Eingang.

Die Reihen füllten sich. Zwei Messdiener bereiteten am Altar den Gottesdienst vor. Plötzlich sah er Katharina. Sein Herz schlug schneller, und Thomas nickte der Figur aus Lindenholz zu, als habe sie das gut gemacht. Katharina kam allein. Sie trug ihr Haar offen über einem langen roten Mantel, und obwohl das Licht fahl war und selbst der rote Sandstein des Gewölbes zur frühen Stunde blass wirkte, schien ihm ihr Mantel zu leuchten, und er fand sie so begehrenswert wie nie zuvor.

Thomas machte ihr ein Zeichen.

Katharina schaute zu ihm herüber. Sie blieb stehen und blickte ihn verständnislos an. Ihre Wangen wirkten gerötet; wahrscheinlich hatte sie sich beeilt, um nicht zu spät zu kommen.

»Ich bin's, Thomas.«

»Thomas!?« Sie blickte auf seine Kutte.

»Komm rüber«, sagte er. »Tu so, als ob du zur Maria willst!«

Sie umrundete eine mit Ranken bemalte Säule und erreichte die Seitenkapelle.

»Knie dich bitte hin.«

»Wie zum Teufel siehst du denn aus?«

»Nicht fluchen!«

»Bist du verrückt geworden?«

»Ersuche Maria um ihren Beistand! Sie hat ihren großzügigen Tag.«

Katharina sank vor der auf einem Podest stehenden Statue auf die Knie. Daneben stand der Mönch mit gefalteten Händen und gesenktem Haupt.

»Was soll das?«, fragte Katharina. »Fassnacht ist in zwei Tagen.«

»Ich hab' mich im Kalender geirrt.«

Er erzählte ihr, was in der Zwischenzeit passiert war.

»Aber deswegen musste der Bischof dich nicht entlassen«, sagte Katharina aufgebracht.

»Vielleicht gefiel ihm meine Nase nicht.«

Sie mussten ihr Gespräch unterbrechen, weil Kirchgänger zur Tür hereinkamen. Thomas erzählte ihr auch vom Überfall. »Vermutlich wollen sie die Pläne. Ich habe sie bei mir.«

»Wir müssen uns irgendwo treffen«, sagte Katharina. »Hier ist nicht der richtige Ort.«

Ein Priester, begleitet von zwei Messdienern, hatte das Mittelschiff betreten, blieb vor einem Altar stehen und breitete die Arme aus. Der Gottesdienst begann.

»Aber wo?«

»Gib mir die Pläne!«, sagte Katharina.

»Das ist zu gefährlich.«

»Sie gehören mir.«

»Was hast du vor?«

»Ich bringe sie in Sicherheit.«

»Ich bin gekommen, um dich vor diesen Leuten zu warnen. Nicht, um dich in Gefahr zu bringen.«

»Gib sie mir jetzt!«

»Wo willst du sie verstecken?«

»Dort, wo sie schon Klara versteckt hat«, sagte sie sehr bestimmt.

Thomas hob den Kopf und schaute sich um. Die Kirchgänger konzentrierten sich auf die Messe, und ihr Gesang hallte von den dicken Mauern wider. Thomas und Katharina waren allein in dieser Ecke des Doms, und keiner beachtete sie.

»Also gut«, sagte er. Er griff in seine Kutte und zog die Pläne unter dem Gürtel, mit dem er sie an sich gebunden hatte, hervor. Das Papier war verknickt, mit Schlamm beschmiert und an einigen Stellen war der Text kaum noch kenntlich. Thomas ließ die Pläne zu Boden fallen und schob sie mit dem Fuß zu Katharina hinüber. Sie griff eilig danach und ließ sie unter den vielen Falten ihres Mantels verschwinden.

»Ich weiß, wo wir uns treffen können«, sagte sie mit gesenktem Haupt. »Im Kaufhaus!«

»Tolle Idee! Da sieht uns bestimmt keiner.«

»Ich kenne den Ort besser als du. Das Gebäude ist riesig. Und es gibt Räume, wo normalerweise kein Mensch hinkommt.«

» Normalerweise?«

»Absolute Sicherheit gibt es nie.«

»Also gut«, sagte Thomas. »Wann treffen wir uns?«

»Die Kinder haben frei wegen Fastnacht, sie basteln Kostüme und üben Spiele. Ich komme, sobald ich kann; hoffentlich hält meine Mutter mich nicht auf.«

»Wie finde ich die Räume, von denen du gesprochen hast?«

»Im Kaufhaus gibt es ein paar Ecken, die mehr einer Rumpelkammer gleichen; da bin ich als Kind hin, wenn ich allein sein wollte. Das ideale Versteck. Außenstehende wissen das nicht.«

»Du hast meine Frage nicht beantwortet!«

»Halte dich eine Weile im Dom versteckt, da hinten in der Kapelle mit dem hölzernen Christus. Die steht morgens leer. Komm dann in deinem Kostüm zum Kaufhaus …«

»Dir ist nichts heilig!«

»Treib dich zwischen den Ständen rum, bis du mich siehst, und sobald wir Blickkontakt haben, gehe ich zu einer Tür, die ist ziemlich unscheinbar. Dort sitzt ein Mann, der alte Franz. Ich werde ihn ablenken. Sobald du freie Bahn hast und dich niemand sieht, verschwindest du hinter der Tür. Sie führt zum Treppenhaus. Sei schnell und vergiss nicht, die Tür wieder zu schließen!«

»Was dann?«

»Du wartest am Fuß der Treppe, bis ich komme! – Ich verschwinde jetzt.«

»Kannst du mir was zu essen mitbringen?«

»Ich will's versuchen. – Ansonsten hilft betteln. Darin seid ihr Mönche doch geübt.«

In der Art, wie sie ihm zulächelte, schien etwas Doppelbödiges mitzuschwingen.

Sie stand auf. »Ich gehe jetzt zu den andern«, sagte sie. »Damit sich keiner wundert.«

26.

Etwa zwei Stunden später machte sich Thomas auf den Weg zum Kaufhaus. Die Stofffetzen an den Füßen trugen ihm fragende Blicke ein, während er über den Marktplatz lief. Was mit seinen Füßen passiert sei, fragte ihn eine junge Frau im Vorbeigehen.

»Ich tue Buße«, erwiderte er. »Auch für dich und deine Sünden. Dies Werk ist dem Herrn wohlgefällig.«

Sie gab ihm eine Münze, und er kaufte sich in einem kleinen Bäckerladen neben dem Zunfthaus der Krämer zwei Brötchen. Sie schmeckten besser als alle, die er in seinem Leben gegessen hatte.

Beim Kaufhaus herrschte Geschäftigkeit; vor dem Haupteingang standen Karren, die be- und entladen wurden. Auf einem der Wagen stapelten sich Ballen mit Stoffen, und ein Tuchhändler trat seinem Tagelöhner in den Hintern, weil er Ware hatte fallen lassen. Kinder und Jugendliche waren unter den Arbeitern, und drei Männer rollten Weinfässer über eine Rampe in die Halle.

Thomas ging an den Lastträgern vorbei. »Vorsicht, ehrwürdiger Bruder!«, sagte ein Mann, der ihn beinahe mit seiner Holzkiste umgerannt hätte.

»Nicht so stürmisch, mein Sohn«, erwiderte Thomas. »Übertriebener Eifer ist Sünde.«

Der Tagelöhner kämpfte sich die Stufen zum Kaufhaus empor. »Sagt das dem Mann, der mich bezahlt!«

Thomas betrat die Halle, die Kapuze seiner Mönchskutte tief ins Gesicht gezogen. Die Händler waren noch damit beschäftigt, ihre Stände aufzubauen und herzurichten; ein Mann mit Händen so groß wie Schaufeln ordnete Fische in einem rechteckigen Korb nach einheitlichem Muster, und die Tiere starrten Thomas mit ihren kalten, toten Augen an.

»Ehrwürdiger Vater, wie wäre es mit einer gebratenen Forelle heut Abend?«

»Mein lieber Sohn«, antwortete Thomas, »nichts käme mir gelegener. Doch schau auf meine Kleidung und mein Schuhwerk. Ich habe das Gelübde der Armut abgelegt und besitze nichts, womit ich dich entlohnen könnte als den Segen des Herrn.« Er schaute sich um, während er sprach. »Wenn du also, Gott zur Ehre und deinem Seelenheil zuliebe, mir eines dieser schönen Exemplare opfern möchtest, so werde ich dich in meine Gebete einschließen, und deine Sünden der letzten Zeit seien dir vergeben.«

Die Kutte und der Respekt, den man ihm entgegenbrachte, inspirierten Thomas. Der Händler reichte ihm einen der Fische mit der Bitte, seine bescheidene Gabe anzunehmen. »Gesegnet seiest du«, sagte Thomas. »Der Herr wird es dir vergelten!«

Er lief mit dem Fisch in der Hand durch die Halle. Wo steckte Katharina? Sie war nirgends zu sehen. War sie aufgehalten worden? Und würden seine Verfolger ins Kaufhaus kommen? Hoffentlich, dachte er, trauen sie mir das nicht zu, denn ich muss verrückt sein, mich hier herumzutreiben. Andererseits ist es vielleicht der Ort, wo sie mich am wenigsten vermuten. Wo bleibt sie?

Endlich sah er Katharina beim Eingang. Er bemerkte zuerst den roten Mantel, dann ihre kleine Gestalt. Sie ging eilig zwischen den Ständen entlang und erweckte nicht den Anschein, als suche sie jemanden. Sie sah Thomas, ihre Blicke begegneten sich. Er folgte ihr mit Abstand. Sie ging ans Ende der Halle.

Dort saß ein Mann auf einem klapprigen Stuhl neben einer Tür. Thomas schaute sich um. Er bemerkte einen schmächtigen Mann, der in die gleiche Richtung ging wie Katharina. Er trug eine Mütze mit Pelzbesatz. Wahrscheinlich, überlegte Thomas, kommt mir im Moment jeder verdächtig vor.

Katharina sprach mit dem alten Mann an der Tür. Er fing an zu lachen, und dann ging er mit ihr weg. Thomas beobachtete den Mann mit der Pelzmütze, der sich bei einem Stand herumtrieb, aber fortwährend in Katharinas Richtung schaute. Es nützte nichts, sich weiter darüber Gedanken zu machen; Thomas hatte nur wenige Augenblicke, um hinter der Tür zu verschwinden. Ausgerechnet jetzt blieben zwei Männer nahe bei der Tür stehen und fingen an zu diskutieren. Er zögerte und hoffte, dass sie weggehen würden. Sie fuchtelten mit den Händen in der Luft herum. Thomas schnappte einige Wortfetzen auf, es ging um Zahlen.

Wenn er noch lange wartete, würde der alte Mann, der den Eingang bewachte, zurückkommen; sicher konnte Katharina ihn nur kurze Zeit weglocken. Ich muss es riskieren, dachte er, hier hilft nur Frechheit. Er ging mit festem Schritt auf die Tür zu …

Einer der beiden Händler wandte den Kopf zur Seite, aber

Thomas schaute geradeaus. Es muss selbstverständlich wirken, schoss es ihm durch den Kopf; man muss glauben, ich sei berechtigt, da hineinzugehen.

Er stand vor der Tür und drückte die Klinke. Die beiden Geschäftsleute diskutierten noch immer ihre Zahlen, die stark voneinander abwichen; der eine lachte über den Vorschlag des andern so laut, als habe man ihm einen guten Witz erzählt. Thomas öffnete die Tür, sah die Treppe, von der Katharina gesprochen hatte, ging auf sie zu, schloss die Tür und vermied es, hastig zu wirken.

Das Treppenhaus war leer, und Thomas fand Zeit. Es schien ihm ratsam, nicht bei der Tür zu bleiben, damit man ihn nicht sah, wenn Katharina hereinkam. Die Treppe war aus Holz gebaut, sehr hoch und nach einer Folge von Stufen kam immer ein Absatz. Thomas ging hinauf zum ersten Absatz, der sich oberhalb des Eingangs befand; dort blieb er stehen und wartete.

Bald darauf hörte er Schritte, die Tür öffnete sich: Es war Katharina. Er wartete, bis sie sie wieder verschlossen hatte und rief leise ihren Namen. Sie legte den Kopf in den Nacken, sah ihn, stieg die Stufen empor und legte den Zeigefinger an ihre Lippen, wobei sie einen befremdeten Blick auf den Fisch warf. Dann ging sie an ihm vorbei und bedeutete ihm, ihr zu folgen. Sie ließen die Türen zum ersten und zweiten Stockwerk hinter sich. Da man durch das Geländer und selbst die Stufen hindurchschauen konnte, kämpfte Thomas gegen ein Gefühl von Schwindel an: Die Erinnerung an die letzte Nacht kam zurück. Schließlich erreichten sie das dritte, dicht unterhalb des Daches gelegene Geschoss; hier gab es keine Tür, auch keine Abtrennung zur Treppe hin.

»In der Regel hält sich hier kein Mensch auf«, flüsterte Katharina, »aber es ist besser, wenn wir vorsichtig sind.«

Sie lief voraus und er folgte ihr; die Dielen waren dick mit Staub bedeckt, manchmal wirbelten graue Flocken auf. Hier lagerten Gegenstände von geringem Wert: Materialien, die zum

Bau des Kaufhauses gedient hatten, alte Möbelstücke, Truhen und verschnürte Säcke.

»Das sieht aus«, sagte Thomas, »als wäre seit Jahren keiner mehr hier gewesen.«

»Ein kleines Labyrinth«, erwiderte Katharina. »Und ich weiß ein Fleckchen, wo uns bestimmt keiner stört.«

Sie ging nach rechts, wo das Dach schräg abfiel. »Schau! Das ist wie ein kleines Zimmer.«

Die Ecke, in die sie ihn führte, war durch zwei Bretterwände abgetrennt; jemand hatte hier Möbel abgestellt, mit Spinnweben überzogene Schränke, Truhen, Stühle, ein Bettgestell.

Thomas nahm sich einen Stuhl, befreite ihn notdürftig vom Staub und setzte sich. Das Treppensteigen hatte seinem Knie zugesetzt. Katharina blieb stehen. Er legte den Fisch neben sich auf eine Eichenholztruhe.

»Was ist das?«, fragte Katharina.

»Eine Forelle.«

»Und wo kommt die her?«

»Vom Fischhändler natürlich. – Aber ich denke, wir sind nicht hier, um uns über Fische zu unterhalten«, sagte er. »Was ist das für ein Zeug?« Er machte eine vage Handbewegung in Richtung der Möbelstücke.

Sie betrachtete weiter kritisch den Fisch. »Die Sachen gehören einem Weinhändler, einem begnadeten Geizhals, der sich von nichts trennen kann.« Sie legte den Kopf auf die Seite, und nach einer Weile fragte sie mit gedämpfter Stimme: »Hast du was gehört?«

»Nein«, sagte er.

»Dann habe ich mich wohl getäuscht!«

Sicher schien sie sich ihrer Sache aber nicht zu sein. Thomas streckte das Bein weit von sich. »Hast du die Pläne in Sicherheit gebracht?«

»Niemand wird das Versteck entdecken«, sagte sie.

»Wir müssen den Mann finden, mit dem deine Schwester ein

Verhältnis hatte – sehr wahrscheinlich ein Mitarbeiter Gutenbergs.«

»Ich habe mich über Gutenberg und seine Leute umgehört«, sagte Katharina. »Die Mitarbeiter haben einen guten Ruf in der Stadt, gelten als anständig und fleißig. Niemand weiß etwas davon, dass einer von ihnen ein Verhältnis mit meiner Schwester gehabt haben soll.«

»Nicht mal ein Gerücht?«, fragte Thomas.

»Absolut nichts. – Wäre es nicht besser, wenn du vorübergehend aus der Stadt verschwindest?«

»Nein, aber ich muss irgendwo Unterschlupf finden.«

Sie betrachtete aufmerksam sein Gesicht und bemerkte seine unnatürliche Haltung. »Was ist mit deinem Bein?«, fragte sie.

»Es ist vom Treppensteigen.«

In der Kaufhalle waren die Schmerzen erträglich gewesen. Am schlimmsten fand er die Ungewissheit, wie schwerwiegend die Verletzung war. »Was hast du über Gutenberg und seine Werkstatt herausbekommen?«, fragte er.

»Ich habe mich mit meinem Vater über Gutenberg unterhalten. Er hat Kontakte zu Geschäftsleuten aus ganz Deutschland, und ein Kaufmann aus Straßburg hat ihm vor längerer Zeit über Gutenbergs Zeit dort berichtet. Es scheint, dass Gutenberg in der Stadt für Aufsehen gesorgt hat. Er war mehrfach in Streitfälle verwickelt, und es kam zu Prozessen.«

»Um was ging es dabei?«, fragte Thomas.

»Eine Frau hat ihn angeklagt, die behauptete, er habe ihr die Ehe versprochen. Sie fühlte sich von ihm betrogen, weil er sein Versprechen nicht einlöste. Gutenberg bestritt das, und auch vor Gericht konnte die Sache nicht geklärt werden, weil Aussage gegen Aussage stand.«

»Wovon lebte er in Straßburg?«

»Er hatte Verwandte in der Stadt, wahrscheinlich halfen sie ihm anfangs finanziell. Er war mit verschiedenen Projekten beschäftigt. So soll er lange Zeit sein Geld mit dem Polieren und

Schleifen von Edelsteinen verdient haben. Mein Vater erinnert sich, dass er sich schon in Mainz mit Goldschmiedearbeiten beschäftigte. Sein Status innerhalb der Straßburger Bürgerschaft war unklar. Er gehörte nicht zu den Patriziern, aber auch nicht zu den Zünften, denn er betrieb kein hergebrachtes Handwerk.« Sie hielt inne und schien wieder zu lauschen. Erst nach einiger Zeit fuhr sie fort: »Ich hielt Gutenberg früher für einen Taugenichts, der zwar ständig Ideen im Kopf hat, aber zu unbeständig ist, sie zu realisieren. Mit seiner Person verband ich immer etwas Anrüchiges, Unehrenhaftes. Aber in Wahrheit ist er ein gebildeter, kenntnisreicher Mann, der andere für seine Pläne begeistern kann. In Straßburg ließ er sich dafür bezahlen, einem reichen Bürger seine Edelsteinkünste beizubringen. – Und er gründete eine Genossenschaft.«

»Zu welchem Zweck?«, fragte Thomas.

»Die Gründung der Genossenschaft hängt mit einem Heiligen Jahr zusammen und Wallfahrten nach Aachen. Die Aachener besitzen wertvolle Reliquien.«

»Die Windeln Christi zum Beispiel, ich habe davon gehört. – Aber was hatte die Genossenschaft mit den Wallfahrten zu tun?«

»Bei den Wallfahrten bekommen die Pilger oft die Reliquien nicht zu Gesicht«, sagte Katharina. »Damit für sie die weite Reise nicht umsonst war, zeigt man die Heiligtümer exponiert, auf einem Gerüst zum Beispiel. Die Wallfahrer können dann mit einem Spiegel die Strahlen auffangen, die von der Reliquie ausgehen.«

»Das war ein besonders findiger Theologe«, meinte Thomas und nickte anerkennend.

»Der Spiegel«, sagte Katharina, »hält die Strahlen fest, und man kann sie nach Hause tragen und von ihrem heiligen Wert zehren. Gutenberg hat solche Spiegel in großer Zahl hergestellt, und die Genossenschaft hat ihm das nötige Kapital geliefert. Das Unternehmen war ein finanzieller Erfolg. Sie müssen unzählige von diesen Metallspiegeln verkauft haben.«

»Hat Gutenberg schon in Straßburg Bücher gedruckt?«

»Gut möglich«, sagte Katharina, »dass er es versucht hat. Die Leute erzählten sich, er arbeite an einer geheimen Erfindung. Falls es tatsächlich um Buchdruck ging, dann war er damals nicht so weit wie jetzt in Mainz.«

»Warum hat er Straßburg verlassen?«

»Es gab Streit zwischen Gutenberg und seinen Geschäftspartnern. Die ständige Bedrohung durch die Armagnaken mag ein weiterer Grund gewesen sein, weshalb die Stadt zu einem gefährlichen Pflaster wurde. Sicher hatte er Angst, in Kriegswirren hineingezogen zu werden.«

»Hast du etwas über seine Geldgeber in Mainz herausbekommen?«

»Es gibt nur einen Geldgeber: Johannes Fust – wenn man von kleineren Beträgen absieht, die man vernachlässigen kann.«

»Wer ist das?«

»Ein sehr wohlhabender Bürger«, sagte Katharina, »von Beruf Kaufmann; in den letzten Jahren spezialisiert auf Geldverleih. Mein Vater kennt ihn gut. Fust gilt als Mann, der scharf kalkuliert. Es geht das Gerücht, er habe Gutenberg zwei riesige Darlehen gegeben, im Umfang von etwa anderthalb tausend Gulden. Es muss Gutenberg gelungen sein, diesen in Gelddingen extrem skeptischen Mann von seiner Erfindung zu überzeugen. Wenn Fust sich daran beteiligt und so weit aus dem Fenster lehnt, sagt mein Vater, dann hat die Sache Hand und Fuß. Wahrscheinlich hat ihm Gutenberg kleine Proben seiner Kunst vorgelegt. Er soll lateinische Grammatiken gedruckt haben und Kalender mit astronomischen Angaben. Außerdem ein Sibyllenbuch, das vom Untergang der Welt berichtet und Kalender, die den Kampf gegen die Türken unterstützen. Momentan arbeitet Gutenberg am Druck der Bibel.«

Thomas verstand, warum Gutenberg sich hoch verschulden musste. Er hatte einmal in einer Klosterbibliothek eine Handschrift gesehen, die den Text der gesamten Bibel umfasste, zwei riesige, in edles Leder gebundene Bücher, die ihn allein von der Größe und vom Gewicht her beeindruckten.

Katharina, die sich zwischenzeitlich auf den anderen Stuhl gesetzt hatte, fuhr mit der Hand über seinen Oberschenkel. »Tut es hier weh?«, fragte sie.

»Es geht.«

Ihre Hand fuhr höher. »Hier?«

»Etwas.«

Er vergaß Gutenberg und seine Erfindung. Auch die Verletzung ängstigte ihn nicht länger. »Ich habe auch an der Schulter eine Verletzung«, sagte er, stand auf, zog sich die Mönchskleidung über den Kopf und ließ sie zu Boden fallen.

»Wenn es dich beruhigt«, sagte sie, »schaue ich gern mal nach. Die Schulter ist aber auf der anderen Seite.«

»Das verwechsle ich immer.« Er drehte sich um und wandte ihr den Rücken zu. Ihre Hand berührte seinen Hals und die Schulter.

»Die Stelle ist besonders empfindlich«, sagte er.

Aber sie schien seine Verletzung nicht sonderlich ernst zu nehmen. Er fragte sich, ob nicht bei allem, was sie sagte oder tat, ein leiser Spott mitschwang. War es vielleicht ihre Art, Zuneigung auszudrücken?

Er dachte an die Nacht, als sie gestört wurden. Der Gedanke an ihren Körper erregte ihn. Sie drängte sich an ihn, und er spürte ihr Kleid an seiner Haut; es war sehr dünn. Sie spielte mit ihren Fingern an seiner Brust. Er senkte den Kopf und schaute ihr zu. Sie wusste, wie sie ihn berühren musste. Sie erfasste seine Wünsche, bevor er selbst sich ihrer bewusst wurde. Aber er fühlte auch einen Missklang. Schon beim letzten Mal hatte er sich gefragt, wie es kam, dass sie so selbstsicher wirkte.

Sein Atem ging schneller. Sie löste sich von ihm und streifte ebenfalls ihre Kleidung ab. Er drehte sich nicht um und sie schmiegte ihre Brust an seinen Rücken.

Die Kutte erwies sich als passable Unterlage. »Hast du nicht ein Keuschheitsgelübde abgelegt?«, fragte sie. »Ich hätte mich früher für Geistliche interessieren sollen.«

»Das Kontemplative hat Vorteile.«

Sie drückte seinen wunden Rücken fester auf den Boden und flüsterte ihm etwas ins Ohr. Ihr Haar rieselte auf seine Brust. Sie presste die Lippen zusammen, als müsse sie Schmerz unterdrücken.

Später lagen sie nebeneinander und schauten sich in die Augen. Er verlor das Empfinden von Fremdheit ihr gegenüber. Er hatte sie zu Unrecht verdächtigt und schämte sich deswegen.

»Was ist das?«, fragte sie plötzlich.

Er hob den Kopf. Es waren Schritte. Sie schauten sich an, ihre Arme und Beine verschlungen. Sie lösten sich voneinander. Er dachte an den Mann in der Halle.

Die Schritte pochten von der Treppe her. Wer immer dort kam, er kam *allein*, soviel ließ sich ausmachen. Thomas suchte nach etwas, womit sie sich verteidigen konnten. Er wollte den Stuhl heranziehen, aber Katharina hielt ihn zurück.

Die Schritte näherten sich. Sie wirkten suchend und zögerlich. Thomas und Katharina hielten den Atem an. Aber die Geräusche entfernten sich in den hinteren Teil des Dachbodens. Katharina hielt Thomas zurück, der aufstehen wollte. Sie lauschten, hörten manchmal ein Rumpeln. Eine Weile war es still, dann kamen die Schritte zurück und bewegten sich direkt auf die Treppe zu. Die Stufen knarrten, und schließlich war nichts mehr zu hören.

»Gibt es noch einen anderen Ausgang?«, fragte Thomas

»Eine Tür, die von innen verriegelt ist, im ersten Stock. Von dort führt eine Außentreppe nach unten.«

Thomas glaubte nicht daran, dass ihr Verfolger aufgegeben hatte. Aber er wusste nicht, in welchem Stockwerk er suchen musste.

»Er kann nicht beide Ausgänge gleichzeitig bewachen«, sagte Thomas, »den im Erdgeschoss und den im ersten Stock.«

»Wenn er sich im Treppenhaus aufhält«, erwiderte Katharina, »wird er uns trotzdem erwischen.«

»Was sollen wir tun?«

»Hier bleiben.«

»Und wenn er zurückkommt und Verstärkung mitbringt?«

»Das Risiko müssen wir eingehen.«

Sie suchten ihre Kleider zusammen. Thomas beobachtete sie verstohlen. Er fragte sich, ob Katharina Recht hatte.

»Wir bleiben hier«, sagte sie noch einmal. »Wir warten, bis es dunkel wird, und dann verschwinden wir. Ich glaube nicht, dass er Verstärkung holt. Er hat Angst, dass wir in der Zwischenzeit verschwinden. Ich an seiner Stelle würde das Kaufhaus nicht verlassen.«

»Du setzt voraus, dass er allein ist.«

»Eine andere Chance haben wir nicht.«

27.

Gutenberg rechnete jeden Moment mit dem Besuch seines Geldgebers. Er musste Fusts Zweifel zerstreuen. Gutenbergs Schulden betrugen eintausendvierhundert Gulden. Ihm schwirrte der Kopf, wenn er an die Höhe des Betrags dachte. Manchmal hatte er Angst zu scheitern. Allein die technischen Aspekte der Erfindung reichten aus, ihn zur Verzweiflung zu treiben. Wann hatte er zum letzten Mal einen heiteren, unbeschwerten Tag erlebt?

Sonnenstrahlen fielen durch die Seitenfenster der *guten Stube* und warfen Lichtflecke auf den Boden. Er freute sich über die Aufhellung, leicht abergläubisch wie er war. Er dachte an seine Mitarbeiter. Er hatte sie mit großer Sorgfalt gewählt, als seien sie seine Jünger, seine Erben, in denen seine Kunst weiterleben würde. Und doch hatte einer ihn betrogen.

Wenn ich ihn zu fassen kriege, bringe ich ihn um, hatte er letzte Nacht gedacht, als er wach lag. War er dazu fähig? Noch nie in seinem Leben hatte er eine solche Wut gespürt, das stand fest.

Seine Hitzköpfigkeit hatte ihm manchen Ärger eingebracht, und er hatte gelernt, sie zu kontrollieren. Aber wenn es um seine Erfindung, sein Werk ging, verstand er keinen Spaß. Er konnte nicht abschätzen, wozu er, wenn ihn der Zorn packte, imstande war. Er liebte die Werkstatt, das Knarren der Presse, das Rascheln des Papiers, die metallischen Klänge aus der Schriftgießerei.

Maria erschien und kündigte Fusts Besuch an. Das geschah mehr pro forma, denn der Finanzier folgte ihr auf dem Fuß. Er benahm sich, als sei er hier zu Hause, als gehörten der Hof und die Werkstatt bereits ihm. Gutenberg unterdrückte seinen Ärger.

»Mein lieber Fust!« Er ging mit ausgestreckten Armen auf den Geschäftsmann zu und schüttelte ihm die Hand. Maria zog sich leise zurück und schloss die Tür.

»Gibt es Fortschritte?«, fragte Fust.

Gutenberg wusste, dass er sich an die direkte Art seines Geldgebers nie gewöhnen würde. Fust war etwa sechzig Jahre alt und klein von Statur. Er kleidete sich sorgfältig und sprach langsam und gewählt; seine Auffassungsgabe aber war schnell. Er erkannte bei einem Problem sofort den entscheidenden Punkt, wie Gutenberg bei verschiedenen Gelegenheiten feststellen konnte. Dann funkelten, wenn er zuhörte, unter seinen buschigen Brauen blaue Augen unruhig hin und her, und sein kantiges Kinn schob sich noch ein Stück weiter nach vorn. Keiner konnte ihm etwas vormachen.

»Wir kommen zügig voran«, sagte Gutenberg.

Er spürte Fusts misstrauischen Blick. In gewisser Weise verstand er den Finanzier. Er hatte fast sein ganzes Vermögen investiert und konnte sich einen Fehlschlag nicht leisten. Fust wusste, dass dem Buchdruck die Zukunft gehörte. Er war als Kaufmann herumgekommen und auf der Höhe seiner Zeit. Die Städte strebten empor, überall wurden Universitäten gegründet. Fusts eigener Reichtum basierte darauf, dass er lesen, schreiben und vor allem rechnen konnte. Langfristig versprach das Geschäft mit Büchern riesige Gewinne. Ein neuer Markt würde entstehen, und Fust schätzte die Zahl der potenziellen Käufer sehr hoch ein, wie er oft betonte. Gutenbergs handwerkliche Fähigkeiten bestritt er nie, hatte sogar den Aufbau der Werkstatt und die Lösung der technischen Probleme eine herausragende Leistung genannt. Aber nie verbarg er seine Zweifel darüber, ob Gutenberg genug vom Geschäft verstand.

»Wann sind die ersten Bibeln fertig?«, fragte Fust. »Wann können wir mit dem Verkauf beginnen?«

Gutenberg hatte mit dieser Frage gerechnet, denn sie kam so sicher wie das Amen in der Kirche. »Ich hoffe, dass wir in etwa einem Jahr soweit sind.« Das war eine sehr optimistische Schätzung. Sie waren noch immer nicht über die geschichtlichen Bücher des Alten Testaments hinausgekommen, die ganzen prophetischen Schriften lagen noch vor ihnen und das gesamte Neue Testament.

»Das ist zu lange«, sagte Fust. »Ihr müsst schneller arbeiten.«

Gutenberg hob beide Arme. »Noch mehr kann ich den Männern nicht zumuten. Wir arbeiten sechs Tage die Woche vom frühesten Morgen bis tief in die Nacht. Mittlerweile sogar sonntags den halben Tag. Wenn das öffentlich wird, steht mir Ärger mit der Geistlichkeit ins Haus. Wir haben die Grenze unserer Belastbarkeit erreicht.«

»Hört, Gutenberg! Ihr hattet versprochen, im Herbst fertig zu sein: und zwar dieses Jahr!«

»Das war auch mein Ziel. Aber wir bewegen uns auf einem Gebiet, wo es keine Vorbilder gibt. Es ist, als ob man ein neues

Land erforscht, das noch nie ein Mensch betreten hat. Wir machen gute Fortschritte. Am Gelingen gibt es keinen Zweifel.«

»Es geht nicht nur ums Gelingen«, belehrte ihn Fust. »Bei Geschäften spielt die Zeit eine wichtige Rolle.«

Gutenbergs Ärger wuchs. Er war von seinem Selbstverständnis her nicht nur Erfinder, sondern auch Geschäftsmann. Er hatte in der Vergangenheit mehrfach bewiesen, dass er Geschäfte machen konnte, zum Beispiel mit den Spiegeln. Fusts Bemerkung zeigte einmal mehr, wie wenig er ihm in kaufmännischer Hinsicht zutraute. Er fühlte sich behandelt wie ein Lehrjunge. »Wir werden Gewinne machen und den Verlust durch die Verzögerung ausgleichen.«

»Das höre ich seit mehr als einem Jahr«, sagte Fust. »Aber solange wir nichts verkaufen, reden wir von totem Kapital. Mein Geld liegt brach.«

»Ihr vergesst, dass ich Euch auch die Zinsen schulde.«

»Die sind nicht hoch. Da könnte ich mein Geld Gewinn bringender anlegen. Nein, mir geht das zu langsam. Und ich will Euch auch sagen, woran es liegt. Die Arbeiten würden schneller vorankommen, wenn Ihr es nicht zu genau nehmen würdet.«

»Dann könnte ich den Laden gleich dichtmachen«, sagte Gutenberg. »Bei mir gibt es keinen Pfusch.«

»Es geht nicht um Pfusch. Ich war als Kaufmann für die Qualität meiner Waren bekannt. Aber man kann es auch übertreiben. Ihr hättet zum Beispiel kein Pergament kaufen sollen. Das war ein Fehler. Die Lieferschwierigkeiten haben uns um Wochen zurückgeworfen.«

»Wie hätte ich das vorhersehen können?!«

»Papier hätte es auch getan.«

»Mittlerweile drucken wir den größten Teil auf Papier.«

»Aber warum nicht gleich?«, fragte Fust.

»Pergament ist besser. Und es hält länger.«

»Aber Papier ist billiger in der Anschaffung. Ihr habt unnötig die Kosten in die Höhe getrieben.«

»Ihr wisst, warum ich mich für Pergament entschieden habe«, sagte Gutenberg. »Wir werden mit unseren Bibeln auf Skepsis stoßen. Besonders in den Klöstern. Deshalb orientiere ich mich an den Handschriften. Das gilt auch für das Material.«

»Feinheiten!«, entgegnete Fust scharf. »Ihr seid zu pedantisch. Ich habe doch gesehen, wie lange Ihr an einem Buchstaben herumfeilt. Es wäre keinem Menschen aufgefallen, wenn hier und da ein Schnörkel fehlt.«

»Es geht um die Bibel.«

»Reden wir von der Bibel. Wie weit seid Ihr?«

»Beim zweiten Buch der Könige.«

»Nach meinem Zeitplan wolltet Ihr schon bei den Chroniken sein!«

»Die Spindel an einer Presse ist gebrochen. Ich musste sie durch eine neue ersetzen.«

»Lag keine zum Ersatz bereit?«

»Das kam völlig unvorhergesehen …«

»Kosten?«

»Fast keine. Nur das Material.«

»So rechnet ein Geschäftsmann nicht. Die Presse stand still. Die Männer hatten nichts zu tun. Das sind Kosten!«

Gutenberg spürte, wie ihm das Blut in den Kopf stieg. Hätte er nur damals das Geld nicht so dringend gebraucht! Aber kein anderer wollte das Risiko eingehen.

»Ich kann die Ausreden nicht mehr hören«, sagte Fust. »Was ich bemängele, sind grundlegende Dinge. Ich verlange, dass Ihr Eure Arbeitsweise ändert! Es war ein Fehler, die Bibel zu drucken. Sie ist zu umfangreich. Ein Messbuch hätte es auch getan oder ein Stundenbuch. Auch mit Heiligenlegenden hätten wir schnell Geld verdient. Schluss jetzt mit Feinheiten! Die Welt geht nicht unter, wenn sich hier und da ein Fehler einschleicht. Die Schriftsetzer müssen schneller arbeiten und auch der Korrektor. Wenn die Qualität der Farbe mal nachlässt – was soll's! Wir müssen bei gleichem Zeitaufwand mehr erreichen. – Ist das klar?!«

Gutenberg war zu keinerlei Kompromissen bereit, wenn es um die Qualität seiner Arbeit ging. Fust verstand nichts von technischen und mechanischen Fragen, auch wenn er alles besser wusste. Kam es bei einer Erfindung von solcher Bedeutung auf ein paar Monate mehr oder weniger an? Er würde Bücher schaffen, deren Größe und Schönheit schärfster Kritik standhielten.

Und doch spürte Gutenberg, dass ein Funke Wahrheit in Fusts Vorwürfen lag. Gutenbergs Stärke war gleichzeitig sein schwacher Punkt. Wenn er etwas machte, musste es perfekt sein. Ohne diese besessene Liebe zum Detail gäbe es keine Erfindung. Aber die Charaktereigenschaften, die dem Erfinder nutzten, schadeten dem Geschäftsmann. Fust sprach als Geldgeber, und aus kaufmännischer Sicht hatte er Recht! Trotzdem konnte Gutenberg nicht nachgeben, er hätte sich verbiegen müssen. Also bemühte er sich um Diplomatie.

»Ich werde prüfen, ob Verbesserungen möglich sind.«

»Dann haben wir uns nicht verstanden«, sagte Fust. »Ich gebe mich nicht länger mit gutem Willen zufrieden. Das höre ich seit Monaten. Keine vagen Versprechungen mehr! Ich habe mitbekommen, wie eine ganze Seite neu gesetzt werden musste, weil Euch das Schriftbild nicht gefiel. Da liegt der Hund begraben!«

Gutenberg gab keine Antwort. Die Seite musste neu gesetzt werden, weil einige Zeilen zu viele Buchstaben enthielten; das Schriftbild schwankte und Gutenberg fand den Anblick unerträglich.

»Ich komme bald wieder«, sagte Fust. »Ich habe ausgerechnet, wie viele Seiten Ihr bisher pro Woche gedruckt habt. Ich hoffe, dass auch Ihr eine solche Rechnung führt. Ich erwarte nach den Fastnachtstagen eine deutliche Steigerung. – Sonst sehe ich mich zu anderen Schritten gezwungen!«

Fust machte auf dem Absatz kehrt und verließ eilig den Raum. Er behandelt mich wie einen Hund, dem man einen Tritt versetzt, wenn er nicht gehorcht, dachte Gutenberg. *Sonst sehe ich mich zu anderen Schritten gezwungen.* So deutlich hatte Fust noch nie gedroht. Gutenberg hatte als Gegenleistung für den Kredit die Werkstatt verpfändet und die Bibeln.

28.

Bologna hielt den Kopf in beide Hände gestützt und starrte in die Flamme der Öllampe, die vor ihm auf dem Holztisch stand. Er befand sich wieder im Kloster. Der größte Teil des Raums lag im Dunkeln, während die Gegenstände in seiner Nähe lange Schatten warfen. Er dachte daran, dass seine Leute den Richter hatten entkommen lassen. Auch die Pläne waren ihm durch die Lappen gegangen, bis auf ein Fragment, das vom Mehrfarbendruck handelte und nicht viel nützte. Es war absehbar, dass der Richter versuchen würde, Gutenberg zu warnen.

Bologna rieb sich die Schläfen. Noch mehr regte er sich darüber auf, dass seine Männer zeitweise Katharina Roth aus den Augen verloren hatten. Sie war ihnen aus dem Kaufhaus entwischt. Hennings Fehler, der dachte, ein Mann reiche aus, sie zu überwachen! Was hatte sie im Kaufhaus gesucht? Sie war wieder zu Hause, bei ihren Eltern. Waren die Pläne jetzt bei ihr? Wahrscheinlich würde sie aus Angst das Haus nicht mehr verlassen.

Er würde einen letzten Versuch machen, an die Pläne zu kommen. Notfalls musste es auch ohne sie gehen. Überhaupt machte es keinen Sinn mehr, die Hauptaufgabe länger hinauszuschieben. Gutenberg wusste wahrscheinlich, dass man ihn ausspioniert hatte. Aber über das wirkliche Ausmaß der Gefahr, in der er schwebte, war er nicht im Bild.

Der Mord an Klara kam ihm in den Sinn: Wer steckte dahinter? Und wer hatte einen Grund, den Baumeister zu töten? Gab es einen Konkurrenten, der die Früchte ernten wollte, die Bologna gesät hatte?

Aber außer ihm und Henning wusste niemand Bescheid. Und für Henning kam das alles genauso unerwartet wie für ihn selbst. Hoffentlich eine Eifersuchtsgeschichte, die mit Gutenberg nichts zu tun hatte.

Fastnacht stand vor der Tür. Auf diesen Termin hatte Bologna alles zugeschnitten. Gutenberg würde seine Leute nicht in der Werkstatt halten können. Bolognas Informanten hatten sich umgehört, in den Wirtshäusern herumgetrieben und mit Gutenbergs Leuten Bier getrunken. Sie gaben nichts über die Erfindung preis, auch nicht, wenn sie betrunken waren. Aber sie hatten erzählt, wie sehr sie sich auf Fastnacht freuten und dass die Arbeit dann ruhte. Offenbar hatte Gutenberg nur schweren Herzens zugestimmt. Aber er wusste, dass er seinen Leuten nicht zu viel zumuten durfte. Der Hof und die Werkstatt würden unbewacht sein. Zumindest bis die Männer vom Feiern zurückkamen – also nicht vor den frühen Morgenstunden. Das waren wenige Stunden, in denen sie handeln mussten. Bologna hatte die Aktion genau geplant. Henning würde sie durchführen.

Was das Versteck betraf, musste er Henning dankbar sein; das hatte er gut eingefädelt. Wenn alles gelang und wenn der Papst starb – dann endlich begann seine große Zeit …

Wenige Menschen begegneten Thomas, der allein in seiner Mönchskutte durch die Kälte stapfte. Er und Katharina waren bei anbrechender Dunkelheit aus dem Kaufhaus entkommen. Die Flucht verlief so problemlos, dass Thomas dem Frieden nicht traute. Er hatte sie zum Haus der Eltern begleitet, wo sie sich trennten. Mittlerweile kannte Thomas seinen Weg durch die Gassen besser. Die Synagoge bot einen Orientierungspunkt, und er näherte sich Gutenbergs Hof ohne Umwege.

Thomas erreichte die Gasse, in der das Anwesen des Erfinders lag, betrat sie aber nicht. Bei der Werkstatt eines Seilmachers blieb er stehen. Es war mittlerweile finster, aber trotzdem bemerkte er bald einen Mann, der den Eingang zu Gutenbergs Wohnhaus bewachte.

Vielleicht war es einer der Männer, die ihn letzte Nacht überfallen hatten. Gab es noch weitere Aufpasser? Thomas unterdrückte Rachegedanken; er musste kühlen Kopf bewahren.

Gutenbergs Anwesen grenzte an zwei Gassen. Hatten sie in jeder eine Wache aufgestellt? Thomas ging zweimal ums Eck in die Gasse, die parallel zu derjenigen verlief, in der er den Mann gesehen hatte. Der hintere Teil des Gebäudekomplexes schien unbewacht zu sein. Er ging auf den lang gestreckten, bis zum ersten Stock mit Holzschindeln verkleideten Bau zu, dessen oberer, aus Fachwerk errichteter Teil reparaturbedürftig wirkte. Selbst in der Dunkelheit konnte er bemerken, dass an einigen Stellen der Lehm abbröckelte und die tragenden Balken sich bedenklich nach außen wölbten. Bei einem der Fenster zu ebener Erde entdeckte er Lichtstreifen, die durch einen geschlossenen Fensterladen fielen. Thomas klopfte.

»Wer ist da?«, fragte eine helle Stimme, und er erkannte, dass es Maria war.

Er nannte seinen Namen, während er sich umschaute. Sie öffnete den Laden einen Spalt breit, stieß ihn wieder zu, und das Licht verschwand. Es dauerte lange, bis durch die Bretter des Ladens erneut Helligkeit drang, und diesmal erkannte Thomas Gutenbergs Stimme. Thomas erklärte ihm, dass er verfolgt werde, dass man den Haupteingang bewache und dass er durchs Fenster einsteigen müsse – denn eine Tür gab es auf dieser Seite nicht. Der Laden öffnete sich, Thomas sah das Gesicht des Mädchens mit den großen, ungläubigen Augen und neben ihr Gutenberg, der eine Kerze in die Höhe hielt. Thomas zog sich an der Fensterbank hoch; Gutenberg fasste ihn an beiden Armen und half ihm ins Zimmer.

»Was ist passiert?«, fragte Gutenberg. »Ich habe Maria für verrückt erklärt.«

»Macht den Laden zu«, sagte Thomas. »Dann erzähle ich alles.«

Gutenberg verriegelte den Laden. Sie ließen Maria in der Kammer, die als Nähstube diente, zurück, durchquerten einen Flur und traten vor das Gebäude in den Innenhof. Zum ersten Mal sah Thomas die Werkstatt von weitem, einen Flachbau, in dem noch Licht brannte.

»Vor dem Wohngebäude hält ein Mann Wache«, sagte Thomas.

»Allein?«

»Ja.«

»Dann hole ich meine Leute!«

»Das wäre vorschnell! Lasst uns reden.«

Sie gingen über den Hof und an der Werkstatt vorbei. »Man kundschaftet Euch aus«, sagte Thomas. »Wann Ihr kommt, wann Ihr geht, wer Euch besucht. Es gibt jemanden, der das alles ganz genau wissen möchte.«

»Als hätte ich nicht Ärger genug am Hals.« Gutenbergs Stimme klang mürrisch. »Mein Geldgeber setzt mich unter Druck. Wahrscheinlich bin ich bald ruiniert.«

Sie betraten auf der gegenüberliegenden Seite des Hofs das Wohngebäude und gingen in den Raum, in dem Thomas und Gutenberg sich bereits früher aufgehalten hatten. Gutenberg machte kein Licht und stellte sich an den Fensterladen. Es gab dort eine Ritze, durch die er nach draußen spähen konnte. Lange Zeit war es still. Dann sagte Gutenberg: »Da steht er! Ich sehe ihn.«

Thomas hatte sich auf einen Stuhl gesetzt und das Bein ausgestreckt.

»Manchmal wünschte ich«, sagte Gutenberg müde, »ich hätte von der Erfindung die Finger gelassen. Es ist eine verrückte Mischung aus Dummheit und Mut, die mich vorantreibt.«

Thomas erwiderte nichts. Im Grunde konnte der letzte Satz auch für ihn gelten.

»Hätte ich eine ungefähre Vorstellung von den Problemen gehabt, die auf mich zukommen«, fuhr Gutenberg fort, »gäbe es keine Werkstatt.«

»Es ist vielleicht besser, dass wir nicht in die Zukunft schauen können.«

»Mag sein. – Und jetzt erzählt, was die Verkleidung soll!«

Thomas berichtete, was seit ihrem letzten Treffen vorgefallen war.

»Ihr bleibt vorerst bei mir, hier seid Ihr sicher«, sagte Gutenberg. Thomas war dankbar, dass er den Vorschlag machte, denn er hatte ihn ohnehin darum bitten wollen.

»Maria soll Euch gleich ein Bad machen und sich um das Bein kümmern. Sie kennt ein paar gute Hausmittel.«

»Klara Roth lebte von dem Geld, das sie von ihren Liebhabern bekam«, sagte Thomas. »Einer Eurer Männer gehörte ebenfalls zu diesem Kreis. Er kam regelmäßig zu ihr und verriet ihr die Geheimnisse der Werkstatt. Sie fertigte Aufzeichnungen und Skizzen an. Es gibt nun zwei Möglichkeiten: Sie machte das entweder mit seinem Einverständnis – oder aber er wusste nichts davon. Möglicherweise war er sich über die Folgen seiner Leichtfertigkeit nicht im Klaren und weiß nichts von der Verschwörung, die gegen Euch läuft.«

»Davon wird die Sache nicht besser«, sagte Gutenberg. »Außerdem halte ich das für unwahrscheinlich.«

»Es ist nur ein Gedankenspiel: Nehmen wir mal an, dass er ein Verräter wider Willen ist; dass Klara Roth ihn für ihre Zwecke benutzte und er die Folgen nicht absah. Möglicherweise handelte sie im Auftrag eines andern. Als ich den Fall untersuchte, bewachte man mich auf Schritt und Tritt. Man hat auch ein Dienstmädchen bestochen, das ein paar Tage für mich arbeitete und die Pläne bei mir sah. Wir müssen herausfinden, wer der Kopf ist, der hinter allem steckt.«

»Deshalb hole ich jetzt meine Leute«, sagte Gutenberg, »und wir werden den Herrn auf der Gasse bitten, hereinzukommen! Hier ist es wärmer. Wir stellen ihm ein paar Fragen. Er wird wissen, wer ihn beauftragt hat.«

»Ich glaube, dass wir uns damit keinen Gefallen tun. Wahrscheinlich weiß er nichts oder wenig. Und wir verraten, dass wir gewarnt sind. Bevor wir etwas unternehmen, sollten wir genau überlegen, was wir tun. Ich frage mich, ob Ihr den Unbekannten nicht kennt, den wir suchen?«

Gutenberg starrte unverwandt auf die Straße hinaus. »Wie kommt Ihr darauf?«

»Beweisen kann ich es nicht. Aber ich habe versucht, mir ein Bild von seiner Persönlichkeit zu machen. Ich halte ihn für gebildet. Er versteht etwas von Büchern, hat studiert. Er ist intelligent und hat die Bedeutung der Erfindung erkannt. Er weiß mehr, als die Gerüchte besagen, aber zu wenig, um auf eigene Faust eine Werkstatt einzurichten. Ihm fehlen die handwerklichen und technischen Kenntnisse. An Organisationstalent fehlt es ihm nicht.«

»Jetzt geht er auf und ab«, sagte Gutenberg. Er schien Thomas nur mit halbem Ohr zuzuhören. »Ein guter Organisator also?«

»Wegen des großen Aufwands, den er betreibt. Ich denke, er hat zehn oder zwanzig Leute, die für ihn arbeiten.«

»Und einer ist dort draußen.«

»Er hat überall seine Fäden gespannt, wie ein Netz.«

»Und er hat Geld«, sagte Gutenberg. »Viel Geld, denn er muss die Leute bezahlen.«

»Aber perfekt ist seine Organisation trotzdem nicht«, sagte Thomas. »Es ist einiges schief gelaufen. Es gab zwei Tote und eine Menge Aufsehen. Und die Pläne sind verschwunden!«

»Außerdem ist ihm der Richter durch die Lappen gegangen«, sagte Gutenberg. »Wir können annehmen, dass unser Unbekannter langsam unruhig wird. Aber was wäre passiert, wenn er die Pläne bekommen hätte! Hätte er sich damit zufrieden gegeben? Könnte er dann eine Werkstatt einrichten? Ich behaupte: Nein!«

»Weshalb nicht?«

»Weil Aufzeichnungen nicht genügen. Sie können die praktische Anschauung und Erfahrung nicht ersetzen. Wer eine Werkstatt aufbauen will, muss von mir selbst lernen, wie das geht. Er braucht meine Hilfe.«

»Wer kommt in Frage? Es muss jemand sein, der die Aktion von langer Hand geplant hat. Man treibt nicht solchen Aufwand auf ein paar Gerüchte hin. Unser Mann weiß mehr als die Leute auf der Straße – und das nicht seit gestern! Jemand vielleicht, der früher für Euch gearbeitet hat und nun nicht mehr zur Truppe gehört?«

»Da fällt mir niemand ein.«

»Es muss ja nicht in Mainz gewesen sein!«

»Ich verstehe nicht ...«

»Ihr habt lange in Straßburg gelebt. Habt Ihr schon dort an der Erfindung gearbeitet?«

»Ja und nein. Es waren erste Versuche, Anfänge ...«

»Aber mit dem Ziel, Bücher zu drucken?«

»Das schon. Aber die Erfolge waren spärlich.«

»Hattet Ihr damals andere Mitarbeiter als heute?«

»Selbstverständlich.«

»Was ist aus ihnen geworden? Wohnen sie noch in Straßburg?«

»Woher soll ich das wissen? Viele hatten damals Angst vor den Armagnaken und verließen die Stadt.«

»Ihr habt also keinen Kontakt mehr zu den Leuten?«

»Nein. Wahrscheinlich haben sie sich in alle Winde zerstreut.«

Plötzlich schwieg Gutenberg, und obwohl Thomas ihn nur als dunklen Schatten beim Fenster sah, spürte er, dass der Erfinder nachdachte.

»Mit wem habt Ihr damals Eure ersten Versuche unternommen, Bücher zu drucken?«

»Was nützen Euch die Namen?«, sagte Gutenberg. »Es gab keine Werkstatt wie heute. Ich brauchte Geld und tat mich mit einigen Männern zusammen, die ich für meine Idee begeistern konnte. Straßburger Bürger.«

»Haltet Ihr es für denkbar, dass einer der ehemaligen Kompagnons Euch die Erfindung abjagen will, nachdem er erfahren hat, dass sie mittlerweile funktioniert?«

»Es ist möglich, kommt mir aber sehr abwegig vor. – Und nun genug geredet«, sagte Gutenberg. »Was Ihr jetzt dringend braucht, ist ein Bad. Ich sage Maria Bescheid. Bleibt hier und beobachtet die Gasse, bis ich zurückkomme. Ich hole meine Männer, und wir fangen uns den Vogel. – Keine Widerrede!«

Er verschwand und kam nach einiger Zeit mit dem Mädchen zurück. »Maria begleitet Euch ins Badehaus.«

Maria führte Thomas über den Hof in einen anderen Teil des Gebäudes; in einem schmalen Zwischenbau standen im Erdgeschoss zwei Wannen. Sie griff sich einen großen Kessel.

»Bleibt hier, bis ich das Wasser heiß gemacht habe.«

Sie kam und ging mehrmals und füllte eine der Holzwannen abwechselnd mit heißem und kaltem Wasser. Eine Öllampe, die als Ampel von der Decke hing, schimmerte im Wasser.

»Ihr könnt Euch schon reinsetzen.«

Thomas genoss es, die verschmutzte Kutte und die vor Dreck starrende Hose in eine Ecke zu werfen und stieg ins Bad. Maria schüttete ihm aus einer großen Holzkelle Wasser über den Kopf. Thomas erinnerte sich an seine besten Tage in Italien, wo es herrliche Badehäuser gab, mit gekachelten Böden und Marmor an den Wänden. Aber nie hatte er ein Bad so sehr genossen wie im Moment.

»Ich bin einiges gewohnt«, sagte Maria. »Aber *so verdreckt* habe ich noch keinen erlebt.«

»Dann haben wir was gemeinsam.«

Als Maria weg war, hörte Thomas von fern Lärm. Sie kam mit dem gefüllten Kessel zurück, und er fragte, was passiert sei. »Der Kerl ist entwischt«, sagte sie.

Jedes Mal, wenn sie neues Wasser brachte und es in die Wanne goss, schüttelte sie den Kopf. »Noch *nie*«, murmelte sie.

29.

Katharina lag wach und grübelte. Würde ihr Vater sie verstoßen, falls sie ein Kind bekam? Ihr Traum, auf eigenen Füßen zu stehen, wäre geplatzt. Und Thomas hatte seine Stelle verloren. Ihr Vater sprach abfällig von ihm. Sie malte sich eine Szene aus, wie sie ihrem Vater eine Schwangerschaft gestehen musste, und bekam Schweißausbrüche. Die Zeit bis zum Morgen zog sich quälend in die Länge.

War Thomas mittlerweile bei Gutenberg? Hoffentlich war ihm nichts zugestoßen. Niemand konnte wissen, dass *sie* die Pläne hatte, auch wenn man sie überwacht hatte und ihr gefolgt war. Sie wusste immer noch nicht, wie sie die Vorgänge im Kaufhaus deuten sollte. Vielleicht war nur ein Lagerarbeiter im obersten Stock gewesen, und sie hatten sich umsonst geängstigt. Thomas allerdings war überfallen worden. Bestand auch für sie selbst Gefahr?

Katharina stand auf, zog sich an und ging ins Erdgeschoss, um in der Küche zu frühstücken. Mit dem heutigen Tag begann die Faschingszeit, noch nicht der große Trubel, der stand erst morgen an; heute würden noch viele Leute zur Arbeit gehen. Aber überall liefen die Vorbereitungen. Früher hatte sie mitgefeiert und Spaß am Ausnahmezustand gehabt. Aber sie wollte nicht nach draußen. Sie hatte Angst.

Sie verbrachte den Tag im Haus und half ihrer Mutter bei verschiedenen Arbeiten. Es fiel ihr schwer. Draußen hörte sie Trommeln, Blasinstrumente und Lieder. Sie spürte die Unruhe in der Stadt; ihre Geschwister verkleideten sich und zogen maskiert los. Ihre Schwester nannte sie einen Spielverderber und langweilig, ehe sie das Haus verließ. Das ärgerte Katharina. Schließlich blieben sie und ihre Mutter allein zurück. Der Vater war im Kaufhaus.

Katharina ging auf ihr Zimmer und hielt das Fenster geschlossen. Sie hatte das Gefühl, ihr falle die Decke auf den Kopf. Der Aufruhr in den Straßen, das rhythmische Lärmen der Trommeln, die Spannung, die in der Luft lag, übertrugen sich auf sie. Sie ging ruhelos auf und ab. Am liebsten wäre sie ein paar Schritte gelaufen, in den Faschingstrubel eingetaucht, um Atmosphäre zu schnuppern. War das wirklich gefährlich? Wenn sie noch lange im Haus blieb, würde sie verrückt werden! Sie kam sich wie eingesperrt vor. Trotzdem blieb sie bei ihrem Vorsatz.

Das Schlimme war, dass sie mit keinem darüber reden konnte. Am wenigsten mit ihrem Vater. Er durfte nicht erfahren, dass sie sich mit Thomas getroffen hatte.

Plötzlich kam ihre Mutter die Stufen hinaufgepoltert.

»Katharina!«, rief sie außer Atem.

Katharina öffnete die Tür und schaute aus dem Zimmer.

»Besuch für deinen Vater! Behringer ist da!« Das war ein Kaufmann aus Lübeck, der beste Freund ihres Vaters. Alle paar Monate tauchte er aus heiterem Himmel auf. »Lauf doch schnell ins Kaufhaus und sag ihm Bescheid!«

Katharina zögerte. Mit welcher Begründung sollte sie das ablehnen? Die kurze Entfernung zum Kaufhaus – da konnte nicht viel passieren …

Außerdem waren unzählige Menschen unterwegs. Sie würde in der Nähe von Leuten bleiben, die sie kannte. Katharina zog ihren Mantel und ihre Schuhe an und verließ das Haus.

Eine Gruppe von Musikern zog quer über den Marktplatz, gefolgt von Tänzern. Dunkelgraues Licht lag über der Stadt, Schneewolken. Katharina beschloss, in der Nähe des Doms zu bleiben und ein wenig durch die benachbarten Gassen zu laufen. Es waren so viele Menschen auf den Beinen, dass es ihr ungefährlich vorkam. Ihre anfängliche Angst wich. Die Straßen zum Markt waren voller Masken. Katharina war als Einzige nicht verkleidet; dadurch fiel sie auf, und das war ihr unangenehm.

»Hallo, Katharina!« Es dauerte, bis sie einen Gleichaltrigen erkannte. Er löste sich aus einer Gruppe von Tänzern, fasste sie bei den Armen und drehte sich mit ihr zum Rhythmus der Musik, die vom Markt kam. Er hatte ihr vor einiger Zeit den Hof gemacht. Sein Atem roch nach Wein, und mit einer geschickten Bewegung entzog sie sich und verschwand in einer Menschentraube. Sie fühlte sich besser, als sie ihn los war, und auch das Alleinsein fiel ihr unter Menschen leichter als im Zimmer.

Die Stadt war außer Rand und Band, es gab keine Standesunterschiede mehr. Es kam ihr vor, als habe man von einem stark erhitzten Topf den Deckel genommen, damit er nicht mit lautem Knall durch die Luft flog. Was sich im Lauf von Wochen und Monaten angestaut hatte, entlud sich in Tanz, Gesang und grotesken Szenen. Eine Frau hatte ihre Röcke in die Luft geworfen und zeigte, begleitet von rhythmischen Bewegungen, was sich darunter verbarg. Ein Teufel riss sich daraufhin die Maske vom Gesicht und küsste ihren Hintern.

Alles strömte zum Marktplatz. Die Nacht kam schnell um diese Jahreszeit. Die Schneewolken verdichteten sich. Katharina blieb hier und da stehen und schaute sich um. Eine unterirdische Welt hatte ihre Bewohner freigelassen, und sie war die Einzige, die nicht dazugehörte. Sie wusste nicht mehr, was stimmte. Welche Welt war die wirkliche? Zeigten die Menschen heute ihr wahres Gesicht, das sie sonst hinter einer Maske versteckten?

Der Marktplatz war voller Menschen, so viele versammelten sich nicht einmal zu Prozessionen. Die Trommeln wurden lauter, die Rhythmen überlagerten und verwirrten sich, setzten aber nie aus, so dass sich Katharina schließlich in eine Art Trance versetzt fühlte.

Niemand stand still, man tanzte, man sprang, man war ausgelassen. Der Lärm schwoll an, bis er ohrenbetäubend wurde. Jemand kam von hinten und zog Katharina eine Maske übers Gesicht. Sie erschrak und drehte sich um. Ein Mann umklammerte ihre Hüften. Sie ließ sich herumwirbeln. Der Tänzer trug Hörner und eine schwarze Maske. An den Häuserwänden, die den Markt umgaben, hatte man Fackeln in Eisenringen befestigt, Schatten huschten vorüber, verlängerte und verzerrte Abbilder der Körper, die in der Nähe der Flammen tanzten. Die Anspannung der letzten Tage hatte Katharina zugesetzt. Während sie ein paar Schritte tanzte, löste sich die Anspannung. Ging es den andern nicht ähnlich? Ihre Tanzpartner wechselten. Als einer nach Katharinas Brust fasste, stieß sie ihn weg. Überall Fahnen, und ein Betrunkener rannte wie irr durch die Menge und brüllte Unverständliches.

Ein groß gewachsener Mann, als Wilder verkleidet, fasste Katharina bei den Hüften, tanzte ein paar Schritte mit ihr und warf sie in die Luft, als gehöre das zum Tanz. Plötzlich landete sie auf seiner rechten Schulter. Sie strampelte mit den Beinen, und die Umstehenden lachten. Der Wilde Mann drehte sich im Kreis, dass ihr schwarz vor Augen wurde. Niemand kam ihr zu Hilfe, es gab höchstens ein paar begeisterte Zurufe. Katharina wurde von panischer Angst gepackt. Sie schlug um sich und wollte sich befreien, aber es war zwecklos. In ihrer Verzweiflung biss sie dem Wilden ins Ohr. Er schrie auf und ließ sie fallen. Sie rannte los, bis sie ihn aus den Augen verloren hatte.

Katharina stand unter Schock. Einen Moment lang hatte sie gedacht: Der verstellt sich gar nicht, der ist wirklich so. Und ihr wurde klar, dass heute alles erlaubt war, dass ihr nicht nur niemand zu Hilfe kam, sondern die Sympathien galten dem Ungeheuer; man spornte es noch an, ordentlich zuzupacken und weiterzumachen. Sie beschimpfte sich selbst wegen ihres Leichtsinns.

Katharina beschloss, auf schnellstem Weg zum Kaufhaus zu gehen. Sie hatte den Marktplatz fast überquert. In diesem Augenblick wurde sie an den Armen und Beinen gepackt. Man hob sie hoch. Diesmal waren es zwei. Sie erkannte den Wilden wieder, der sie an den Armen festhielt, während ein kleinerer, stämmiger Mann in der Maske eines Dämons ihre Beine umklammerte. Die wenigen, die der Szene Beachtung schenkten, lachten. Einer fasste nach Katharinas Rock, um ihn hochzuziehen.

Sie wehrte sich, so gut sie konnte, obwohl sie wusste, dass es zwecklos war. Der Wilde Mann warf sie über die Schulter, hielt aber diesmal ihre Hände fest, und der Dämon sorgte dafür, dass sie mit den Beinen nicht um sich treten konnte. Ihr Kopf hing auf einem zottigen Fell, das widerlich roch. Wenn sie den Kopf nach links drehte, sah sie ein schwarzes Gestrüpp aus Bart und Haaren, aus dem das Weiß der Augen hervorleuchtete. Die beiden trugen sie aus der Menge heraus in eine Seitengasse.

30.

»Das ist die Schriftgießerei«, sagte Gutenberg. Er legte einem klein gewachsenen Mann mit grauem Bart, der bei einem Schmelzofen saß, die Hand auf die Schulter. Ein zweiter Mann saß ebenfalls bei einem Ofen, neben dem ein Blasebalg lag. »Kurt hat früher Waffen hergestellt und kennt sich mit Metallen aus. Anton war Goldschmied, bevor er zu mir kam. – Hier entstehen die Buchstaben, mit denen wir drucken.«

Thomas war zum ersten Mal in der Werkstatt. Der rechteckige Raum hatte eine niedrige, von Holzbalken getragene Decke und viele Fenster. Da es draußen dunkel war, sorgten Öllampen und Kerzen für Helligkeit. Es roch nach Ruß. Die Gerätschaften, die er sah, wirkten auf Thomas fremdartig. Er zählte neun Männer bei der Arbeit, die sich lautstark unterhielten – zwei weitere, die neues Papier holten, waren ihnen gerade im Hof begegnet. Thomas fragte sich, ob er jetzt zu Gutenbergs engstem Kreis zählte.

»Wir orientieren uns so eng wie möglich am Vorbild der Handschriften«, sagte Gutenberg. »Deshalb stellen wir nicht nur Einzelbuchstaben her, sondern auch Buchstabenverbindungen und Abkürzungen. Dieser Kringel zum Beispiel ersetzt die lateinische Endung *-us*. – Hier, die sind schon abgekühlt!«

Gutenberg drückte Thomas einige längliche Metallbrocken in die Hand. »Wir schmelzen und mischen verschiedene Metalle. Ich habe lange experimentiert, bis ich eine Mischung fand, die meinen Ansprüchen genügt. Die Buchstaben werden stark beansprucht, und am Anfang brachen sie zu schnell. Hauptsächlich verwenden wir Blei; auch Zinn ist ein wichtiger Bestandteil.«

Thomas betrachtete das Metallstück in seiner Hand. Der Buchstabe selbst machte den kleinsten Teil aus. Er saß auf einem länglichen Metallkörper, der als Träger diente.

Gutenberg griff nach einem faustgroßen Gegenstand, der auf einem Beistelltisch lag. »Das Gießgerät hat mich unendlich viel Mühe gekostet!«, sagte er. Thomas erkannte ein Instrument wieder, von dem in den Plänen die Rede war. Es bestand zum Teil aus Holz und zum Teil aus Metall. Gutenberg klappte es auseinander und zeigte auf eine Röhre. »Durch diese Röhre fließt das Metall. Ganz unten, kaum zu sehen, befindet sich die Urform des Buchstabens, eine in Metall geprägte Hohlform. Beim Abguss entsteht der Buchstabe seitenverkehrt, und später, beim Druck, erscheint er wieder in der gewohnten Weise.«

»Schwätz nit!«, sagte Kurt, der Schriftgießer. »Das versteht man sofort, wenn man's sieht.«

Er nahm eine Kelle mit Holzgriff zur Hand und schöpfte aus einer Vertiefung im Schmelzofen flüssiges Metall. Eine Seite des Ofens stand offen. Ein kräftiges Feuer loderte und knisterte. Behutsam ließ er die zähe Flüssigkeit in das geschlossene Gießgerät fließen. Kurt – mit rötlichem Widerschein im Gesicht – wartete eine Weile, ehe er die Form auseinander klappte und der Buchstabe mit hellem Klang auf den Beistelltisch fiel.

»Haste gesehen!«, sagte er zufrieden. Er fasste die bereits abgekühlte Letter mit zwei Fingern und zeigte sie Thomas.

Gutenberg zog ihn weiter. »Man kann beliebig viele Abgüsse des Ur-Buchstabens herstellen, die sich gleichen wie ein Ei dem andern«, erklärte er. »Ich vergleiche es mit der Herstellung von Münzen, nur dass wir ein anderes Verfahren anwenden.«

»Eigenartig«, meinte Thomas, »es ist, als ob die Dinge ihre Individualität verlieren.«

Gutenberg zuckte mit den Schultern, und sie kamen zu zwei Männern auf der anderen Seite des Raumes. Sie standen vor schrägen, in umgekehrter V-Form gegeneinander gestellten Holzkisten. In quadratischen Fächern unterschiedlicher Größe lagen Metallbuchstaben, wie Thomas sie eben beim Schriftgießer gesehen hatte. Drei weitere Männer arbeiteten an ähnlichen Kästen.

»Richard und Bernd, zwei meiner Setzer. In den Fächern liegen die Lettern. Wir benutzen fast dreihundert Zeichen, also etwa zehnmal so viel, wie das lateinische Alphabet kennt. Das erklärt sich durch die Abkürzungen und Buchstabenverbindungen, von denen ich vorhin sprach.«

Die Männer hielten einen länglichen Gegenstand aus Holz in der linken Hand, während sie mit der rechten in die Fächer griffen, kleine Metallstücke hervorholten und auf dem Holzgerät nebeneinander anordneten. Gelegentlich warfen sie einen Blick auf die Textvorlage, die an einer speziellen Halterung befestigt war. War das Holzgerät voll, legten die Setzer die Lettern in einer Metallform ab. So reihte sich Zeile an Zeile.

Thomas hörte gespannt zu, denn er interessierte sich nicht nur für die technischen Details, die ihm Gutenberg erklärte, sondern er versuchte, sich einen Eindruck von den Mitarbeitern zu verschaffen.

»Wer hat die Schrift entworfen?«, fragte Thomas.

Gutenberg zog die Brauen hoch. Thomas hatte eine Frage gestellt, die ihm gefiel. »Ich selbst, in Anlehnung an eine Handschrift, die ich mir aus einer Klosterbibliothek besorgt habe. Das Entwerfen der Schrift war ein langwieriger Prozess. Erst nach unzähligen Versuchen auf Papier stand für mich fest, wie die Schriftzeichen aussehen sollen.«

Sie gingen weiter zu zwei großen Geräten am hinteren Ende der Werkstatt, wo vier Männer arbeiteten.

»Dieser Teil meiner Erfindung wirkt am imposantesten«, sagte Gutenberg. »Trotzdem hat mich die Presse weniger Zeit und Mühe gekostet als die Entwicklung einer gut funktionierenden Schriftgießerei. Man darf sich durch die Größe nicht täuschen lassen. Der Bau der Spindelpresse war vergleichsweise einfach. Ich habe mich mit einem Schreiner zusammengesetzt, der vorher Weinpressen für Winzer gefertigt hat. Viel komplizierter und mühevoller in der Entwicklung waren auch hier die aus Metall gefertigten Teile.«

Thomas betrachtete die fast bis zur Decke reichenden Maschinen. Vor einer der beiden blieben sie stehen.

»Ich möchte Euch Hermann und Eckhart vorstellen. Jener rechteckige Bereich, den Eckhart gerade mit zwei Lederballen schwarz einfärbt, entspricht später mehreren Buchseiten. Die Druckform ist beweglich, sie befindet sich auf dem so genannten Schlitten. – Wir mussten spezielle Begriffe entwickeln, damit die Verständigung klappt. – Das Papier, das bedruckt werden soll, befestigen wir im Rahmen, der gleich heruntergeklappt wird. Eine Weile habe ich damit experimentiert, das

Papier abzureiben, zum Beispiel mit Hilfe einer Rolle, aber die Ergebnisse waren unbefriedigend.

Und nun aufgepasst! Auf dem Schlitten schiebt Eckhart die Druckform samt Papier unter die Spindel mit der Metallplatte. ›An die Presse geben‹ nennen wir das. Der nächste Arbeitsschritt ist körperlich anstrengend und verlangt Kraft. Ein Fall für Hermann! Am Ende der Holzspindel befindet sich eine Metallplatte. Hermann fasst den Hebel mit beiden Händen, er stemmt den rechten Fuß gegen die Presse, und nun, mit einer tausendfach geübten Bewegung, setzt er Spindel und Metallplatte in Bewegung und sorgt dafür, dass das Papier auf die Druckform gepresst wird. Jetzt fährt Hermann die Spindel zurück, zieht den Schlitten unter der Presse hervor, klappt den Rahmen nach oben – und fertig sind gleich mehrere Seiten.«

Thomas trat näher und betrachtete das noch vor wenigen Augenblicken völlig leere Blatt. Es war zweispaltig mit Buchstaben bedeckt, die schwarz und feucht glänzten. Selbst ein geübter Schreiber hätte dafür viele Stunden gebraucht. Und hier, als habe eine Zauberhand den Text übers Papier geweht, vollzog sich der Vorgang in wenigen Augenblicken.

Hermann löste das Blatt vom Rahmen, in dem es winzige Metallstifte festhielten, und hängte es über eine Leine. Dort befanden sich schon andere Blätter, und der Anblick erinnerte Thomas an Wäschestücke.

»So kann die Tinte trocknen«, erläuterte Gutenberg. »Und schon legt Eckhart den nächsten Bogen ein.«

Gutenberg wollte weitergehen, aber Thomas war so fasziniert, dass er den Druckprozess ein zweites Mal beobachtete.

»Wir drucken kein beliebiges Buch«, sagte Gutenberg, »sondern die Bibel. Der Text ist heilig. Ich lege auf saubere Arbeit größten Wert.«

Hermann zog erneut den Hebel der Presse, während er sich mit dem Fuß abstützte. Er hatte die Ärmel seiner Jacke nach oben gekrempelt. Schweißperlen hatten sich auf seiner Stirn gebildet und liefen ihm übers Gesicht. Während des Druckvorgangs spannten sich die Muskeln seiner behaarten Arme.

»So viel zum groben Aufbau der Werkstatt. Und jetzt schauen wir meinem Korrektor über die Schulter. Er arbeitet in der kleinen Kammer nebenan, weil er sich konzentrieren muss und nicht durch den Lärm gestört werden soll, der hier herrscht.«

Sie betraten den angrenzenden Raum. Ein Mann mit weißen Haaren und gekrümmtem Rücken stand an einem Pult beim Fenster. Er hatte die Nase dicht über ein Blatt gebeugt und machte mit einer Schreibfeder Notizen am Blattrand.

»Was er da gerade macht, sehe ich nicht gern«, sagte Gutenberg, und Thomas merkte, dass er halb im Scherz und halb im Ernst sprach. »Das kleine Tintenfass am Pult enthält nämlich rote Farbe, und jedes Mal, wenn er einen Fehler entdeckt, markiert er die betreffende Stelle und macht Randnotizen. Im schlimmsten Fall müssen wir die Seite komplett neu setzen. Das kostet viel Zeit.«

»Man kann es dir nie recht machen«, erwiderte der alte Mann, ohne von seinem Blatt aufzuschauen. »Finde ich nichts, fragst du, wofür du mich überhaupt bezahlst; und streiche ich etwas an, meckerst du auch.«

»Du kennst mich doch. Wenn ich nichts zu meckern habe, stimmt was nicht.«

»Es ist kein Zuckerschlecken, für dich zu arbeiten; da hast du wohl Recht.«

»Er ist der beste Korrektor, den ich mir wünschen kann«, sagte Gutenberg. »Ihm entgeht nichts. Ich will einen fehlerfreien Text. Wie viele Schreibfehler habe ich schon in Handschriften entdeckt! Entweder der Schreiber übersieht sie, oder sie bleiben stehen, weil eine Korrektur hässlich aussehen würde. Wenn *wir* den Fehler rechtzeitig entdecken, lässt er sich im günstigen Fall mit kleinem Aufwand beheben, indem man zwei, drei Lettern austauscht.«

»Im *günstigen Fall …*«, wiederholte der Alte spöttisch.

Einer der Männer, die hier arbeiten, dachte Thomas, ist ein Verräter. Vielleicht sogar der Mörder …

31.

Katharina hatte es aufgegeben, sich zu wehren. Wenn sie um Hilfe rief, lachten die Umstehenden. Als Kind fürchtete sie sich vorm Wilden Mann: Sie kannte ihn aus Sagen und Märchen; kein Ritterroman, in dem der Held nicht gegen eines dieser Ungeheuer kämpfte, das Gegenbild zum Ritter und zum Bürger, Monster und doch Mensch. Später entdeckte sie ihn auf Wandteppichen, als Skulptur an Häuserfassaden, als Schnitzwerk auf Minnekästchen und im Chorgestühl – und fand die Figur zunehmend faszinierend.

Katharina hing auf seiner Schulter und die Welt stand Kopf. Er stieß seltsame Laute hervor. Die Masken der Hexen, Zauberer, Teufel und Dämonen flogen verzerrt an ihr vorbei, Fackellichter wirbelten durcheinander; das war nicht die Stadt, in der sie sonst lebte, man hatte die Türen aufgestoßen in eine geheime, verborgene Welt.

Ihre Entführer trugen sie durch menschenleere Seitengassen, und bald ging es in der Nähe der westlichen Stadtmauer einen Hügel hinauf, wo ihnen niemand begegnete. Der Begleiter des Wilden Mannes, der Dämon, verband ihr die Augen und fesselte sie an Händen und Füßen. Es waren keine Stricke, sondern wahrscheinlich Stoffbänder, aber er zog sie so fest an, dass sie ihr tief ins Fleisch schnitten. Sie schrie nicht und protestierte nicht, was ohnehin zwecklos gewesen wäre. Die beiden redeten nichts. Katharina hatte den Eindruck, dass es weiter bergauf ging.

Es wäre schön gewesen, gleich im Bett hochzuschrecken mit dem Gefühl, dass die nächtlichen Bilder vorüber waren – aber der Alptraum war *sehr real.* Ihr wehte Bieratem ins Gesicht, und ihre Hand- und Fußgelenke schmerzten.

Es fiel Katharina schwer, ihre Angst zu kontrollieren. Sie musste an das Schicksal ihrer Schwester denken. Sie versuchte, sich selbst Mut zu machen. Die bringen mich irgendwohin, sagte sie sich, die haben noch etwas mit mir vor. Der Gedanke tat ihr gut. Sie musste auf ihre Willensstärke vertrauen und durfte sich nicht unterkriegen lassen. Gleichzeitig spürte sie Zweifel und eine eigenartige Müdigkeit.

Die beiden Männer blieben stehen, sie legten Katharina auf den kalten Boden, setzten Fackeln in Brand; sie erkannte das am Geruch, und außerdem sickerte Helligkeit durch die Augenbinde. Als man sie fesselte, waren sie nicht weit von der Stephanskirche gewesen. Katharina hatte danach versucht, zumindest die Richtung zu erahnen, wohin man sie trug – aber es war unmöglich gewesen. Auch Geräusche lieferten ihr keinen Hinweis, nur den Lärm des Festes hörte sie von fern, sonst war es still. Sie waren irgendwo am Stadtrand. Mehr konnte sie nicht sagen.

Einer der Männer löste ihr die Fußfesseln. Endlich konnte sie wieder stehen. Er packte sie beim Arm. »Da runter!«

Sie verstand erst, wovon er redete, als Treppenstufen kamen. Modriger Geruch, es ging wohl in einen Keller. Es roch feucht und verschimmelt, und die Luft war sehr kalt. Sie hörte das Hallen ihrer Schritte, und als sie ins Stolpern kam und ins Leere zu fallen fürchtete, fing einer der beiden sie auf. Eine Wendeltreppe! Katharina zählte die Stufen, es waren über vierzig.

»Wo sind wir?«

»Keine Fragen!«

Die letzte Stufe, es ging geradeaus, dann um eine Ecke. Beim Weitergehen bemerkte sie Gefälle, kein starkes, aber doch beim Gehen deutlich spürbar, weil die Fußspitzen unsicher nach vorn kippten. Sie hatte einen beklemmenden Druck auf der Brust.

Erneut Stufen, und nun war der Klang der Schritte ein anderer; ihrem Eindruck nach befanden sie sich in einem breiten Gang oder sogar einem kleinen Raum. So ging es weiter, Gänge entlang, mal bogen sie nach rechts und mal nach links.

Katharina kramte in ihrem Gedächtnis, ob sie von unterirdischen Gängen gehört hatte. Sicher gab es unter größeren Gebäuden, also vor allem den Kirchen, den einen oder anderen Kellerraum. Aber das hier war etwas anderes. Es schien sich um ein weit verzweigtes, kompliziertes System von Gängen zu handeln. Nein, sie war fast sicher, nie davon gehört zu haben. Ihr Vater, der gewöhnlich gut informiert war, hätte ihr von diesem Labyrinth erzählt. Wie alt mochten die Gänge sein? Und wer wusste von ihrer Existenz? Vor kurzem hatte sie unter dem Eindruck der Fastnacht gedacht, dass man die Türen geöffnet habe in eine geheime Welt, und sie hatte das im übertragenen Sinn gemeint; aber hier war der Vergleich Wirklichkeit geworden: Es gab unter der Stadt, die sie seit ihrer Geburt kannte, tatsächlich eine verborgene Welt! Geheimnisvoll war dieses Labyrinth, und trotzdem kam es ihr bekannt vor, aus Träumen vielleicht oder den Märchen, die ihr früher die Großmutter erzählt hatte.

Jeder Versuch einer Orientierung misslang, und sie bemühte sich, eine ungefähre Vorstellung von der Länge der Strecke zu bekommen, indem sie die Schritte zählte. Aber schließlich, bei über tausend, gab sie auch das auf. Es war zwecklos und deprimierend.

»Stehen bleiben!«

Sie gehorchte mechanisch. Kurze Zeit war es still. Zunächst glaubte sie, die Trommeln vom Fest zu hören, aber das konnte auch eine Täuschung sein; vielleicht hatten sie ihr so lang im Ohr geklungen, dass die Geräusche in ihrer Vorstellung weiterlebten.

Statt dessen ein klirrendes, metallisches Geräusch. Sie hörte das Quietschen einer Tür, die geöffnet wurde, man schob sie in einen Raum. Das erste, was ihr auffiel, war die angenehme Wärme eines Feuers, Holz knisterte und knackte. Die Kälte vorher war empfindlich gewesen, und sofort begann ihre Gesichtshaut zu prickeln.

»Setzen!«

Jemand drückte sie an den Schultern nach unten, und sie landete auf einem Stuhl. Sie stieß mit dem Schulterblatt schmerzhaft gegen die Rückenlehne. Dann entfernten sich die Schritte ihrer Entführer, die Tür wurde wieder zugemacht und das Schloss verriegelt. War sie allein im Raum? Sie lauschte. Außer dem Feuer und ihrem Atem hörte sie nichts.

Mit ihren gefesselten Händen betastete sie den Stuhl, dessen Sitzfläche aus Weiden geflochten war. Sie ärgerte sich, dass man ihr die Füße wieder gefesselt hatte! Es blieb ihr nichts anderes übrig, als sitzen zu bleiben und abzuwarten. Das war schon unter normalen Umständen für sie eine Qual.

Sie hätte zu Hause bleiben müssen. Mit Sicherheit hatten dieselben Leute sie entführt, die versucht hatten, Thomas zu töten. Aber was wollte man von ihr? Man hatte sie am Leben gelassen, und wahrscheinlich würde sie bald erfahren, was man mit ihr vorhatte. Ging es um die Pläne? Der Gedanke erschreckte sie.

Lange geschah nichts. Sie verlor das Gefühl für die Zeit, die verstrich, obwohl sie wach blieb. Dann fiel sie irgendwann in eine Art Halbschlaf. Sie schreckte auf, als wieder Schritte näher kamen, diesmal aus einer anderen Richtung. Eine Tür ging auf, jemand betrat den Raum. Sie versuchte sich anhand der Schritte ein Bild davon zu machen, wer zu ihr kam; langsam waren die Schritte und leise. Die Person blieb in unmittelbarer Nähe, wahrscheinlich direkt vor ihr, stehen.

»Lernen wir uns also endlich kennen«, sagte eine dunkle, nicht einmal unangenehme Männerstimme.

Katharina fragte ihn, wer er sei und was er von ihr wolle? Sie sprach ruhig und ihre Ängste schwanden. Sie wollte am Leben bleiben, und dazu würde ihr jedes Mittel recht sein!

»Ich interessiere mich seit einiger Zeit *für alles, was Euch betrifft.*«

»Wie schmeichelhaft.«

Es ist eine Frage des Willens, sagte sie sich; selbst wenn es im Moment unmöglich scheint, gibt es einen Punkt, an dem ich ansetzen kann. Es gibt *immer* diesen Punkt.

»Ich bedauere übrigens den Tod Eurer Schwester«, fuhr er mit seiner dunklen Stimme fort. Er sprach mit Akzent. Er war keiner der beiden Männer, die sie entführt hatten.

»Ihr habt mich nicht herbringen lassen«, sagte Katharina, »nur um meine Bekanntschaft zu machen.«

»Das ist richtig.«

Sie hörte, wie er einen Stuhl heranzog und sich setzte. »Ich möchte mit Euch über eine Sache sprechen, die mir am Herzen liegt. Vielleicht lässt sie sich gütlich regeln. Ich hoffe das.« Nach einer Pause fügte er hinzu: »Vielleicht ahnt Ihr, worum es geht?«

Sie gab keine Antwort und fragte stattdessen: »Was hattet Ihr mit Klara zu tun?«

»Sie hat für mich gearbeitet. Sie besaß Informationen, die verloren gegangen sind.« Der wohlwollende Tonfall, mit dem er sprach, beunruhigte sie zunehmend.

»Klara war das schwarze Schaf der Familie«, sagte Katharina. »Ich hatte keinen Kontakt mit ihr.«

»Ich weiß, dass Ihr *durchaus* Kontakt mit ihr hattet.«

»Wo sind wir hier?«

»In einem Raum, der zu einem unterirdischen Gangsystem gehört«, sagte er.

»Befinden wir uns tief unter der Erde?«

»Die Gänge sind verworren, und das lässt sich schlecht schätzen. So tief jedenfalls, dass keine Geräusche nach außen dringen. Die Gänge sind alt. Jene, die sie bauten, leben nicht mehr. Selbst der Zweck der Anlage ist mir nur teilweise klar.«

Er war ein Fremder. Sie glaubte mittlerweile, dass er aus dem

Süden kam, vielleicht Italien. Sie hatte seine Stimme nie zuvor gehört. Sie war eine Einheimische und wusste nichts von den Gängen. Woher kannte er sie?

»Wer hat meine Schwester getötet?«, fragte Katharina.

»Ich gäbe viel darum, das zu wissen. Auch über das Warum kann ich nur Vermutungen anstellen. Wir tappen im Dunkeln.«

»Ihr sagtet, Klara besaß Informationen. Musste sie deshalb sterben?«

»Das halte ich für unwahrscheinlich«, sagte er. »Es ist möglich, dass wir es mit einem ganz anderen Motiv zu tun haben.«

»Diese Geschichte ist mir ein Rätsel. Ich habe damit nichts zu tun.«

Darauf gab er zunächst keine Antwort. »Ich habe den Richter beobachten lassen«, sagte er schließlich, »von dem Tag an, da er sich um den Mordfall kümmerte. Es gab mehrere Treffen zwischen Euch und dem Richter. Ihr wart zum Beispiel heimlich in seiner Wohnung.«

»Weil ich wissen wollte, was er herausgefunden hat.«

»Das war der einzige Grund?«

»Das ist doch normal. Es ging um meine Schwester.«

»Ich verstehe.«

Nie wusste sie, was er eigentlich dachte.

»Der Richter besaß Aufzeichnungen, die Eure Schwester angefertigt hat«, sagte er schließlich.

»Das hat er mir verschwiegen.«

»Ihr habt ihn auch am Gericht besucht.«

»Habt Ihr keine Geschwister?«

»Ich kenne nicht mal meine Eltern.«

»Klaras Tod ging mir nahe. Wir sind zusammen aufgewachsen. – Wer hat Euch übrigens die Gänge gezeigt?«

»Lasst mich die Fragen stellen! Wir sprachen von Eurem Verhältnis zum Richter. Er ist verschwunden. Wo hält er sich versteckt?«

»Das weiß ich nicht.«

»Wie ist er an die Aufzeichnungen Eurer Schwester gekommen?«

»Keine Ahnung.«

»Ihr ahnt natürlich auch nicht, worum es bei diesen Aufzeichnungen geht?«

Sie schüttelte den Kopf. Seine Stimme verlor den leichten, spielerischen Klang. »Ich brauche diese Papiere, und Ihr wisst, wo sie sind!«

»Nein.«

Sie hatte nicht den Eindruck, dass er sich seiner Sache sicher war. Woher sollte er auch wissen, ob sie die Pläne hatte?

»Ihr wart im Kaufhaus …«, sagte er.

Sie durfte jetzt keinen Fehler machen, und ihre Gedanken arbeiteten fieberhaft. »Ich wollte meinen Vater besuchen.«

»Weshalb?«

»Ich brauchte Geld für einen Mantel.«

»Ihr wart aber nicht bei Eurem Vater.«

Wenn ihre Antworten nicht überzeugten, wenn sie sich in Widersprüche verstrickte, konnte das den Tod bedeuten. Man hat mich beobachtet, überlegte sie, und folglich wissen sie auch, dass ich zum alten Franz bin, ihn weggelockt habe und hinter der Tür verschwunden bin. Aber haben sie auch Thomas gesehen? Gab es einen Verfolger oder mehrere? Wenn es ein einzelner war, muss er Thomas nicht gesehen haben – oder er hat ihn nicht erkannt.

»Ich habe meinen Vater gesucht«, sagte sie. »Ich bin zum alten Franz und habe ihn gefragt, ob er weiß, wo Vater steckt.«

Der alte Franz hatte eine Enkelin, die er über alles liebte. Katharina hatte sich das zunutze gemacht, um ihn wegzulocken. Sie habe die Enkelin hinten in der Halle gesehen, hatte sie gesagt, sie könne ihm zeigen, wo genau – und er ging mit. Der Alte lief hin und her und suchte, während Katharina sich davonmachte und durch die unbewachte Tür schlüpfte.

»Franz sagte, er habe meinen Vater gesehen«, sagte Katharina, »beim Schmuckhändler sei er gewesen, und er kam mit und half mir, ihn zu suchen.«

»Seltsam«, meinte der Mann mit dem südländischen Akzent. »Während der Alte zwischen den Ständen herumlief, seid Ihr durch die Tür gegangen, die er bewachen sollte – und dann nicht wieder aufgetaucht.«

»Und Ihr glaubt, dass ich den alten Franz weggelockt habe?«

»Man könnte auf den Gedanken kommen.«

Von Thomas erwähnte er nichts. »Aber das ist doch Unsinn«, sagte Katharina. »Warum hätte ich ihn weglocken sollen. Er hätte mich auch so durchgelassen. Er kennt mich, seit ich ein Kind bin. Ich vermutete Vater irgendwo im Lager. Deshalb bin ich durch die Tür. Aber das musste ich nicht verheimlichen.«

War das überzeugend? Mit dem nächsten Einwand hatte sie gerechnet und war vorbereitet. »Komisch nur, dass Ihr aus dem Lager nicht wieder herausgekommen seid.«

»Selbstverständlich bin ich wieder herausgekommen«, sagte Katharina. »Aber der Mann, der mich verfolgte, war wohl ein Blinder.«

»Was habt Ihr so lange im Lager gemacht?«

Schon als Kind konnte Katharina lügen, dass sich die Balken bogen; sie profitierte nun von dieser Fähigkeit. »Ich war nicht lange im Lager«, sagte sie in provokantem Ton, denn sie wollte ihren Gegner aus der Reserve locken. »Aber es gibt einen zweiten Ausgang! Und den hat offenbar keiner bewacht!«

Der zweite Ausgang war nur von innen zu öffnen, wurde zum Transport von Waren genutzt und anschließend verriegelte man ihn wieder. Falls er darüber informiert war, konnte sie in Erklärungsnot kommen.

»Ihr habt die Frage nicht beantwortet: Was habt Ihr im Lager gemacht?«

»Das sagte ich schon: Ich suchte meinen Vater. Aber er war nicht da, und deshalb bin ich wieder gegangen. Über die Außentreppe.«

»Der zweite Ausgang kann nur von innen geöffnet werden. Habt Ihr die Tür offen gelassen?«

»Ein Lagerarbeiter war dort am Aufräumen. Ich bat ihn, sie wieder zu schließen. Ob er das auch gemacht hat, weiß ich nicht.« Würde er das schlucken? Das Gespräch kam ins Stocken.

Bologna dachte nach. Er hatte den Verdacht, sie könnte sich im Kaufhaus mit dem Richter getroffen haben, er könnte ihr dort die Pläne hinterlegt haben, etwas in der Art. Aber das waren nur Vermutungen, mehr nicht. Wie sollte der Richter unbemerkt ins Kaufhaus gekommen sein? Und mussten sie nicht wahnsinnig sein, sich ausgerechnet am belebtesten Ort der Stadt zu treffen?

Die Antworten, die sie ihm gegeben hatte, ließen sich schlecht widerlegen. Sie hatte sich keine Blöße gegeben. Sie war stark, und das imponierte ihm. Die entscheidende Frage war, ob sie die Wahrheit sagte. Hatte sie etwas zu verbergen? War eine unerfahrene Frau in der Lage, so überzeugend zu lügen? Richtig lügen konnte seiner Erfahrung nach nur, wer es regelmäßig und von Berufs wegen übte. Er dachte an die Diplomaten und Politiker, mit denen er häufig verkehrte und zu denen er im weiteren Sinn sich selbst zählte. Erst in Rom hatte er gelernt, sich zu verstellen, sich nicht in die Karten schauen zu lassen, ein indifferentes, undurchschaubares Gesicht zu machen, Worte zu wählen, die alles und nichts bedeuten konnten, und glatt und wendig Stolpersteine zu umgehen. Aber sie war eine junge Frau, sie war einer Exremsituation ausgesetzt, einer Belastung wie wahrscheinlich nie zuvor im Leben, und sie ließ sich keine Angst anmerken. Ihre Antworten kamen schnell und selbstsicher, sogar mit einer gewissen Aggressivität und Frechheit, die er ziemlich bemerkenswert fand.

Trotzdem war sie nicht so unwissend, wie sie sich gab. Sie war häufig mit dem Richter zusammen gewesen, einmal auch nachts, und Bologna dachte sich seinen Teil dabei. In dem Punkt hatte sie ihn nicht überzeugt. Wie viel wusste der Richter? Und wie viel von dem, was er wusste, hatte er ihr erzählt?

Es war auf jeden Fall richtig, sie aus dem Verkehr zu ziehen. Der entscheidende Kampf stand unmittelbar bevor, und Bologna durfte kein Risiko eingehen. Sie konnte sein Projekt nicht mehr gefährden.

Sie war gefesselt, aber sie saß aufrecht, und der rötliche Glanz ihrer Locken, die die Hälfte des Gesichts verdeckten, faszinierte ihn. Er hätte ihr gern in die Augen geschaut – was für eine Farbe sie wohl hatten? Sprach etwas dagegen, ihr die Binde abzunehmen?

32.

Maria hatte ihn bei Kerzenlicht über die steile Treppe nach oben gebracht. Es war Nacht und so dunkel in der Dachkammer, dass Thomas, der auf einem zu kleinen Bett lag, die Hand vor Augen kaum sah. Er war Gutenberg dankbar, dass er ihn versteckte. Sie arbeiteten jetzt zusammen. Der Gang durch die Werkstatt sollte provozieren, sie wollten den Verräter aus der Reserve locken und hatten die Reaktionen der Männer beobachtet: Wer immer es war, er sollte unruhig werden. Vielleicht beging er einen Fehler.

Für Thomas tat sich eine neue Welt auf. Die Juristerei hatte ihn nie mit Leidenschaft erfüllt. Sein Vater hatte ihm empfohlen, die Rechte zu studieren, und die Aussicht auf ein Studium in Italien lockte. Heute, mit Abstand betrachtet, erleichterte es Thomas fast, die Richterstelle los zu sein. Nur die Umstände ärgerten ihn, und die wollte er nicht auf sich sitzen lassen: Er würde für sein Recht kämpfen.

Aber seine wahren Interessen lagen woanders, das wurde ihm klar. Was Gutenberg machte: Das war sein Beruf! Davon hatte er geträumt, unklar und verschwommen – weil es kein Vorbild gab. Die ganzen Jahre hatte es den Beruf, nach dem er sich sehnte, nicht gegeben. Und jetzt existierte er!

Thomas lag wach. Wunschbilder schossen ihm durch den Kopf: Er würde den Fall aufklären, um nicht als Verlierer dazustehen. Dann wollte er Gutenbergs Mitarbeiter werden. Später sah er sich eine eigene Druckerei gründen; er würde *Bücher machen*. Und wenn er erst erfolgreich Geschäfte machte, würde Katharinas Vater seine Abneigung gegen ihn überwinden – hoffte er zumindest.

Ein schöner Traum. Er wusste, dass sich manchmal Ziele erst auf Umwegen realisierten. Er stand am Scheideweg. Alles war in Bewegung, verschiedene Möglichkeiten standen offen, und was zurzeit geschah, würde den Rest seines Lebens prägen. Alles, was er bisher getan hatte, kam ihm wie ein langes Suchen vor, und endlich tat sich der Weg auf, der zum Ziel führte.

Irgendwann drang fahles, graues Licht durch die Ritzen im Dach und durch ein winziges Fenster. Thomas fühlte sich wie gerädert. Er hatte fast die ganze Nacht wach gelegen. Es roch nach Feuer. Wahrscheinlich hatte Maria den Herd in Gang gebracht, und der Rauch zog nicht richtig durch den Kamin ab, sodass der Geruch sich im ganzen Haus verbreitete.

Seine Gedanken wanderten zu Gutenbergs »zwölf Aposteln«, wie er sie für sich nannte. Er hatte einen Verdacht. In den langen Stunden, während er wach lag, hatte sich Thomas den Gang durch die Werkstatt wieder und wieder ins Gedächtnis gerufen. Und er sah die Mitarbeiter vor sich. Den alten Korrektor zog er nicht in Erwägung. Je länger er nachdachte, desto stärker konzentrierte er sich auf eine Person. Das mochte voreilig sein und einer näheren Prüfung nicht standhalten. Es war nur Instinkt. Eine Ahnung.

Sein Verdacht basierte auf einer Vereinfachung, deren er sich fast schämte. Er hatte sich ein Bild vom Mörder gemacht. Während er Klara Roths Leiche untersuchte, stellte er sich einen großen und starken Mann als Mörder vor. Und nun drängte sich ein Bild in den Vordergrund, das Bild des Mannes, der Hermann hieß und dessen Muskeln anschwollen, wenn er am Hebel der Presse zog. Die starken, behaarten Arme hatten Thomas beeindruckt, das ganze Holzgestell wackelte unter dem Ansturm seiner urwüchsigen Kraft.

Es ist banal, dachte Thomas. Das spottet jeder Logik. So würde ein Kind vorgehen. Und trotzdem drängte es ihn, seinen Verdacht zu überprüfen. Ob Gutenberg schon wach war? Thomas konnte seine Ungeduld nicht länger zügeln, warf die Decke zur Seite, stand auf, zog sich an und stieg über die knarrenden Stufen nach unten.

Maria hantierte allein in der Küche. Der Raum war groß, Töpfe und Pfannen hingen an der Wand neben dem Feuer, auf Regalen stapelten sich Teller und Schüsseln. Vermutlich kamen Gutenberg und seine Leute hier zu den Mahlzeiten zusammen. Maria legte gerade einen Laib Brot auf den Tisch, als er zur Tür hereinkam. Sie wirkte verschlafen, hatte ihr blondes Haar flüchtig mit einem roten Band hinten zusammengebunden, und Strähnen fielen ihr ins Gesicht. Ihr grobes Leinenkleid reichte bis zu den Füßen, die in Holzpantinen steckten. Thomas setzte sich an den Tisch und strich sich die Haare aus der Stirn.

»Es dauert noch bis zum Frühstück«, sagte Maria.

»Das eilt nicht. Ich lag nur wach. – Ist wohl eine Menge Arbeit, die ganze Meute zu versorgen?«

»Ich mach es gern. Wir sind eine große Familie.«

Und wie in jeder anständigen Familie, dachte Thomas, gibt es ein schwarzes Schaf.

»Ist Gutenberg Witwer?«, fragte er.

Sie presste die Lippen aufeinander. »Er war nie verheiratet.«

»Hat er nur seine Arbeit im Kopf?«

»Oh, er kann sehr ausgelassen sein!«

Thomas betrachtete ihr blasses, ernstes Gesicht, während sie den Tisch deckte und ihn nicht zu beachten schien. »Bleibt Ihr jetzt bei uns?«, fragte sie, legte die Hände hinter den Kopf und fingerte an dem roten Band.

»Wenn man mich lässt.«

»An mir soll's nicht scheitern.« Sie lächelte verschlafen.

»Ist wohl kein Honigschlecken, das frühe Aufstehen?«, fragte er.

»Ich kenne es nicht anders.«

Thomas blieb gern lange im Bett liegen. Seine ganzen Gewohnheiten waren zum Teufel.

»Und seine Mitarbeiter wohnen alle hier?«

»Bis auf zwei.«

»Wenn man so eng zusammen wohnt, weiß man sicher viel voneinander?«

»Sofern man Wert darauf legt. – Wollt Ihr ein Stück Brot und Käse?«

»Später.«

»Wie ein Deutscher seht Ihr nicht aus.«

Er schaute ihr in die Augen, die schwarz umschattet waren und vom Herdfeuer ein Leuchten auffingen. »Meine Mutter ist Italienerin. – Was treiben Gutenbergs Männer in ihrer Freizeit? Gehen sie abends weg? Gibt es den einen oder anderen, der spät nach Hause kommt?«

»Die sind dermaßen mit Arbeit eingedeckt, die fallen gleich ins Bett. – Habt Ihr in Italien gelebt?«

»Ich bin da geboren. – Sagen wir, so in den letzten zehn Tagen, da ist dir nichts Besonderes aufgefallen?«

»Ich weiß schon, worauf Ihr hinauswollt.«

»Dann hilf mir!«

Sie verteilte Holzlöffel auf dem Tisch, dessen Oberfläche vom häufigen Gebrauch zerkratzt und abgenutzt war, richtete sich auf und verschränkte die Arme vor der Brust. Er sah, weil sie nah bei ihm stand, ihre schmalen Finger; die Haut war trocken und an manchen Stellen, wo sich Risse gebildet hatten, rötlich. Sie sagte: »Eure Richterstelle seid Ihr los. Und so, wie Ihr gestern aussaht, solltet Ihr Euch besser aus der ganzen Angelegenheit raushalten. Eurer Gesundheit zuliebe.«

»Das geht nicht.«

»Warum?«

»Weil es eine Sache der Ehre ist.«

Sie lachte. »Ehre?! Hab ich richtig gehört? Eine Sache der Ehre? Das ist mal ganz was Neues.«

Thomas fragte sich, ob sie nicht Recht hatte. Im Grunde waren es egoistische Motive, die ihn antrieben. Es ging ihm nicht um Ehre. Es ging um Rache!

»Ob Ehre oder nicht«, sagte er, »ich lasse das nicht auf mir sitzen.«

»Klingt schon ehrlicher.«

»Man hat mir übel mitgespielt. Und einer von Gutenbergs Leuten ist in die Sache verwickelt.«

»Woher wisst Ihr das?«

»Er hat das Geheimnis der Erfindung verraten. Ich habe Aufzeichnungen darüber gesehen.«

»Das glaube ich nicht.«

»Frag Gutenberg!«

»Ich weiß nichts. Ich kann Euch nicht helfen.«

»Aber vielleicht hast du einen Verdacht, eine Vermutung …«

Sie schüttelte den Kopf. »Darauf lasse ich mich nicht ein.«

»Wie heißt der Mann noch gleich, der die Presse bedient?«

»Hermann. Hermann Baum.«

»Wohnt er hier im Haus?«

»Nein, er wohnt zur Miete.«

»Wo?«

»Wenn Ihr die Gasse runtergeht und dann nach links, da kommt ein Haus mit einem Turm, oben schaut ein Aufzug raus für schwere Lasten, da wohnt er. Hat eine kleine Kammer gemietet. Dabei haben die genug Geld. Er wohnt nämlich bei einer Kaufmannsfamilie. Manche kriegen nie genug.«

Im Treppenhaus knarrten Stufen. Gutenberg kam zur Tür herein, die Haare wirr und das Gesicht verquollen. Das Hemd hing ihm aus der Hose, und eine Strickjacke aus blauer Wolle trug er mit den Nähten nach außen. Er stutzte, als er Thomas sah, grüßte und setzte sich an den Tisch, der mehr als zehn Leuten Platz bot.

»Ihr habt schon Freundschaft geschlossen?«, brummte er missmutig.

»Ich horche sie ein wenig aus«, sagte Thomas.

»Über Hermann«, ergänzte Maria.

»Ich würde nämlich gern mal mit ihm reden.«

»Warum ausgerechnet mit Hermann?«, fragte Gutenberg.

»Weiß selbst nicht. Ist nur so eine Idee.«

»Kein sehr überzeugender Grund. Er ist mein wichtigster Mann.«

Thomas konnte Gutenbergs Konflikt nachvollziehen. Er musste daran interessiert sein, den Verräter zu finden, andererseits stand er zeitlich dermaßen unter Druck, dass er den Arbeitsprozess nicht unterbrechen wollte. Und den Ausfall eines wichtigen Mitarbeiters konnte er kaum verkraften.

»Nur ein paar harmlose Fragen.«

»Na gut«, sagte Gutenberg, »später …«

33.

Was soll ich hier?«, fragte Hermann Baum. »Warum so offiziell? Können wir uns nicht in der Werkstatt unterhalten?«

Sie standen zu dritt im Gesellschaftszimmer. Es war Vormittag, und draußen fiel Schnee.

»Wir möchten dir ein paar Fragen stellen«, sagte Gutenberg.

»Dann beeilt euch. Als hätten wir keine Arbeit. Sonst hetzt du immer.«

»Es dauert nicht lange«, sagte Thomas.

»Um was geht's?«

»Ich möchte mit Euch über Euer Leben außerhalb der Werkstatt sprechen.«

»Was geht Euch das an?« Hermann Baum trug einen Arbeitskittel, dessen ehemals blaue Farbe sich nur erahnen ließ vor lauter Dreck, Öl und Druckerschwärze. Eine Kappe hing ihm schräg auf den glatten, schwarzen Haaren, bedeckte die halbe Stirn und das rechte Ohr. Auch seine breiten Finger starrten vor Schmutz, der sich unter den Nägeln sammelte. Die Handrücken bildeten muskulöse Hügel. Aus einem dunklen Gesicht leuchteten blau die Augen hervor. Seitlich der klobigen Nase zogen sich tiefe Linien zu den Mundwinkeln und von dort zum trotzigen Kinn. Er war gut einen Kopf größer als Thomas, der ihn auf Ende vierzig oder Anfang fünfzig schätzte.

»Mach keinen Ärger«, sagte Gutenberg.

»Was geht ihn mein Privatleben an? – Davon abgesehen, dass ich keins habe, wie du sehr wohl weißt!«

»Wir befragen jeden, und du bist der Erste.«

»Sucht der Kerl immer noch den Mörder?«, fragte Hermann Baum, ohne Thomas anzuschauen. »Denkt er vielleicht, *wir* haben was mit der Sache zu tun? Und warum machst du das Spiel mit, Johannes? Ich verstehe das nicht!«

»Wo habt Ihr die Nacht verbracht, als Klara Roth ermordet wurde?«, fragte Thomas, während er mit dem rechten Fuß auf den Boden klopfte.

Baums Gesicht lief rot an. Seine Augen verengten sich zu Schlitzen. »Das ist ein schlechter Witz.«

»Einer von uns ist ein Verräter!«, sagte Gutenberg. »Und jeder wird befragt.«

»Ich höre wohl schlecht?!« Er legte seine Hand ans rechte Ohr und bog es nach vorn.

»Es gibt Beweise. Ich bin davon überzeugt, dass du mit der Sache nichts zu tun hast …«

»Warum bin ich dann hier? Warum verhört ihr *mich* zuerst?«

»Jemand muss der Erste sein!«

»Du denkst doch nicht im Ernst, dass ich den Ast absäge, auf dem ich sitze.«

»Einer hat's getan!«

»Aber *ich* nicht!«

»Du beantwortest jetzt seine Frage!«

»Das werde ich nicht tun. Wer bin ich denn?!«

»Dann machst du dich verdächtig.«

Hermann Baum drückte sein Kinn nach unten und fasste durch buschige, zusammengezogene Brauen Gutenberg scharf ins Auge. »Ich weiß nicht, wo ich vor über einer Woche war«, brummte er zögerlich. »Zu Hause wahrscheinlich.«

»So lange liegt das nicht zurück«, sagte Thomas. »Der Mord hat die ganze Stadt aufgewirbelt. Ihr müsst wissen, wo Ihr den Abend und die Nacht verbracht habt!«

Baum redete weiter mit Gutenberg – und registrierte Thomas nur insofern, als er mit dem Daumen auf ihn zeigte. »Der Bischof hat diesen Kerl zum Teufel gejagt. Was hat der bei uns zu suchen?«

»Wenn du weiter nörgelst«, sagte Gutenberg, »stehen wir morgen früh noch hier. Du wirst jetzt endlich seine Frage beantworten!«

»Überlegst du dir eigentlich, was du tust?«, fragte Baum. »Bald wird einer den andern verdächtigen. Dann ist unsere Gemeinschaft im Eimer.«

»Deine *Antwort*!«, sagte Gutenberg, indem er die letzte Silbe in die Länge zog.

»Im Bett war ich, zum Teufel.«

»Kann jemand bezeugen, dass Ihr zu Hause wart«, fragte Thomas.

Hermann Baum lachte. »Leider nicht!«

»Was soll das heißen?«

»Ich bin Junggeselle.«

»Ihr wohnt bei einem Kaufmann?«

»Wenn Ihr schon alles wisst, warum fragt Ihr dann?«

Thomas fühlte wachsendes Unbehagen. »Es muss doch jemand mitbekommen haben, wann Ihr gekommen seid.«

»Weiß ich nicht. Ist mir egal.«

Baums aggressive Ablehnung übertrug sich auf Thomas, in dem es zu brodeln begann. Er war selbst von dem Tonfall überrascht, den er nun anschlug. »Ein Haus ist wie ein Organismus«, sagte er. »Jeder Bewohner ist ein Teil davon. Ob man es will oder nicht, man bekommt immer mit, was der andere macht. Nichts geschieht, ohne dass es von den Nachbarn registriert wird! – Wo liegt Eure Kammer?«

»In einem Zwischengeschoss, fast unterm Dach«, sagte Baum, mit einem verärgerten Seitenblick auf Gutenberg.

»Seid Ihr dort allein untergebracht, oder gibt es noch andere Zimmer?«

»Noch zwei andere.«

»Wer wohnt dort?«

Er verzog das Gesicht und gab keine Antwort.

»Zwei Frauen«, antwortete Gutenberg an seiner Stelle. »Das weiß jeder hier, denn die andern ziehen ihn damit auf.«

Thomas verstand nicht, was Gutenberg meinte. »Frauen, die im Haus arbeiten?«

»Mägde. Wie heißen sie noch gleich, Hermann?«

»Hab ich vergessen.«

»Sei nicht kindisch.«

»Die Namen!«, sagte Thomas ungeduldig, aber Hermann Baum gab keine Antwort.

»Warum ziehen die Männer ihn damit auf?«

»Weil er rot wird, sobald eine Frau in seine Nähe kommt.«

»Du sollst dein Maul halten, Johannes!«

»Allein deshalb«, sagte Gutenberg, »kann es nicht sein, dass er was mit Klara Roth hatte. Er ist viel zu schüchtern. In Gegenwart einer Frau kriegt er das Maul nicht auf. Sein Gesicht ist dann wie eine Maske. Deshalb nennen die Männer ihn ›Puppe‹. Das ist sein Spitzname.«

»Wir reden noch zusammen, Johannes, nachher, unter vier Augen.«

»Zum Beispiel wenn ein Fest ist«, fuhr Gutenberg unbeirrt fort. »Alles tanzt und ist fröhlich. Aber Puppe sitzt vor seinem Becher, besäuft sich und verzieht keine Miene.«

»Unter vier Augen. Nicht jetzt«, wiederholte Hermann.

Danach sagte er überhaupt nichts mehr. Er war so verärgert, dass er die Fragen, die Thomas ihm stellte, einfach ignorierte. Stur, dachte Thomas, wie ein Ochse. Auch Gutenbergs Ermahnungen nützten nichts. Schließlich gingen die beiden Männer zurück in ihre Werkstatt, während Thomas einen Blick in die Küche warf, wo Maria das Mittagessen vorbereitete. Er setzte sich an den Tisch.

»Kennst du Hermann Baum gut?«, fragte er sie.

»Nein, er redet nicht viel, ein stummer Riese«, antwortete Maria, ohne lange zu überlegen.

»Baum sagt, dass er in einer Kammer wohnt und nebenan zwei Mädchen.«

»Lisa und Beate.«

»Du kennst sie?!«

Sie nickte Thomas zu, während sie Zwiebeln schnitt und ihr

Tränen über die Wangen liefen. »Natürlich. Man sieht sich auf dem Markt. Man lästert ein wenig …«

»Ich brauche deine Hilfe, Maria.«

»Wobei?«

»Ein paar Nachforschungen.«

»Das hört sich nicht gut an.«

»Ich möchte, dass du Lisa und Beate über Hermann ausfragst! Würdest du das für mich tun?«

»Was möchtet Ihr wissen?«

»Mich interessieren seine Gewohnheiten. Wann er nach Hause kommt. Wann er geht. Ob er Besuch hat. Ob ihnen in letzter Zeit etwas Besonderes aufgefallen ist. Und ob sie sich daran erinnern, wo er in der Nacht war, als Klara Roth getötet wurde und in der Nacht, als der Baumeister verschwand.«

»Das ist nicht schwer. Den Gefallen kann ich Euch tun.«

34.

Ihre Arme und Beine schmerzten, weil die Stricke ins Fleisch schnitten. Katharina rätselte über den Mann, der mit ihr gesprochen hatte. Er war kein Deutscher, aber er beherrschte die Sprache nahezu perfekt, und die Art, wie er sich ausdrückte, kam ihr ungewöhnlich vor: So sprach kein Handlanger! Er war der Kopf, der hinter allem steckte …

Irgendwann öffnete sich die Tür, durch die sie hereingekommen war, und man befreite sie von den Fesseln und der Augenbinde. Sie befand sich in einem niedrigen Raum mit Rundbogengewölbe. Die bräunlichen Wände, von zwei in Nischen angebrachten Fackeln beleuchtet, waren aus Lehm. Vor ihr stand ein junger Mann mit langen, fettigen Haaren, der kaum noch Zähne im Mund hatte. Er führte sie durch verschiedene Gänge. Sie mussten gebückt gehen. Fackeln beleuchteten auch hier den Weg. Außerdem fielen Katharina in regelmäßigen Abständen Schächte auf, aus denen eisige Luft strömte. Der Mann öffnete eine Tür und sie betraten einen Raum, dessen Wände gemauert und mit Teppichen behangen waren. Es gab einen Kamin, in dem Flammen an Holzscheiten züngelten, bequeme Sitzmöbel, einen Tisch und sogar ein Bett. Die Decke war vergleichsweise hoch und bildete ein Kreuzgewölbe. Katharinas Führer verschwand, um mit einem Korb zurückzukehren. Er deckte den Tisch, holte zwei Becher hervor, die silbrig glänzten, wenn sie das Licht der Flammen auffingen; zwei Teller kamen dazu, aus dem gleichen Material gefertigt.

Dann erschien der Südländer; sie erkannte sofort seine Stimme, als er zur Tür hereinkam und sie begrüßte. Er trug eine purpurfarbene Toga über ansonsten schwarzer Kleidung; eine stattliche Erscheinung (wie sie fand), das Gesicht nicht unsympathisch – wären sie sich unter anderen Umständen begegnet, hätte sie ihn interessant gefunden, vielleicht sogar das Gespräch mit ihm gesucht.

»Man wird uns eine Kleinigkeit zu essen bringen«, sagte er. »Sicher habt Ihr Hunger?«

Er begleitete sie zum Tisch und rückte ihr den Stuhl zurecht, als sie sich setzte. Sie vermutete, dass er in seinem Heimatland der Oberschicht angehörte. Wäre ich fähig, ihn zu töten?, schoss es ihr durch den Kopf. Sie ließ wie nebenbei ihren Blick über den Tisch wandern, suchte nach einem Messer oder etwas, das sie als Waffe benutzen konnte, aber es gab nichts, nur Löffel. In einem Korb lagen Weißbrote, eine Glaskaraffe enthielt Wein von einem dunklen, fast schwarzen Rot, und der Bedienstete brachte eine dampfende Schüssel mit Bratenfleisch, das in kleine Stücke zerteilt war, und Gemüse.

»Wein?«, fragte Bologna und füllte ihren Becher, als sie nickte. Katharina überlegte, ob die Karaffe als Waffe geeignet war. Allerdings müsste es überraschend geschehen. Dann würde *sie* ihm einschenken. Bologna hob seinen Becher. Na gut, dachte sie und stieß mit ihm an.

Sie nippte am Wein. Der Diener verschwand, und sie waren allein. Hatte er die Tür von außen abgeschlossen? Sie hatte nichts gehört! Stand er Wache? Zumindest waren ihr keine Schritte aufgefallen, die sich entfernten. Aber die Tür war dick und mochte die Geräusche von außen schlucken. Oder ihr Gastgeber war sich seiner Sache *zu sicher*.

»Das Essen schmeckt gut«, sagte sie.

Falls man ihr etwas ins Essen getan hatte, konnte sie es nicht ändern. Aber wahrscheinlich war das nicht der Fall, und das gemeinsame Essen musste einen bestimmten Grund haben; sie begann auch, diesen Grund vage zu ahnen.

Bologna interessierte sich schon für Katharina, bevor er sie zum ersten Mal sah. Er kannte sie aus den Berichten seiner Informanten, er hatte erfahren, dass sie Lehrerin war, lesen und schreiben konnte und eine gebildete Frau war. Sie fiel aus dem Rahmen, war etwas Besonderes. Bologna hatte die meiste Zeit seines Lebens unter Männern verbracht, und die wenigen Frauen, mit denen er ein Verhältnis hatte, ließen sich bezahlen. Es war keine darunter, die eine Schule besucht hatte. Eine Frau, die Kinder im Lesen und Schreiben unterrichtete – das machte ihn neugierig, und vom ersten Moment an hatte er gehofft, sie kennen zu lernen. Aber er musste vorsichtig sein. Zwar gab es genug Kleriker, die sich um das Zölibat einen Dreck scherten, aber er kannte Fälle, in denen »unsittlicher Lebenswandel«, wenn er ans Licht kam, die Träume von Aufstieg und Reichtum platzen ließ. Er wollte seine Karriere nicht gefährden.

Allerdings war er weit weg von Rom, und Katharina faszinierte ihn. Als er sie zum ersten Mal sah und mit ihr sprach, eröffnete sich ihm etwas völlig Neues. Nachdem er sie verhört hatte, wurde ihm klar, dass er sie begehrte. »Ich nehme sie mit nach Rom«, hatte er laut zu sich selbst gesagt. Das häufige Alleinsein führte dazu, dass er Selbstgespräche führte.

Er beobachtete sie beim Essen, wie sie den Löffel hielt, wie sie ihm manchmal einen Blick zuwarf, und ihn erstaunte die Langsamkeit ihrer Bewegungen, ihre Eleganz. Sie trug ein weites, schwarzbraunes Kleid, das bis zum Hals reichte, und er versuchte sich ihren Körper vorzustellen. Dabei entsprach sie in keiner Weise dem Schönheitsideal, dem die Maler und Bildhauer huldigten.

»Kennt Ihr andere Städte außer Mainz?«, fragte er.

»Nein.«

Bologna hob seinen Becher und bewegte ihn hin und her, so dass er funkelte und aufblitzte. »Ich muss Euch mit nach Rom nehmen.«

»Was soll dort mit mir geschehen?«

»Der Sklavenhandel ist ein einträgliches Geschäft. Aber ich könnte das verhindern.«

Katharina legte den Kopf in den Nacken und blickte zu einem der Wandteppiche, auf dem ein Mann mit Königskrone zu sehen war; er schaute aus einem Fenster seines Palastes hinunter auf einen Teich, in dem eine nackte Frau badete, während ihre Dienerin beim Ufer stand: David und Batseba. Katharina kannte die Erzählung; Batseba war die Frau des Uria, aber David würde ihren Mann töten lassen, um sie zu heiraten und mit ihr Salomo zu zeugen, den Weisen.

»Nicht ohne Gegenleistung, nehme ich an?«

»Es ist Eure freie Entscheidung.«

Wie würde er reagieren, wenn sie ablehnte? Versuchte er es erst auf die sanfte Art, um dann, wenn das nicht fruchtete, zu rabiaten Methoden zu greifen? Es pochte in ihren Schläfen. Sie hatte die ganze Zeit nach einem schwachen Punkt bei ihm gesucht. Was würde geschehen, wenn sie zusagte? Immerhin war er ein interessanter Mann und besaß Macht und Einfluss. Er konnte seiner Geliebten einiges bieten. Auch war Rom der Ort ihrer Sehnsucht; sie hatte immer von einer Reise dorthin geträumt.

»Was erwartet Ihr von mir?«

35.

Maria trug den schweren Wäschekorb zum rückwärtigen Teil des Hofes. Dort gab es in dem breiten Gebäude, das das Grundstück zur hinteren Gasse abschloss, einen Raum für die Wäsche. Thomas hatte Maria von weitem beobachtet und war ihr gefolgt. Er wollte mit ihr unter vier Augen reden. Sie hatte die Tür halb offen gelassen.

Er betrat den Raum, der im Halbdunkel lag. Wäscheleinen liefen im Zickzack von einem Ende zum anderen, und sie warf gerade ein Leinentuch auf eine der Schnüre. Trotz der Kälte schwitzte sie und war so in ihre Arbeit vertieft, dass sie zusammenfuhr, als er sie grüßte. Sie hielt sich die Hand gegen die Brust, und Thomas entschuldigte sich. »Wollte nur fragen, ob's was Neues gibt?«

»Ich habe einiges rausgekriegt«, sagte sie und strich das Tuch glatt. »Ich war vorhin auf dem Markt. Ich musste nicht lange warten. Lisa und Beate erledigen die Einkäufe immer zu zweit. Schließlich versorgen sie eine große Familie.«

»Was haben sie erzählt?«

»Zunächst gar nichts. Ich wollte nicht gleich mit der Tür ins Haus fallen.«

»Du hast mit ihnen übers Wetter geplaudert?«

»So ungefähr. Wir haben über unsere Herrschaften gelästert. Ein ergiebiges Thema. Dann habe ich sachte das Gespräch auf Hermann gelenkt.«

»Sehr geschickt!«

»Ein fließender Übergang, wie das so geht, wenn man über Leute herzieht. Die beiden mögen den Hermann nämlich nicht!«

»Warum?«

»Sie sagen, er sei ein Stoffel. Womit sie nicht ganz Unrecht haben. Wenn man ihn länger kennt und er sozusagen zur Familie gehört, ist er allerdings ein ganz netter Kerl.«

»Was haben sie also berichtet?«

»Dass er laut schnarcht.«

»Interessant. Was noch?«

»Sie finden Puppe furchtbar schüchtern.«

»Sie nennen ihn Puppe?«

»Jeder nennt ihn so. Wenn er nicht dabei ist – versteht sich. Sie haben das Gefühl, dass er ihnen aus dem Weg geht. Sie sagen, er lebt zurückgezogen, arbeitet von früh bis spät. Wenn er in seine Kammer kommt, legt er sich gleich ins Bett und schnarcht.«

»Hat er nie sein Glück bei ihnen versucht? Sie wohnen immerhin Tür an Tür!«

»Schwer zu sagen. Sein Gesicht ist oft völlig unbeweglich. Der kann in eine Frau verliebt sein, und sie bekommt es nicht mit. Das glaube *ich*!«

»War er in dich mal verliebt?«

»Gut möglich! Lisa und Beate machen sich schon lange über ihn lustig – aber ein bisschen Angst vor ihm haben sie auch. Soweit nichts Besonderes. Aber jetzt kommt's!« Sie schwieg.

»Was kommt?«

»In letzter Zeit war er anders. Er schlich sich manchmal nachts aus dem Haus und kam erst gegen Morgen zurück. Manchmal kam er auch gar nicht, sondern erst am Abend des nächsten Tages. Wenn ihn jemand im Haus darauf ansprach, hat er es geleugnet.«

Sie unterbrach ihre Arbeit nicht, während sie sprach. Sie beugte sich zum Wäschekorb hinunter, griff etwas Rötliches heraus, das sich beim Ausschütteln als Hemd erwies, stellte sich auf die Zehenspitzen und warf es über die Leine, die an dieser Stelle zu hoch für sie war.

»Jetzt ganz langsam«, sagte Thomas, der spürte, wie seine Unruhe wuchs. »Das will ich genau wissen! Wann begann das? Wann fiel es ihnen zum ersten Mal auf?«

Maria drehte den Kopf zur Seite und lächelte Thomas zu. »Dieselbe Frage habe ich auch gestellt. Sie können sich aber nicht daran erinnern. Aber das Wichtigste kommt erst noch …«

Sie legte eine weitere Kunstpause ein. Thomas wartete, auch wenn es ihm schwer fiel.

»Ich habe sie nämlich über die letzten Tage ausgefragt«, setzte Maria ihren Bericht fort. »Und daran erinnern sie sich ganz gut.«

»Auch an die beiden Nächte, in denen die Morde geschahen?«

»Ja.«

»Was haben die Mädchen beobachtet?«

»Nichts. Und auch nichts gehört. Er war nämlich in beiden Nächten nicht zu Hause.«

Nahe der Wand hing die Leine am höchsten. Maria nahm einen weißen Bettbezug und warf ihn in die Luft; er flatterte auf wie ein Vogel, der in die Höhe schießt und seine Flügel spreizt; dann fiel er in sich zusammen, die Leine fing ihn auf, und Maria zog an den Enden, bis sie mit dem Ergebnis zufrieden war.

»Sind sich die beiden sicher?«

»Es war nicht leicht, das aus ihnen rauszubekommen«, sagte Maria. »Sie haben nämlich zu viel Angst vor ihm, um ihn offen zu verdächtigen. Obwohl sie sonst nicht zimperlich sind, das könnt Ihr mir glauben.«

»Der Reihe nach«, sagte Thomas. »Zunächst die Nacht, als Klara Roth starb …«

»Er war erst in seiner Kammer, verschwand dann und kam bis zum Morgen nicht zurück.«

»War er am nächsten Morgen auf der Arbeit?«

»Ja, das weiß ich bestimmt. Er hat noch nie gefehlt. Er ist nie krank, und er kommt auch nie zu spät. Das wäre jedem aufgefallen! Er ist die Zuverlässigkeit in Person.«

»Erinnern sich die beiden noch, wann er das Haus verlassen hat?«

»Lisa ist davon wach geworden. Die Kammern sind hellhörig. Sie war aber zu verschlafen, um genauer sagen zu können, wann es war.«

»Und dann kam er erst am darauf folgenden Abend wieder in seine Kammer?«

»So ist es. Das kam aber schon manchmal vor, und als ihn sein Vermieter einmal darauf ansprach, sagte er, es gäbe so viel Arbeit, dass er gelegentlich in der Werkstatt übernachte.«

»Und als der Baumeister starb?«

»Hat er die Kammer verlassen und ist erst kurz vor Morgengrauen zurückgekehrt.«

»Jetzt werden wir uns den guten Hermann noch mal vorknöpfen!«

»Aber lasst mich aus dem Spiel!«

36.

Gutenberg stand der Unglaube ins Gesicht geschrieben, nachdem Thomas ihn zu einem Gespräch unter vier Augen aus der Werkstatt geholt hatte – oder vielleicht war es auch Fassungslosigkeit. Er lief Gefahr, seinen wichtigsten Mitarbeiter zu verlieren; aber es gab auch eine menschliche Seite, und Thomas dachte an die Art, wie beide in seiner Gegenwart miteinander geredet hatten. Trotz des Konflikts spürte er die

Nähe zwischen Meister und Mitarbeiter, sie waren sehr vertraut miteinander, mochten und respektierten sich.

»Ich gebe nichts auf das Gewäsch von Marktweibern!«, sagte Gutenberg. »Hermann ist halt etwas anders als die meisten, da entstehen dann sofort Gerüchte und Verleumdungen. Aber ich kenne ihn schon so lange, und er ist eine ehrliche Haut.«

»Trotzdem müssen wir ihm noch mal auf den Zahn fühlen. Ich möchte wissen, wie er reagiert, wenn wir ihn mit den Vorwürfen konfrontieren!«

»Er wird mir das ewig übel nehmen. Selbst wenn er nachts das Haus verlässt, muss er mit den Morden nichts zu tun haben. Vielleicht verbringt er seine Zeit im Hurenhaus.«

»Auch das lässt sich nachprüfen. Auf jeden Fall muss er Farbe bekennen.«

Schließlich konnte Thomas ihn überzeugen, und Gutenberg verließ das Gesellschaftszimmer, um Hermann aus der Werkstatt zu holen.

Hermann Baums Blick, als er den Raum betrat, ließ Thomas nichts Gutes ahnen. Von einem ausdruckslosen Puppengesicht konnte nicht die Rede sein; er war aufgebracht, und Thomas suchte instinktiv nach einer Fluchtmöglichkeit. Würde er rechtzeitig zur Tür kommen? Aber zwischen ihm und der Tür stand Hermann.

Thomas beschloss, sich nicht einschüchtern zu lassen. »Ich habe über Euch ein paar Nachforschungen angestellt«, sagte er statt einer Begrüßung.

»Was Ihr macht, ist mir völlig egal«, erwiderte Baum.

»Euer Gedächtnis war bei unserem letzten Gespräch sehr schlecht«, sagte Thomas, »und ich möchte ihm ein wenig auf die Sprünge helfen.«

Thomas bemerkte, dass Baum seine Fäuste ballte, ehe er sich an Gutenberg wandte. »Johannes, ich kann diesen Kerl nicht ausstehen. Er ist unverschämt. Ich garantiere für nichts.«

»Du wirst dich zusammennehmen und ihm antworten!«

»Warum machst du mit ihm gemeinsame Sache?«

»Man hat beobachtet, dass Ihr seit einigen Wochen häufig nachts unterwegs seid.«

»Hör ihn dir an«, sagte Hermann zu Gutenberg. »Glaubst du, der ist noch normal?«

»Manchmal kehrt Ihr früh am Morgen in Eure Kammer zurück, aber an anderen Tagen bleibt das Bett leer ...«

»Wer erzählt solche Lügengeschichten? Oder ist das alles nur erfunden?«

Hermann ging einen Schritt auf Thomas zu, der unwillkürlich zurückwich. Gutenberg schob sich zwischen die beiden. »Was er sagt, stimmt: Es gibt Leute, die das behaupten.«

»Das ist alles gelogen!«

»Ich gebe normalerweise nichts auf Gerüchte«, sagte Gutenberg. »In diesem Fall decken sie sich aber mit meinen Beobachtungen, und das macht mich stutzig. Ich sehe doch, wie du morgens in die Werkstatt kommst! Du siehst völlig zerknittert aus, und abends kannst du kaum noch die Augen aufhalten. Fehlt nicht viel, dass du im Stehen einschläfst.«

»Das ist der Dank, dass ich mich für dich quäle und plage! Warum hast du nichts gesagt?«

»Weil ich dir nichts vorzuwerfen habe. Du arbeitest immer noch für zwei.«

»Na also, ich habe dich einfach zu sehr verwöhnt.«

Thomas sagte: »In der Nacht, als Klara Roth getötet wurde, habt Ihr Euch heimlich aus dem Haus geschlichen. Euer Bett blieb leer bis zum nächsten Abend.«

Hermann Baum schwieg, während Thomas und Gutenberg ihn misstrauisch beobachteten. Es war unverkennbar, dass sich gerade Unsicherheit in seine Wut mischte. Für einen Moment glaubte Thomas in seinen geweiteten Augen Angst zu sehen. Dann bekam Baum sich wieder unter Kontrolle. Thomas spürte, dass sie ihn unter Druck setzen mussten.

»Warum gibst du keine Antwort?« Gutenbergs Stimme

klang strenger als vorhin, und vielleicht hatte er etwas Ähnliches gedacht wie Thomas.

»Niemand hat mich gesehen, weil ich im Bett lag«, sagte Baum, dessen Kopf rot angelaufen war.

Gutenberg legte seinem Drucker die Hand auf die Schulter. »Hör zu, Hermann, wir kennen uns schon so lange! Ich merke, dass irgendwas nicht stimmt. Du bist nicht gut darin, etwas zu verheimlichen. Lass uns offen reden. Du warst nachts unterwegs. Das muss nichts Schlimmes bedeuten, aber ich will von dir die Wahrheit wissen.«

»Ich habe dir die Wahrheit gesagt.«

»Warum schaust du mir dann nicht in die Augen, wenn du mit mir sprichst?«

»Auch in der Nacht, als der Baumeister starb«, fuhr Thomas fort, »habt Ihr Euch davongeschlichen. Mit dem Unterschied, dass Ihr diesmal vor Morgengrauen zurückkamt.«

»Kindermärchen!«

»Die Märchen erzählst du!«, fuhr ihn Gutenberg an. »Rück endlich raus mit der Sprache!«

Baum war zusammengefahren und Thomas überrascht von Gutenbergs plötzlicher Aggressivität. Gutenberg schien vor Baum keinerlei Angst zu haben, umgekehrt aber zog der Riese seinen Kopf ein. Man sah Gutenberg an, dass er kurz vor einem gewaltigen Wutausbruch stand.

»Wo treibst du dich nachts herum?«

Baum senkte den Kopf, gab aber keine Antwort. Gutenberg packte ihn an seinem Wams und schüttelte ihn durch. »Gehst du ins Hurenhaus?«

Bei einem Kampf hätte Gutenberg gegen Baum keine Chance gehabt; trotzdem war es Baum, an dessen Händen Thomas ein Zittern bemerkte. Wie ein Hund, der seinen Herrn fürchtet und nicht erwägt, ihn in Stücke zu reißen, obwohl er das mit Leichtigkeit könnte, dachte Thomas. Der Riese nickte unmerklich.

»Na also«, sagte Gutenberg und ließ ihn los. »Das nehme ich

dir nicht übel, das machen alle. Du sagst uns jetzt, bei wem du warst, und wir prüfen das nach. Und wenn deine Angaben stimmen – dann Schwamm drüber. Ich bin schließlich kein Unmensch.«

Baum hielt immer noch den Kopf gesenkt. Sein Mund stand halb offen.

»Also, heraus mit der Sprache!«, sagte Gutenberg in freundlichem Tonfall. »Wie heißt sie? Die Geschichte bleibt unter uns.«

Hermann Baum gab keine Antwort. Gutenberg nannte verschiedene Frauennamen, aber er schüttelte jedes Mal den Kopf. Gutenbergs Gesicht, das sich zwischenzeitlich aufgehellt hatte, verfinsterte sich wieder. Plötzlich schrie er; es kam völlig unvermittelt, und Thomas staunte, mit welcher Geschwindigkeit sein Wohlwollen in Wut umschlagen konnte. »Wer war's dann?«

»Klara Roth«, sagte Baum kleinlaut und verängstigt. Er wirkte wie ein hilfloser Junge. »Ich schwöre dir, Johannes, ich bin unschuldig!«

Gutenberg fasste ihn an beiden Ohren. »Du hast ein Verhältnis mit einer Frau, die unser Geheimnis kennt, die ermordet wird, und du willst mir weiß machen, da besteht kein Zusammenhang? Unwahrscheinlich. Sehr unwahrscheinlich!«

Baum ging zu einem Stuhl und setzte sich, den Oberkörper nach vorn gebeugt; trotz seiner Größe wirkte er auf Thomas wie ein Häufchen Elend.

»Sie hat sich an dich rangemacht und dir den Kopf verdreht! Und du hast ihr unser Geheimnis verraten! War es so?«

Baum hielt den Kopf weiter gesenkt, seine Schultern zuckten. Gutenberg setzte sich auf den Stuhl gegenüber und versuchte, seinem Drucker ins Gesicht zu schauen, der aber daraufhin das Kinn bis auf die Brust schob.

»Erzähl jetzt alles von Anfang an!«

Baum schaute auf. »Ich hatte mich in sie verliebt.«

»Weiter!«

»An meinen freien Nachmittagen schlendere ich gern zum Hafen«, sagte Baum. »Ich schaue zu, wie man die Fracht löscht und die Schiffe mit neuen Waren belädt. Da begegneten wir uns.«

Gutenberg, der es auf seinem Stuhl nicht länger aushielt, schritt in dem weiten Raum auf und ab. »Rein zufällig natürlich!«, sagte er mit einem Gemisch aus Spott und Wut in der Stimme.

»Jedenfalls stand sie auf einmal neben mir. Wir kamen ins Gespräch. Selbst ich habe von Zeit zu Zeit was geredet. Es kam mir vor wie ein Wunder. Dann hat sie gesagt, sie müsse nach Hause, Holz hacken. Da bot ich ihr meine Hilfe an.«

»Sancta simplicitas! Was passierte dann?«

»Wir spazierten zu ihrem Haus. Sie hat mich gefragt, was ich beruflich mache. Das ist doch normal. Ich habe ihr gesagt, ich sei Drucker. Damit konnte sie nichts anfangen. Ich erklärte ihr, dass ich für dich arbeite und dass wir eine neue Methode erfunden haben, wie man Bücher herstellt. Davon weiß schließlich die ganze Stadt. Ich habe ihr damit kein Geheimnis verraten.«

»Aber sie wollte mehr wissen! Sie interessierte sich für Details!«

»Nicht sofort«, sagte Baum. »Wir sprachen über ganz allgemeine Dinge. Sie hat mir gesagt, dass sie schon als Kind lesen lernte und erzählte mir von den Büchern, die sie kennt: Siegfried, Roland, Alexander. Ihr Interesse war nicht gespielt. Klara war eine ehrliche Haut.«

»Natürlich!«

»Sie hat mir ihre Bücher gezeigt, die in einer Truhe lagen. Sie berichtete von ihren Schwierigkeiten, an ein Exemplar der Metamorphosen des Ovid zu kommen. Ich versicherte ihr, dass in einigen Jahren, dank unserer Erfindung …«

»Dank *meiner* Erfindung!«

»Dass man Hunderte, ja Tausende Exemplare eines Buches in

kurzer Zeit drucken kann, dass die Preise fallen werden! Sie wollte mir das nicht glauben. ›Auf eine solche Erfindung wartet die Menschheit seit Jahrtausenden‹, sagte sie. ›Ja‹, erwiderte ich, ›genauso ist es. Und ich bin dabei.‹«

»Angeber! Weiberheld!«

»Sie war begeistert.«

Plötzlich fing er an zu weinen, und Gutenberg machte ein saures Gesicht, dämpfte aber seine Stimme. »Lass das jetzt!«

Hermann Baum beruhigte sich wieder. Tränen liefen über seine Wangen. »Es war die schönste Nacht meines Lebens!«, schluchzte er, was Gutenberg mit hämischem Lachen quittierte.

»Du verstehst das nicht«, rief der Drucker. »Du hast schon so viele Frauen gehabt. Aber die Liebe ist eine ernste Sache.«

»Woher willst du wissen, was ich ernst nehme?«

Baum richtete sich auf und starrte mit seinen feuchten Augen auf die gegenüberliegende Wand, an der ein Kreuz aus Metall hing; Gutenberg selbst hatte es angefertigt. »Sie hat mein Leben verändert. Sie war der erste Mensch, der sich für mich interessierte. Wir haben uns dann häufiger getroffen. Ich schlich mich nachts aus dem Haus, wenn alle schliefen, und ging zu ihr. Oft haben wir nur geredet. Das hatte gar nichts mit deiner Erfindung zu tun.«

»Aber dann hat sie immer mal wieder Fragen nach deinem Beruf gestellt …«

»Ihr war das wichtig, weil es mit mir zu tun hatte.«

»Weißt du eigentlich, dass sie alles, was du ihr gesagt hast, sofort aufgeschrieben hat?«

»Das glaube ich nicht. Allerdings bat sie mich manchmal, kleine Zeichnungen zu machen, damit sie das, was ich erzähle, besser verstand. Es war harmlos, ich habe mir nichts dabei gedacht.«

»Das war nie deine Stärke.«

»Einmal habe ich ein Gießgerät aus der Werkstatt geschmuggelt, um es ihr zu zeigen.«

»Jetzt bringe ich dich wirklich um!« Thomas fasste Gutenberg, dessen Gesicht sich dunkelrot färbte, am Arm, aber er beruhigte sich schnell wieder.

»Sie fand das wahnsinnig spannend«, fuhr Hermann Baum mit Unschuldsmiene fort. »Ich musste ihr alles ganz genau erklären. Sogar für die Mischung der Metalle interessierte sie sich. Aber sie hat das nicht an andere weitergegeben. Vielleicht hat uns jemand belauscht.«

»Wusstet Ihr, dass Klara noch andere Liebhaber hatte?«, fragte Thomas.

»Das ist eine Lüge. Wir wollten heiraten.«

Erneut lachte Gutenberg auf eine Art, die nicht besonders freundlich klang. »Und eine Familie gründen mit süßen kleinen Kindern. Hermann, ich fürchte langsam, dass du die Wahrheit sagst. Ich weiß allerdings nicht, ob ich dir so viel Dummheit verzeihen kann. Es wäre fast leichter für mich, du hättest alles absichtlich getan.«

»Ihr habt uns immer noch nicht gesagt, warum Ihr in den beiden Nächten, als die Morde geschahen, nicht in Eurer Kammer wart?«

»In der Nacht, als Klara ermordet wurde, war ich in meiner Kammer. Wer etwas anderes behauptet, ist ein Schandmaul und lügt das Blaue vom Himmel herunter. In der Nacht, als Metz starb, war ich tatsächlich unterwegs. Ich war aufgewühlt und verzweifelt über Klaras Tod, ich lief ziellos durch die Gegend. Aber weder ist mir der Baumeister begegnet noch sonst jemand.«

»Kam es vor«, fragte Thomas, »dass jemand bei Klara Roth war, wenn Ihr sie besuchtet?«

»Nein.«

»Nie?«

»Nur einmal, als ich sie überraschen wollte, da war der Goldschmied bei ihr.«

»Welcher Goldschmied?«

»Wie heißt er noch gleich? Der Henning! Ich habe draußen gewartet, bis er verschwunden war. Er hat ihr eine Kette gebracht. So ein Halsband, das hatte sie ihm zur Reparatur gegeben.«

37.

Bologna dachte an den Papst, mit dessen baldigem Tod jeder rechnete. Falls das Kardinalskollegium seinen Mentor zum Nachfolger wählte, stand der Weg für ihn offen. Gar nicht weit von hier, überlegte Bologna, im Niederrheinischen, gab es die »Brüder vom Gemeinsamen Leben«; sie plädierten dafür, die Bibel in der Volkssprache zu lesen. Sie übersetzten den Text eigenmächtig und streuten ihn unters Volk. Angeblich wollten sie die Laienfrömmigkeit fördern. Bisher haben sie wenig Schaden angerichtet. Aber sie waren nicht allein, es gab andere, ähnliche Bewegungen. Was geschah, wenn antikirchliche Schriften zu Tausenden die Runde machten? Ein Flächenbrand drohte, wie ihn die Welt bis dato nicht kannte. So ein Aufstand konnte die Grundfesten der Kirche erschüttern. Die kommenden Jahre werden kritisch, und wir brauchen einen starken Papst. – Wäre ich der Aufgabe gewachsen?

Er hatte über seine geheimen Hoffnungen bisher mit niemandem gesprochen; keiner hätte ihn ernst genommen, man hätte entweder gelacht oder ihn als größenwahnsinnig bezeichnet. Aber war er das wirklich? Niemand kannte das Potenzial, das in ihm steckte. Schon sein bisheriger Weg hatte etwas Märchenhaftes an sich. Hätte sein Onkel ihn nicht damals ins Kloster gegeben, lebte er heute wahrscheinlich in Armut. Nur die

Kirche bot einen Weg nach oben. Bologna hatte im Kloster auf der untersten Stufe begonnen und es weit gebracht.

Er musste zurück nach Rom, aber nicht mit leeren Händen, sondern im Besitz der Erfindung! Seiner Überzeugung nach stand die Welt am Anfang einer Revolution, die alle vorherigen übertreffen würde. Im Lauf der nächsten Jahre würde sich das Bild vom Menschen, von der Erde und vom Universum dramatisch verändern. *Eine Kraft* würde vor allen andern die neue Welt prägen: das Buch! Langfristig würde sich der Siegeszug des gedruckten Buches nicht aufhalten lassen; aber er konnte die Entwicklung *verzögern*, und das genügte seinen Zwecken. Wenn das Geheimnis der Druckkunst in seinen Händen war; wenn es ihm gelang, in Rom, an einem verborgenen Ort, eine Druckerei aufzubauen; wenn der neue Papst mit seiner Hilfe die öffentliche Meinung diktierte: dann stand Bolognas Aufstieg an die zweite Stelle im Kirchenstaat nichts im Weg.

Und wie viel hatte er dafür riskiert! Der Mord an Kardinal Martini war sein Werk gewesen! Wenn man Angelini zum Papst wählte, würde er es ausschließlich ihm zu verdanken haben, seiner Umsicht, seiner Planung. Bologna würde Kardinal werden und sich damit nicht begnügen: Auch Angelini, der zukünftige Papst, war nicht mehr der Jüngste …

Es klopfte an der Tür der Klosterstube, und Henning betrat den Raum. Bologna brauchte einen Moment, um sich auf seinen Besucher einzustellen, denn seine Gedanken hatten ihn fortgerissen.

»Ich komme aus der Stadt«, sagte Henning. »Die Vorbereitungen für Fastnacht sind in vollem Gang. Bis heute Abend, wenn der Scheiterhaufen brennt, wird keiner mehr nüchtern sein.«

»Wollen wir es hoffen. Was ist mit Gutenbergs Leuten?«

»Alles läuft wie erhofft«, sagte Henning. »Sie treiben sich in der Stadt herum. Sein Anwesen ist unbewacht.«

»Du hast also Recht behalten. Ich habe bis zuletzt daran gezweifelt, ob er so unvorsichtig sein wird.«

»Versetz dich in seine Lage! Seine Leute quälen sich Tag und Nacht für ihn. Er darf den Bogen nicht überspannen. Fastnacht lässt sich keiner entgehen. Er kann sie nicht zurückhalten.«

»Ist er allein in seinem Hof?«, fragte Bologna.

»Davon können wir ausgehen.«

Bologna ging zu seinem Reisekoffer, kramte eine Papierrolle hervor und breitete sie auf dem Tisch aus. »Lass uns alles noch einmal durchsprechen!« Er entrollte den Papierbogen, bis eine Zeichnung zum Vorschein kam. »Das ist Gutenbergs Hof.« Henning half ihm, die Rolle festzuhalten. Bologna deutete auf eine schraffierte Fläche. »Das Wohngebäude. Gleich daneben das Hoftor, das er immer mit schweren Balken verriegelt. Hier ist von außen kein Durchkommen. *Der Schwachpunkt liegt hier!* An der Rückseite des Hofes, wo die kleine Sackgasse verläuft. Ich nehme an, dass er sich hauptsächlich im Wohngebäude aufhält, vielleicht in der Werkstatt. Hier auf der Rückseite, zur Sackgasse hin, gibt es keinen Eingang, nur Fenster, die er wahrscheinlich verschlossen hält. Aber das wird kein Problem sein.«

Sie hatten sich über den Plan gebeugt; Henning hob den Kopf, so dass ihre Augen nur um Handbreite voneinander entfernt waren. »Das sagst du so einfach. Du bleibst schließlich im Hintergrund und wartest, bis alles vorbei ist.«

»Dafür ist dein Anteil sehr hoch!«

Henning senkte den Kopf und starrte wieder auf den Plan. »Das Wegschaffen der Geräte liegt mir schwer im Magen«, sagte er. »Selbst wenn alle betrunken sind, wird das kein Kinderspiel.«

»Du bist nicht allein.«

»Aber von mir hängt alles ab.«

»Der Wagen fährt zum Tor und bleibt dort stehen«, sagte Bologna. »So ein Gefährt fällt bei dem Trubel gar nicht auf, man wird euch für Schausteller halten. Vereinbart ein Zeichen, damit du weißt, wann du ihnen von innen öffnest. Sobald du ihnen das Tor öffnest, fährt der Wagen in den Hof, und du machst es wieder zu. Ihr seid in der Überzahl und werdet mit Gutenberg leicht fertig. Räumt ihm die gesamte Werkstatt leer! Lasst nichts zurück!«

Gutenberg und Thomas standen im Zimmer des Korrektors, weil es dort nicht so kalt war wie in der Werkstatt. In einem Wandregal stapelten sich dickleibige Bücher; Pergament- und Papierstreifen lagen herum, zum Teil mit winzigen Buchstaben beschrieben. Auf dem Pult brannte eine Öllampe und kämpfte gegen das Halbdunkel.

»Ich habe ein ungutes Gefühl«, sagte Gutenberg, der den Mund verzog, als er ein Blatt zur Hand nahm, mit roten Zeichen am Seitenrand. »Aber ich musste meinen Leuten über Fastnacht freigeben. Die Festtage sind ihnen heilig, und nichts kann sie zurückhalten.«

»Immerhin sind wir zu zweit«, sagte Thomas, der sich neugierig im Raum umschaute. Sie hätten genauso gut im Haupthaus bleiben können, aber Gutenberg zog es an seinen Arbeitsplatz, als sei das der sagenumwobene Magnetberg.

»Ich habe alle Gebäudeteile abgeriegelt. Wir werden regelmäßig Kontrollgänge machen. In der Hauptsache müssen wir die Werkstatt bewachen. – Ich weiß nicht mehr, wo mir der Kopf steht. Was wir von Hermann erfahren haben, beunruhigt mich!«

»Ich habe Zweifel an seiner Version«, sagte Thomas. »Vielleicht hat er uns nur einen Teil der Wahrheit erzählt.«

»Ich glaube, er war ehrlich.«

»Kann jemand wirklich so naiv sein, alle Geheimnisse auszuplaudern, ohne dass er dafür bezahlt wird?«

»Hermann schon. Jedenfalls wenn eine Frau im Spiel ist. Am liebsten würde ich ihm den Hals umdrehen, aber ich brauche ihn – sonst kann ich die Werkstatt gleich dicht machen. Ich frage mich, ob nicht vielleicht Henning was mit der Sache zu tun hat?«

»Wer ist dieser Henning? Kennt Ihr ihn gut?«

Gutenberg schüttelte den Kopf. »Ein wenig. Was heißt schon kennen? Man kann ja in keinen hineinschauen. Es gibt in unserem Lebensweg einige Parallelen. Wir sind uns erstmals während meiner Straßburger Zeit begegnet. Er hatte gerade eine Familie gegründet und nagte am Hungertuch.«

Thomas schaute überrascht auf. »Erzählt mir darüber!«

»Eines Tages – während ich noch an den Spiegeln arbeitete, mich gedanklich aber bereits mit dem Buchdruck beschäftigte – stand Henning vor meiner Tür. Er habe gehört ... Ob ich ihn nicht brauchen könne? Ich weihte ihn in mein Spiegel-Projekt ein. Finanziell beteiligen könne er sich nicht, sagte er, aber er verstehe sich auf Metalle, und wenn ich so viele Spiegel herstellen wolle, brauche ich sicher Hilfe. Ich war einverstanden, und er hat vielleicht ein halbes Jahr für mich gearbeitet. Er stellte die Spiegel in seiner Werkstatt her. Henning war zuverlässig und ein exzellenter Handwerker. Ich konnte mich nicht über ihn beklagen.«

»Eine rein geschäftliche Beziehung?«

»Ja, und das lag an seiner Art, mit der ich nicht zurechtkam. Er war immer am Jammern. Er haderte mit Gott und der Welt; fühlte sich vom Schicksal benachteiligt. Ich hatte bei Henning immer den Eindruck, als sei er neidisch auf mich.«

»Woran habt Ihr das gemerkt?«

Gutenberg hob die Schultern. »Er betonte auf übertriebene Weise seine einfache Herkunft. Wie schwer er es zeitlebens gehabt habe. Und dann bei anderen Gelegenheiten spielte er darauf an, dass ich ja aus einer Patrizierfamilie stamme. Als sei mir alles in den Schoß gefallen. Das sagte er nicht – aber er meinte es.«

»Was geschah, als das Projekt mit den Spiegeln beendet war?«

»Er bot mir an, weiter für mich zu arbeiten; wahrscheinlich hatte er mitbekommen, dass ich mich mit einer neuen Erfindung beschäftigte – aber ich hatte keine Verwendung für ihn.«

»Und später habt Ihr und Henning Euch in Mainz wieder gesehen?«, fragte Thomas.

»Er hatte mittlerweile vier oder fünf Kinder und lebte seit einiger Zeit in Mainz. Damals florierte seine Werkstatt. Aber in den letzten Jahren gingen die Aufträge zurück. Mainz ist hoch verschuldet, viele haben der Stadt den Rücken gekehrt.«

»Wie war Euer Verhältnis, als Ihr Euch wieder begegnet seid?«

»Nach außen freundlich, aber in Wahrheit distanziert.«

»Ihr seid Euch aus dem Weg gegangen?«

»Wenn wir uns begegneten, haben wir ein paar Worte gewechselt, mehr nicht. Natürlich hat er mitbekommen, dass ich eine Druckerei aufbaue. Das weiß hier in Mainz schließlich jeder. In Straßburg habe ich noch ein Geheimnis daraus gemacht, weil ich mir meiner Sache nicht sicher war. Hier in Mainz stellte ich zwei ehemalige Goldschmiede an, die für die Metalllettern zuständig sind; das hat er mitbekommen und vielleicht gehofft, dass ich auf ihn zugehe. Aber ich wollte ihn nicht ständig in meiner Nähe haben. Handwerklich hätte er das gekonnt. Aber menschlich passt er nicht in meine Truppe.«

»Es kann also sein, dass er einen heimlichen Groll hegt«, resümierte Thomas.

»Gut möglich.«

Sie schwiegen, und Thomas trat zum Pult des Korrektors, auf dem Gutenbergs rechter Arm lag, daneben einige bedruckte Seiten; die Arbeit des gestrigen Tages. Thomas deutete auf einen riesigen Buchstaben, der ein Bild enthielt. »Was ist das?«

»Eine Miniatur. Judith mit dem Haupt des Holofernes!«

Thomas trat näher, um die Miniatur erkennen zu können. Der enthauptete assyrische Feldherr lag auf seinem Bett, aus seiner offenen Halswunde schoss Blut; Judith stand in siegreicher Pose neben dem Lager, in einer Hand das blutige Schwert, mit der anderen hielt sie den bärtigen Kopf in die Höhe. Judiths Magd stand mit einem Sack bereit, in dem die Trophäe gleich verschwinden würde.

»Die gute Judith«, sagte Thomas. »Sie hat ihr Volk gerettet. Trotzdem finde ich sie immer ein wenig unheimlich.«

»Schade«, meinte Gutenberg. »Ich mag sie.«

38.

Der Tag und die Nacht verliefen ruhig. Das Fest ging weiter; schon am nächsten Morgen hörte man Rhythmen in den Straßen, nach denen Frühaufsteher sangen und tanzten, trotz roter Augen, rauer Stimme und müder Beine. Nichts konnte auffälliger sein, als keine Verkleidung zu tragen; nur Geistliche waren davon ausgenommen, und so hatte Thomas die Mönchskutte anbehalten. Falls seine Verfolger ihn entdeckten, würde sich der Ausflug als riesige Dummheit entpuppen.

Umzüge waren in Vorbereitung, und Höhepunkt des Treibens würde am Abend ein großes Feuer auf dem Marktplatz sein, mit der symbolischen Vertreibung der bösen Geister. Es hatte in der Nacht geschneit, aber der Schnee war nicht liegen geblieben, und der Boden sog die Feuchtigkeit auf, so dass die Schuhe noch tiefer im Schlamm versanken und sich nur mit schmatzendem Geräusch lösten.

Gutenberg hatte Thomas den Weg zu Hennings Haus genau beschrieben, und er folgte einer schmalen Gasse Richtung Markt. Vor einer Schenke standen Männer mit Bierkrügen in der Hand, die ihn zu sich riefen; schließlich galten Ordensbrüder als trinkfest – aber er winkte ab. Durch eine Querstraße zogen bunt gekleidete Musiker, und der Schall ihrer Posaunen und Pauken übertönte für eine Weile alle anderen Geräusche.

Thomas überquerte den Marktplatz, auf dem es von Menschen wimmelte. In der Mitte des Platzes errichteten junge Männer einen Scheiterhaufen. Die aus Stroh gefertigte Hexe, die man am Abend verbrennen würde, saß geduldig auf einem Stuhl und erwartete ihr Schicksal. Als Feen verkleidete Mädchen tanzten bei der Puppe, während sich ein Mann ohne Beine auf einem Wägelchen durch den tiefen Boden quälte und Almosen sammelte.

Nicht weit vom Hafen fand Thomas das von Gutenberg beschriebene Haus; die Fassade und das Dach wirkten reparaturbedürftig. Hennings Werkstatt lag im unteren Teil des Gebäudes, aber die Läden waren verschlossen.

Thomas klopfte gegen die Tür und wartete. Als sie sich öffnete, stand er einer Frau mit grauen Haaren gegenüber, die ihn in seiner Ordenstracht ohne sonderliche Überraschung musterte.

»Mein Mann ist nicht zu Hause«, sagte sie, ehe er sich vorstellen konnte.

Woher wusste sie, dass er ihren Mann suchte? Warum sollte er nicht von Haus zu Haus gehen und um eine Gabe betteln? »Wo finde ich ihn?«, fragte Thomas.

»Das weiß ich nicht.« Sie sprach monoton und beherrscht. Thomas hatte das Gefühl, dass sie die Wahrheit sagte. Gleichzeitig schien es ihr auf fast erschreckende Weise gleichgültig zu sein, wo sich ihr Mann aufhielt.

»Hat er nichts gesagt?«

»Nein.«

Sie mochte Anfang fünfzig sein, und ihre Augen blickten leer und apathisch, aber wenn sich Thomas nicht täuschte, war sie früher eine schöne Frau gewesen.

»Wann ist er gegangen?«

»Wer seid Ihr? Und warum wollt Ihr das wissen?«

Ein Kind drängte sich neben die Frau, das ihr ähnlich sah. Fasziniert betrachtete es den Besucher. »Mama, wer ist das?«

»Geh wieder rein!«

»Ich möchte zu deinem Vater«, sagte Thomas.

»Der ist weg.«

»Geh rein!«

»Was heißt weg?«

»Schon lange weg«, erwiderte das Kind und lief ins Haus.

Thomas schaute Hennings Frau in die Augen. »Lasst mich vorbei. Ich möchte kein Aufsehen machen.«

Er ging entschlossen auf sie zu, sodass sie zurückwich und er das Haus betreten konnte. Sie standen sich im Eingangsbereich gegenüber, und durch eine offene Tür sah er in die Werkstatt. Der Raum lag wegen der geschlossenen Läden weitgehend im Dunkeln, trotzdem erkannte er eine aufgeräumte Werkbank, die aussah, als habe dort seit Ewigkeiten niemand gearbeitet.

Thomas zog die Kapuze seiner Mönchstracht vom Kopf.

»Jetzt erkenne ich Euch«, sagte die Frau. »Ich habe Euch einmal mit Steininger gesehen.«

»Dann könnt Ihr Euch vielleicht denken, weshalb ich hier bin.«

»Beim besten Willen nicht.«

»Ihr wisst, dass ich zwei Mordfälle untersuchte?«

»Das weiß jeder in der Stadt.«

Ihrer Sprache nach kam sie aus Süddeutschland, Thomas kannte Kaufleute aus der Augsburger Region mit einem ähnlichen Dialekt. Er vermutete, dass sie aus einer gehobenen städtischen Schicht stammte, möglicherweise dem Patriziat. Jedenfalls kam es ihm vor, als habe sie bessere Tage gesehen.

»Eines der Opfer war Klara Roth. Nun habe ich von einem Zeugen erfahren, dass Euer Mann kurz vor Klaras Tod bei ihr war.«

Plötzlich kam Leben in ihre Augen, und sie wirkte interessiert. »Davon hat er mir nichts gesagt.«

»Der Zeuge behauptet, Klara habe ihrem Mann eine Kette gegeben, damit er sie repariert. Er soll ihr die Kette dann vorbeigebracht haben.«

»Das halte ich für unwahrscheinlich.«

Thomas war überrascht. »Weshalb?«

»In der Regel kommen die Kunden zu meinem Mann und holen sich ihre Sachen wieder ab. Es ist nicht üblich, dass er sie ihnen vorbeibringt. Und Klara wohnte weit abseits. – Ich dachte, der Mordfall sei aufgeklärt, die Täter gefasst.«

»Man hat Unschuldige hingerichtet.«

»Und Ihr wurdet entlassen.«

»Das ist richtig.«

»In wessen Auftrag kommt Ihr dann?«

»In eigenem Auftrag«, sagte Thomas.

»Was soll dieser Aufzug? Ihr habt kein Recht, mich auszufragen.«

»Ich will die Wahrheit herausfinden. – Kommt es häufig vor, dass Euer Mann mehrere Tage verschwindet?«

»Wenn seine Geschäfte es erfordern.«

»Ist das momentan der Fall?«

»Er hat gesagt, dass er geschäftlich weg muss.«

Thomas hatte befürchtet, dass sie auf seine Fragen nicht mehr antworten würde. Er hatte nicht das Recht, sie zu verhören, das war völlig richtig. Und der Aufzug, in dem er erschien, machte alles andere als einen seriösen Eindruck. Trotzdem verhielt sie sich nicht abweisend: als habe sie geahnt, dass die Morde nicht aufgeklärt waren und als ahne sie noch etwas anderes, Schlimmeres.

»Ich finde sein Verhalten ungewöhnlich«, sagte Thomas.

Sie nickte. »Er hat sich sehr verändert.«

Ihre Kleider wirkten abgetragen, der graue Rock war an manchen Stellen fadenscheinig.

»Die Werkstatt hat wohl bessere Tage gesehen?«

»O ja, viel bessere.« Ihr Blick schweifte kurz ins Leere. Weshalb schwieg sie nicht einfach?

Thomas glaubte nicht, dass sie ihm etwas vorspielte. Hatte sie resigniert? Thomas spürte, dass seine Fragen bei ihr etwas auslösten. Sie schien sie sogar mit einer gewissen Neugier zu erwarten.

»Heute muss selbst die Kirche sparen«, sagte sie, »die immer unser wichtigster Auftraggeber war. Wir sind eine achtköpfige Familie. Wir konnten nichts zur Seite legen, auch nicht in den guten Jahren. Es ist nur ein kurzer Weg bis zur Armut.«

»Ich hörte, Ihr habt früher in Straßburg gelebt.«

Sie zeigte keine Überraschung. »Auch das war eine schwere Zeit. Das ganze Leben …« Sie sprach den Satz nicht zu Ende, aber Thomas verstand, was sie sagen wollte. Er fühlte sich an einen Psalm erinnert, der häufig in Predigten zitiert wurde: »Und wenn es köstlich war, dann war es Mühe und Arbeit …« So oder ähnlich hieß es doch?

»Hat Euer Mann mit Euch über Gutenberg gesprochen?«

Ihre Aufmerksamkeit wuchs. »Warum fragt Ihr das?«

Thomas gab keine Antwort.

»Er spricht häufig von ihm.« Jede seiner Fragen bestätigte einen Verdacht, den sie hegte – so schien es ihm. Über die genauen Umstände tappte sie aber im Dunkeln. Wenn sie Bescheid wüsste, dachte Thomas, wäre ihr Verhalten anders.

»Was sagt er über Gutenberg?«, fragte er.

»Wenig Schmeichelhaftes!«

»Er ist wütend auf ihn?«

»Er hasst ihn.«

»Weshalb?«

»Weil er Erfolg hat. – Gehen wir in die Küche!« Sie wandte sich um und ging auf eine offen stehende Tür zu. Er folgte ihr. Die Küche lag ebenerdig. Es roch nach Kohl, und über dem Feuer hing ein schwarzer Kessel. Sie setzten sich auf dreibeinige Schemel an einen Holztisch. Auf der dunklen, abgenutzten Tischplatte lagen Gemüsereste und ein Messer. Durch ein schmales Fenster schaute man in den winterlichen Garten.

Hennings Frau saß so, dass ihre rechte Gesichtshälfte und die grauen Haare den Schein vom Feuer auffingen, während der Rest des Gesichts im Schatten lag und nur die Augen hervorleuchteten.

»In Straßburg hat mein Mann zeitweise für Gutenberg Spiegel hergestellt«, nahm sie das Gespräch wieder auf. »Da war er noch gut auf ihn zu sprechen. Das änderte sich, als Johannes keine Arbeit mehr für ihn hatte. Da nannte mein Mann ihn eingebildet und hochnäsig. Aber es war enttäuschte Liebe, denn in Wahrheit bewunderte er Gutenberg; dessen geistige Beweglichkeit; seine Fähigkeit, aus sich heraus Ideen zu schöpfen, die vor ihm noch keiner gedacht hat. Johannes ist ein erstaunlicher, ein außergewöhnlicher Mann.«

»Sie kennen ihn gut?«

»Etwas«, sagte sie nur und lächelte eigentümlich. »Er war früher, noch in Straßburg, manchmal bei uns zu Gast. Er kann andere Menschen für seine Ideen begeistern. So findet er auch immer Geldgeber. Fust hat ihm eine enorme Summe geborgt, trotz der schlechten Wirtschaftslage. Als mein Mann versuchte, von Fust eine vergleichsweise lächerliche Summe zu bekommen, hat er ihn zum Teufel gejagt.«

»Wo habt Ihr Euren Mann kennen gelernt?«, fragte Thomas.

»In Augsburg. Er war Geselle und machte die übliche Wanderschaft. Meine Eltern haben mir von der Heirat zunächst abgeraten. Aber schließlich habe ich doch meinen Willen bekommen.«

Thomas kam es vor, als hätte sie gern noch »leider« hinzugefügt. Ihre Eltern hielten die Verbindung für nicht standesgemäß, sofern Thomas ihre Herkunft richtig einschätzte. Dass eine Frau trotzdem ihren Willen durchsetzte, geschah selten. Wie lange mochten sie mittlerweile verheiratet sein? Zwanzig Jahre? Fünfundzwanzig? Und aus der einstigen Liebesheirat war eine Ehe geworden, die nur noch der Form halber existierte; eine Zweckgemeinschaft, der Kinder zuliebe und weil die

Kirche Trennungen verbot. In Wirklichkeit aber hatten sich die ehemaligen Partner nichts mehr zu sagen. Gab sie ihm die Schuld an ihrem Abstieg? Verachtete sie ihn?

»Will Euer Mann Gutenberg schaden? Traut Ihr ihm das zu?«

Jetzt betrachtete er ihr Gesicht sehr aufmerksam, aber sie sagte nur: »Ja. Ich traue es ihm zu!«

Offenbar hatte sie einen Punkt erreicht, an dem sie es sinnlos fand, sich zu verstellen.

»Traut Ihr ihm auch Gewalt zu?«

Sie nickte.

»Jemand will hinter das Geheimnis von Gutenbergs Erfindung kommen«, sagte Thomas.

»Haben die Morde damit zu tun?«, fragte sie.

»Sehr wahrscheinlich.«

Sie machte ein nachdenkliches Gesicht, denn sie hatte verstanden. »Mord traue ich ihm allerdings nicht zu«, sagte sie.

»Ich glaube, dass es einen Mann gibt, der ein Komplott gegen Gutenberg organisiert; der andere für sich arbeiten lässt; er hat bezahlte Helfer, und er hat Leute fürs Grobe.«

»Ich weiß nichts Konkretes«, sagte sie. »Wenn mein Mann in Verbrechen verwickelt ist, habe ich damit nichts zu tun. Ich werde nicht für ihn lügen. Ich bin nicht seine Komplizin.«

»Was fiel Euch auf?«

»Zum Beispiel das Geld. Er hatte plötzlich hundert Gulden. ›Wo kommen die her?‹, fragte ich. ›Ein großer Auftrag‹, sagte er, ›das ist der Vorschuss.‹ ›Und wer ist der Auftraggeber?‹ Darüber machte er lediglich vage Andeutungen. Ein reicher Kirchenmann angeblich. Ich habe sofort gemerkt, dass er lügt. Habe auch noch keinen getroffen, der im Voraus bezahlt. Und dann diese komischen Fragen …«

Thomas nickte ihr aufmunternd zu, und sie fuhr fort: »Ob ich mir vorstellen könne, Mainz zu verlassen? ›Wohin?‹, fragte ich. Auch da blieb er wieder sehr unbestimmt. ›Richtung

Süden‹, sagte er nur. Augsburg? Nein. Ich verstand nicht, worauf er hinauswollte, und schließlich sagte er, das habe noch Zeit. Was er sich davon verspreche, hakte ich nach. – Ein besseres Leben. Wir könnten alle Sorgen hinter uns lassen. Ich wollte wissen, weshalb er so optimistisch sei. Das könne er noch nicht sagen. Die ganze Zeit habe ich mich gefragt, was dahinter steckt. Aber jetzt brauche ich nur eins und eins zusammenzuzählen.«

Sie unternahm nicht den geringsten Versuch, ihren Mann in Schutz zu nehmen. Hatte sie keine Angst, mit den Kindern allein dazustehen, falls ihm etwas geschah? Jeder kannte das Schicksal der Witwen, die mit ihren Kindern in Armut lebten.

»Mir fiel auf, dass er die letzten Tage sehr aufgeregt war. Er bereitete etwas vor. Ich spürte das.«

»Sind Leute zu ihm gekommen?«

»Ist mir nicht aufgefallen. Aber er war häufiger weg als sonst. Als dann die Morde geschahen, hatte ich gleich so eine Ahnung.«

»Hat er Freunde?«

»Nein. Aber letztens war ein Mann bei ihm – das könnte ein Italiener gewesen sein!«

39.

Es war bereits seit Stunden dunkel. Gutenberg und Thomas hatten das Anwesen abgeriegelt und sich in die Werkstatt zurückgezogen.

»Hört Ihr das Gejohle?«, fragte Gutenberg und Thomas nickte. »Sie verbrennen jetzt die Hexe. Es ist ein schönes Schauspiel, aber die meisten nehmen es ernst. Der Aberglauben ist schlimmer als die Pest. Die Menschen wollen belogen werden.

Sie ertragen die Wahrheit nicht. Wenn du ihnen ein Licht hinstellst, wählen sie die Finsternis. Ich habe es nie begriffen.«

»Die Erfindung wird alles verändern!«, sagte Thomas.

Gutenberg legte den Kopf auf die Seite und blickte Thomas mit den großen, fragenden Augen eines Kindes an. Das Licht einer Kerze spiegelte sich in seinen Pupillen. »Wird sie das wirklich? Ich gestehe, dass ich immer darauf hoffte, wenn ich grübelte, wenn ich nicht weiter wusste und an einem technischen Problem verzweifelte. Mangelnde Bildung verschuldet die Dummheit der Menschen, sagte ich mir. Wenn man ihnen Bildung leicht zugänglich macht, wird alles besser. Mittlerweile bezweifle ich das. Ich bin älter geworden, skeptischer auch. Ich glaube heute, man kann die Welt mit Büchern überschwemmen, und die Menschen werden sich immer noch nach ihrem Aberglauben zurücksehnen. Es reicht nicht, *sich bilden zu können*, man muss es auch *wollen*!« Gutenberg trat zum Fenster, in dem sich die mächtige, fast bis zur Decke reichende Druckerpresse spiegelte. »Das Feuer muss in vollem Gang sein. Man sieht den Widerschein über den Dächern. – Habt Ihr Euch schon einmal Gedanken über Eure Zukunft gemacht? Das Richteramt werdet Ihr nicht zurückbekommen, wie auch immer die Sache ausgeht. Der Kurfürst ist zu stolz, um eine getroffene Entscheidung rückgängig zu machen.«

»Ich werde die Jurisprudenz an den Nagel hängen.«

»Ich könnte noch Hilfe brauchen – zum Beispiel einen zweiten Korrektor.«

Thomas lächelte ihm zu. »Ich denke darüber nach. – Und jetzt mache ich den Rundgang.«

Er stand auf und verließ die Werkstatt. Er trug einen Bund mit sämtlichen Schlüsseln bei sich. Er ging über den Hof zum Wohngebäude, durchquerte die Küche und stellte sicher, dass die Haustür verschlossen war. Während er an den Fensterläden jeden Riegel prüfte, dachte er über Gutenbergs Angebot nach, das ihn überraschte, obwohl er im Stillen darauf gehofft hatte.

So ging es ihm oft, wenn er etwas herbeisehnte: Er erschrak, sobald der Wunsch Wirklichkeit werden wollte.

Durch die Ritzen eines Ladens schaute er nach draußen auf die Straße. Eine verspätete Maske hastete Richtung Markt. Er dachte an Katharina. Er war nach dem Gespräch mit Hennings Frau am Haus der Roths vorbeigegangen, hatte sie aber nicht gesehen. Er hätte ihr gern eine Nachricht zukommen lassen, aber es war unmöglich gewesen.

Thomas ging in den ersten Stock und schaute nach dem Rechten. Gutenbergs Haus war menschenleer, und er kam sich mit seiner kleinen Öllampe etwas verloren vor. Nachdem er sich davon überzeugt hatte, dass im Haupthaus alles in Ordnung war, prüfte er im angrenzenden Gebäude die Verriegelung des Hoftores, wo ihm ebenfalls nichts Besonderes auffiel. Danach überquerte er den Innenhof und ging zum rückwärtigen Teil des weitläufigen Anwesens.

Er betrat ein lang gestrecktes, zweigeschossiges Gebäude, in dem sich unten die Waschküche und Lagerräume befanden. Thomas öffnete eine Tür und leuchtete hinein. Dort hing Marias Wäsche und reflektierte die schwachen Strahlen der Lampe. Zur Straße hin gab es keine Tür, sondern nur ein Fenster, das fest verriegelt war.

Nachdem Thomas die Räume zu ebener Erde inspiziert hatte, wollte er auch ins Obergeschoss. Eine steile Holztreppe führte hinauf. Thomas nahm die ersten Stufen – als er plötzlich mit dem linken Fuß wegrutschte, mit dem Kopf gegen die Wand schlug und mit knapper Not einen schlimmen Sturz verhinderte. Die Lampe schwankte und drohte zu verlöschen. Als die Flamme sich schließlich wieder beruhigte, hielt Thomas sie nach unten und beleuchtete die Stufen.

Sie waren mit Schlamm bedeckt, der noch ganz frisch war, als er daran fasste. Er sah Fußabdrücke, und an manchen Stellen lagen kleine Erdklumpen, die von einer Sohle abgefallen waren. Thomas betrachtete die Abdrücke. Sie waren groß. Sollte er

Gutenberg rufen? Er beschloss, der Sache allein auf den Grund zu gehen. Obwohl er leise auftrat, knarrten die Bretter unter seinen Füßen.

Thomas erreichte das Obergeschoss, und ein dunkler Gang lag vor ihm. Er hörte ein Geräusch. Es ließ sich nicht präzise deuten. Er war sich nicht einmal sicher, woher es kam. Jetzt löschte er die Lampe und stellte sie neben die oberste Trittstufe.

Es war eine Weile still. Dann hörte er wieder das Geräusch. War es eine Stimme? Er hatte gehofft, dass sich seine Augen an die Dunkelheit gewöhnten, aber es kam ihm vor, als stehe er vor einer Mauer. Er machte einen unsicheren Schritt auf das Geräusch zu, während er mit der Hand an der Wand entlangtastete.

Je weiter er vorankam, desto sicherer glaubte er eine Stimme zu hören. Ein seltsames Murmeln. Nun erkannte er unter einer Tür einen Lichtstreifen, der so schwach war, dass er ihn von der Treppe aus nicht hatte sehen können.

Er hatte Angst, Lärm zu machen. Das Gemurmel setzte manchmal aus und begann dann von neuem. Als er den Lichtstreifen erreichte, tastete er nach der Tür und presste sein Ohr dagegen. Es war *eine* Stimme, erkannte er, die einen Monolog zu halten schien. Er konnte keine Worte ausmachen. Die Stimme einer Frau oder eines Kindes? Dann ging ihm mit einem Mal ein Licht auf! Mit einem Gefühl der Erleichterung, aber auch verärgert klopfte er an die Tür.

»Komm rein!« Marias Stimme klang nicht überrascht.

Er öffnete die Tür.

»Bist du's, Johannes?«, fragte sie.

»Nein, Thomas.«

»Was machst *du* denn hier?«

Er betrat eine einfache Kammer mit rohen Bretterwänden und sah Maria auf ihrem Bett sitzen. Sie hielt ein Buch in der Hand, und auf dem kleinen Tisch neben dem Bett flackerte eine Kerze. Sie blickte ihn fragend und ungläubig an.

»Das wollte ich eigentlich dich fragen«, sagte Thomas.

»Das ist *mein Zimmer*.«

»Ich dachte, du wärst auf dem Fest.«

»Danach steht mir nicht der Sinn.«

»Weiß Gutenberg, dass du noch hier bist.«

»Natürlich, ich habe es ihm doch gesagt.«

Sie machte ein ernstes Gesicht, und Thomas fragte sich, weshalb Gutenberg ihn nicht unterrichtet hatte.

»Ich habe deine Stimme gehört«, sagte Thomas. »Ich dachte, ein Fremder sei im Haus.«

»Ich muss laut lesen. Weil ich es nicht richtig kann.«

»Was hast du da?«

»Das Buch der Natur.«

»Den Megenberg?«

»Die Welt steckt voller Wunder. Wusstest du, dass der Pelikan seine Jungen vom eigenen Blut ernährt?«

»Wer hat dir das Buch gegeben?«

»Johannes«, erwiderte sie. »Er unterrichtet mich im Lesen. Aber wann komme ich schon zum Üben?!«

Sie zeigte auf eine Illustration. »Schau nur, hier.« Thomas erkannte ein Wesen mit langem Hals und spitzem Schnabel, das sich die eigene Brust aufriss und drei Junge nährte. Maria klappte das Buch zu und legte es auf den Beistelltisch. Ornamente zierten den braunen Ledereinband, an dessen Kanten Metallbeschläge saßen, um ihn vor Verschleiß zu schützen.

»Kommt Johannes oft zu dir?«

Ihre Augen verengten sich ein wenig. »Nur wenn alle schlafen«, gestand sie widerstrebend.

»Seit wann habt ihr ein Verhältnis?« Dass Thomas so unverblümt fragte, entsprang seiner Verärgerung. Hätte Gutenberg ihn informiert, wäre ihm der Schrecken erspart geblieben.

»Schon lange«, sagte sie mit unsicherer Stimme.

»Warum die Heimlichtuerei?«

»Damit es kein Gerede gibt«, sagte sie. »Er will keinen Ärger mit der Kirche. Schließlich sollen sie seine Bibeln kaufen.«

Thomas sah ihre verschmutzten, überdimensionalen Holzpantinen auf dem Boden stehen. »Deine Spuren haben mich ganz schön erschreckt. Ich dachte, da ist ein Riese unterwegs.«

»Ja, die Dinger sind mir viel zu groß.«

Thomas betrachtete sie aufmerksamer. »Was ist los? Du siehst traurig aus.«

Ein seltsamer Glanz lag in ihren Augen. »Ich bekomme ein Kind von ihm«, sagte sie. »Aber er wird mich nie heiraten.«

40.

Du kannst in Rom bei mir leben!«, sagte Bologna. »Es ist die Hauptstadt der Welt.«

Katharina saß unbekleidet auf dem Bett und verdeckte ihre Brüste mit den Armen. Sie befanden sich immer noch in dem Raum, in dem sie zusammen gegessen hatten. Das Bett stand nahe beim Kaminfeuer. Die Kerzen hatte Bologna gelöscht. Über dem Bett hing ein Wandteppich, der in leuchtenden Farben Szenen aus der Artusepik zeigte.

»Ich wäre eine Fremde. Das ist kein schönes Leben«, sagte sie. Ihr Haar glänzte bei dieser Beleuchtung wie Seide. Sie spürte Bolognas anhaltende Blicke auf ihrer hellen und empfindlichen Haut.

»Es würde dir an nichts fehlen.« Sie wich aus, wenn er sie berühren wollte. Sie wusste, dass sie ihn damit zum Wahnsinn trieb. »Lass uns ein wenig reden«, hatte sie gesagt. Sein Blick zeigte deutlich, wie wenig ihm danach der Sinn stand.

»Ein Kleriker darf nicht heiraten«, sagte Katharina.

»Das ist die offizielle Version.«

»Und die inoffizielle?«

»Ich bin bald der zweite Mann im Kirchenstaat. Wenn du an der Spitze stehst, geht vieles. Was Jupiter erlaubt ist, ist einem Ochsen noch lange nicht erlaubt, sagten die Alten.« Katharina musste lächeln. Bestimmt hatte Bologna in der Klosterschule lateinische Sprichwörter gelernt und war stolz darauf, viele noch aufsagen zu können. Er hatte ausgerechnet jenes zitiert, dass auch ihr besonders gut gefiel. »Wer will mit dem Gesetzgeber richten? Denkst du, der Papst lebt im Zölibat?«, fügte er hinzu.

»Und wenn du dich irrst? Wenn dir die Erfindung nicht Tür und Tor öffnet?«

»Was ist denn der Kirchenstaat? Auf der Landkarte gibt es ihn kaum, ein unbedeutender Klecks. Unsere Macht und Herrschaft basiert auf dem Wort. Damit regieren wir die Herzen der Menschen. Bisher war das Wort flüchtig, das geschriebene Wort ein Luxus. Bald aber werden wir das Abendland mit Hilfe von Büchern beherrschen, die unsere Sicht der Welt verbreiten.«

Ihre Sicht der Welt. Katharina hörte sehr aufmerksam zu. Bologna vertrat seine Position ganz ungeniert, das war das Erstaunliche. Ihr wurde klar, das die Erfindung zwei Gesichter hatte: Sie konnte Segen bringen und Unheil.

»Noch hast du die Pläne nicht«, sagte Katharina.

»Notfalls räumen wir ihm die Werkstatt leer.«

»Das nützt euch wenig. Ihr kennt die Arbeitsabläufe nicht.«

»Gutenberg selbst wird sie uns erklären. Die Folter hat noch jeden zum Reden gebracht. Ich wollte anders vorgehen, aber der Tod deiner Schwester hat alles über den Haufen geworfen.«

»Du hast mir gesagt, du hättest die Verhandlungen mit meiner Schwester nicht selbst geführt. Wer war es dann?« Sie schob ihre Arme ein wenig nach unten.

Es war das erste Mal, dass sie ihren Körper mit Berechnung einsetzte. »Henning, der Goldschmied«, sagte Bologna. Wahrscheinlich dachte er, dass sie es ohnehin erfahren würde, wenn er sie mit nach Rom nahm. »Er hat sie dazu gebracht. Mit meinem Geld!«

Das erste Mal, dass Katharina die Macht spürte, die sie auf einen Mann ausüben konnte. »Und von ihm weißt du auch, dass es die Erfindung gibt?«, fragte sie.

Bologna streckte den Arm nach ihr aus, aber sie schob ihn sanft zurück, mit einem Blick, der besagte: ›Noch nicht.‹ Sie spürte, dass sie mehr haben konnte.

»Henning und ich haben uns in Straßburg kennen gelernt«, sagte Bologna, der auf das Spiel einging. »Damals hat Gutenberg noch experimentiert. Ich habe mich gleich für seine Erfindung interessiert. Ich bezahlte Henning dafür, mir Informationen zu beschaffen über die Druckerei, die im Entstehen begriffen war. Viel kam dabei nicht heraus. Gutenbergs Bemühungen verliefen im Sand. Aber mir war klar, dass er nicht aufgibt. Ich musste viele Jahre warten. Lange hörte ich nichts von Henning. Dann bekam ich einen Brief von ihm aus Mainz.«

»Was war Klaras Aufgabe?«, fragte Katharina.

»Deine Schwester sollte sich an Baum heranmachen. Das war Hennings Idee, und ich fand sie gut. Baum ist Junggeselle, seine Schüchternheit stadtbekannt. Ein gutmütiger Riese. Ich vermute, dass es für deine Schwester leicht war, ihn um den Finger zu wickeln.«

Katharina fasste sich an den Hinterkopf. Ihr Haar war mit einer Spange aus Elfenbein nach oben gesteckt. Ihr Vater hatte sie ihr geschenkt. Sie zog sie ein Stück aus dem Haarknoten hervor.

»Nehmen wir an, ich komme mit. Wo werden wir wohnen?«

»In einem Palast.«

»Mit Dienern?«

»Ja!«

»Wirst du andere Frauen haben?«

»Nie.«

Er streckte seine Hand aus und berührte ihren weißen Arm. Die Innenfläche seiner Hand war feucht.

»Warte einen Moment«, sagte sie und legte ihren Kopf in den

Nacken. Sie umfasste fest die Haarspange und zog sie mit einem Ruck heraus. Das Haar löste sich, die Locken fielen auf ihre Schultern.

»Küss mich!«, sagte sie.

Bologna beugte sich herab. Er hatte schmale Schultern und war zierlich gebaut. Ihre Lippen berührten sich. Katharinas Haarspange war filigran gearbeitet und am Kopf mit einer Schnitzerei verziert. Die Nadel war lang und spitz. War sie fest genug? Sie legte ihre linke Hand auf sein Schulterblatt, in der rechten hielt sie die Spange.

Bologna beugte sich weiter herab. Er stützte sich mit den Händen auf das Bett. Was für hochtrabende Pläne er hatte! Und vielleicht war das nicht einmal abwegig. Mussten nicht alle Aufsteiger größenwahnsinnig sein? Sie testete mit den Fingern die Festigkeit der Haarnadel und bewegte ihre Hand zu seinem Rücken hin. Vielleicht ändere ich den Lauf der Geschichte, dachte sie spöttisch.

Bologna küsste ihren Hals. Er hielt die Augen geschlossen. Ihr Kopf ruhte auf seiner Schulter, sie betrachtete seinen Rücken. Sie umklammerte die Haarnadel wie ein Messer und führte sie nach unten. Wo lag das Herz? Sie dachte an ihre Schwester. Bologna war schuld an ihrem Tod. Er hatte außerdem versucht, Thomas zu töten, um an die Pläne zu kommen. Er hatte sie entführen lassen, und er demütigte sie.

Die Spitze der Haarnadel war nur noch um Fingerbreite von seiner Haut entfernt. Jetzt griff er mit seiner Hand nach ihrer Brust. Doch bevor er sie berühren konnte, stach sie zu. Sie hatte Angst, die Nadel würde brechen. Oder an einer Rippe stecken bleiben. Sie stieß fest zu, und ein Großteil der Nadel verschwand in seinem Körper. Er richtete sich auf, seine Augen weiteten sich. Er streckte beide Hände nach ihr aus. Als wolle er ihren Hals umklammern. Aber dann sackte er nach vorne.

Sie konnte sich nicht rechtzeitig zur Seite drehen. Er fiel mit dem Oberkörper auf sie. Sein Kopf lag an ihrer Schulter.

Katharina geriet in Panik. Sie stieß seinen Körper zur Seite und sprang mit einem Schrei aus dem Bett. Sie wusste nicht, ob er tot war. Aus der Wunde drang kein Blut. Die Nadel wirkte winzig. Sie ging einige Schritte zurück und behielt seinen Körper im Auge. Er lag seltsam verdreht mit dem Oberkörper und Gesicht nach unten im Bett. Er schien nicht zu atmen. Sie ging näher heran. Ängstlich griff sie nach der Nadel. Nichts geschah. Sie stieß sie tiefer hinein, so tief es ging. Dann fasste sie seinen Kopf an den Haaren und hob ihn hoch. Bolognas Mund war geöffnet, sein Blick leer.

Katharina schaute sich im Zimmer um. Seine Kleidungsstücke lagen auf einer Truhe. An seinem Gürtel hing der Schlüssel, mit dem er die Tür von innen verriegelt hatte. So sicher hatte er sich gefühlt! Katharina griff nach ihrem Kleid und zog es über. Sie ging zur Tür und horchte. Falls jemand draußen stand, gab er keinen Laut von sich. Katharina steckte den Schlüssel ins Schloss und öffnete die Tür einen Spalt breit. Im Gang brannte kein Licht. In ihren Schläfen pochte es, als habe sie Fieber. Sie schob die Tür weiter auf. Nichts geschah! Sie schaute im Gang nach rechts und links. Bologna hatte keine Wache draußen postiert. Sie trat zurück in den Raum, entzündete eine Öllampe und warf einen letzten Blick auf Bologna, der zu schlafen schien.

Ihr blieb keine Zeit, über das, was sie getan hatte, nachzudenken. Wohin sollte sie gehen? Sie entschied sich für rechts. Der Gang war niedrig, und sie musste gebückt gehen. Sie hatte den Eindruck, als führe der Weg unmerklich aufwärts, und das schien ihr ein gutes Zeichen zu sein. Was war der Sinn und Zweck der unterirdischen Anlage? Hatte man früher hier Waren gelagert, vor fremdem Zugriff gesichert? Dienten die Gänge als letzte Zuflucht bei einer Eroberung der Stadt? Sie konnte nur Vermutungen anstellen! Wahrscheinlich wusste es niemand.

Der Lichtschein der Lampe reichte nicht weit. Häufig kreuzten sich Gänge, und sie traf ihre Entscheidung, welchem sie folgte, rein nach Gefühl. Als sie zu einer Treppe kam, die abwärts führte, wuchs ihre Unsicherheit. Das verworrene Gangsystem hatte mehrere Ebenen. Sie stieg die Treppe hinab und folgte nun einem Gang, der noch niedriger war. Es gab in regelmäßigen Abständen Luftschächte und Nischen, in denen man früher wahrscheinlich Fackeln angebracht hatte, wie verrußte Stellen vermuten ließen. Sie erreichte einen Punkt, von dem aus sie nur noch kriechend weitergekommen wäre. Bestimmt konnte sie stundenlang im Kreis herumlaufen, ohne einen Ausgang zu finden. Unter welchem Gebäude oder Platz sie sich wohl gerade befand? Sie ging zurück, die Treppe wieder hinauf und irrte orientierungslos weiter. Die Flamme der Öllampe wurde immer kleiner und schwächer.

Irgendwann entdeckte sie einen Gang, der breiter und höher war als die bisherigen und stetig aufwärts führte. Sie kam in eine Art Halle, die vollständig ausgemauert war. Vier Wege gabelten sich. Einer führte nach links, der zweite über eine steinerne, ausgetretene Sandsteintreppe nach unten, direkt daneben eine weitere, diesmal aufwärts führende Treppe und der vierte Gang führte nach rechts. Sie entschied sich für die Treppe, die nach oben ging. Als die Treppe endete, erreichte sie einen Gang, in dem sie aufrecht stehen konnte und der breiter war als alle bisherigen. Von weitem sah sie einen Streifen Helligkeit und hörte Stimmen. Zwei Männer unterhielten sich. Der Lichtstreifen fiel seitlich in den Gang, also befanden sich die Männer wahrscheinlich in einem Raum – ein Wachraum möglicherweise. Sie musste daran vorbei. Sollte sie die Lampe löschen? Aber selbst wenn der Gang ins Freie führte, wusste sie nicht, wie lang die Strecke noch war.

Sie hörte Würfel, die man im Becher schüttelte und die dann über eine Holzfläche purzelten. Katharina löschte ihre Lampe und näherte sich dem Licht auf wenige Schritte. Die Männer debattierten über einen Wurf und zählten Punkte. Katharina wartete. Die beiden begannen sich zu streiten, nicht sehr ernsthaft, aber mit einer gewissen Erregung. Einer forderte, den Wurf zu wiederholen, der andere fühlte sich dadurch benachteiligt.

Katharina huschte, ohne ins Innere des Raums zu schauen, durchs Licht. Wieder im Dunkeln blieb sie stehen. Die beiden stritten heftiger, ihre Verärgerung wuchs. Katharina ging weiter. Sie sah nichts mehr und tastete sich an der Wand entlang. Bald erreichte sie eine Treppe, die Stufen führten aufwärts. Ihr Herzschlag beschleunigte sich, und sie vergaß die Kälte. Auf Händen und Füßen kletterte sie nach oben, bis ihr ein kalter Luftzug ins Gesicht fuhr.

41.

Zwei stämmige Pferde zogen den Wagen, der hohe Räder hatte und den eine graue Plane hufeisenförmig überspannte. Henning ging neben den Pferden; er hielt in der rechten Hand die Zügel, in der linken eine Peitsche. Im Wagen saßen zehn Männer, als Gaukler und Schausteller verkleidet. Jetzt ging es bergab Richtung Stadtmitte, und das Gefährt schaukelte gewaltig. Henning schaute ins Wageninnere. Die bemalten Gesichter blickten leer und schienen dem Quietschen der Räder zu lauschen. Das Stadtzentrum tauchte vor ihnen auf, und er sah den rötlichen Schein des Feuers und den als mächtige Wolke aufsteigenden Rauch. Die Silhouette des Doms zeichnete sich ab; er schien von einer Aura umgeben. Henning brachte die Pferde zum Stehen. Sie schnaubten und stampften unruhig mit den Hufen.

»Ihr wartet hier«, sagte er zu seinen Männern. »Wenn das Feuer heruntergebrannt ist, fahrt ihr weiter. Haltet euch in der Nähe der Stadtmauer und bleibt vom Markt weg. Dann nähert euch seinem Hof. Ich werde dort sein und euch das große Tor von innen öffnen. Wir müssen ein Zeichen vereinbaren, damit ich weiß, wann ihr kommt. Am besten ihr singt ein Lied.«

»Was für ein Lied?«

»Maria, du meine Rose! Das kennt hoffentlich jeder.«

»Am Fasching?«

»Daran werde ich euch erkennen«, sagte Henning.

Er ließ seine Männer zurück und machte sich zu Fuß auf den Weg. Selbst wenn das Feuer heruntergebrannt war, würden die meisten Leute sich weiter am Markt und im Stadtzentrum aufhalten. Falls jemand den Wagen mit den Männern bemerkte, konnten sie sich als Spaßmacher ausgeben, als fahrendes Volk.

Henning hatte seine Aktionen mehrmals in Gedanken durchgespielt. Trotzdem war die Sache heikel. Er hatte ein flaues Gefühl in der Magengegend.

Henning kannte die Anlage des Hofes. Bevor Gutenberg ihn mietete, wohnte hier ein Patrizier, den Henning einige Male besucht hatte. Über Gutenbergs Umbauten wusste er Bescheid. Henning näherte sich dem rückwärtigen Teil des Anwesens, so wie er es mit Bologna besprochen hatte. Er betrachtete das lang gestreckte hintere Hofgebäude. Wind pfiff durch die Gasse und trieb Schneeflocken vor sich her. Die Straße war leer, die Bewohner der gegenüberliegenden Häuser sicherlich unterwegs. Der Lärm vom Marktplatz klang gedämpft. Er blieb bei einem Fensterladen stehen. Die klobigen Holzläden waren von innen verriegelt. Er zog ein Stemmeisen hervor und brach die Verriegelung auf; es war ein Kinderspiel, fast schon zu leicht. Schwerer fiel ihm das Hineinklettern. Er keuchte, nachdem er es geschafft hatte, und fuhr sich mit der Hand über die Stirn. Im Raum konnte er nichts erkennen; es war zu dunkel. Aber Licht durfte er auf keinen Fall machen. Er schloss die Läden von innen. Nur bei genauem Hinschauen würde jemand bemerken, dass sie aufgebrochen waren.

Henning musste zum Innenhof gelangen. Dort würde das

spärliche Mondlicht ihm weiterhelfen. Die Tür zum Hof musste auf der anderen Seite des Raums liegen. Er streckte die Hände vor sich und ging geradeaus. Er bekam etwas zu fassen: Wäsche! Henning schob ein Tuch zur Seite und schon kam ihm ein anderes in die Quere. Irgendwann verlor er die Geduld, und er riss eines der Tücher von der Leine. Er erreichte die Tür und öffnete sie. Vor ihm lag der Innenhof.

Henning versuchte sich zu orientieren. Er musste den gesamten Innenhof durchqueren, denn das große Eingangstor lag auf der anderen Seite zur Straße hin. Am Lichtschein über den Dächern erkannte Henning, dass das Feuer noch immer mächtig brannte. Er konnte die Werkstatt von dort, wo er stand, schemenhaft im Mondschein erahnen. In dem flachen Gebäude in der Mitte des Hofes hatte früher ein Schmied gearbeitet. Es würde noch dauern, bis der Wagen mit den Männern kam. Wo steckte Gutenberg?

Im aufgeweichten Boden setzte Henning vorsichtig einen Fuß vor den andern, um nicht auszurutschen. Er überlegte, ob das Hoftor von innen mit einem Schloss verriegelt war. Er hielt das für unwahrscheinlich, und außerdem trug er die Brechstange bei sich.

Die Gebäude, die den Hof umgaben, unterschieden sich kaum voneinander. Vor ihm tauchte ein schwarzes Gebilde auf: die Werkstatt. Er blieb stehen und horchte. Das Lärmen und Feiern ein paar Straßen weiter übertönte alle anderen Geräusche. Schneeflocken stoben ihm ins Gesicht und schmolzen auf der Haut. Er ging langsam voran und erreichte die Werkstatt. Dort, wo er stand, an der hinteren Schmalseite, gab es kein Fenster. Er tastete sich an den Brettern zur Längsseite. Und jetzt hörte er etwas. Er erkannte Gutenbergs tiefe Stimme. Durch die Ritzen drang Lichtschein. Er erreichte ein Fenster, und dann konnte Henning in die Werkstatt hineinschauen.

Er sah Gutenberg und Thomas bei einem Gerät stehen. Das musste die Druckerpresse sein. Sein Herz schlug schneller. Er hatte so viel über ihr Aussehen spekuliert. Nun sah er sie zum ersten Mal in natura. Aber was machte der Richter dort? Die beiden waren in ein Gespräch vertieft, und Henning wagte es, seinen Kopf weiter vor das mit Eisblumen bedeckte Fenster zu schieben.

»Meine Setzer haben Anweisung, auf ein harmonisches Schriftbild zu achten«, sagte Gutenberg. »Jede Seite ist in zwei Spalten zu je 42 Zeilen bedruckt. – Aber genauso wichtig für die äußere Schönheit des Buches ist ein anderer Aspekt. Hier, nehmt das bedruckte Papier und haltet es vor die Lampe! Was fällt Euch auf?«

Henning konnte jedes Wort verstehen. Die beiden waren völlig ahnungslos. Er sah, wie Thomas ein Blatt rechts und links mit Daumen und Zeigefinger fasste und es vor die Lampe hielt. Das Blatt leuchtete hell auf, während das Gesicht des Richters im Schatten lag. »Ich sehe ein Wasserzeichen! Sieht aus wie ein Ochsenkopf.«

»Daran kann man die Papiermühle erkennen. Dieses Papier kommt aus Süddeutschland. Beste Qualität, so genanntes Hadernpapier. Aber darum geht es mir nicht. Was seht Ihr noch?«

»Etwas, das aussieht wie ein Raster«, sagte Thomas unsicher.

»Das ist selbstverständlich. Papier wird geschöpft. Wenn man mit dem Sieb den flüssigen Papierbrei schöpft, bleibt das Raster der Drähte zurück. Es geht mir um die Schrift.«

»Was ist damit?«

»Danke!« Gutenberg nahm ihm verärgert das Blatt aus der Hand und legte es zur Seite. Henning verstand nicht, worüber sich Gutenberg aufregte.

»Die Zeilen auf der Vorder- und Rückseite verlaufen vollkommen deckungsgleich«, brummte der Erfinder. »Das geschieht mit Hilfe kleiner Metallstifte, auf die das Blatt gespannt wird. Sucht Euch mal ein Manuskript mit *so einem Schriftbild*!«

Henning drückte seine Hand gegen den Magen. Die Anwesenheit des Richters verunsicherte ihn. Der Lichtschein über den Hausdächern ließ nach, das Feuer brannte nicht mehr so stark, und der Moment der Entscheidung rückte näher.

Die Szene, die Henning beobachtet hatte, erinnerte ihn an früher, an die Zeit in Straßburg, als er Gutenbergs Nähe suchte und ihn bewunderte, fast vergötterte. Damals steckte er selbst voller Pläne, und es kam ihm vor, als herrsche im ganzen Land Aufbruchstimmung. Auch Henning hatte von einer Laufbahn als Erfinder geträumt und von Reichtum. Er war von einer Idee besessen, an die er noch immer glaubte. Er hatte sich mit Uhren beschäftigt und deren Mechanismus studiert. Wenn es gelänge, so überlegte er, sie in kleinerem Format herzustellen, dann ließe sich daraus ein Geschäft machen. Aber es war ihm nicht gelungen, seine Pläne zu verwirklichen. Was hatte Gutenberg ihm voraus?

Johannes war in seinen Gedankengängen kühner gewesen als er, sogar von Flugmaschinen hatte er geschwärmt. War Gutenberg auch zäher und beharrlicher? Henning fing schnell Feuer, aber fast ebenso schnell ließ die Begeisterung wieder nach. Er wusste um diese Schwäche. Trotzdem war es das nicht allein. Henning beherrschte mehrere Handwerke, er kannte sich mit Metallen aus, war neugierig und konnte, ähnlich wie Gutenberg, Zusammenhänge schnell erfassen. Aber Gutenberg *dachte* anders! Nicht nur anders als er, Henning, sondern anders als alle Menschen, die Henning kannte. Das ließ sich nicht lernen. Auch Hennings Frau hatte Gutenberg bewundert!

Die Erinnerung daran war schmerzlich. Hatte sie ein Verhältnis mit ihm gehabt? Er hatte es nie herausgefunden. Seine Eifersucht hatte ihm schwer zu schaffen gemacht. Verrückt auch, dass die alte Wunde nicht heilen wollte. Nach so vielen Jahren.

Wenn seine Frau ihn mit Gutenberg verglich: Musste er dann nicht als Versager dastehen? Natürlich stellte sie solche Vergleiche an! Er wusste es, auch wenn sie es nicht zugab. Seine Frau, die er über alles geliebt hatte! Und der er selbst heute noch imponieren wollte. Ließ er sich nicht zuletzt ihretwegen auf das Geschäft mit Bologna ein? Um ihr zu beweisen, dass er nicht der Versager war, für den sie ihn hielt? Aus ihrer ursprünglichen Liebe war im Lauf der Jahre etwas geworden, für das er kein passendes Wort wusste. Es gab einen geheimen Wettkampf zwischen ihnen, und dieser Kampf war noch nicht entschieden. Das war sein eigentlicher Antrieb.

In der Werkstatt sprach Gutenberg immer noch vom Schriftbild, von Harmonie und von Schönheit; aber Henning hatte jetzt lange genug zugehört, und es war Zeit, dass er sich wieder seiner Aufgabe erinnerte. Er musste zum Hofeingang.

Er setzte seinen Weg fort. Mehrmals rutschte er aus. Das dunkle Viereck der Gebäude um ihn herum, das sich verengte, hatte etwas Beängstigendes. Er kam sich für einen Moment wie gefangen vor. Aber diesem Gefühl durfte er keinen Raum geben.

Die Dunkelheit wurde dichter, weil er das Wohngebäude erreichte, an dem er sich entlangtastete. Sein Orientierungssinn hatte ihn nicht getäuscht: Die Einbuchtung, die nun kam, führte zum großen Holztor. Er fuhr mit beiden Händen über die dicken Bretter. Er spürte einen Schmerz im Zeigefinger. Ein Splitter! Aber solche Kleinigkeiten spielten jetzt keine Rolle. Etwa in Brusthöhe fanden seine Hände den mächtigen Querriegel. Der Balken ließ sich mühelos aus seiner Verankerung lösen. Kein Schloss, nichts. Henning schüttelte ungläubig den Kopf.

Gutenberg schob seine Pelzmütze in die Stirn und stand bei der Tür, aber weil sie über sein Lieblingsthema sprachen, zögerte er den Rundgang hinaus.

»Die Bibel ist ein besonderes Buch«, sagte er. »Ich bin kein Kleriker, und ich führe alles andere als ein frommes Leben – was die Pfaffen zum Glück nicht wissen. Trotzdem bin ich auf meine Art ein gläubiger Mensch. Das Alte Testament enthüllt in meinen Augen die vielen dunklen Seiten der menschlichen

Seele. Das Neue Testament aber weist uns den Weg der Liebe, die vom Gesetz und seinen Zwängen befreit. Wer kennt schon die Botschaft im Original? Viele Pfaffen sind dermaßen ungebildet, dass mir die Haare zu Berge stehen. Aber es gibt zum Glück auch gebildete Kleriker, die gern die vollständige Schrift lesen möchten, und sie sollen meine Bibeln kaufen, in der lateinischen Übersetzung des Hieronymus. – Aber später einmal, sofern es der Himmel will, werde ich die Bibel ins Volk tragen. Jeder soll sie lesen können und dort die Wahrheit finden. Jeder soll sich ein Bild machen von den Worten, die unser Leben prägen. Ich will die Menschen aus ihrer Unmündigkeit befreien. Ich habe eine Vision, deren Kühnheit mich ängstigt: Ich will die deutsche Bibel!«

»Das wird die Kirche niemals zulassen!«, sagte Thomas. Was Gutenberg sich wünschte, war zu schön, um jemals wahr zu werden. »Sie wird jeden verfolgen – wahrscheinlich als Ketzer töten –, der ihr Glaubensmonopol angreift.«

»Wer sagt das? Man muss es nur geschickt anfangen. Mit Diplomatie!«

»Diplomatie!? Wenn ich an Hus denke!«

»Die Kirche kann sich nicht ewig gegen Reformen sperren«, sagte Gutenberg. »Außerdem gibt es bereits deutsche Bibeln. Seit Jahrhunderten. Aber weil der lateinische Text als heilig gilt, haben die Übersetzer nicht den Mut zu einer freien Übertragung. Sie übersetzen Wort für Wort. So kommt es zu schwer verständlichen Sätzen. Es bräuchte einen Übersetzer, der sich aus der Umklammerung des Lateinischen löst. Er müsste eine Sprache finden, die das Volk versteht, indem er ihm aufs Maul schaut! Und er darf keine Angst kennen …«

Thomas machte eine Kopfbewegung Richtung Tür. »Ihr müsst los!«

Wie aus einem Traum gerissen hob Gutenberg den Kopf. »Richtig«, sagte er, griff nach der brennenden Fackel und ging ins Freie.

Er begann seinen Rundgang beim großen Hoftor, das fest verschlossen war. Auch in den angrenzenden Wohngebäuden bemerkte er nichts Ungewöhnliches. Schließlich ging er zu den rückwärts gelegenen Gebäuden. Als er einen Blick in den Wäscheraum warf, stutzte er. Ein Laken lag im Dreck, andere hingen schief und unordentlich auf den Leinen. Gutenberg kannte Maria, es war nicht ihre Art, Wäsche so nachlässig aufzuhängen, dass sie von der Leine fiel. Er eilte die Stufen hinauf zu ihrer Kammer.

Er klopfte an die Tür und öffnete sie. Maria lag im Bett und hob den Kopf.

»Was ist mit der Wäsche?«, fragte Gutenberg ohne Umschweife, denn er war beunruhigt.

Maria schaute ihn schlaftrunken an und verstand kein Wort. »Was soll mit ihr sein?«

»Ein Wäschestück liegt im Dreck, und es ist alles völlig durcheinander.«

»Wie kann denn das passieren?«

»Gute Frage!« Er trat ans Bett und fuhr mit der Hand über ihr weiches Haar.

»Ich habe sie ganz bestimmt richtig aufgehängt. Ein Tier vielleicht?«

»Nein.«

»Aber was dann?«

»Mach dir keine Gedanken …«

Er ging wieder in den Hof. Dass Thomas das Durcheinander angerichtet hatte, konnte er sich nicht vorstellen. Um sicher zu gehen, musste er ihn jedoch fragen. Er erreichte die Werkstatt.

»Als ich meinen Rundgang gemacht habe, war noch alles in Ordnung«, sagte Thomas.

»Dann haben wir Besuch bekommen. Ich kümmere mich um den hinteren Teil des Hofs, übernehmt Ihr den vorderen. Schaut sicherheitshalber noch mal nach dem Hoftor, auch wenn ich gerade dort war. Und überprüft die Wohngebäude. Ob alle Läden dicht sind und ob die Eingangstür abgeschlossen ist. Hier, die Schlüssel. Schnell!«

Sie verließen die Werkstatt und trennten sich. Thomas ging zum Hoftor und überprüfte es; ähnlich wie zuvor Gutenberg fand er es verschlossen vor. Er inspizierte die an das Tor grenzenden Gebäude. Thomas dachte daran, dass er und Gutenberg nicht einmal eine Waffe hatten. Zuletzt betrat er Gutenbergs Wohnhaus. Die Tür zur Straße hin war ebenso verriegelt wie die Fensterläden. Er beleuchtete mit der Fackel die schiefen und engen Stufen einer Holztreppe, die ins obere Stockwerk führte.

Henning hatte sich davon überzeugt, dass es kein Problem war, die Verriegelung des Hoftors zu lösen. Sollte wirklich einmal in seinem Leben etwas glatt und problemlos verlaufen?! Kaum hatte er den Gedanken zu Ende gedacht, hörte er Schritte und sah Gutenberg – mit einer Fackel in der Hand – über den Hof kommen. Henning geriet in Panik. Er musste schnell aus dem Eingangsbereich verschwinden, sonst würde Gutenberg ihn sehen. Im Gebäude rechts vom Tor lagerten Vorräte. Klara Roth hatte ihm berichtet, dass im Erdgeschoss unzählige Fässer standen, gefüllt mit Papier. Gutenberg habe die Produktion einer gesamten Papiermühle aufgekauft, hatte Baum ihr erzählt.

Henning versteckte sich rechtzeitig im Eingangsbereich des Lagerhauses, während Gutenberg zum Tor ging. Hier konnte Henning nicht bleiben. Er wartete kurz, dann lief er zum Hofbrunnen und duckte sich hinter der hohen Einfassung. Das erwies sich als klug, denn Gutenberg ging in alle Gebäude, den Brunnen aber übersah er. Wenn Gutenberg alles so gründlich kontrollierte, würde er auch in den Wäscheraum gehen. Henning ärgerte sich, dass er dort für einen Moment die Nerven verloren hatte.

Das Feuer musste zwischenzeitlich heruntergebrannt sein.

Henning konnte vom Brunnen aus die Werkstatt beobachten. Er sah Gutenberg dorthin zurückkehren. Kurze Zeit darauf kamen er und der Richter vor die Tür, beide mit Fackeln in der Hand und gingen in verschiedene Richtungen. Hatten sie seinen Einbruch entdeckt? Der Richter kam mit einer Fackel auf ihn zu. Er ging in kurzer Entfernung am Brunnenrand vorbei. Wie Gutenberg prüfte er die Verriegelung des Hoftors. Schließlich verschwand er im Wohngebäude.

Henning schwitzte, trotz der Kälte. Er hatte befürchtet, dass man beim Tor Spuren von ihm bemerkte. Gott sei dank lag dort kein Schnee! Wo blieben seine Leute? Sobald er den Balken entfernte und sie den Hof stürmten, konnte nichts mehr schief gehen. Warum hörte er nichts? – Dann endlich das Marienlied!

Der Richter war irgendwo im Haus, Gutenberg am anderen Ende des Hofs.

42.

Gutenberg lebte standesgemäß, und die Einrichtung des Wohnhauses entsprach seiner Herkunft. Im ersten Stock warf Thomas einen Blick in die zur Straße gelegenen Räume, überzeugte sich davon, dass keines der Fenster aufgebrochen war. Dann kontrollierte er die gegenüberliegenden, dem Hof zugewandten Zimmer. Gutenbergs Zimmer lagen zum Hof hin, sie wirkten aufgeräumt und ordentlich, ähnlich wie die Werkstatt. Es gab einen Schlafraum, einen Arbeitsraum und eine Bibliothek. Manches Kloster hätte Gutenberg um seine Schätze beneidet, denn alle Wände waren bis zur Decke mit Büchern gefüllt.

Thomas hatte keine Zeit, trotzdem konnte er seine Neugierde nicht unterdrücken und ließ kurz den Blick über die Reihen schweifen. Hier waren die wichtigsten Werke der abendländischen Kultur und Bildung versammelt. In den meisten Fällen standen Titel auf den Buchrücken, teils eingraviert, teils handschriftlich vermerkt: Viel Theologisches, Augustinus, Thomas von Aquin, Roger Bacon, Beda, Andachtsbücher, ein Missale, aber auch die *Legenda aurea*; juristische und medizinische Schriften; antike Literatur, Horaz, Cicero, Ovid; französische Texte, der *Parceval*, der *Roman de la Rose*; und Deutschsprachiges, vorwiegend Ritterromane. Zwei mächtige Fenster sorgten bei Tag für gute Lichtverhältnisse. Ob Gutenberg überhaupt noch Zeit fand zum Studium seiner Bücher? Früher musste er unmäßig viel gelesen haben.

Thomas schaute aus dem Fenster. Der Himmel über Mainz war dunkel, das Feuer am Markt erloschen. Gerade zerrissen Windstöße die geschlossene Wolkendecke, und ein paar Sterne funkelten auf. Der Hof, auf den er hinunterschaute, war eine Fläche aus Grau- und Schwarztönen. Die Gebäude umrahmten den Hof wie ein dunkles Gebirge. Einen kreisförmigen Flecken etwa in der Mitte des Hofs deutete Thomas als Brunnen. Außerdem sah er ein schwaches Licht am anderen Ende des Gebäudetrakts; das musste Gutenberg mit seiner Fackel sein.

Thomas glaubte in der Nähe des Brunnens eine Bewegung zu sehen. Gab es hier Hunde oder Katzen? Gleichzeitig hörte er von der Straße ein Marienlied, und Männerstimmen sangen (mehr schlecht als recht): »Reine Magd, Lilie meines Herzens!« Ein Pferd wieherte. Was hatte ein Pferd um diese Zeit vor dem Hof zu suchen? Der Schatten beim Brunnen veränderte sich und wuchs an zur Silhouette eines Mannes. Thomas begriff, dass sich jemand dort versteckt hatte und auf das Hoftor zubewegte. Der Fremde blieb stehen. Wahrscheinlich drehte er sich um, schaute nach hinten, hatte vielleicht Angst, von Gutenberg bemerkt zu werden. Und dann ging er wieder auf das Hoftor zu, langsam, denn der Boden war rutschig.

Thomas überschlug blitzartig seine Chancen. Selbst wenn er sofort losrannte, den Gang entlang, die Treppe hinunter, würde er zu spät kommen; der Weg war lang, und dem Gegner reichten wenige Schritte, das Hoftor zu erreichen und es für seine Gefährten zu öffnen. Thomas schaute sich panisch im Raum um. Er wusste nicht, wonach er suchte.

Sein Blick fiel auf Gutenbergs Arbeitspult. Dort lag aufgeschlagen ein mächtiger Foliant. Er sah die Eisenbeschläge, die an den Kanten des Buchs den Ledereinband vor Abnutzung schützten. Er klappte das Buch zu und verband den vorderen und hinteren Einbanddeckel mit Metallschließen. Der Band wog schwerer als ein Stein.

Thomas steckte seine Fackel in eine Halterung am Schreibpult, die eigentlich für Tintenhörner gedacht war. Er hatte den Hof aus dem Blick verloren. War der andere schon beim Tor? Das Buch unter den linken Arm geklemmt, eilte Thomas zum Fenster und riss es weit auf. Er schaute hinunter und erstarrte. Direkt unter ihm, wenige Schritte vom Haus entfernt, bewegte sich kein undefinierbarer Schatten mehr. In seiner Bewegung wie eingefroren, die Arme seitlich von sich gestreckt, stand dort ein Mann. Er schaute zu Thomas hinauf, der am geöffneten Fenster erschien, das Licht der Fackel im Rücken. Ein schwacher Schimmer reichte bis in den Hof, und es war, als ob dort unten zwei Augen aufleuchteten.

Direkt vorm Hoftor sang man: »Fürstin des Himmels, erbarm dich unser …«

Der Mann erwachte aus seiner Starre. Er rannte los. Nur wenige Schritte trennten ihn vom Tor. Thomas beugte sich nach vorn. Er hob das Buch, hielt es aus dem Fenster und ließ es fallen.

Er erinnerte sich blitzartig an die Wurfspiele seiner Kindheit. Am Meer hatten sie Löcher in den Sand gegraben, und wer die meisten Steine darin versenkte, hatte gewonnen: Thomas traf nie! Fehlte ihm das Augenmaß? Machte er sich zu viele Gedanken? Als er das Buch aus dem Fenster fallen ließ, handelte er automatisch, wie in Trance. Er sah die Metallbeschläge im Fallen kurz aufblitzen. Dann hörte er einen dumpfen Laut. Der

Mann schwankte und fiel der Länge nach zu Boden. Das Buch lag neben ihm im Schlamm. Thomas traute seinen Augen nicht: Er hatte gerade den Treffer seines Lebens gelandet!

43.

»Mein Gott!«, sagte Gutenberg. »Das schöne Missale.« Mit einem Tuch rieb er am Einband und befreite ihn vom Schmutz. Aus den Augenwinkeln warf er einen Blick auf Henning, der an die Druckerpresse gefesselt war. Sein Kopf lag auf seiner Brust.

»Ein herrlicher Band. Wertarbeit! Manchmal kommen mir Zweifel …«

»Woran?«, fragte Thomas.

»In ein paar Jahren gibt's das nicht mehr. Wer macht sich die Mühe, einen Einband mit Metall zu schützen, wenn alle Welt Bücher besitzt?«

Liebevoll fuhr Gutenberg mit der Hand über die harten Kanten. »Sagt selbst: Sind sie nicht wundervoll?!«

Henning saß auf einem Stuhl. Thomas hatte seine Platzwunde am Kopf mit Stoffstreifen verbunden und ihm das Gesicht mit Wasser abgerieben; trotzdem klebte in den Haaren noch Schlamm, und ein dünnes Rinnsal Blut lief ihm über die rechte Gesichtshälfte.

»Ich glaube, er kommt gerade zu sich«, sagte Thomas.

Gutenberg legte den Lappen zur Seite. »Dann gnade ihm Gott!«

Henning hob den Kopf und blinzelte verwirrt. Seine Stirn legte sich in Falten, während er sich umschaute. Als sein Blick auf Gutenberg haften blieb, weiteten sich seine Augen schlagartig.

Gutenberg ging zur Presse und blieb vor dem gefesselten Henning stehen. Er tätschelte ihm die Wange und lächelte freundlich. »Du wirst jetzt reden«, sagte er. »Entweder freiwillig – oder ich helfe dir ein wenig nach.«

Henning rührte sich nicht und sagte kein Wort. Nur sein Adamsapfel bewegte sich auf und ab.

Gutenberg klappte mit Zeige- und Mittelfinger seine behaarte Ohrmuschel nach vorn. »Also nicht freiwillig«, sagte er nach einer Weile. »Wie du möchtest!«

Henning verzog das Gesicht wie ein Junge, der schmollt. »Ich lasse mich nicht erpressen.«

»Erpressen«, wiederholte Gutenberg. »Da bringst du mich auf eine Idee!«

Ehe Thomas eingreifen konnte, packte er Henning an den Haaren, klemmte seinen Kopf zwischen die Metallplatten der Presse und zog am Hebel. »Du sagst mir Bescheid, sobald du deine Meinung änderst.«

Henning sträubte sich, während Gutenberg langsam den Druck erhöhte. Hennings Gesicht nahm eine rötliche Färbung an. Thomas fasste Gutenberg am Arm. »Das reicht erst mal.«

»Wir werden dir jetzt ein paar Fragen stellen«, sagte Gutenberg. »Du solltest sie beantworten. Wenn ich merke, dass du lügst, wäre das nicht gut. Erste Frage: Für wen arbeitest du?«

Henning bewegte das Gesicht, als versuche er den Kopf zu schütteln. »Für niemanden.«

»Du lügst«, sagte Gutenberg. »Vor dem Tor standen Männer. Sie haben die Flucht ergriffen, als sie merkten, dass die Sache schief läuft. Ich würde mich bedanken, wenn ich solche Mitarbeiter hätte. Da du kein Geld hast, sie zu bezahlen, stelle ich die Frage ein letztes Mal: Wer ist dein Auftraggeber?«

Henning schwieg. Gutenberg zuckte mit den Schultern. Ruckartig bewegte er die Presse. Henning schrie und sein Gesicht färbte sich purpurn.

»Es ist jemand, den Ihr in Straßburg kennen lerntet«, sagte Thomas unvermittelt.

Henning keuchte mehr, als dass er sprach. Es hörte sich an, als bekomme er gleich keine Luft mehr. »Das ist richtig.«

»Ein Geistlicher, nicht wahr?«, fuhr Thomas fort. »Ein hoher Würdenträger.«

»Ja. – Johannes, ich ersticke.«

»So schnell geht das nicht, mein Lieber«, sagte Gutenberg. »Ich möchte gern den Namen wissen.«

Adern traten an Hennings Schläfen hervor, und die Augen schienen ihm aus dem Kopf zu quellen. Er flüsterte etwas.

»Wir können dich nicht verstehen«, sagte Gutenberg.

»Bologna.«

»Du sollst uns nicht an der Nase herumführen. Das ist der Name einer Stadt.«

»Guido Bologna.« Hennings Stimme wurde immer schwächer. »Johannes, lass mich los! Ich erzähle alles.«

Gutenberg überlegte einen Moment. Dann fuhr er langsam die Metallplatten auseinander. Henning befreite seinen Kopf und rang nach Luft. Er bekam einen fürchterlichen Hustenanfall. Es dauerte eine Weile, bis er sich fing und wieder sprechen konnte. Dann erzählte er von Straßburg. Er berichtete, wie er Bologna kennen gelernt hatte.

»Ich erinnere mich an diesen Bologna«, sagte Gutenberg plötzlich. »Er war längere Zeit in Straßburg. Ich bin ihm bei einer Hochzeit begegnet. Er interessierte sich für meine Arbeit und wir führten ein Gespräch.«

»Bologna und ich blieben in Briefkontakt«, sagte Henning. »Immer wieder fragte er nach deiner Erfindung und dem Stand der Dinge. Als ich berichtete, dass du mit dem Druck der Bibel begonnen hast, machte er sich auf den Weg und kam nach Mainz.«

Henning erzählte, wie sie Helfer anwarben, sich in den unterirdischen Gängen einrichteten, die er früher zufällig entdeckt hatte und von denen niemand wusste – und wie er Klara Roth dazu gebracht hatte, ein Verhältnis mit Baum anzufangen. Alles sei nach Wunsch verlaufen.

»Warum musste Klara dann sterben? Wer hat sie getötet?«, fragte Gutenberg.

Henning schwieg nun wieder. Auch Gutenberg sagte nichts. Aber er deutete mit dem Zeigefinger auf die Presse.

»Klara wollte aussteigen«, sagte Thomas. »Sie hat den Kopf verloren. Sie hat sich verliebt.«

Überrascht hob Henning den Kopf. »Woher wisst Ihr das?«

»Stimmt es?«, fragte Gutenberg.

Henning nickte unmerklich. »Mein Leben ist ohnehin ruiniert«, sagte er. »Ja. Sie hat sich verliebt.«

»In wen?«

»In deinen Drucker. In Hermann.«

»Ich glaube dir kein Wort.« Gutenberg lachte. »Das ist der beste Witz, den ich seit langem höre. Du willst mir doch nicht weiß machen, dass die kleine Hure … ausgerechnet in Hermann … der schon rot anläuft … der von Frauen nichts, aber auch wirklich überhaupt nichts …«

»Glaubst du vielleicht, ich hätte meinen Augen getraut!?«, schrie Henning.

Gutenberg packte ihn mit einer Hand am Wams und deutete mit der anderen auf die Presse. »Behalt deine Lügenmärchen für dich. Du sagst jetzt die Wahrheit, oder wir wiederholen das kleine Spiel von vorhin.«

»Sie und dein Drucker wollten heiraten! Sie wollte Kinder von ihm.«

»Weil er anders war als alle Männer, die sie kannte«, sagte Thomas. »Ein Mann, über den die andern lachten, aber dessen Liebe zu ihr aufrichtig war. Seine Unbeholfenheit rührte sie. Sie bereute, dass sie ihn ausgehorcht hatte.«

»Sie wollte aussteigen«, sagte Henning. »Sie wollte mir die Pläne nicht geben. Sie schäme sich, hat sie mir gesagt.«

»Und in einem Anfall von Wut schlugt Ihr zu«, sagte Thomas.

»Ich habe die Kontrolle verloren. Ich wollte sie nicht töten.«

Thomas betrachtete Hennings Hände. »Dann habt Ihr versucht, den Verdacht von Euch abzulenken.«

»Ich geriet in Panik«, sagte Henning. »Sie muss beim Sturz gegen die Bettkante geprallt sein und sich das Genick gebrochen haben.«

»Ihr habt den ganzen Raum nach den Plänen durchsucht und nichts gefunden«, sagte Thomas. »Dann fiel Euch ein, dass man seit Wochen von der Räuberbande redet, die Reisende und einsam gelegene Häuser überfällt. Daraufhin habt Ihr das ganze Zimmer verwüstet. Und das Messer diente dazu, von der wahren Todesursache abzulenken. Es war ein besonderes Messer. Es gehörte dem Baumeister. Er hatte es Klara geschenkt.«

»Ich wusste, dass Metz einer von Klaras Liebhabern war, aber ich wusste nicht, dass sie das Messer von ihm hatte.«

»Aber Metz ist Euch auf die Spur gekommen. Wie ist das geschehen?«

»Ich weiß es nicht«, sagte Henning.

»Hat er Euch beobachtet, als Ihr bei ihr wart? War er vielleicht kurz nach Euch am Tatort und hat den Streit mitbekommen?«

»Ich werde das nie erfahren.«

»Was geschah weiter?«

»Metz und ich, wir kannten uns kaum, und dann, am Tag nach Klaras Tod, kam er zu mir und fing ein Gespräch an. Das war sehr eigenartig, denn er stellte Fragen über mein Privatleben und machte komische Bemerkungen. Ich habe ziemlich schnell verstanden, wo der Hase lang läuft. Er wollte sehen, ob ich nervös werde. Und, mein Gott, ich wurde nervös! Ich fing an zu stottern, redete wirres Zeug; eins passte nicht zum andern.«

»Er durchschaute Euch.«

»Wir haben uns gegenseitig belauert. Es war wie ein Spiel. Er wusste, dass ich sie umgebracht hatte, und ich wusste, dass er es wusste. Er zögerte nur deshalb, mich zu verraten, weil er selbst Dreck am Stecken hatte; weil er ein Ehebrecher war und um seinen Ruf fürchtete. Er hat mich beobachtet, ist mir nachgeschlichen – und hat mich ein zweites und ein drittes Mal angesprochen. Er wurde immer direkter. Schließlich drohte er damit, dass Ihr – als Richter – Euch für mich interessieren könntet. Er nahm keine Rücksicht mehr auf die Nachteile, die ihm dadurch entstehen würden.«

»Deshalb musste er sterben.«

»Niemand wusste bis dahin, dass ich Klara häufig besucht hatte. Und ich bin ein schlechter Lügner. Wenn das mit Klara rauskommt, sagte ich mir, bin ich verloren. Ich kann keinem Verhör standhalten. Ich habe kein kaltes Blut. Und so stark ich körperlich bin, so schwach sind meine Nerven. Ich plante mein erstes, mein einziges wirkliches Verbrechen!«

»Seid Ihr ihm gefolgt, nachdem er bei mir war?«

»Ich lauschte am Fenster und verfolgte euer Gespräch; von mir war nicht die Rede. Ich war also noch mal davongekommen. Aber wie lange würde das gut gehen? Als Metz das Haus verließ und ziellos durch die Gegend lief, entschloss ich mich, ihn zu töten.«

»Und du hast zugesehen, wie man drei Unschuldige hinrichtet?!« Gutenberg sprach leise.

»Bis zum letzten Moment habe ich geschwankt, ob ich mich stellen soll. Aber es ist verrückt, wie sehr man am Leben hängt!«

Gutenberg schmiegte das Kinn in die linke Hand und machte ein nachdenkliches Gesicht. »Wir bringen dich zu Busch, sobald es hell wird. Dann nennst du die Namen eurer Helfer und zeigst ihm das Versteck. – Und denk an die kleine Kammer, auf die er so stolz ist.«

Gutenberg fragte Henning weiter aus, der die Details des Komplotts enthüllte. Sie hatten geplant, die Geräte aus der

Werkstatt unterirdisch zu lagern. Wenn sich die erste Aufregung gelegt hätte, wollten sie alles über die Alpen nach Rom schaffen und dort eine Druckerei einrichten.

»Was wird aus meiner Familie?«, fragte Henning. »Wenn ihr mich zu Busch bringt, wird man mich hängen.«

»Das hättest du dir früher überlegen müssen.«

»Ist das dein letztes Wort?«

Gutenberg schwieg und verließ kurz darauf die Werkstatt. Thomas blieb allein mit Henning zurück, der den Kopf auf die Brust fallen ließ. Nach einer Weile kam Gutenberg zurück. Er sah müde aus.

»Ich bin froh, dass es nicht Hermann war«, sagte er. Seine Unterlippe hing ein wenig herab. »Einmal haben seine Kollegen ihn betrunken gemacht. Ich lief in dieser Nacht zum Hafen, weil ich nicht schlafen konnte. Hermann kam aus der Schenke, die vorm Stadttor liegt. Er lief auf die Kaimauer zu und fiel ins Wasser. Ich sah seine rudernden Bewegungen. Er kann nicht schwimmen. Ich sprang hinterher und brachte ihn an Land. – Seitdem fühle ich mich für ihn verantwortlich. Ich bin für ihn der Vater, den er nie hatte …«

Gutenberg räusperte sich und schaute sich in der Werkstatt um. Er trat zu dem kleinen Schmelzofen, wo die Metalllettern gegossen wurden. Dort lagen einige Buchstaben herum. Er las sie auf, ging hinüber zum Setzkasten und sortierte die Lettern ein. Thomas kam das in der Situation sinnlos vor.

»Ich bin so froh, dass es nicht Hermann war«, wiederholte Gutenberg.

»Gilt Euer Angebot noch?«, fragte Thomas. »Ich möchte gern in der Werkstatt mitarbeiten – und die Kunst lernen, wie man Bücher macht!«

Gutenberg drehte sich um und legte seine Stirn in Falten. »Ihr könntet meinen Korrektor entlasten und den Setzern helfen.«

Thomas war angespannt; er konnte sich nicht wirklich

freuen. Aber in ein paar Tagen, da war er sich sicher, würde ihn die Euphorie, die in jedem Neubeginn steckt, packen.

Es klopfte an der Tür, und Maria kam in die Werkstatt. Sie trug noch ihr Nachthemd, über das sie nachlässig einen Mantel geworfen hatte. Ihr Gesicht wirkte verschlafen, und das Haar stand wirr in alle Richtungen.

»Ich habe Lärm gehört«, sagte sie. »Ist alles in Ordnung?«

»Wir haben einen neuen Mitarbeiter«, sagte Gutenberg und deutete auf Thomas.

»Was ist mit dem?«, fragte Maria und blickte zu Henning.

»Das erzählen wir dir gleich in aller Ruhe.«

»Mir geht es nicht gut. Ich glaube, ich muss was essen«, sagte Maria.

»Wir brauchen alle eine Stärkung. Lasst uns hinübergehen!«

Sie überprüften Hennings Fesseln und gingen zu dritt über den Hof zum Wohnhaus. In der Küche machte Thomas ein Feuer, und Maria stellte Käse und Brot auf den Tisch. Gutenberg, immer noch beunruhigt, machte einen Kontrollgang und brachte einen Krug Wein aus dem Keller mit.

Sie saßen zu dritt am Tisch, aßen und berichteten Maria, was geschehen war. »Der Henning«, sagte sie und wollte es nicht glauben.

Thomas beobachtete Gutenberg und Maria; er verstand nicht, warum Gutenberg die Beziehung zu ihr geheim hielt. Thomas gehörte jetzt zu Gutenbergs Familie, auch wenn er noch nicht ermessen konnte, was das bedeutete. Für ihn begann ein neuer Lebensabschnitt. Danach hatte er immer gesucht – mehr unbewusst als bewusst. Eines Tages würde er selbst Bücher machen. Er dachte an das Gespräch mit Gutenberg über die deutsche Bibel …

Es klopfte an der Haustür und Thomas wurde aus seinen Träumereien herausgerissen. Gutenberg zuckte zusammen, stand auf und ging zum Fensterladen, wo er durch einen Spalt nach draußen schaute.

»Wer ist das?«, fragte Maria.

Gutenberg gab keine Antwort. Er ging zur Tür und entriegelte das Schloss. Dann stand plötzlich Katharina im Zimmer. Es kam Thomas unwirklich vor, wie eine Szene aus einem Traum. Er ging auf sie zu, und sie umarmten sich.

»Na, na«, sagte Gutenberg. »Doch nicht in aller Öffentlichkeit!«

Maria stand auf und stemmte die Hände in die Hüften. »Du musst es ja nicht gleich unter die Presse schieben!«, fauchte sie.

Anhang

Geschichtlicher Hintergrund

Das Heilige Römische Reich

Mitte des 15. Jahrhunderts regierte der Habsburger Friedrich III. das Heilige Römische Reich. Sieben Kurfürsten wählten den König, drei geistliche (die Erzbischöfe von Mainz, Köln und Trier) und vier weltliche (der Pfalzgraf bei Rhein, der Herzog von Sachsen, der Markgraf von Brandenburg und der König von Böhmen). Das Wort *Kur* bedeutet im alten Sprachgebrauch Wahl. Die Wahlregeln waren in der Goldenen Bulle festgelegt, einer Art Reichsverfassung für die damalige Zeit. Meistens folgte auf die Königswahl die Kaiserkrönung in Rom; der Herrscher erhielt vom Papst die geistliche Legitimation für sein Amt.

Im Westen des Heiligen Römischen Reiches hatten die beiden Großmächte England und Frankreich einen einhundert Jahre dauernden Krieg ohne förmlichen Friedensschluss beendet. Im Osten bedrohten die Osmanen das Reich. 1453 eroberten sie Konstantinopel, die Hauptstadt des einst mächtigen Byzantinischen Reiches. Byzanz war christlich; sein Fall löste im Abendland Entsetzen aus. Der Kampf gegen den vordringenden Islam war fortan eines der Hauptanliegen der Kaiser. Die von Gutenberg gedruckten und im Roman kurz erwähnten »Türkenkalender« gehören in diesen Zusammenhang (ein Aufruf an die christlichen Stände, gegen die osmanische Bedrohung vorzugehen).

Das Heilige Römische Reich zerfiel in eine Vielzahl kleinerer und größerer Herrschaftsgebiete. Die Städte hatten oft einen Sonderstatus, indem sie direkt dem Kaiser unterstanden. Man sprach dann von Freien Reichsstädten. Gegen Ende des 15. Jahrhunderts zählte man im Heiligen Römischen Reich mehr als 300 Staaten, Kleinstaaten und Reichsstädte, die größtenteils nach Autonomie strebten.

Die tatsächliche Macht des Kaisers war deshalb oft sehr begrenzt und nicht vergleichbar etwa mit der Position des Sultans im Osmanischen Reich. Oft bestand seine Hauptaufgabe im Repräsentieren, etwa auf Reichstagen. Wenn der Kaiser in den Krieg ziehen wollte, musste er sich mit den Fürsten und Großen im Reich abstimmen, damit sie die nötigen Gelder bewilligten. Der Ritterstand verlor an Bedeutung. Söldnerheere übernahmen seine Funktion, finanziert von mächtigen Territorialfürsten.

»Stadtluft macht frei«

Wenn Historiker definieren, worin sich das Mittelalter von der Neuzeit unterscheidet, gibt es drei Ereignisse, die sie fast immer als Wendepunkte nennen: Gutenbergs Erfindung der Druckkunst, Kolumbus' Entdeckung Amerikas und Luthers Reformation der Kirche. Vieles spricht dafür, dass ohne Gutenberg weder die Seereisen der Portugiesen und Spanier noch Luthers Thesenanschlag stattgefunden hätten – zumindest aber wären sie ohne nachhaltige Wirkung geblieben. Erst die Druckkunst ermöglichte die Verbreitung neuer Ideen und Erkenntnisse.

Keimzelle für wirtschaftlichen und wissenschaftlichen Fortschritt waren in einer ansonsten landwirtschaftlich geprägten Welt die Städte. Sie waren – nach heutigem Standard – größere Dörfer, ihre Einwohnerzahl schwankte zwischen zweitausend und zehntausend. Vielen Städten gelang es, sich der Herrschaft eines Feudalherren zu entziehen. Innerhalb ihrer Mauern lebte man vergleichsweise unabhängig, woher der Satz rührt: Stadtluft macht frei. Nicht nur die in Zünften organisierten Handwerke blühten auf, sondern die Städte waren auch Zentren des Fernhandels und brachten die ersten Banken und Börsen hervor. Ferner beherbergten sie nach italienischem Vorbild Universitäten; auf die bereits im 14. Jahrhundert gegründeten Hochschulen von Prag, Wien, Heidelberg, Köln und Erfurt folgten im 15. Jahrhundert Würzburg, Leipzig, Rostock, Greifswald und Ingolstadt. Die Gründung der Mainzer Universität im Jahr 1477 erlebte Gutenberg nicht mehr.

Der Papst

Der Papst war nicht nur das geistliche Oberhaupt der Christenheit, sondern auch ein Territorialfürst. Während sich der Vatikanstaat heute auf einen Bezirk von Rom beschränkt, nahm der Kirchenstaat damals einen beträchtlichen Teil Oberitaliens ein.

In einem übergeordneten, weltpolitischen Sinn kämpfte der Papst seit Jahrhunderten mit dem Kaiser um die Vorherrschaft im Abendland – bei wechselnden Machtverhältnissen. Ein Einschnitt war der berühmte Gang nach Canossa, als Heinrich IV. sich in den Augen vieler Zeitgenossen demütigte, indem er Papst Gregor VII. gegenüber als Büßer auftrat, damit dieser ihn vom Kirchenbann löste (1077). Für einige Zeit galt der Papst als mächtigster Mann im Abendland. Konflikte mit dem französischen König führten jedoch zum Exil, und lange residierte der Papst in Avignon, wovon noch heute der prächtige, wehrhafte Palast zeugt (14. Jahrhundert). Schließlich kam es zur Spaltung der Kirche (Schisma) und zwei, zeitweise sogar drei Päpste standen zueinander in Konkurrenz. Konzilien bemühten sich darum, die Einheit der Christenheit wieder herzustellen. Erst im vier Jahre dauernden Konstanzer Konzil (1414–1418) einigte man sich wieder auf einen Papst. Den Böhmen Jan Hus verurteilte man in Konstanz als Ketzer und richtete ihn auf dem Scheiterhaufen hin.

Nicht nur die weltlichen, auch die geistlichen Herrscher im

Heiligen Römischen Reich standen zum Papst in einem spannungsreichen Verhältnis. Den Erzbischöfen von Mainz, Köln und Trier, den Bischöfen und mächtigen Äbten nördlich der Alpen lagen die Absicherung und Stärkung ihrer Macht und ihres Territoriums näher als der Gehorsam gegenüber Rom. Ähnlich wie der Papst verfügten sie nicht nur über geistliche Autorität, sondern waren auch weltliche Herrscher. Ein großer Vorteil der kirchlichen Besitztümer lag darin, dass sie nicht durch Erbteilung bis zur Bedeutungslosigkeit aufgesplittert wurden.

In der Mitte des 15. Jahrhunderts – also etwa zur Zeit des Bibeldrucks – wurde der Ruf nach einer Reform der Kirche an Haupt und Gliedern immer lauter. Verschiedene Reformbewegungen konkurrierten mit der Kirche oder standen in offenem Gegensatz zu ihr.

Die Stadt Mainz

Mainz, bereits in der Antike Hauptstadt einer römischen Provinz, gehörte auch im Mittelalter zu den bedeutenden Städten nördlich der Alpen. Die günstige geographische Lage am Schnittpunkt von Rhein und Main mag hierfür ein Grund gewesen sein. Ab dem 8. Jahrhundert betrieb der angelsächsische Missionar Bonifatius von hier aus die Christianisierung des Ostens. Im Zusammenhang damit steht die Gründung des Erzbistums Mainz, das sich zu einer der bedeutendsten Kirchenprovinzen entwickelte. Mehr als zweihundert Jahre nach Bonifatius veranlasste Erzbischof Willigis den Bau des Mainzer Domes, noch heute Wahrzeichen der Stadt. Die Stellung von Mainz in der Folgezeit zeigt zum Beispiel der legendäre, von Kaiser Friedrich Barbarossa dort abgehaltene Hoftag, eines der prächtigsten und größten Feste des Hochmittelalters.

Zur Zeit Gutenbergs hatte Mainz viel von seinem ursprünglichen Glanz verloren. Dazu trugen verschiedene Faktoren bei, die im Roman (zumindest angedeutet) eine Rolle spielen: der Streit zwischen der Bürgerschaft und dem Erzbischof; der auf Leben und Tod geführte Kampf zwischen den Zünften und dem Patriziat; die Pest, die in mehreren Schüben die Stadt heimsuchte. Das einst blühende Mainz zählte deshalb Mitte des 15. Jahrhunderts nur noch etwa sechstausend Einwohner und war hoch verschuldet.

Dichtung und Wahrheit

Im Roman treten einige historische, größtenteils aber fiktive Persönlichkeiten auf. Der im Prolog erwähnte Papst Nikolaus V., seine Bemühungen um den Ausbau der Vatikanischen Bibliothek und seine Förderung der Wissenschaften und Künste sind verbürgt. Auch der Mainzer Kurfürst Dietrich von Erbach ist eine historische Persönlichkeit. Erbach ebenso wie Gutenberg kennen wir allerdings nur aus indirekten Zeugnissen, die sie hinterlassen haben; wir können nicht aus unmittelbaren Quellen auf ihre Persönlichkeit und ihren Charakter schließen. Wir wissen, dass Erbach sich um den Aufbau einer für die damalige Zeit vorbildlichen Kanzlei verdient gemacht hat. Auch Gutenbergs Name taucht in mehreren Dokumenten auf; häufig handelt es sich dabei um Rechtsstreitigkeiten. Insgesamt ist das Material sehr spärlich. Hier beginnt die Freiheit des Schriftstellers.

Beschreibt man als Autor also, wie es hätte gewesen sein können? Oscar Wilde trifft den Kern der Sache wohl besser: »Ausführlich zu schildern, was sich niemals ereignet hat, ist nicht nur die Aufgabe des Geschichtsschreibers, sondern auch das unveräußerliche Recht jedes Kulturmenschen.«

Dieses Zitat setzte Egon Friedell seiner berühmten »Kulturgeschichte der Neuzeit« voran. Und in einem ähnlichen Sinn heißt es bei Umberto Eco in der »Nachschrift zum Namen der Rose«: »Es hat eben jeder seine eigene (meist verdorbene) Idee vom Mittelalter.«

Glossar

Apokalypse: Das letzte Buch der Bibel, auch Offenbarung des Johannes genannt, gehörte im Mittelalter zu den am häufigsten illustrierten Handschriften. Das mag an den drastischen, bildhaften Visionen vom Weltende liegen, aber vielleicht auch an der schweren Verständlichkeit des Textes, den man so zugänglicher machen wollte.

Beutelbuch: Heute sind weltweit nur noch sehr wenige Beutelbücher erhalten, allerdings kennen wir sie von mehr als vierhundert Abbildungen in mittelalterlichen Handschriften und frühen Drucken. Die besondere Form dieser Bücher kam dadurch zustande, dass sie in einen Lederbeutel eingebunden wurden, der über die Unterkanten der Buchdeckel hinausragte und den in der Regel ein Knoten oder Zipfel abschloss. Man schob den Knoten unter den Gürtel und konnte so im Alltag oder auf Reisen ein wichtiges Buch immer griffbereit bei sich führen.

Blockbuch: Diese Buchform war in Europa im 15. Jahrhundert verbreitet und wurde erst aufgegeben, nachdem sich Gutenbergs Druck mit beweglichen Lettern aus Metall durchgesetzt hatte. Ein Blockbuch besteht aus Holztafeldrucken. Abbildungen und oft auch der Text einer Seite wurden im ganzen Block ins Holz geschnitten. Besonders von der Apokalypse sind Blockbücher erhalten und von der so genannten Biblia Pauperum (einer Art Bilderbibel).

Donat: Der römische Grammatiker Aelius Donatus lebte im 4. Jahrhundert n. Chr. und zählte zu den Lehrern des Bibelübersetzers Hieronymus. Die von Donatus verfasste *ars grammatica* war im Mittelalter so bekannt und verbreitet, dass sein Name zum Synonym für das Lehrbuch wurde.

Druckerpresse: Gutenberg druckte mit einer Spindelpresse, ähnlich denen, wie sie zum Weinpressen verwendet wurden.

Das Papier (oder Pergament) wurde in einen Rahmen gespannt und auf die mit Hilfe von Lederballen eingefärbte Druckform gelegt, die man dann unter die Presse schob.

Ecclesia: Bezeichnet die christliche Gemeinde und kann sich sowohl auf eine lokale Gemeinschaft beziehen als auch auf die Christenheit insgesamt. An mittelalterlichen Kirchen wird sie oft als Frau personifiziert und triumphiert über die Synagoge (ebenfalls als Frau dargestellt).

Evangeliar: Im Mittelalter war es nicht üblich, die ganze Bibel handschriftlich zu kopieren, sondern man beschränkte sich auf einzelne Bücher. Neben der Apokalypse und dem Psalter waren Evangeliare beliebt. Sie bieten in der Hauptsache den vollständigen Text der vier Evangelien. Mitunter wurden sie mit prächtigem Buchschmuck ausgestattet. Das Evangeliar Heinrichs des Löwen beispielsweise zählt zu den Hauptwerken der Buchmalerei.

Initiale: In vielen mittelalterlichen Handschriften findet man reich illustrierte Initialen. Die Initiale ist der Anfangsbuchstabe eines Buches oder Kapitels (von lateinisch initium = Anfang). So schmückte man häufig den Buchstaben I prächtig aus, mit dem das Buch Genesis beginnt (die ersten Worte des lateinischen Bibeltextes lauten: In principio Deus creavit caelum et terram – Am Anfang schuf Gott Himmel und Erde).

Inkunabel: Der Begriff leitet sich her von lateinisch incunabula = Windeln, Wiege und bezeichnet die Werke der Buchdruckerkunst (mit beweglichen Metalllettern) von Gutenberg bis zum Jahr 1500. Man spricht auch von Wiegendrucken.

Kettenbuch: In Klosterbibliotheken (deren Bestand oft nur wenige hundert Bücher umfasste) kettete man wertvolle Bände an ein Pult an.

Korrektor: Während wir es bei Handschriften mit Unikaten zu tun haben, führte die Erfindung der Druckkunst zu Auflagen in Höhe von einigen hundert Exemplaren pro Buch. Um zu vermeiden, dass die Fehler der Setzer sich multiplizierten, beschäftigten viele Drucker einen Korrektor. Oft übernahmen Gelehrte diese Aufgabe.

Legenda Aurea: Die im Mittelalter beliebteste und am weitesten verbreitete Sammlung von Heiligenlegenden. Sie entstand im 13. Jahrhundert, als Verfasser gilt der Italiener Jacobus de Voragine.

Mehrfarbendruck: Bereits Gutenberg beherrschte den Mehrfarbendruck: Anfangs druckte er den Bibeltext in schwarzer Farbe, die Überschriften und Kolumnentitel jedoch rot. Wegen der Aufwändigkeit des Verfahrens überließ er Letzteres schließlich den Rubrikatoren (lat. rubricare = rotfärben).

Miniatur: Bezeichnung für die mittelalterlichen Buchmalereien. Anders als man vielleicht vermuten würde, bezieht sich der Begriff nicht auf das kleine Bildformat, sondern rührt her vom lateinischen Wort minium, das rote Farbe bezeichnet. Miniatoren schmückten die Initialen und Randleisten prächtig aus mit Abbildungen, Rankenwerk oder sonstigen Verzierungen. In Göttingen hat sich ein Musterbuch erhalten, das als Vorlage für Buchschmuck diente. (www.gutenbergdigital.de/musterbuch.html)

Pergament: Pergament wurde aus Tierhäuten hergestellt. Gutenberg druckte einen Teil seiner Bibeln auf Papier und einen Teil auf Pergament. Der Begriff leitet sich her von der antiken Stadt Pergamon.

Schreibstube: Bereits vor der Erfindung des Buchdrucks sorgten Schreibwerkstätten für die gewerbsmäßige Vervielfältigung von Büchern. Die wohl bekannteste Werkstatt dieser Art betrieb in Hagenau im Elsaß Diebold Lauber. Der erste Nachweis für seine Tätigkeit datiert auf das Jahr 1427, aber auch nach Gutenbergs Erfindung bestand die Schreibstube noch bis etwa 1470. Meist entstanden dort bebilderte, deutschsprachige Handschriften.

Schriftgießer: Die Entwicklung einer funktionierenden Schriftgießerei stellt vielleicht Gutenbergs herausragende Leistung dar. Zum einen musste er aus verschiedenen Metallen die richtige Legierung gewinnen, damit die Buchstaben nicht brachen. Zum andern musste er eine Methode entwickeln, sie zu gießen. Hierzu erfand er das aufklappbare, aus Holz und Metall bestehende Handgießgerät. Die mit dem Schriftstempel hergestellte Matrize wurde in dieses Instrument eingespannt. Das flüssige Metall floss durch eine Röhre in einen Hohlraum, den die Matrize abgrenzte. Das Metall erkaltete sehr schnell, und der Vorgang zur Herstellung der neuen Letter konnte beliebig oft wiederholt werden.

Schriftsetzer: Er stellte die Druckform her (umfasst in der Regel mehrere Seiten), die in einem späteren Arbeitsschritt unter die Presse geschoben wurde. Die Metalllettern fand er im hölzernen Setzkasten, der in viele kleinere Fächer unterteilt war. Während er in der einen Hand den Winkelhaken hielt, fügte er mit der anderen die Lettern zusammen, bis der Winkelhaken gefüllt war. Die so gewonnenen Worte wurden auf dem Schiff (eine Metallplatte mit Rahmen) abgelegt. Hier bestand die Möglichkeit, einen Probedruck herzustellen und Fehler zu korrigieren.

Stundenbuch: Das Stundenbuch war ein hauptsächlich für Laien gedachtes Andachtsbuch, das einen Kalender der zwölf Monate enthält sowie zahlreiche Gebete, Lesungen aus den Evangelien, Bußpsalmen und ähnliches. Bei vielen Stundenbüchern handelt es sich um Handschriften mit wertvollen Illustrationen und aufwendigem Buchschmuck. Häufig hatten sie die Funktion von Statussymbolen für reiche Auftraggeber. Bekannt sind zum Beispiel die Stundenbücher des Herzogs von Berry mit herrlichen Illustrationen zu den einzelnen Monaten des Jahres.

Totentanz: Die Totentänze stammen aus dem französischsprachigen Raum und wurden auch *danse macabre* genannt. Sie entstanden wahrscheinlich unter dem Eindruck der Pestepidemien, die Europa im späten Mittelalter heimsuchten. Es handelt sich um Allegorien. Menschen jeden Alters, Geschlechtes und Standes tanzen mit Skeletten, die an die Vergänglichkeit alles Irdischen erinnern.

Vatikanische Bibliothek: Die Ursprünge der Vatikanischen Bibliothek reichen zwar bis in die Frühzeit des Christentums zurück, doch begründete erst Nikolaus V. die heutige Sammlung. Als er 1447 zum Papst gewählt wurde, umfasste die Bibliothek kaum 350 Bände. Er sammelte systematisch Literatur und sorgte dafür, dass wichtige Werke kopiert wurden. Bei seinem Tod 1455 besaß die Bibliothek weit mehr als tausend Bücher und gehörte damit zu den bedeutendsten Sammlungen der damaligen Welt.

Literatur zum Weiterlesen

Blockbücher des Mittelalters: Bilderfolgen als Lektüre. Hrsg. von der Gutenberg-Gesellschaft. [Katalogtexte: Sabine Mertens, Elke Purpus und Cornelia Schneider]. Mainz: von Zabern, 1991. – 454 S.

Boockmann, Hartmut: Die Stadt im späten Mittelalter. 3. Aufl. München: Beck, 1994. – 357 S.

Borst, Otto: Alltagsleben im Mittelalter. Frankfurt: Insel, 1983. – 659 S.

Borst, Arno: Lebensformen im Mittelalter. Hamburg: Nikol, 2005. – 796 S.

Füssel, Stephan: Johannes Gutenberg. Reinbek bei Hamburg: Rowohlt, 1999. – 155 S.

Gutenberg – aventur und kunst: vom Geheimunternehmen zur ersten Medienrevolution. Hrsg. von d. Stadt Mainz anlässl. d. 600. Geburtstages von Johannes Gutenberg. [Katalogkoordination und -redaktion Wolfgang Dobras]. Mainz: Schmidt, 2000. – 716 S.

Mainz: die Geschichte der Stadt. Hrsg. von Franz Dumont, Ferdinand Scherf, Friedrich Schütz. Mainz: von Zabern, 1998. – 1333 S.

Mainz im Zeitalter Gutenbergs: ein Gang durch die mittelalterliche Stadt; mit Stadtplan: Mainz vor 500 Jahren und heute. [Text: Karsten Pressler]. Landesamt für Denkmalpflege Rheinland-Pfalz, Mainz. Alzey: Verlag der Rheinhessischen Druckwerkstätte, 2000. – 56 S.

Mittelalterliche Wandmalerei in Mainz: Originale, Kopien, Dokumente. Mittelrheinisches Landesmuseum Mainz, Oktober 1978. [Katalogbearb. Joachim Glatz]. Mainz: 1978. – 67 S.

Ringel, Ingrid Heike: Studien zum Personal der Kanzlei des Mainzer Erzbischofs Dietrich von Erbach (1434 – 1459). Mainz: Selbstverlag der Ges. für Mittelrhein. Kirchengeschichte, 1980. – 280 S.

Venzke, Andreas: Johannes Gutenberg: der Erfinder des Buchdrucks und seine Zeit. München; Zürich: Piper, 2000. – 368 S.

Web-Adressen

www.gutenberg.de (Gutenberg und seine Erfindung im Kontext der Zeit)

www.gutenbergdigital.de (Göttinger Gutenberg-Bibel online)

www.gutenberg-museum.de (Mainzer Gutenberg-Bibel online; virtueller Gang durch das Gutenberg-Museum)

Titus Müller

Der Kalligraph des Bischofs

Historischer Roman

416 S., gebunden,
ISBN 978-3-7655-1890-4

Der Zauber des Schreibens

Turin im 9. Jahrhundert: Die stolze norditalienische Stadt wird von den Sarazenen bedroht. Dort sucht der junge Germunt Zuflucht vor Bluträchern, und dahin wird auch der streitbare Claudius als neuer Bischof entsandt. Titus Müller erzählt in diesem spannenden historischen Roman, wie ein Dieb zum Künstler und ein Bischof zum Ketzer wird.

Packender Roman über einen »vorreformatorischen« Bischof, einen Vorläufer der Waldenserbewegung.